纪念老舍诞辰115周年、从事文学创作

90周年暨寓居青岛80周年

我的经验中有你：我想起自己，必须想起来你，朋友！

——礼物

老舍

老舍

老舍青岛文集

《老舍青岛文集》编委会 编

【第一卷】

◎诗歌

◎散文与杂文

◎日记与书信

文物出版社

编纂委员会

主　　任：王久军

副 主 任：郑安新　李钦坤　朱自强

主　　编：舒　乙

顾　　问：吴小美　舒　济　舒　雨

副 主 编：周海波　魏韶华　方　健

执行主编：巩升起

编　　委：（按姓氏笔画排序）

刘立强　吴大钢　周兆利　杨洪勋　修　斌　张　蓉

校　　注：（按姓氏笔画排序）

巩升起　周兆利　周海波　杨洪勋　张　蓉　魏韶华

绘　　画：舒　乙　初　剑

书　　法：张　伟

篆　　刻：成洪章

摄　　影：张志瑞　卓　然

特约审校：栾淑贞　杨明海　王亚太

老舍

老舍在青岛中山公园，1936年

换了人间——记青岛骆驼祥子博物馆

舒乙为《老舍青岛文集》绘，2014年8月

五月青岛印象

初剑为《老舍青岛文集》绘，2014年9月

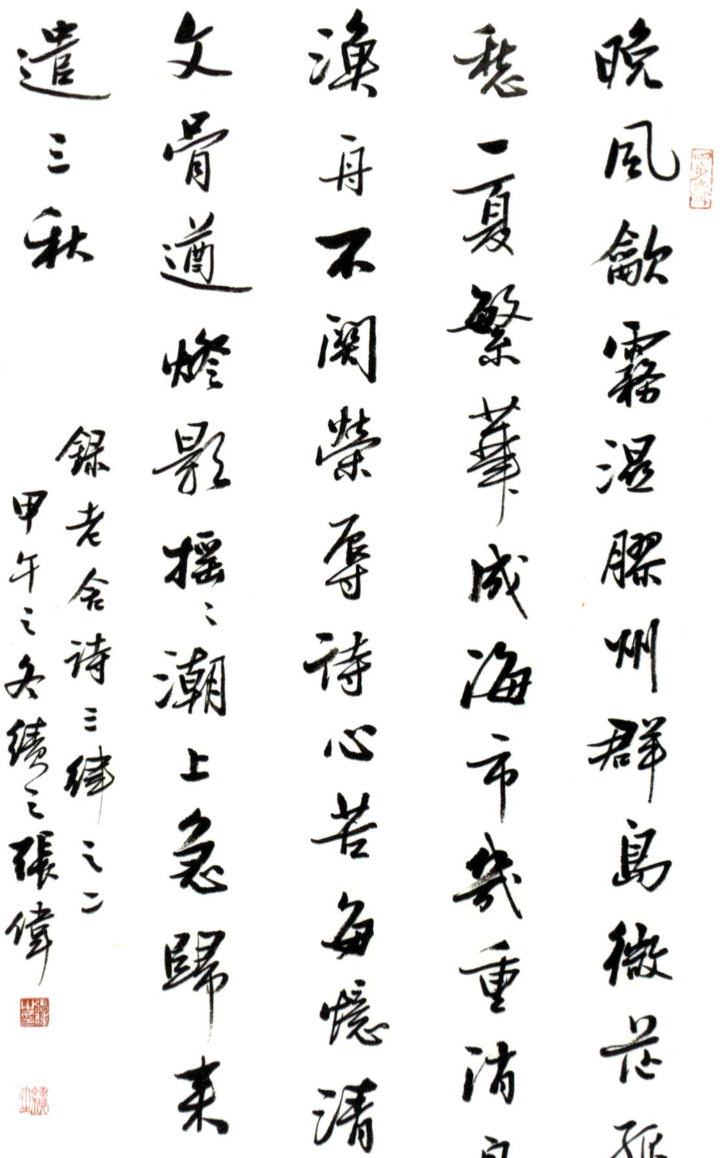

张伟为《老舍青岛文集》书，2014年12月
老舍《诗三律（之二）》

喜见《老舍青岛文集》

中国现代文学馆原馆长
中央文史研究馆馆员
舒　乙

这套书最大的亮点在它的出版创意。

对一位作家，可以出版他的单行本的专集，也可以出版“选集”“文集”“全集”，还可以分门别类地出版其“戏剧集”“散文集”“诗歌集”甚至“序跋集”，还有“译文集”等等，但是，出版一套“地域文集”，却是一种新的思路。

何谓“地域文集”？就是将作家住在某一个地方所写的作品以及写那个地方的作品集中在一起，叫作在那个地方创作的作品文集。这样，就出现了《老舍青岛文集》。无疑，这是一个创举。

青岛之所以编好这套老舍文集，从老舍先生本人的角度看，有四个方面的原因：

一、老舍先生在青岛住了三年，由1934年暑假起，至1937年8月止，相对来说，比较集中，比较稳定，也比较长，青岛是他的人生旅程中的重要阶段。

二、在青岛，老舍先生由一位业余作家成了一位专职作家，成了自由职业者，从此以写作为生，青岛是他的人生与文学创作的转折点。

三、在这三年里，老舍先生写出了长篇小说《骆驼祥子》、中篇小说《我这一辈子》、短篇小说《断魂枪》以及散文《想北平》《五月的青岛》等，都成了他的代表作，并使他名扬天下，青岛时期也就成了他的“黄金时期”，有突出的意义。

四、在青岛期间他的个人生活最为安定，家庭幸福，有了三个孩子，其中两位是在青岛降生的，而且有一批好朋友，有的后来结为终生挚友，1935年暑假，这批好友在当地报纸上刊出过《避暑录话》专栏，成为以老舍为核心的文人荟萃的标志。

这四条理由都很充分，于是，《老舍青岛文集》便应运而生。当然，这得归功于青岛市及市南区有关方面领导和学者们的慧眼。他们决定要编纂这套书，很有眼光，很有主张，很有魄力，了不起！

他们成立了一个专业班子，是一批青岛的学者，有大学教授，有文物专家，有地域文化学者，组成了一个强有力的编纂班子，开始扎实地工作，分工明确，定期碰头，按计划推进。有一点值得特别指出，编辑这套书同时又是一个研究的过程，专门研究老舍先生和青岛的关系，详细研究老舍先生在青岛的足迹，包括他的活动日程安排，交友细节，探求其创作的环境和时代背景，一点一点地抠，都力求有准确的注解。总体上看，很好地实现了现代文学研究和地方文化研究的结合，得以在老舍先生诞辰115周年暨寓居青岛80周年之际出版这套文集，很有纪念意义和学术价值。

将来，伴随着这套《老舍青岛文集》的问世，或许还会有一部专著问世，成为编辑这套书的衍生物，叫作《老舍青岛写作地图》吧，这倒是一个额外收获，挺好。

我有幸出席过编委会的专业会议，那是因为在2014年8月上旬我有过一次青岛之行，是去画画，画了五张和青岛有关的画，应邀为《老舍青岛文集》的五卷书每卷配一张插图，顺便参加了编纂会，我很荣幸能为这套《老舍青岛文集》出点微薄之力，因为我也是青岛人呀，我很乐意做，我真的很高兴！

2014年9月5日于北京

寻故地，忆趣事

北京老舍纪念馆名誉馆长
舒 济

1981年初春，我跟母亲胡絜青应邀参加完山东大学校庆后，她想寻访在济南、青岛两地的旧居。这时母亲已76岁，她的这个想法，得到了山大领导的重视与支持。为此，山大专门请一位录像拍照的赵老师随同前往。同时还得到了老舍研究学者孟广来、王行之、曾广灿、张桂兴等老师们的响应，我们一行七人在济南寻找旧居、拜访老友后，来到青岛。

1934年父亲辞去济南齐鲁大学的教职后，应聘到青岛国立山东大学任教。9月举家搬迁青岛。母亲回忆，在青岛曾先后住过三个地方。刚到时租住在莱芜路一处洋式平房（现登州路10号甲），四周空旷，人家稀少。母亲说家中人口也少，心里总有些害怕。1935年二三月间搬到距山大更近的金口二路（今金口三路）一所二层小楼的楼上，在这里父亲出版了第二部短篇小说集《樱海集》。5月，他在序言中写道：

> 开开屋门，正看邻居家院里的一树樱桃。再一探头，有两所房中间的隙空看见一小块儿绿海。
>
> 年方十九个月的小女生于济南，所以名“济”，生于济南者名“济”，则生于青岛者——这十篇差不多都是在青岛写的，应当名“青”或“岛”。但“青集”与“岛集”都不好听，于是向屋外一望，继以探头，“樱海集”岂不美哉！

集中收有后来被改编为影视与舞台剧的《月牙儿》。

1935年8月，母亲生了我的弟弟，取名“乙”。家里添丁，有了保姆，这个住所就嫌拥挤了，经过两三次周转，当年底全家搬到了黄县路6号（即现在的12号）二层楼房的一楼来住。母亲说这里离山大校门近，环境安静，有院子可供父亲习武锻炼身体，小孩儿有地方玩儿。在此一直住到了1937年8月。这时已到了日本侵略军即将占领青岛前夕。国难当头，人心惶惶，百姓纷纷外逃。正好这时母亲刚生了妹妹，取名

“雨”。熬到8月中旬，母亲出院，全家才仓忙逃离青岛，又来到济南。

我离开黄县路这个住所时，已快满四岁，可惜那时的生活情景已没有什么记忆了。当我们一行人进入这住所的院子时，母亲四处张望打量，回想这里是不是四十多年以前曾经住过的地方。正在犹豫时，她注意到楼南侧的院中，有处石板铺的甬路。甬路围着的圆形土地上，有枯枝杂草。这里正好跟我小时照的相片上的场景很吻合。照片上，我大概三岁，夏天光着胳臂露着腿，坐在一段弧形的长石条铺的路上，双手扶着石面，身后有辆小三轮自行车。小石路四周长满花草。照片上的小石甬路很像这里的石甬路。让我母亲想起这里就是在青岛住的时间最长、最后离开青岛的住所。

在我们得到现住房主人的允许后，进入楼门。一进门母亲说：“对了，左手朝南的第一间是客厅，旁边第二间、第三间是卧室。”随后走入楼道北侧的最东边的一间房子（一楼东北角）对我说：“这就是你爸爸的书房。他的书桌，就像现在这张桌子似的放在东窗下面。《骆驼祥子》《我这一辈子》《断魂枪》这些小说，都是在这里写的。你那时很淘气，在他写作时跟他捣乱！”

母亲看到这所旧居，楼房与环境变化不大，感到特别欣慰、高兴。兴奋地讲了不少有关我的事情，给我消失的记忆中增添了一些有趣的故事。

1936年夏，父亲辞去了山大的教职，在家以写作为职业安心进行文学创作，开始写《骆驼祥子》这部长篇小说。他写道：

> 我开始专以写作为业……思索的时候长，笔尖上便能滴出血与泪来。
>
> 这是我的重头戏……是给行家看的。

后来我看到他在写《骆驼祥子》期间所写的散文《有了小孩以后》（1936年11月《谈风》第三期）里，生动地写下了孩子对他写作的干扰。

> 小女三岁，专会等我不在屋中，在我的稿子上画圈拉杠，且美其名曰“小济会写字”！把人要气没了脉，她到底还是有理！再不然，我刚想起一句好的，在脑中盘旋，自信足以愧死莎士比亚，假如能写出来的话。当是时也，小济拉拉我的肘，低声说：“上公园看猴？”于是我至今还未成莎士比亚。小儿一岁整，还不会“写字”，也不晓得去看猴，但善亲亲，闭眼，张口展览上下四个小牙。我若没事，请求他闭眼，露牙，小胖子总会东指西指的打岔。赶到我拿起笔来，他那一套全来了，不但亲脸，闭眼，还“指”令我也得表演这几招。有什么办法呢？

母亲还告诉我，自从有了弟弟以后，她主要照顾他了，把我多交给了父亲。这样我跟父亲在一起的时间就多了。在父亲另一篇散文《文艺副产品——孩子们的事情》（1931年5月《宇宙风》第四十期）中的一段“（二）新蝌蚪文”里写我如何在他身边“写字”。

在以前没有小孩的时候，我写坏了稿纸，便扔在字纸篓里。自从小济会拿铅笔，此项废纸乃有出路，统统归她收藏。

我越写不上来，她越闹哄得厉害：逼我说故事，劝我带她上街，要不然就吃一个苄果，小济 半，爸一半，我没有办法，只好把刚写上三五句不像话的纸给她：‘看这张大纸，多么白，去，找笔来，你也写字，好不好？’赶上她心顺，她就找来铅笔头，搬来小板凳，以椅为桌，开始写字。

她已三岁半，可是一个字不识。我不主张早教孩子们认字。……

这就可以想象到小济写的是什么字了：用铅笔一按，在格中按了个不小的黑点，然后往上或往下一拉，成了个小蝌蚪。一个两个，一行两行，一次能写满半张纸。写完半张，她也照着爸的样子说：“该歇歇了！”于是去找弟弟玩要，忘了说故事与吃苹果等要求。我就安心写作一会儿。

1936年11月父亲出版了他的第三部短篇小说集《蛤藻集》。集内收入了写拳师凄凉命运的小说《断魂枪》。在他10月写的序中，又说到了我。

收入此集的有六短篇，一中篇；都是在青岛写成的。取名“蛤藻”，无非见景生情：住在青岛，看海很方便：潮退后，每携小女到海边上去；沙滩上有的是蛤壳与断藻，便与她拾着玩。拾来的蛤壳很不少了，但是很少出奇的。至于海藻，更不便往家中拿，往往是拾起来再送到水中去。记得在艾尔兰海边上同着一位朋友闲逛，走到一块沙滩，沙子极细极多，名为天鹅绒滩。时近初秋，沙上有些断藻，叶短有豆，很像圣诞节叫用的Mistletoe。据那个友人说，踩踩这种小豆是有益于脚的，所以我们便都赤足去踏，豆破有声，怪觉有趣。在青岛，我还没遇上这样的藻，于是和小女也就少了一种赤足的游戏。

设若以蛤及藻象征此集，那就只能说：出奇的蛤壳是不易拾着，而那有豆儿且有益于身体的藻也还没能找到。眼高手低，作出来的东西总不能使自己满意，一点不是谦虚。读者若能不把它们拾起来再马上送到水中去，像我与小女拾海藻那样，而是像蛤壳似的好歹拿回家去，加一番品评，便荣幸非常了！

上面是我在这所旧居，受到父亲抚爱的回忆。如今已过去七十多年，可是细想起来，那时我和弟弟妹妹，主要还是我，年幼无知，淘气哭闹，对他写作的干扰该有多么厉害。父亲能在这样的干扰下写作，是多么不容易啊！

父亲在青岛仅住了三年，这段不长的时间里，对他的人生道路，有着特殊的意义。当时他正值中年，精力充沛，文思敏捷，勤奋刻苦，拥有一个幸福美满的小家庭，过着稳定而平静的教书与写作生活。所写的《骆驼祥子》《月牙儿》和《我这一辈子》成为反映大都市最底层人民命运的著名悲剧小说。青岛时期创作成果丰硕，奠定了他在中国现代文学上的地位，成为独具风格的大家，他的文学的、语言文字的格调更趋成熟，在中国现代文学领域里占有一席之地，他对从事文学创作的态度也更坚定自信。他决定由教授兼作家，在教学之余写作，转为专职作家，开始靠写作卖文为生的道路。1937年七八月间，我国正处在抗日战争全面爆发，日军占领青岛的前夕，他为民族的生死存亡和个人家庭的安危，忧虑着急。他酝酿并准备“投笔从戎”，以一个战士的姿态和决心，去参加抗战。父亲处在他人生重大转折时期，他所写下的作品，更具个性，更具特点，心境沉重，幽默笔调里不乏悲愤，笑中有泪。

我今天感谢青岛市特别是市南区的领导和人民，为纪念老舍先生，修复了黄县路的旧居，并对外开放。如“艺海拾贝”，让这处旧居展现一位中国现代文学家真实而具体的生活面貌及其创作的成就，为青岛，为我国的文化事业积累更多的精神财富，惠及我们的后代。旧居是缅怀作家场所，是作品的诞生地，作家的旧居与其作品两者密不可分。只有多读作品，才会更好地传承这份文化精神。青岛的学者们正是看中了这一点，抓住了这一点，着手整理编辑父亲在青岛写的全部作品和文字，还包括在其他地方写青岛的作品，准备出版一部多卷本《老舍青岛文集》。我感谢他们，在父亲的作品里，首创了这么一套有意义有价值的地域性专集。

祝贺多卷本《老舍青岛文集》编纂出版成功！

2014年10月于北京

《老舍青岛文集》编纂出版说明

1934年9月上旬，老舍自济南东行青岛，应国立山东大学校长赵太侔之聘前来任教，开启了人生旅程与文学创作的青岛时期，山海之间，度过了三年青岛岁月。当其时也，其教育艺术已臻于成熟，家庭生活亦更见美满，而文学创作正登临巅峰。

三度春秋，先后栖身莱芜路、西鱼山和黄县路寓所，老舍写下大量作品，凡90余万字，日近千言。整体上看，老舍青岛时期的文学创作蔚为大观，除了当时尚未涉足的戏剧领域之外，其各种体裁的代表作均可见之于青岛，长篇小说有《骆驼祥子》，短篇小说有《断魂枪》《上任》等收入《樱海集》和《蛤藻集》中的作品，中篇小说有《月牙儿》《我这一辈子》，散文有《想北平》《五月的青岛》及《小型的复活（自传之一章）》等，旧体诗有《诗三律》，新诗有《礼物》，文学评论有《一个近代最伟大的境界与人格的创造者——我最爱的作家——康拉得》，创作经验谈有《老牛破车》，特别是《骆驼祥子》的问世引起海内外的广泛瞩目，在中国现代文学史上立下了一座里程碑，光辉所及，八方为之回响。1937年8月中旬，因战乱原因告别青岛以后，他依旧充满了对青岛的怀想，写下不少以青岛为主题或者含有青岛元素的作品，其中尤其值得关注的是书信《南来以前》《乱离通信》以及散文《这一年的笔》等作品，在真切记录“七七”事变以后个人生活与创作困境的同时，亦以史家笔法忠实描绘了民族危难背景下的城市命运，实现了文学与历史的深度结合，为青岛贡献了一部非常时期的城市备忘录，也为历史留下了一部珍贵文献。1941年写于昆明龙泉村的剧作《大地龙蛇》再度建立了与青岛的命脉关系，将其第三幕场景设置在了海上青岛，寄托着民族团结、文化融合、科学救国与世界和平的理想，想来，这又何尝不是老舍对青岛的一次深情回望。客观地看，老舍是1934～1936年间山东大学人文学科的主要代表人物之一，同样也是20世纪30年代寓居青岛作家群中的主要代表人物之一，不唯个人创作硕果累累，还与洪深、赵少侯、王统照、杜宇、臧克家、孟超、李同愈、王亚平、王余杞、吴伯箫、刘西蒙等共创文学副刊《避暑录话》，在夏日青岛谱写了一部同人话语经典。老舍的青岛气象万千，青岛的老舍风华正茂，山海交映之间，日月循环之中，我们看到了一个文武兼备而神光内敛的老舍。况且不仅如此，青岛的意义还表现在“转变”的维度上，这是创造、皈依与穿越的共同历程：在青岛，他实现了从大学教授到“职业写家”的转变，内心蓬勃的文学理想缘此而澄明而升腾；也是在青岛，他实现了从优秀作家向伟大作家的转变，以一部为城市贫民立传的《骆驼祥子》显现了书写者的普世良知；同样也是从青岛开始，他逐渐实现了从书斋作家到以笔为武器的抗日战士的转变，舍下小家而投身于抗日救亡的历史洪流之中，担负起一个时代知识分子的庄严使命。对青岛，老舍可谓一往情深，这不仅仅表现在其作品当中，也不仅仅存在于青岛是心目中最适意的安身立命之所这一世俗层面，青岛更是与其圣俗合一之灵魂气质相契合的精神家园。正因此，老舍的“青岛作品”自是意味深长，构成了一个不同凡响的价值体系，别具本质感、融合力与启示性。光阴绵延，青岛岁月成为老舍的黄金时代，至今犹令人怀想不已。

2014年，值老舍诞辰115周年、从事文学创作90周年暨寓居青岛80周年，三重视野的交叠加深了我们对这位文学巨匠的怀想。缘此，我们有了编纂一套有学术内涵、有纪念价值、有地域特色的《老舍青岛文集》的想法，不是简单地把作品汇集起来，而是要反映青岛岁月的景深，要对当时作者的生活、教书、创作以及交游等方方面面的行迹尽可能地梳理清楚，对作品进行着眼于文学精神与地域精神协调性和渗透力的阐释，打开现代文学与地方文化的通路，显现老舍与青岛的同一个奥义，建立作家与地域的文化共同体，冀望以此纪念老舍先生，传承历史并开启有益于未来的文学创新与文化自觉之路。我们深感荣幸，因为有机会站在现代文学与城市文化研究的一个有新意、有深度的结合点上，达成新的文学与历史的默契；我们也备感责任重大，因为这是一项极具挑战性的工作，不仅是现代文学研究的新视角，而且也是青岛市特别是市南区文化遗产保护、整理与研究的新契机，寄托着大家的共同期待，借此来彰显前贤之光辉，在昭显“文化青岛”之历史机缘的同时，亦可对其未来可能性有所启悟；当然，我们也因之而愈感诚惶诚恐，因为这是迄今为止我国第一部现代文学大师的带注释的地域性作品全集，其研究、整理与编纂的艰难性可想而知。因之，编者有如履薄冰之感，唯以虔敬之心为之，接获老舍的启示，接获那从高处降临的“文学”与“青岛”的双重慧眼，照亮发现、理解与阐释之路。

《老舍青岛文集》编纂委员会

2014年11月26日

编校例言

一、《老舍青岛文集》（以下简称《文集》）典汇老舍写青岛和在青岛写的各类作品，共141篇。从写作时间、地点、作品与青岛关系上看，包括两种情况：其一，自1934年9月上旬至1937年8月中旬，老舍在青岛生活、工作期间创作并发表的各类作品，共131篇，其中包括大量写青岛的作品；其二，自1937年8月中旬离开青岛以后，老舍所写以青岛为主题、背景或者含有显著青岛元素的作品，共10篇。

二、《文集》分为五卷：第一卷收录诗歌、散文与杂文、日记与书信；第二卷收录《骆驼祥子》、其他三部长篇小说《文博士》《天书代存》（与赵少侯合著，未完成）《小人物自述》（未完成）；第三卷收录小说集《樱海集》（部分）和《蛤藻集》；第四卷收录小说集《火车集》（部分）、集外短篇小说、小说译作、戏剧《大地龙蛇》；第五卷收录文论，包括创作经验与方法论集《老牛破车》（含《我怎样写〈骆驼祥子〉》）、讲演稿与评论、讲义。

三、各卷之中，一般以作品发表时间为序编年收入，部分作品按照同类主题或同一对象适当调整其排序，以便于阅读和对照，因此少量作品在排序上有前置现象。

四、本着忠实于原作的精神，《文集》中的作品首先依据作者手稿和作品原发表报刊予以收录和校勘，未单独发表过的作品采用作者或作者授权编订的单行本录入和校勘，未发表及未收入单行本中的部分作品，参照人民文学出版社的《老舍全集》及相关文献录入和校勘。录入、校勘及注释环节中参照的相关文献资料在本文集第五卷“参考文献”目下列出。

五、为保持作品原貌，除对明显的编校错误、笔误码和错别字作必要订正及按规范采用简化字外，均按原文照排。对作品中使用的一些习惯用语、字词以及标点符号等，有些与目前的规范用法有所不同，一般不做改动，但对容易引起歧义的字词，在其后加圆括号（ ）注明现在的规范用法，个别字词在注释中予以说明。

六、对作品中出现的人名、地名、事件、报刊、图书、出版机构、方言土语等进行注释，外国人名、地名及作品名参照现今通译名称进行注释。对英文人名、地名、著作等进行翻译、注释，对作者行迹及相关内容进行考释。着眼于《文集》性质的要求，对涉及青岛的内容予以较为详尽的注释，其他内容则予以简约注释。除了部分方言、土语或专用语之外，一般不做语意、语法本身的注释。为保持正文页面本身的完整性和协调性，所有注释均采取尾注的形式。

七、为增加史料价值和研究、阅读方面的适应性，《文集》载录了200余幅文献史料图片，主要为作者生平、作品书影、插图及相关历史文化等方面的内容。所载照片不在正文部分出现，均在注释部分及作品之间的间隔页面出现，个别篇目之后设有单独的图片页。

八、卷后附有《老舍青岛年谱》，主要汇集老舍青岛时期的生活、教育、文学创作、学术研究、交游及社会活动等方面的内容，从时间跨度上涵盖《文集》收录的全部作品的创作与发表时间。

九、为方便查阅，卷后附有本文集所收录作品的“篇目索引”。

总　目

第一卷目录

【日记与书信】

诗歌

【老舍青岛文集◎第一卷】

诗三律

远近渔帆无限情，与君携手踏沙行；
于今君去余秋暑，昨夜香残梦故城。
漠漠云波移往事，斑斑蛤壳照新晴。
何年再举兰陵酒，共听潮声兼话声！

晚风吹雾湿胶州，群岛微茫孤客愁！
一夏繁华成海市，几重消息隔渔舟；
不关宠辱诗心苦，每忆清高文骨遒。
灯影摇摇潮上急，归来无计遣三秋！

故人南北东西去，独领江山一片哀！
从此桃源萦客梦，共谁桑海赏天才？
二更明月潮先后，万事浮云雁往回：
莫把卖文钱浪掷，青州瓜熟待君来！

追溯20世纪30年代，英华会聚青岛，一批作家、学者在此生活、写作和研究，度过了他们各自的黄金时代，缔结了共同的人文精神。在许多人心目中，夏日青岛直若避暑天堂了，而所有涉及“避暑”的话语中，最具文化魅力与文献价值的当推《避暑录话》。这是1935年夏天诞生的一份文学副刊，依托《青岛民报》而存在，由老舍、洪深、王统照、赵少侯、杜宇、王余杞、王亚平、李同愈、吴伯箫、孟超、臧克家、刘西蒙共同发起创办，十二同人协力供稿，表达独立话语和共同意志，畅岁月之豪气，开文坛之新风。自1935年7月14日至9月15日，共出10期，本诗见之于终刊号。为纪念夏日的同人文学盛典，老舍罕见地写下了这组韵味悠长的古典诗篇。这是今所见老舍在青岛作的唯一的一组旧体诗，也是其旧体诗的代表作之一。

本诗包括三首七律，第一首以文人雅会之情开启时空迷津，在“远近渔帆无限情，与君携手踏沙行”的夏日漫步中展开道路，携手共进，为语言、梦想和创造力作见证，山海为之交辉。第二首重在写同人离别之意，在“晚风吹雾湿胶州，群岛微茫孤客愁”的海客情怀中浸润着无尽思念，朋友们带着不舍与牵挂告别了，各奔东西，不知何日再相聚首。第三首归结于故交重逢之念，所有美好的事物都在相互珍守和相互期待，于是就有了“莫把卖文钱浪掷，青州瓜熟待君来”的悠然一笑，天地之间弥漫着表达祝福的忧伤光彩。知老舍为语言大师，但展读这部诗篇，还是感到多少有些意外，一向自谦“不是诗人”者竟吟出了这样一番古典意境，足见其内心之诚与功底之深了，不唯一时一地之自我诗情的呈现，分明有一重不分彼此的今古和声在回响，以至于让这座开埠不久的城市忘记了历史的界限，在现代门槛上打开了那尘封已久的古典之门。时光弥漫，往事重现，那些有意义的人文约定是短暂的也是恒久的，为城市带来了新的沉思。

诗 三 律

今夏居青岛，得会友论文，乐胜海浴。秋来，送别诸贤，怅然者久之！久不写诗，匆匆成三律，贵纪实耳，工拙非所计。《避暑录话》待稿，出此塞责。新诗过难，未敢轻试，剑三[1]克家[2]亚平[3]孟超[4]诸诗家幸勿指为开倒车也！

一

远近渔帆无限情，与君携手踏沙行；
于今君去余秋暑，昨夜香残梦故城[5]。
漠漠云波移往事，斑斑蛤壳照新晴。
何年再举兰陵酒[6]，共听潮声兼话声！

二

晚风吹雾湿胶州[7]，群岛微茫孤客愁！
一夏繁华成海市[8]，几重消息隔渔舟；
不关宠辱诗心苦，每忆清高文骨遒。
灯影摇摇潮上急，归来无计遣三秋！

三

故人南北东西去，独领江山一片哀！
从此桃源[9]萦客梦，共谁桑海赏天才？
二更明月潮先后，万事浮云雁[10]往回：
莫把卖文钱浪掷，青州瓜[11]熟待君来！

20世纪二三十年代的青岛

[1] 剑三，即王统照（1897～1957），字剑三，山东诸城人，著名作家、教育家，新文化运动先驱者，青岛本埠新文学的拓荒者。1927年春定居青岛，居观海二路49号。1929年9月主持创办青岛第一份新文学期刊《青潮》，标志着青岛本埠作家群在文坛的正式亮相。1933年写出长篇小说《山雨》。在20世纪30年代的青岛，他与老舍都是青岛文学力量的关键人物，深刻见证了当时青岛文化高峰的形成与演变轨迹。1935年春，王统照欧游归国，于当年夏返回青岛，与老舍等同人共创《避暑录话》。1949年7月任山东大学中文系主任，后曾邀请老舍来校任教。

[2] 臧克家（1905～2004），山东诸城人，著名作家。1929年入国立青岛大学补习班，1930年考入国立青岛大学外文系，入学考试国文试卷上写有三句小诗："人生永久追逐着幻光，但谁把幻光看作幻光，谁便沉入了无边的苦海！"经文学院院长闻一多核准转入中文系读书。1933年出版第一部诗集《烙印》，时在齐鲁大学任教的老舍写下诗评，言："最可爱的地方是那点有什么说什么的直爽——虽然不都干脆。旧诗里几乎不易找到这个劲。"（老舍：《臧克家的〈烙印〉》，1933年11月1日《文学》1卷5号）翌年推出长诗《罪恶的黑手》。毕业后赴临清任教。1935年暑假回青岛，共创《避暑录话》。对老舍，臧克家铭感不忘，写有《老舍永在》《〈避暑录话〉与〈星河〉》《我尊敬的长者与朋友》等纪念文章。

[3] 王亚平（1905～1983），原名王福全，字减之，笔名罗伦、人威、李篁等，河北威县人，诗人和戏剧家。1931年加入中国诗歌会。1934年秋自北平来青岛教书，任黄台路小学教务主任和校长。其间，组织

中国诗歌会青岛分会，创办《现代诗歌》《诗歌新辑》等杂志，推出首部诗集《都市的冬》。1935年夏，与老舍等同人共创《避暑录话》。当年冬，写出以“一二九”运动为主题的诗集《十二月的风》。

[4] 孟超（1902～1976），原名孟宪启，字励吾，号公孜，笔名林麦、林默、迦陵等，山东诸城人，作家。1928年与蒋光慈等组织太阳社。1934年移家青岛，初居无棣四路，翌年夏迁居苏州路20号，与刘西蒙比邻而居。1935年任文德中学教师，夏参与创办《避暑录话》。1936年1月接替刘西蒙担任《青岛民报》副刊编辑。1936年7月，与赵星火一起组织排演曹禺剧作《日出》，在市民礼堂（今青岛音乐厅）公演。

[5] 故城，指故都北京，民国时期称北平，为老舍的故乡。

[6] 兰陵酒，山东兰陵具有悠久的酿酒史，相传始于商朝。唐朝诗人李白游历山东时，曾畅饮过兰陵美酒，写下“兰陵美酒郁金香，玉碗盛来琥珀光；但使主人能醉客，不知何处是他乡”的佳句。

[7] 胶州，今指青岛辖域的胶州市，此处指的是胶州湾畔的青岛。

[8] 海市，意思是朋友们星散了，共创《避暑录话》的时光变得虚幻，俨如海市蜃楼了。这也是《立秋后》一文中“不复梦梦”之语含有的一层意思。

[9] 老舍视青岛为桃源仙境，《立秋后》文中有“此地是世外桃源”一语。

[10] 以南归之雁指代星散之友人。天冷了，雁南归，不忘回身嘱咐岛上的主人留点钱，以待日后相聚。

[11] 原产于山东青州的一种特甜瓜果，有二百余年的栽培史，包括小银瓜、大银瓜、火银瓜等种类。

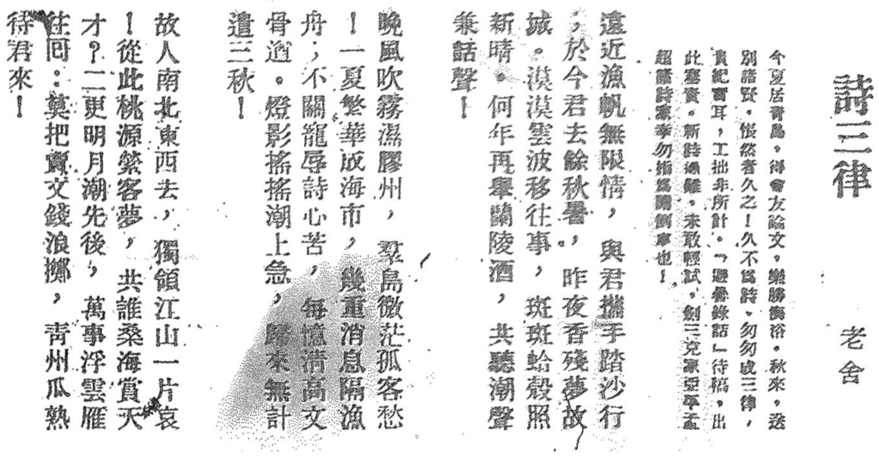

詩三律

老舍

今夏居青島，得會友論文，樂勝僧浴。秋來，送別諸賢，悵然者久之！久不爲詩，匆匆成三律，負紀實耳，工拙非所計。「避暑錄話」待稿，出此塞責。新詩過難，未敢輕試，劍三克家亞平孟超諸詩家，勿指爲開倒車也！

遠近漁帆無限情，與君攜手踏沙行；於今君去餘秋暑，昨夜香殘夢故城。漠漠雲波移往事，斑斑蛤殼照新晴。何年再舉蘭陵酒，共聽潮聲兼話聲！

晚風吹霧濕膠州，翠島微茫孤客愁！一夏繁華成海市，幾重消息隔漁舟；不關寵辱詩心苦，每憶清高文骨遒。燈影搖搖潮上急，歸來無計遣三秋！

故人南北東西去，獨領江山一片哀！從此桃源縈客夢，共誰桑海賞天才？二更明月潮先後，萬事浮雲雁往回；莫把賣文錢浪擲，青州瓜熟待君來！

《诗三律》原发表页（局部）
1935年9月15日《青岛民报》副刊
《避暑录话》第10期

《避暑录话》合订本

图为《避暑录话》合订本封面，原藏青岛礼贤中学图书馆，现藏青岛市图书馆。回溯1935年，《避暑录话》的出现，在青岛，在现代文坛引起了关注。预定10期出全以后，应读者要求而特别印行了合订本，汇总十二同人发表于其上的全部67篇作品，成为当时文坛一部别具意义的文献。本埠在荒岛书店和平原书店经销，外埠由上海生活书店总经销，封面印有毕加索为奥维德《变形记》所作的插图。老舍寓所距荒岛书店不足百米，写作闲暇常去那里淘书，也亲眼看到了《避暑录话》深受读者欢迎的场景。荒岛书店为当时青岛的一片新文化绿洲，1932年7月由北平中国学院毕业生孙乐文、张智忠和宁推之共同创办，坐落于东方市场北门旁，当时的门牌是广西路新4号。说起荒岛书店，不少人对它记忆犹新：“文人多了，一个专卖文艺书刊的书店——荒岛书店也随之诞生了。上海、北平出版的新文艺书籍和刊物，全可以在这里买到。它坐落在大学路尽头的一个角上，天天门庭若市，荒岛上的文艺空气顿时海潮般涨起了。”（臧克家：《悲愤满怀苦吟诗》）

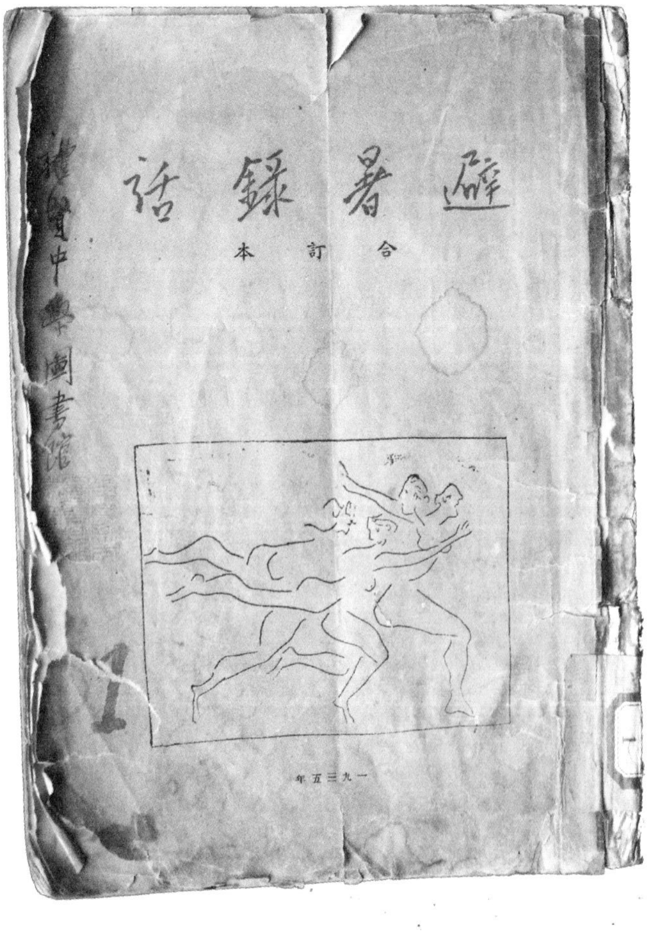

礼物

我不能供献你，朋友，什么奇伟的思想；
我不能供献你，朋友，甚至于一首悦耳的歌；
我自幼就懂得，可是，怎么把一个钱当作两个花；
穷困中的经验——穷人的狡猾也是正义！
可是呢，一世界的苦恼还没压碎我的心；
我不会用一根头发拴住生命的船；
我的想象，像春天才有花，是开在我的经验里：
我知道自己不会跌倒，因为我时时刻刻都在挣扎。
那么，我所能供献给你的，只是我；
我小，我丑，但自古至今，只有我这么一个我。
在我之外，我没有半亩田；我的心在身里，
正如身外到处顶着一块蓝空，叫作天。
除去我的经验，简直不认识我自己；
我的经验中有你：我想起自己，必须想起来
　你，朋友！

本篇原载1935年5月8日天津《益世报》副刊《文学》第10期。

这是今所见老舍在青岛作的唯一的一首新诗，也是新诗的代表作之一，文辞素朴，情深意切，寄念深博。老舍是大家的朋友，以真率、深沉而澄明之心与朋友交往。当年在青岛，只要有人来访，他都会热情款待，客人走后才拼了命似的做他自己的事情。朋友是打开心灵之门的钥匙，老舍向朋友们敞开心扉，也为许多朋友打开了这扇门。至于老舍的朋友有多少，似乎谁也说不清楚，他真心交往的人，不仅有作家、学者等知识精英，同样还有普通老百姓，他把自己真心地放在大众之中，与他们同呼吸共命运。当然也不受时空距离的限制，在青岛，他与各地的朋友交流，写信，忆念，遥相祝福，成就了那个时代的人间真情。1934年秋初来青岛不久，他写下两篇悼念亡友白涤洲的散文，其中有这样的语句："我们能找到比你俊美的人，比你学问大的人，比你思想高的人；我们到哪儿去找一位'朋友'，像你呢？"读之令人动容，可见朋友在他心目中的地位。于是，静下心来阅读本诗，我们对老舍至真、至诚、至善的朋友情怀有所领悟。"我想起自己，必须想起来你，朋友！"这是老舍献给所有朋友的礼物，道出了为友之道的真谛。说起来，其实也很简单，那就是视友若己，也就是《礼物》这首诗要所表达的意思。

礼　物

我不能供献你，朋友，什么奇伟的思想；
我不能供献你，朋友，甚至于一首悦耳的歌；
我自幼就懂得，可是，怎么把一个钱当作两个花；
穷困中的经验——穷人的狡猾也是正义！
可是呢，一世界的苦恼还没压碎我的心；
我不会用一根头发拴住生命的船；
我的想象，像春天才有花，是开在我的经验里：
我知道自己不会跌倒，因为我时时刻刻都在挣扎。
那么，我所能供献给你的，只是我；
我小，我丑，但自古至今，只有我这么一个我。
在我之外，我没有半亩田；我的心在身里，
正如身外到处顶着一块蓝空，叫作天。
除去我的经验，简直不认识我自己；
我的经验中有你：我想起自己，必须想起来你，朋友！
能给你的，我已给过；能给我的，我已接收；
我还愿再给，再受；咱们是朋友。
这里面并没有较量，咱们愿意如此，这样舒服。
我们交换的也许是钱，也许是件衣裳；
但咱们也握手，咱们互视，咱们一同高声的喊……
这就够了，朋友，咱们活着，为彼此活着。
咱们还有个相同的理想——咱们活着，生里包括着死。
死是件事实，可也能变成行为；这应落泪的事实，
及至变成了行为，咱们笑着破坏，以便完成。
最多咱们毁了自己，至少咱们也完成一点，
哪怕是一丁点，真正的破坏，建设是另一个名儿。

假若一旦死分开你我，呕，那是必不可免的事实；
我或你先卧在地下，我或你来到坟前——
或者连个坟头也没有——我或你踏着那地上的青草，
何必含着泪呢，在记忆中咱们曾在一块儿活着过；
你我的价值，只有你我知道；死去的永远静默，
活着的必须快活；假若咱们没享受过，
为什么再使后来的哭丧着脸呢？咱们毁了生命，
就是埋在地下还会培润几条草根，使草叶有老玉样
的深绿；这草叶上有你有我，笑吧，死便是生！
笑吧！假若咱们没那样的活过，咱们再活一百回，
有什么意思呢？生死一回就够了，因为这一回咱们
尽了力；一个霹雳就收住了雨，那七色的长虹，
那戏水的蜻蜓，雨后自有人来观赏；认定了吧，
那不是咱们的事。朋友，我供献给你什么呢？
什么呢？假若不是鼓励，我怎伸得出去手呢！

〖老舍青岛文集◎第一卷〗

散文与杂文

记涤洲 哭白涤洲

你这一辈子，受过多少累，吃过多少苦，家中遭了多大的变故，你总不灰心，始终努力，就这样死了吗？前年我由济南赶来，是为祭你的夫人，安慰你。你还是笑着，泪终日在眼眶里。去年你过济南，我们谈了半夜。你老那么高兴，要强，不怕，你老是我们中最年少最有为的一位——朋友。朋友！你决不肯——我知道——弃舍了我们。你在我们心中老活着。想起了你，会使我们努力作人，努力治学。命是短的，作好作坏是一样的——早晚得死。有你死在前面，我们懂得了：作好要快呀，命是短的。涤洲，我说不出什么来了。我只能叫几声『好朋友』，哭着跑回青岛。人家说咱俩是一对儿，唉！！！

两篇散文俱为老舍悼念亡友白涤洲而作。第一篇《记涤洲》原载1934年10月27日北平《国语周刊》第161期，署名“舍”。第二篇《哭白涤洲》原载1934年12月上海《人间世》第17期。考虑到两文的一致性和阅读方便，在此前后编排。

白涤洲为老舍发小，北京师范学校的同学，两人性情相投，交谊至为深厚。早年在故乡北京，两人常与罗常培、何容、王向辰等好友一起谈叙人生、游历古都，缔结了青春盟约。1930年4月，结束海外生涯归国后，老舍在北平与诸友重聚，契阔谈宴，神情激越。当年六七月间，就是在白涤洲家里，老舍与北京师范大学中文系女生胡絜青相遇了，爱情开始降临，后经白涤洲与罗常培的说合，他们于1931年夏结为夫妻。1934年10月12日，身在青岛的老舍接到了“涤洲病危”的电报，14日起身赶赴北平，然未想白涤洲已于12日凌晨去世。老舍悲痛有加，在北平即作《记涤洲》一文，回青岛后又作《哭白涤洲》一文，抒发生命无常而真情不灭之感怀。

记涤洲[1]

死是多么容易想到的事，可是白涤洲的死大概朋友们谁也没想到吧？这才使人跺脚！才三十多岁，天不怕地不怕——因为身体好——精明强干，舍己从人，涤洲，竟自死了；谁在事前敢这么想，谁是疯子；而今“天”是疯了；从青岛到北平，我的泪不能干，不能干！

十六七岁的时候，我俩是同学。虽然隔着班级，不知道怎的我和涤洲最说得来。那时候，他偏着头，穿着瘦蓝布褂，身量就不矮，常考第一。有的同学和他好，有的不大对劲儿；没人恨他。他简单，有点乡下气，好说，也有些不高明而宽厚的幽默。说起西山[2]来，他的眼——老那么扣扣着点——发了光。他得意，自称为山精。我俩很好，可是我找不到他有什么特别可爱的地方。我承认他聪明，没脾气，可是我同时怕他只为考第一，样样功课叫好，而落得什么也不真好；天才往往倒不见得考第一。对他的脾气也是这样，我怕他为太讨好而学圆滑了；我爱硬干的人。

他在师范学校[3]毕业后就派作了校长，接我的手。这时候，我俩的交情更深了些，我看出他的本事，和交友的厚道。我这才明白：他的精明使他更忠厚——本来应当更圆滑——这就是说，他“肯”吃亏。他吃了亏，向好友们说说，一种幽默的出气方法。假若没地方去说，他可受不住。这个人必须有些好友，他自己是个好朋友。我想不起更足以表现他整个人格的称号；对，只有“好朋友”，大家有什么事都找他。有时候因为事的琐细，他说声“他妈的”，可是马上穿起大衫，不怕是在怎样劳累以后，还是去给办那件小事。什么都是他，钱归他拿着，房契由他保存，书在他那里堆着。他高兴，他对事事点头。啊，涤洲，你的死，我们大家都负着责任。你是累死了。

在小学校界里几年，他成了很重要的人物。几个好友都看出来：涤洲不应当这样下去，他应该求学，他有才力。他盘算了一番，只接收这个建议，而不接收任何人的金钱。他考入了北大。一边求学，一边还得养活一家子人。他又接了我的事，在教育会里作干事。大家都说：“涤洲和舍予是一对儿。”其实，我凭哪样赶得上他呢？就以我俩的事说，我的钱，他管着，明知他那么忙。我的家人，他给照应着。我的书，他代保存着；有人借去一本书，他都写个小条钉在书架上。回到北平，我住在他家。

我帮助了他什么呢？还不就是能彼此谈得来，他能和我谈那些带“他妈的”的话？夏天我在他那儿住，他满头大汗的回来，抱着个出号的西瓜。脱了大衫，他去找刀：“来，舍予，看我宰这个肥的！”吃了瓜，他脱了袜子，脚登在椅上，和我说起来。在他的谈话里，永远不自傲；对于学问，他常叹气；对于作人，他才肯点头——“我是个好人！”把吃亏受累的事都向我诉了委屈，手——那指甲微有点长的手——拍在腿上：“嘿，还忘了给老杨去定铺位呢，他后天上南京。”他又跑了，甭管天气多热。

就在这么忙，这么多事的几年中，他居然成了个学者。什么我都敢希望他，除了成为学者。他堵了我的嘴，可是激动了我的心。我不知怎样对他好了：应帮助他成为学者：——自然第一是先别求他办事了。不求他办事，怎能行呢？他是我的主心骨！求他办事？当然耽误了他的用功。朋友，涤洲，恐怕不是我一个人对你这样吧？我们想过了，而事情终于托你给办。只有你办得好，只有你肯替我们受累。你是散处各方的朋友的总办事处。你死了，涤洲，我们……说什么呢？！眼泪有什么用呢？！十天没有接到你的信，我还心里说：莘田[4]到了北平，热闹起来，忘了我！我还——该死！——给你汇钱，详详细细的写信，托你给办事。钱汇到北平，电报到了青岛——涤洲病故！

每次到北平来，洗澡，吃饭，买东西，听戏，都是你陪着；这次，你独自睡在法源寺[5]。你的一切，我知道。你的高身量，深色的衣服，手，脸，想主意时把下唇一咬……都记得，都记得，只是没了你，像个梦！

你这一辈子，受过多少累，吃过多少苦，家中遭了多大的变故，你总不灰心，始终努力，就这样死了吗？前年我由济南赶来，是为祭你的夫人，安慰你。你还是笑着，泪终日在眼眶里。去年你过济南，我们谈了半夜。你老那么高兴，要强，不怕，你老是我们中最年少最有为的一位——朋友。朋友！你决不肯——我知道——弃舍了我们。你在我们心中老活着。想起了你，会使我们努力作人，努力治学。命是短的，作好作坏是一样的——早晚得死。有你死在前面，我们懂得了：作好要快呀，命是短的。涤洲，我说不出什么来了。我只能叫几声“好朋友”，哭着跑回青岛。人家说咱俩是一对儿，唉！！！

廿三年十月十七，北平

北京师范学校

1913年夏，老舍考入北京师范学校——一所不收学费并提供膳宿、制服和书籍的学校，苦读五年。白涤洲晚老舍一年入校，毕业后相继到同一所学校任教。1920年，老舍升任京师郊外北区劝学员，白涤洲接任其职，担任京师公立第十七高等小学校兼国民学校（今方家胡同小学）校长。图为北京师范学校校门。

[1] 白涤洲（1900～1934），名镇瀛，蒙族，北京人，著名语言学家。1930年，白涤洲毕业于北京大学国文系。后曾任国语统一筹备委员会常务委员、中国大辞典编纂处理部主任及《国语周刊》主编等职，有《关中方言调查报告》《〈广韵〉入声今读表》等专著。

[2] 西山，指北京西山，又称小清凉山，位于北京西郊。

[3] 师范学校，即北京师范学校，1913年至1918年间，老舍在此读书。其间，白涤洲亦入读此校，与老舍成为挚友。校址原位于丰盛胡同，1916年迁至端王府夹道祖家街西口。

[4] 莘田，即罗常培（1899～1958），字莘田，号恬庵，北京人，著名语言学家。他与老舍同族、同庚、同窗，少时共读北京师范学校，交情深厚。当时，罗常培任北京大学中文系主任。

[5] 法源寺，位于北京教子胡同南端，为北京历史最久的佛刹，始建于唐太宗贞观十九年（645年），初名悯忠寺，清雍正年间重修并改称法源寺。现在为中国佛学院及中国佛教图书文物馆所在地。

哭白涤洲

十月十二接到电报："涤洲病危"。十四起身；到北平，他已过去。接到电报，隔了一天才动身，我希望在这一天再得个消息——好的。十二号以前，什么信儿都没听到，怎能忽然"病危"？涤洲的身体好，大家都晓得，所以我不信那个电报，而且深信必再有电更正。等了一天，白等；我的心凉了。在火车上我的泪始终在眼里转。车到前门，接我的是齐铁恨[1]——他在南京作事——我俩的泪都流下来了。我恨我晚来了一天，可是铁恨早来一天也没见到"他"。十二的早晨，"他"就走了！

这完全像个梦。八月底，我们三个——涤洲、铁恨、与我——还在南京会着[2]。多么欢喜呀！涤洲张罗着逛这儿那儿，还要陪我到上海，都被我拦住了。他先是同刘半农[3]先生到西北去；半农先生死后，他又跑到西安去讲学。由西安跑到南京，还要随我上上海。我没叫他去。他的身体确是好，但是那么热的天，四下里跑，不是玩的。这只是我的小心；梦也梦不到他会死。他回到北平，有信来，说：又搬了家。以后，再没信了，我心里还说：他大概是忙着作文章呢。敢情他又到河南讲学去了。由河南回来就病。十二号我接到那个电报。这不像个梦？

今天翻弄旧稿，夹着他一封信——去年一月十日在西山发的。"苓儿死去……咽气恰与伊母下葬同时，使我不能不特别哀痛。在家里我抱大庄，家母抱菊，三辈四人，情形极惨。现在我跑到西山，住在第三小学的最下一个院子，偌大的地方只有我一个人。天极冷，风顶大，冰寒的月光布满了庭院，我隔着玻窗，凝望南山，回忆两礼拜来的遭遇，止不住的眼泪流下来！"

"两礼拜来的遭遇"是大孩子蓝死，夫人死，女孩苓死。跟着——老天欺侮起来好人没完！——是菊死，和白老伯死；一气去了五口。蓝是夜间死的，他一边哭一边给我写信。紧跟着又得到白夫人病故的信，我跑回北平去安慰他。他还支持着，始终不放声的哭，可是端茶碗的时候手颤。跟着又死去三口，大家都担心他。他失眠，闭上眼就看见他的孩子。可是他不喝酒，不吸烟，像棵松树似的立着。他要作好到底。现在，剩下六十多的老母，廿多岁的续娶的夫人，与五岁的大庄！人生是什么呢？

朋友里，他最好。他对谁也好。有他，大家的交情有了中心。什么都是他作，任劳任怨的作，会作，肯作，有力气作。对家人、对朋友，永远舍己从人。对事情，明知上当，还作，只求良心上过得去。他很精明，但不掏出手段；他很会办事，多一半是因为肯办，肯认真办。他就这么累死了。

对学问，他很谦虚，总说他自己“低能”。可是在事情那么忙乱的时候，他居然在音韵学上有成就，有著作。他作到别人所不能作到的了：就在家中死了五口以后，他会跑到西北去调查方音！他还笑着说呢：到外边散散心。死了五口，散心？拿调查工作散心？他不是心狠，是尽人力所及的铸造自己。他老要对得起自己，对得起朋友，对得起一生。卅五岁就死去，这样的人，只有无知的老天知道怎回事！

自我一认识他，他彷佛就是个高个子。老推平头，老穿深色的衣服，腮上胡子很重。偶尔穿上洋服，他笑自己。他知道自己不漂亮。同样，他知道自己的一切缺点。有一次，他把件绸子大衫染得发了绿头，他笑着把它藏起去：“这不行，这不行，穿它还能上街？”他什么也不行，他觉得。于是高过他的人，他不巴结。低于他的人，他帮忙。对他自己，在幽默的轻视中去努力。高高的个子，灰色或蓝色的长袍，一天到晚他奔忙。他没有过人的思想，只求在他才力所及的事上、学问上、作人上，去作。他实在。说给他一件新事，或一个新的思想，他要想了，然后他拍着腿：“高！高！”到此为止；他能了解，而永不能作出来，新的。旧社会的享受，他没享受过；新的，也没享受过。他老想使别人过得去，什么新的旧的，反正自己没占了便宜。自己不占便宜就舒服。因此，他心宽。死了五口，还能支持，还替朋友办事，还努力工作，就是这个力量的果实。谁都说，过了那一场，涤洲什么也不怕了。他竟会死了！

他死的时候，一群朋友围着他，眼看着咽气，没办法。他给朋友帮过多少忙，而大家只能看着他死。他死后，由上海、汉口、青岛赶来许多朋友，来哭；有什么用呢？他已经死在医院了，老太太还拉着大庄给他送果子来。呕，什么也别说了吧，要惨到什么地步呢！涤洲，涤洲，我们只有哭；没用，是没用。可是，我们是哭你的价值呀。我们能找到比你俊美的人，比你学问大的人，比你思想高的人；我们到哪儿去找一位“朋友”，像你呢？

---

[1] 齐铁恨（1892～1977），本名勋，自号铁恨，满族，北京人，著名语言学家。他是老舍的发小，自幼在北京香山长大，对那里饲养的骆驼很熟悉，1936年春老舍在青岛黄县路寓所构思“骆驼祥子”的故事，就曾专门去信向他请教骆驼的物种习性等问题。见老舍：《我怎样写〈骆驼祥子〉》。

[2] 1934年夏辞去齐鲁大学教职后，老舍于当年8月19日动身南下，到上海考察写作环境。返程过南京时，与发小白涤洲和齐铁恨相会，甚喜。

[3] 刘半农（1891～1934），名复，字半农，江苏江阴人，著名作家、语言学家和教育家，新文化运动的先驱者之一。1917年任北京大学法科预科教授，协助陈独秀编辑《新青年》，积极投身文学革命，大力提倡白话文。有《扬鞭集》《瓦釜集》《中国文法通论》《四声实验录》等专著。

1930年6月，老舍与白涤洲等京华旧友相会于中南海

1930年4月，老舍欧游归国，自上海登陆。他在郑振铎家中小住半月，将始写于新加坡的长篇童话小说《小坡的生日》写完，即再度登船北上，经天津回到了故乡北平。游子阔别六年之后归来，与多年未见的故交重逢。图为诸友在中南海留影，自左至右依次为：王向辰、老舍、杨云竹、白涤洲、祁伯文、何容。不久后，老舍告别故乡，到济南的齐鲁大学任教，开始了7年的山东岁月。

还想着它

我要表扬中国人开发南洋的功绩：树是我们栽的，田是我们垦的，房是我们盖的，路是我们修的，矿是我们开的。都是我们做的。毒蛇猛兽，荒林恶瘴，我们都不怕。我们赤手空拳打出一座南洋来。我要写这个。我们伟大。是的，现在西洋人立在我们头上。可是，事业还仗着我们。我们在西人之下，其他民族之上。假如南洋是个糖烧饼，我们是那个糖馅。我们可上可下。自要努力使劲，我们只有往上，不会退下。没有了我们，便没有了南洋；这是事实，自自然然的事实。

本篇原载1934年10月《大众画报》第12期。《大众画报》创刊于1933年11月，梁得所主编，1935年5月停刊，共出19期。

写的是1929年10月至1930年2月旅居新加坡的情形。1924年9月赴英途中，老舍曾经到过新加坡，5年后结束旅欧生涯返国途中再度驻留此地，直接原因是旅费所限，当然他也想亲眼看看南洋并写一部小说。1929年10月，老舍由法国马赛上船，20余日抵达新加坡，先后住武吉巴梳路和华侨中学虎豹楼，谋得华侨中学的教职。置身于这座华人建的城市，感触良多，深为当年拓荒者的伟大精神和东方民族的不屈意志所感动，遂动笔创作长篇童话小说《小坡的生日》。1930年2月底，他辞别狮城新加坡，登船返国。1934年秋日，身在青岛的老舍又怀念起了往昔的南洋时光，遂写下《还想着它》。

还想着它

钱在我手里，也不怎么，不会生根。我并不胡花，可是钱老出去的很快。据相面的说，我的缝指太宽，不易存财；到如今我还没法打倒这个讲章。在德法意等国跑了一圈，心里很舒服了，因为钱已花光。钱花光就不再计划什么事儿，所以心里舒服。幸而巴黎的朋友还拿着我几个钱，要不然哪，就离不了法国。这几个钱仅够买三等票到新加坡的。那也无法，到新加坡再讲吧。反正新加坡比马赛离家近些，就是这个主意。

上了船，袋里还剩下十几个佛郎[1]，合华币大洋一元有余；多少不提，到底是现款。船上遇见了几位留法回家的“国留”——复杂着一点说，就是留法的中国学生。大家一见如故。不大会儿的工夫，大家都彼此明白了经济状况；最阔气的是位姓李的，有二十七个佛郎；比我阔着块巴来钱。大家把钱凑在一处，很可以买瓶香槟酒，或两枝不错的吕宋烟。我们既不想喝香槟或吸吕宋，连头发都决定不去剪剪，那么，我们到底不是赤手空拳，干吗不快活呢？大家很高兴，说得也投缘。有人提议：到上海可以组织个银行。他是学财政的。我没表示什么，因为我的船票只到新加坡；上海的事先不必操心。

船上还有两位印度学生，两位美国华侨少年，也都挺和气。两位印度学生穿得满讲究，也关心中国的事。在开船的第三天早晨，他俩打起来：一个弄了个黑眼圈，一个脸上挨了一鞋底。打架的原因：他俩分头向我们诉冤，是为一双袜子。也不是谁卖给谁，穿了（或者没穿）一天又不要了，于是打起活来。黑眼圈的除用湿手绢捂着眼，一天到晚嘟囔着：“在国里，我吐痰都不屑于吐在他身上！他脏了我的鞋底！”吃了鞋底的那位就对我们讲：“上了岸再说；揍他，勒死，用小刀子捅！”他俩不再和我们讨论中国的问题，我们也不问甘地怎样了。

那两位华侨少年中的一位是出来游历：由美国到欧洲大陆，而后到上海，再回家。他在柏林住了一天，在巴黎住了一天，他告诉我，都是停在旅馆里，没有出门。他怕引诱。柏林巴黎都是坏地方，没意思，他说。到了马赛，他丢了一只皮箱。那一位少年是干什么的，我不知道。他一天到晚想家。想家之外，便看法国姑娘。而后告诉那位出来游历的："她们都钓我呢！"

所谓"她们"，是七八个到安南或上海的法国舞女，最年轻的不过才三十多岁。三等舱的食堂永远被她们占据着。她们吸烟，吃饭，抡大腿，练习唱，都在这儿。领导的是个五十多岁的小干老头儿，脸象（像）个干橘子。他们没事的时候也还光着大腿，有俩小军官时常和她们弄牌玩。可是那位少年老说她们关心着他。

三等舱里不能算不热闹，舞女们一唱就唱两个多钟头。那个小干老头似乎没有夸奖她们的时候，差不多老对她们喊叫。可是她们也不在乎。她们唱或抡腿，我们就瞎扯，扯腻了便到甲板上过过风。我们的茶房是中国人，永远蹲在暗处，不留神便踩了他的脚。他卖一种黑玩艺，五个佛郎一小包，舞女们也有买的。

二十多天就这样过去：听唱，看大腿，瞎扯，吃饭。舱中老是这些人，外边老是那些水。没有一件新鲜事，大家的脸上眼看着往起长肉，好象一船受填时期的鸭子。坐船是件苦事，明知光阴怪可惜，可是没法不白白扔弃。书读不下去，海是看腻了，话也慢慢的少起来。我的心里想着：到新加坡怎办呢？

就在那么心里悬虚一天的，到了新加坡。再想在船上吃，是不可能了，只好下去。雇上洋车，不，不应当说雇上，是坐上；此处的洋车夫是多数不识路的，即使识路，也听不懂我的话。坐上，用手一指，车夫便跑下去。我是想上商务印书馆[2]。不记得街名，可是记得它是在条热闹街上；上欧洲去的时候曾经在此处玩过一天。洋车一直跑下去，我心里说：商务印书馆要是在这条街上等着我，便是开门见喜；它若不在这条街上，我便玩完。事情真凑巧，商务馆果然等着我呢。说不定还许是临时搬过来的。

这就好办了。进门就找经理。道过姓字名谁，马上问有什么工作没有。经理是包先生，人很客气，可是说事情不大易找。他叫我去看看南洋兄弟烟草公司的黄曼士[3]先生——在地面上很熟，而且好交朋友。我去见黄先生，自然是先在商务馆吃了顿饭。黄先生也一时想不到事情，可是和我成了很好的朋友；我在新加坡，后来，常到他家去吃饭，也常一同出去玩。他是个很可爱的人。他家给他寄茶，总是龙井与香片两种，他不喜喝香片，便都归了我；所以在南洋我还有香片茶吃。不过，这都是后话。我还得去找事，不远就是中华书局[4]，好，就是中华书局吧。经理徐采明先生至今还是我的好朋友。倒不在乎他给找着个事作，他的人可爱。见了他，我说明来意。他说有办法。马上领我到华侨中学[5]去。这个中学离街市至少有十多里，好在公众汽车（都是小而红的车，跑得飞快）方便，一会儿就到了。徐先生替我去吆喝。行了，他们正短个国文教员。马上搬来行李，上任大吉。有了事作，心才落了实，花两毛钱买了个大柚子吃吃。然后支了点钱，买了条毯子，因为夜间必须盖上的。买了身白衣裳，中不中，西不西，自有南洋风味。赊了部《辞源》；教书不同自己读书，字总得认清了——有好些好些字，我总以为认识而实在念不出。一夜睡得怪舒服；新《辞源》摆在桌上被老鼠啃坏，是美中不足。预备用皮鞋打老鼠，及至见了面，又不想多事了，老鼠的身量至少比《辞源》长，说不定还许是仙鼠呢，随它去吧。老鼠虽大，可并不多。讲多是壁虎。到处是它们：棚上墙上玻璃杯里——敢情它们喜甜味，盛过汽水的杯子总有它们来照顾一下。它们还会唱，吱吱的，没什么好听，可也不十分讨厌。

天气是好的。早半天教书，很可以自自然然的，除非在堂上被学生问住，还不至于四脖子汗流的。吃过午饭就睡大觉，热便在暗中渡过去。六点钟落太阳，晚饭后还可以作点工，壁虎在墙上唱着。夜间必须盖条毯子，可见是不热；比起南京的夏夜，这里简直是仙境了。我很得意，有薪水可拿，而夜间还可以盖毯子，美！况且还得冲凉呢，早午晚三次，在自来水龙头下，灌顶浇脊背，也是痛快事。

可是，住了不到几天，我发烧，身上起了小红点。平日我是很勇敢的，一病可就有点怕死。身上有小红点哟，这玩艺，痧疹归心，不死才怪！把校医请来了，他给了我两包金鸡纳霜，告诉我离死还很远。吃了金鸡纳霜，睡在床上，既然离死很远，死我也不怕了，于是依旧勇敢起来。早晚在床上听着户外行人的足声，“心眼”里制构着美的图画：路的两旁杂生着椰树槟榔；海蓝的天空；穿白或黑的女郎，赤着脚，趿拉着木板，嗒嗒的走，也许看一眼树丛中那怒红的花。有诗意呀。矮而黑的锡兰人[6]，头缠着花布，一边走一边唱。躺了三天，颇能领略这种浓绿的浪漫味儿，病也就好了。

一下雨就更好了。雨来得快，止得快，沙沙的一阵，天又响晴。路上湿了，树木绿到不能再绿。空气里有些凉而浓厚的树林子味儿，马上可以穿上夹衣。喝碗热咖啡顶那个。

学校也很好。学生们都会听国语，大多数也能讲得很好。他们差不多都很活泼。因为下课后便不大穿衣，身上就黑黑的，健康色儿。他们都很爱中国，愿意听激烈的主张与言语。

他们是资本家——大小不同，反正非有俩钱不能入学读书——的子弟，可是他们愿打倒资本家。对于文学，他们也爱最新的，自己也办文艺刊物。他们对先生们不大有礼貌，可不是故意的；他们爽直。先生们若能和他们以诚相见，他们便很听话。可惜有的先生爱耍些小花样！学生们不奢华。一身白衣便解决了衣的问题；穿西服受洋罪的倒是先生们，因为先生们多是江浙与华北的人，多少习染了上海的派头儿。吃也简单，除了爱吃刨冰，他们并不多花钱。天气使衣食住都简单化了。以住说吧，有个床，有条毯子，便可以过去。没毯子，盖点报纸，其实也可以将就。再有个自来水管，作冲凉之用，便万事亨通。还有呢，社会是个工商社会，大家不讲究穿，不讲究排场，也不讲究什么作诗买书，所以学生自然能俭朴。从一方面说，这个地方没有上海或北平那样的文化；从另一方面说，它也没有酸味的文化病。此地不能产生《儒林外史》。自然，大烟窑子等是有的，可是学生还不至于干这些事儿。倒是由内地的先生们觉得苦闷，没有社会。事业都在广东福建人手里，当教员的没有地位，也打不进广东或福建人的圈里去。教员似乎是一些高等工人，雇来的；出钱办学的人们没有把他们放在心里。玩的地方也没有，除了电影，没有可看的。所以住到三个月，我就有点厌烦了。别人也这么说。还拿天气说吧，老那么好，老那么好，没有变化，没有春夏秋冬，这就使人生厌。况且别的事儿也是死板板的没变化呢。学生们爱玩球，爱音乐，倒能有事可作。先生们在休息的时候，只能弄点汽水闲谈。我开始写《小坡的生日》。

本来我想写部以南洋为背景的小说。我要表扬中国人开发南洋的功绩：树是我们栽的，田是我们垦的，房是我们盖的，路是我们修的，矿是我们开的。都是我们作的。毒蛇猛兽，荒林恶瘴，我们都不怕。我们赤手空拳打出一座南洋来。我要写这个。我们伟大。是的，现在西洋人立在我们头上。可是，事业还仗着我们。我们在西人之下，其他民族之上。假如南洋是个糖烧饼，我们是那个糖馅。我们可上可下。自要努力使劲，我们只有往上，不会退下。没有了我们，便没有了南洋；这是事实，自自然然的事实。马来人什么也不干，只会懒。印度人也干不过我们。西洋人住上三四年就得回家休息，不然便支持不住。干活是我们，作买卖是我们，行医当律师也是我们。住十年，百年，一千年，都可以，什么样的天气我们也受得住，什么样的苦我们也能吃，什么样的工作我们有能力去干。说手有手，说脑子有脑子。我要写这么一本小说。这不是英雄崇拜，而是民族崇拜。所谓民族崇拜，不是说某某先生会穿西装，讲外国话，和懂得怎样给太太提着小伞。我是要说这几百年来，光脚到南洋的那些真正好汉。没钱，没国家保护，什么也没有。硬去干，而且真干出玩艺来。我要写这些真正中国人，真有劲的中国人。中国是他们的，南洋也是他们的。那些会提小伞的先生们，屁！连我也算在里面。

可是，我写不出。打算写，得到各处去游历。我没钱，没工夫。广东话，福建话，马来话，我都不会。不懂的事还很多很多。不敢动笔。黄曼士先生没事就带我去看各种事儿，为是供给我点材料。可是以几个月的工夫打算抓住一个地方的味儿，不会。再说呢，我必须描写海，和中国人怎样在海上冒险。对于海的知识太少了；我生在北方，到二十多岁才看见了轮船。

那么，只好多住些日子了。可是我已离家六年，老母已七十多岁，常有信催我回家。为省得闲着，我开始写《小坡的生日》。本来想写的只好再等机会吧。直到如今，啊，机会可还没来。

写《小坡的生日》的动机是：表面的写点新加坡的风景什么的。还有：以儿童为主，表现着弱小民族的联合——这是个理想，在事实上大家并不联合，单说广东与福建人中间的成见与争斗便很厉害。这本书没有一个白小孩，故意的落掉。写了三个多月吧，得到五万来字；到上海又补了一万。

这本书中好的地方，据我自己看，是言语的简单与那些像童话的部分。它不完全是童话，因为前半截有好些写实处——本来是要描写点真事。这么一来，实的地方太实，虚的地方又很虚，结果是既不像童话，又非以儿童为主的故事，有点四不像了。设若有工夫删改，把写实的部分去掉，或者还能成个东西。可是我没有这个工夫。顶可笑的是在南洋各色小孩都讲着漂亮——确是漂亮——的北平话。

《小坡的生日》写到五万来字，放年假了。我很不愿离开新加坡，可是要走这是个好时候，学期之末，正好结束。在这个时节，又有去作别的事情的机会。若是这些事情中有能成功的，我自然可以辞去教职而仍不离开此地，为是可以多得些经验。可是这些事都没成功，因为有人从中破坏。这么一来，我就决定离开。我不愿意自己的事和别人捣乱争吵。在阳历二月底，我又上了船。

到现在想起来，我还很爱南洋——它在我心中是一片颜色，这片颜色常在梦中构成各样动心的图画。它是实在的，同时可以是童话的，原始的，浪漫的。无论在经济上，商业上，军事上，民族竞争上，诗上，音乐上，色彩上，它都有种魔力。

---

[1] 佛郎，即法郎。

[2] 商务印书馆，此指商务印书馆设在新加坡的分支机构。

[3] 黄曼士（1890～1963），名琮，福建南安人，曾任新加坡南洋兄弟烟草公司分公司总经理。

[4] 中华书局，指中华书局设在新加坡的分支机构。

[5] 华侨中学，全称新加坡南洋华侨中学，由华侨领袖陈嘉庚发起创建于1919年3月21日。学校使用中国课本，以中文为教学媒介。

[6] 锡兰人，即斯里兰卡人。中国古代曾称斯里兰卡为狮子国或锡兰。

《小坡的生日》封面图像

置身于这座华人建的城市，老舍深为拓荒者的伟大精神和东方民族的不屈意志所感动，从历史到现实触摸着一个南洋之梦。长篇小说《小坡的生日》可视为一个局部成果，也是老舍南洋岁月的纪念之作，表现了弱小民族小伙伴们联合反抗殖民压迫的故事，带有强烈的童话色彩，寄情于梦境与现实之间。

新加坡华侨中学

1924年9月，老舍赴英伦途中曾路过新加坡。1929年结束欧游返国途中再度驻留此地，原因一是旅费所限，一是想亲眼看看南洋并写一部以南洋为主题的小说。他在新加坡呆了半年，先后住武吉巴梳路和华侨中学虎豹楼，在华侨中学谋得一份教职。图为20世纪20年代华侨中学主楼。1930年2月底，老舍辞别狮城，登船返国。

我没主意：把它放了吧，它准是死？养着它吧，家中没有笼子。我捧着它好象世上一切生命都在我的掌中似的，我不知怎样好。小鸟不动，蜷着身，两眼还那么黑，等着！楞了好久，我把它捧到卧室里，放在桌子上，看着它，它又楞了半天，忽然头向左右歪了歪用它的黑眼睁了一下；又不动了，可是身子长出来一些，还低头看着，似乎明白了点什么。

大作家写小动物，不仅精彩，而且一定很感人。这里有三篇写小动物的散文，第一篇写的是麻雀，后两篇写的是鸽子。

《小麻雀》原载1934年10月《文学评论》第1卷第2期。这是老舍来青岛后最早发表的散文之一，讲的是一只小麻雀的故事，它被人毁了翅膀，受了伤，怯生生地来到人的庭院中，对人有依赖却又不信任，可怜的是，又被猫给抓住了，差一点丢了性命，万幸遇上了理解这小动物的人。作者抒发了对弱小生灵的同情，在一个博爱瞬间表述着心事："我捧着它好象世上一切生命都在我的掌中似的，我不知怎样好。"小中见大，精微之处透露了对所有生命的关怀，寄托着一切生灵各得其所的祝福。于是，透过这个微小事件，人们看到了老舍的博爱之心，这也是文学的基本良知所在。

《小动物们》原载1935年3月20日《人间世》第24期。《小动物们（鸽）续》为其续篇，原载1935年4月20日《人间世》第26期。不知是否因为《小麻雀》一文所写的在莱芜路家中遇到那只小麻雀的缘故，唤起了作者对先前在北平与小动物接触的深情回忆。老舍喜欢小动物，自幼年起，鸽子的哨音就回荡在古城北平的每一个晨昏春秋，带着无边岁月的寂寞与悠扬。许多年以后来到青岛，似乎听到了同样的哨音划过碧蓝天空，于是往昔情景依次浮现，他展纸书写，娓娓道来，讲述着鸽子的种类、生活习性以及养鸽方法，追叙着北平鸽市及庙会的繁盛景象，轻松绘就了一幅老北京风俗画。

小麻雀

雨后，院里[1]来了个麻雀，刚长全了羽毛。它在院里跳，有时飞一下，不过是由地上飞到花盆沿上，或由花盆上飞下来。看它这么飞了两三次，我看出来：它并不会飞得再高一些，它的左翅的几根长翎拧在一处，有一根特别的长，似乎要脱落下来。我试着往前凑，它跳一跳，可是又停住，看着我，小黑豆眼带出点要亲近我又不完全信任的神气。我想到了：这是个熟鸟，也许是自幼便养在笼中的。所以它不十分怕人。可是它的左翅也许是被养着它的或别个孩子给扯坏，所以它爱人，又不完全信任。想到这个，我忽然的很难过。一个飞禽失去翅膀是多么可怜。这个小鸟离了人恐怕不会活，可是人又那么狠心，伤了它的翎羽。它被人毁坏了，而还想依靠人，多么可怜！它的眼带出进退为难的神情，虽然只是那么个小而不美的小鸟，它的举动与表情可露出极大的委屈与为难。它是要保全它那点生命，而不晓得如何是好。对它自己与人都没有信心，而又愿找到些倚靠。它跳一跳，停一停，看着我，又不敢过来。我想拿几个饭粒诱它前来，又不敢离开，我怕小猫来扑它。可是小猫并没在院里，我很快的跑进厨房，抓来了几个饭粒。及至我回来，小鸟已不见了。我向外院跑去，小猫在影壁前的花盆旁蹲着呢。我忙去驱逐它，它只一扑，把小鸟擒住！被人养惯的小麻雀，连挣扎都不会，尾与爪在猫嘴旁搭拉着，和死去差不多。

叼着小鸟，猫一头跑进厨房，又一头跑到西屋。我不敢紧追，怕它更咬紧了可又不能不追。虽然看不见小鸟的头部，我还没忘了那个眼神。那个预知生命危险的眼神。那个眼神与我的好心中间隔着一只小白猫。来回跑了几次，我不追了。追上也没用了，我想，小鸟至少已半死了。猫又进了厨房，我楞了一会儿，赶紧的又追了去；那两个黑豆眼仿佛在我心内睁着呢。

进了厨房，猫在一条铁筒——冬天升火通烟用的，春天拆下来便放在厨房的墙角——旁蹲着呢。小鸟已不见了。铁筒的下端未完全扣在地上，开着一个不小的缝儿小猫用脚往里探。我的希望回来了，小鸟没死。小猫本来才四个来月大，还没捉住过老鼠，或者还不会杀生，只是叼着小鸟玩一玩。正在这么想，小鸟，忽然出来了，猫倒象吓了一跳，往后躲了躲。小鸟的样子，我一眼便看清了，登时使我要闭上了眼。

小鸟几乎是蹲着，胸离地很近，象人害肚痛蹲在地上那样。它身上并没血。身子可似乎是蜷在一块，非常的短。头低着，小嘴指着地。那两个黑眼珠！非常的黑，非常的大，不看什么，就那么顶黑顶大的楞着。它只有那么一点活气，都在眼里，象是等着猫再扑它，它没力量反抗或逃避；又象是等着猫赦免了它，或是来个救星。生与死都在这俩眼里，而并不是清醒的。它是胡涂了，昏迷了；不然为什么由铁筒中出来呢？可是，虽然昏迷，到底有那么一点说不清的，生命根源的，希望。这个希望使它注视着地上，等着，等着生或死。它怕得非常的忠诚，完全把自己交给了一线的希望，一点也不动。象把生命要从两眼中流出，它不叫也不动。

小猫没再扑它，只试着用小脚碰它。它随着击碰倾侧，头不动，眼不动，还呆呆的注视着地上。但求它能活着，它就决不反抗。可是并非全无勇气，它是在猫的面前不动！我轻轻的过去，把猫抓住。将猫放在门外，小鸟还没动。我双手把它捧起来。它确是没受了多大的伤，虽然胸上落了点毛。它看了我一眼！

我没主意：把它放了吧，它准是死？养着它吧，家中没有笼子。我捧着它好象世上一切生命都在我的掌中似的，我不知怎样好。小鸟不动，蜷着身，两眼还那么黑，等着！楞了好久，我把它捧到卧室里，放在桌子上，看着它，它又楞了半天，忽然头向左右歪了歪用它的黑眼睁了一下；又不动了，可是身子长出来一些，还低头看着，似乎明白了点什么。

---

[1] 所指为老舍来青后的第一处寓所，位于莱芜路和登州路交界处。1934年9月至1935年2月，老舍一家在此居住。胡絜青的回忆是："一九三四年的初秋，我们全家从济南搬到青岛，住在山大身后的一座洋式平房里。这所房子，当时位于莱芜路，现在是登州路10号甲。如今的这一带，已是楼房成片，人口稠密的所在了；四十多年前，却比较空旷，我们一家孤零零地住在这里，四周没有多少人家，不甚方便。"（胡絜青：《重访老舍在山东的旧居》）房屋今已不存。

小动物们

鸟兽们自由的生活着，未必比被人豢养着更快乐。据调查鸟类生活的专门家说，鸟啼绝不是为使人爱听，更不是以歌唱自娱，而是占据猎取食物的地盘的示威；鸟类的生活是非常的艰苦。兽类的互相残食是更显然的。这样，看见笼中的鸟，或柙中的虎，而替它们伤心，实在可以不必。可是，也似乎不必替它们高兴；被人养着，也未尽舒服。生命彷佛是老在魔鬼与荒海的夹间儿，怎样也不好。

我很爱小动物们。我的“爱”只是我自己觉得如此；到底对被爱的有什么好处，不敢说。它们是这样受我的恩养好呢，还是自由的活着好呢？也不敢说。把养小动物们看成一种事实，我才敢说些关于它们的话。下面的述说，那么，只是为述说而述说。

先说鸽子。我的幼时，家中很贫。说出“贫”来，为是声明我并养不起鸽子；鸽子是种费钱的活玩艺儿。可是，我的两位姐丈都喜欢玩鸽子，所以我知道其中的一点儿故典。我没事儿就到两家去看鸽，也不短随着姐丈们到鸽市[1]去玩；他们都比我大着廿多岁。我的经验既是这样来的，而且是幼时的事，恐怕说得不能很完到了；有好多鸽子名已想不起来了。

鸽的名样很多。以颜色说，大概应以灰、白、黑、紫为基本色儿。可是全灰全白全黑全紫的并不值钱。全灰的是楼鸽，院中撒些米就会来一群；物是以缺者为贵，楼鸽太普罗。有一种比楼鸽小，灰色也浅一些的，才是真正的“灰”；但也并不很贵重。全白的，大概就叫“白”吧，我记不清了。全黑的叫黑儿，全紫的叫紫箭，也叫猪血。

猪血们因为羽色单调，所以不值钱，这就容易想到值钱的必是杂色的。杂色的种类多极了，就我所知道的——并且为清楚起见——可以分作下列的四大类：点子、乌、环、玉翅。点子是白身腔，只在头上有手指肚大的一块黑，或紫；尾是随着头上那个点儿，黑或紫。这叫作黑点子和紫点子。乌与点子相近，不过是头上的黑或紫延长到肩与胸部。这叫黑乌或紫乌。这种又有黑翅的或紫翅的，名铁翅乌或铜翅乌——这比单是乌又贵重一些。还有一种，只有黑头或紫头，而尾是白的，叫作黑乌头或紫乌头；比乌的价钱要贱一些。刚才说过了，乌的头部的黑或紫毛是后齐肩，前及胸的。假若黑或紫毛只是由头顶到肩部，而前面仍是白的，这便叫作老虎帽，因为很象廿年前通行的风帽；这种确是非常的好看，因而价值也就很高。在民国初年，兴了一阵子蓝乌和蓝乌头，头尾如乌，而是灰蓝色儿的。这种并不好看，出了一阵子锋头也就拉倒了。

环，简单的很：全白而项上有一黑圈者叫墨环；反之，全黑而项上有白圈者是玉环。此外有紫环，全白而项上有一紫环。“环”这种鸽似乎永远不大高贵。大概可以这么说，白尾的鸽是不易与黑尾或紫尾的相抗，因为白尾的飞起来不大美。

玉翅是白翅边的。全灰而有两白翅是灰玉翅；还有黑玉翅、紫玉翅。所谓白翅，有个讲究：翅上的白翎项是左七右八。能够这样，飞起来才正好，白边儿不过宽，也不过窄。能生成就这样的，自然很少，所以鸽贩常常作假，硬插上一两根，或拔去些，是常有的事。这类中又有变种：玉翅而有白尾的，比如一只黑鸽而有左七右八的白翅翎，同时又是白尾，便叫作三块玉。灰的、紫的，也能这样。要是连头也是白的呢便叫作四块玉了。四块玉是较比有些价值的。

在这四大类之外，还有许多杂色的鸽。如鹤袖，如麻背，都有些价值，可不怎么十分名贵。在北平，差不多是以上述的四大类为主。新种随时有，也能时兴一阵，可都不如这四类重要与长远。

就这四大类说，紫的老比别的颜色高贵。紫色儿不容易长到好处，太深了就遭猪血之诮，太浅了又黄不唧的寒酸。况且还容易长“花了”呢，特别是在尾巴上，翎的末端往往露出白来，像一块癣似的，把个尾巴就毁了。

紫以下便是黑，其次为灰。可是灰色如只是一点，如灰头、灰环，便又可贵了。

这些鸽中，以点子和乌为“古典的”。他们的价值似乎永远不变，虽然普通，可是老是鸽群之主。这么说吧，飞起四十只鸽，其中有过半的点子和乌，而杂以别种，便好看。反之，则不好看。要是这四十只都是点子，或都是乌，或点子与乌，便能有顶好的阵容。你几乎不能飞四十只环或玉翅。想想看吧：点子是全身雪白，而有个黑或紫的尾，飞起来像一群玲珑的白鸥；及至一翻身呢，那黑或紫的尾给这轻洁的白衣一个色彩深厚的裙儿，既轻妙而又厚重。假若是太阳在西边，而东方有些黑云，那就太美了：白翅在黑云下自然分外的白了；一斜身儿呢，黑尾或紫尾——最好是紫尾——迎着阳光闪起一些金光来！点子如是，乌也如是。白尾巴的，无论长得多么体面，飞起来没这种美妙，要不怎么不大值钱呢。铁翅乌或铜翅乌飞起来特别的好看，像一朵花，当中一块白，前后左右都镶着黑或紫，他使人觉得安闲舒适。可是铜翅乌几乎永远不飞，飞不起，贱的也得几十块钱一对儿吧。玩鸽子是满天飞洋钱的事儿，洋钱飞起却是不如在手里牢靠的。

可是，鸽子的讲究儿不专在飞，正如女子出头露脸不专仗着能跑五十米。他得长得俊。先说头吧，平头或峰头（峰读如凤；也许就是凤，而不是峰），便决定了身价的高低。所谓峰头或凤头的，是在头上有一撮立着的毛；平头是光葫芦。自然凤头的是更美，也更贵。峰　　或凤——不许有杂毛，黑便全黑，紫便全紫，搀着白的便不够派儿。它得大，而且要像个荷包似的向里包包着。鸽贩常把峰的杂毛剔去，而且把不像荷包的收拾得像荷包。这样收拾好的峰，就怕鸽子洗澡，因为那好看的头饰是用胶粘的。

头最怕鸡头，没有脑杓儿，楞头磕脑的不好看。头须像算盘子儿，圆忽忽的，丰满。这样的头，再加上个好峰，便是标准美了。

眼，得先说眼皮。红眼皮的如害着眼病，当然不美。所以要强的鸽子得长白眼皮。宽宽的白眼皮，使眼睛显着大而有神。眼珠也有讲究，豆眼、隔棱眼，都是要不得的。可惜我离开鸽子们已念多年，形容不上来豆眼等是什么样子了；有机会到北平去住几天，我还能把它们想起来，到鸽市去两趟就行了。

嘴也很要紧。无论长得多么体面的鸽，来个长嘴，就算完了事。要不怎么，有的鸽虽然很缺少，而总不能名贵呢；因为这种根本没有短嘴的。鸽得有短嘴！厚厚实实的，小墩子嘴，才好看。

头部以外，就得论羽毛如何了。羽毛的深浅，色的支配，都有一定的。老虎帽的帽长到何处，虎头的黑或紫毛应到胸部的何处，都不能随便。出一个好鸽与出一个美人都是历史的光荣！

身的大小，随鸽而异。羽色单调一些的，象紫箭等，自然是越大越蠢，所以以短小玲珑为贵。像点子与乌什么的，个子大一点也不碍事。不过，嘴儿短，长得娇秀，自然不会发展得很粗大了，所以美丽的鸽往往是小个儿。

大个子的，长嘴儿的，可也有用处。大个子的身强力壮翅子硬，能飞，能尾上戴鸽铃，所以它们是空中的主力军。别的鸽子好看，可供地上玩赏；这些老粗儿们是飞起来才见本事，故尔也还被人爱。长翅儿也有用，孵小鸽子是它们的事：它们的嘴长，“喷”得好——小鸽不会自己吃东西，得由老鸽嘴对嘴的“喷”。再说呢，喷的时候，老的胸部羽毛便糙了；谁也不肯这么牺牲好鸽。好鸽下的蛋，总被人拿来交与丑鸽去孵，丑鸽本来不值钱，身上糙旧一点也没关系。要作鸽就得美呀，不然便很苦了。

有的丑鸽，彷佛知道自己的相貌不扬，便长点特别的本事以与美鸽竞争。有力气戴大鸽铃便是一例。可是有力气还不怎样新奇，所以有的能在空中翻跟头。会翻跟头的鸽在与朋友们一块飞起的时候，能飞着飞着便离群而翻几个跟头，然后再飞上去加入鸽群，然后又独自翻下来。这很好看，假若他是白色的，就好象由蓝空中落下一团雪来似的。这种鸽的身体很小，面貌可不见得美。他有个标帜，即在项上有一小撮毛儿，倒长着。这一撮倒毛儿好像老在那儿说：“你瞧，我会翻跟头！”这种鸽还有个特点，脚上有毛儿，像诸葛亮的羽扇似的。一走，便扑喳扑喳的，很有神气。不会翻跟头的可也有时候长着毛脚。这类鸽多半是全灰全白或全黑的。羽毛不佳，可是有本事呢。

为养毛脚鸽，须盖灰顶的房，不要瓦。因为瓦的棱儿往往伤了毛脚而流出血来。

哎呀！我说“先说鸽子”，已经三千多字了，还没说完！好吧，下回接着说鸽子吧，假若有人爱听。我的题目《小动物们》，似乎也有加上个“鸽”的必要了。

[1] 明清时期，北京养鸽已成习俗，无论王公贵胄抑或市井细民均不乏热衷此道者，鸽市随之兴起，多见于各大庙会。关于北京最有名的鸽市，作者在本文的续篇《小动物们（鸽）续》中有详细介绍。

小动物们（鸽）续

养鸽正如养鱼养鸟，要受许多的辛苦。“不苦不乐”，算是说对了。不过，养鱼养鸟较比养鸽还和平一些；养鸽是斗气的事儿。是，养鸟也有时候怄气，可鸟儿究竟是在笼子里，跟别的鸟没有直接的接触。鸽子是满天飞的。张家的也飞，李家的也飞，飞到一处而裹乱了是必不可免的。这就得打架。因此，玩别的小玩艺用不着法律，养鸽便得有。这些法律虽不是国家颁布的，可是在玩鸽的人们中间得遵守着。比如说吧，我开始养鸽子，我就得和四邻的“鸽家”们开谈判。交情好的呢，可以规定：彼此谁也不要谁的鸽；假若我的鸽被友家裹了去，他还给我送回来；我对他也这样。这就免去许多战争。假若两家说不来呢，那就对不起了，谁得着是谁的，战争可就无可避免了。有这样的敌人，养鸽等于斗气。你不飞，我也不飞；你的飞起来，我的也马上飞起去，跟你“撞”！“撞”很过瘾：两个鸽阵混成一团，合而复分，分而复合；一会儿我“拉过”你的来，一会儿你又“拉过”我的去，如看拔河一样起劲。谁要是能“得过”一只来，落在自己的房上，便设法用粮食引诱下来，算做自己的战胜品。可是，俘虏是在房上，时时可以飞去；我可就下了毒手，用弩打下来，假若俘虏不受引诱而要逃走。打可得有个分寸，手法要好，讲究恰好打在——用泥弹——鸽的肩头上。肩头受伤，没有性命的危险，可是失了飞翔的能力。于是滚下房来，我用网接住；将养几天，便能好过来。手法笨的，弹中胸部，便一命呜呼；或是弹子虚发，把鸽惊走，是谓泄气。

“撞”实过瘾，可也别扭，我没法训练新鸽与小鸽了。新鸽与小鸽必须有相当的训练才认识自己的家，与见阵不迷头。那么，我每放起鸽去，敌人也必调动人马，那我简直没有训练新军的机会；大胆放出生手，准保叫人家给拉了去。于是，我得早早的起，敛旗息鼓的，一声不出的，去操练新军。敌人也会早起呀，这才真叫怄气！得设法说和了，要不然简直得出人命了。

哼，说和却不容易。比如我只有三十只能征惯战的鸽，而敌人有八十只，他才不和我开和平会议呢。没办法，干脆搬家吧。对这样的敌人，万幸我得过他一只来，我必定拿到鸽市去卖；不为钱，为是羞辱他。他也准知道我必到鸽市去，而托鸽贩或旁人把那只买回去，他自己没脸来和我过话。

即使没这种战争，养鸽也非养气之道；鸽时时使你心跳。这么说吧，我有点事要出门，刚走到巷口，见天上有只鸽，飞得两翅已疲，或是惊惶不定，显系飞迷了头；我不能漏这个空，马上飞跑回家，放起我的鸽来裹住这只宝贝。有天大的事也得放下。其实得到手中，也许是只最老丑的糟货，可是多少是个幸头，不能轻易放过。养鸽的人是“满天飞洋钱，两脚踩狗屎”，因为老仰首走路也。

训练幼鸽也是很难放心的事，特别是经自己的手孵出来的。头几次飞，简直没把握，有时候眼看着你自己家中孵出的幼鸽，飞到别家去，其伤心不亚于丢失了儿女。

最难堪的是闹“鸦虎子”。“鸦虎子”是一种小鹰，秋冬之际来驻北平，专欺侮鸽子。在这个时节，养鸽的把鸽铃都撤下来，以免鸦虎闻声而来。在放鸽以前，要登高一望，看空中有无此物。及至鸽已飞起，而神气不对，忽高忽低，不正经着飞；便应马上“垫”起一只，使大家落下，以免危险；大概远处是有了那个东西。不幸而鸦虎已到，那只有跺脚，而无办法。鸦虎子捉鸽的方法是把鸽群“托”到顶高，高得几乎像燕子那么小了，它才绕上去，单捉一只。它不忙，在鸽群下打旋，鸽们只好往高处飞了。越飞越高，越飞越乏；然后鸦虎猛地往高处一钻，鸽已失魂，紧跟着它往下一“砸”，群鸽屁滚尿流，一直的往下掉。可是鸦虎比它们快。于是空中落下一些羽毛，它捉一只，找清静地方去享受。其余的幸得逃命，不择地而落，不定都落到哪里去呢！幸而有几只碰运气落在家中的房上，亦只顾喘息，如呆如痴，非常的可怜。这个，从始至终，养鸽的是目不敢瞬的看着；只是看着，一点办法没有！鸦虎已走，养鸽的还得等着，等着失落的鸽们回来。一会儿飞回来一只，又待一会儿又回来一只。可是等来等去，未必都能回来，因惊破了胆的鸽是很容易被别家得去的。检点残军，自叹晦气，堂堂七尺之躯会干不过个小小的鸦虎子！

普通的飞法是每天飞三次，每飞一次叫做“一翅儿”。三次的支配大概是每日的早晚中三时，这随天气的冷暖而变动。夏日太热，早晚为宜，午间即不放鸽；冬日自然以午间为宜，因为暖和些。夏天的鸽阵最好看，高处较凉一些，鸽喜高飞；而且没有鸦虎什么的，鸽飞得也稳；鸦虎大概是到别处去避暑了。每要飞一翅儿，是以长竿——竿头拴些碎布或鸡毛——一挥，鸽即飞起。飞起的都是熟鸽，不怕与别家的“撞”。其中最强者，尾系鸽铃，为全军奏乐。飞起来，先擦着房，而后渐次高升，以家中为中心来回的旋转。鸽不在多少，飞起来讲究尾彩配合的好，“盘儿”——即鸽阵——要密，彼此的距离短而旋转得一致。这样有盘儿有精神，悦目。盘儿大而松懈，东一个西一个地乱飞，则招人讥诮。当盘儿飞到相当的时间，则当把生鸽或幼鸽掷于房上，盘儿见此，则往下飞。如欲训练生鸽或幼鸽，即当盘儿下落之际续入，随盘儿飞转几圈，就一齐落于房上，以免丢失。以一鴿或二鴿掷于房上，招盘儿下来，叫做“垫”。

老鴿不限于随盘儿飞，有时被主人携到十数里之外去放，仍能飞回来。有时候卖出去，过一两月还能找到了老家。

养鴿的人家，房脊上摆琉璃瓦两三块，一黄二绿，或二绿一黄，以作标帜。鴿们记得这个颜色与摆法，即不往生地方落。

新鴿买来，用线拢住翅儿，以防飞走。过几天，把翅儿松开些，使能打扑噜而不能高飞，掷之房上，使它认识环境。再过几天，看鴿性是强烈还是温柔而决定松绑的早晚。老鴿绑的日久，幼鴿绑的期短。松绑以后，就可以试着训练了。

鸽食很简单，通常都用高粱。到换毛的时候或极冷的时候才加些料豆儿。每天喂鴿最好有一定的次数。

住处也不须怎么讲究，普通的是用苇扎成个栅子，栅里再砌起窝来，每一窝放一草筐，够一对鸽住的。最要紧的是要干燥和安全。窝门不结实，或砌的不好，黄鼠狼就会半夜来偷鴿吃。窝干燥清洁，鴿不易得病；如得起病来，传染的很快，那可了不得。

该说鸽市。

对于鴿的食水，我没详说，因为在重要的点上大家虽差不多，可是每人都有自己的手法，不能完全相同；既是玩吗，个人总设法证明自己的方法最好。谈到鴿市，规矩可就是普通的了，示奇立异是行不通的。

在我幼时，天天有鴿市。我记得好像是这样：逢一五是在护国寺[1]的后身，二六是在北新桥，三是土地庙[2]，四是花市，七八是西城车儿胡同，九十是隆福寺[3]外。每逢一五，是否在护国寺后身，我不敢说准了；想了半天，也想不起来。

鸽贩是每天必上市的。他们大约可分三种：第一种是阔手，只简单地拿着一个鸽笼，专买卖中上等的鴿子。第二种，挑着好几个笼，好歹不论，有利就买就卖。第三种是专买破鸽雏鸽与鸽蛋——送到饭庄当菜用。我最不喜欢这第三种，鴿子一到他们手里就算无望了。顶可怜是雏鸽，羽毛还没长全，可是已能叫人看出是不成材料的货，便入了死笼。雏鸽哆嗦着，被别的鴿压在笼底上，极细弱地叫着！再过几点钟便成了盘中的菜了。

此外，还有一种暗中作买卖而不叫别人知道的，这好像是票友使黑杵，虽已拿钱而不明言。这种人可不甚多。

养鸽的人到市上去，若是卖鴿，便也是提笼。若是去买鴿，既不知准能买到与否，自然不必拿着笼去。只去卖一二只鴿，或是买到一二只，既未提笼，就用手绢捆着鸽。

买鸽的时候，不见得准买一对。家家中有只雄的，没有伴儿，便去买只雌的；或者相反。因此，卖鸽的总说“公儿欢，母儿消”。所谓“欢”者，就是公鸽正想择配，见着雌的便咕咕地叫着追求。所谓“消”者，是雌鸽正想出嫁，有公鸽向她求爱，她就点头接受。买到欢公或消母，拿到家中即能马上结婚，不必费事。欢与消可以——若是有笼——当面试验。可是市上的鸽未必雄的都欢，雌的都消。况且有时两雄或两雌放在一处而充作一对儿卖。这可就得看买主的眼睛了。你本想去买一只欢公，而市上没有；可是有一只，虽不欢，但是合你的意。那么，也就得买这一只；现在不欢，过几天也许就欢起来。你怎么知道那是个公的呢？为买公鸽而去，却买了只母的回来，岂不窝囊得慌！市上是不甚讲道德的，没眼睛的就要受骗。

看鸽是这样的：把鸽拿在左手中，拢着鸽的翅与腿，用右手去托一托鸽的胸。鸽在此时，如瞪眼，即是公；眨眼的，即是母。头大的是公，头小的是母。除辨别公母，鸽在手中也能觉出挺拔与否。真正的行家，拿起鸽来，还能看出鸽的血统正不正来。有的鸽，外表很好，而来路不正，将来下蛋孵窝，未必还能出好鸽。这个，我可不大深知；我没有多少经验。

看完了头部，要用手捋一捋鸽翅，看翅活动与否，有力没有，与是否有伤——有的鸽是被弩弹打过而翅子僵硬不灵的。对于峰，尾，都要吹一吹，细看看；恐怕是假作的。都看好了，才讲价钱。半日之中，鸽受罪不少。所以真正好鸽，如鸽市上去卖，便放在笼内，只准看，不准动手。这显着硬气，可是鸽子的身分得真高；假如弄只破鸽而这么办，必会被人当笑话说。还有呢，好鸽保养的好，身上有一层白霜，像葡萄霜儿那样好看，经手一摸，便把霜儿蹭了去；所以不许动手。可是好鸽上市，即使不许人动，在笼中究竟要受损失，尾巴是最易磨坏的。所以要出手好鸽往往把买主请到家中来看，根本不到市上去。因此，市上实在见不着什么值钱的鸽子。

关于鸽，我想起这么些儿来，离详尽还远得很呢。就是这一点，恐怕还有说错了的地方；二十多年前的事是不易老记得很清楚的。

现在，粮食贵，有闲的人也少了；恐怕就还有养鸽的也不似先前那样讲究了。可是，这也没什么可惜。我只是为述说而述说，倒不提倡什么国鸟，国鸽的。

---

[1] 护国寺，北京“东西二庙”之西庙，始建于元代，清康熙六十一年（1722年）重修。护国寺庙会历史悠久，呈现了古都的种种民俗生活事相，多见鸟市。

[2] 土地庙位于宣武门外下斜街，阳历每旬三日有庙会。

[3] 隆福寺，北京“东西二庙”之东庙，始建于明景泰三年（1425年），清雍正九年（1731）重修。历史上曾为朝廷的香火院之一，其庙会规模盛大，亦多见鸟市。

可是『东风常向北，北风也有转南时』，我也出过两回锋头。一回是在英国一个乡村里。有位英国朋友死了，因为在中国住过几年，所以留下遗言，墓碣上要几个中国字。我去吊丧，死鬼的太太就这么跟我一提。我晓得运气来了，登时包办下来；马上回伦敦取笔墨砚，紧跟着跑回去，当众开彩。全村子的人横是差不多都来了吧，只有我会写；我还告诉他们：我不仅是会写，而且写得好。写完了，我就给他们掰开揉碎的一讲，这笔有什么讲究，哪笔有什么讲究。他们的眼睛都睁得圆圆的，眼珠里满是惊叹号。我一直痛快了半个多月。后来，我那几个字真刻在石头上了，一点也不瞎吹。『光荣是中国的，艺术之神多着一位。天上落下白米饭，小鬼儿响响的哭；因为仓颉泄露了天机！』我还记得作了这样高伟的诗。

1934年12月，老舍在青岛写了两篇杂文，一者言写字，一者言读书，可对照阅读。

《读书》原载1934年12月《太白》第1卷第7期。说自己喜欢读书，对书的喜好完全凭印象，劝告人们要善于读书，不能被书所控制。

《写字》原载1934年12月16日《论语》第55期。文中，老舍称“书法”为“写字”，有自谦之意，当然也是更切近本质的一种表达，就如同他将自己称为“写家”而不称为“作家”一样。幽默是一种日常化的存在，他讲了两次为他人写字的经历，一次在英国，围观者“眼珠里满是惊叹号”；一次在中国，围观者冷眼视之，乃至要求写字者赔纸。于是就在自嘲之中，讽刺了某些自诩天才其实写不好字，却偏偏要借着题字来出风头的人。无可奈何中，透过老舍式的幽默，映射了文化心理上的某种畸变。

读书

若是学者才准念书，我就什么也不要说了。大概不是专为学者预备的；那么，我可要多嘴了。

从我一生下来直到如今，没人盼望我成个学者，我永远喜欢服从多数人的意见。不是我爱念书。

书的种类很多，能和我有交情的不算少。我没有决定念什么的全权；自幼儿我就会逃学，楞挨板子也不肯说我爱《三字经》[1]和《百家姓》[2]。对《三字经》便可代表一类——这类书，据我看，顶好在判了无期徒刑以后去念，反正活着也没多大味儿，这类书可真不少，不知道为什么，也许是在无期徒刑罪的太多，要不然便是太少——我自己就常想杀些写这类书的人，可是我还没杀过一个，一来是因为——我才明白过来——写这类书的人敢情有好些已经死了，比如写《尚书》[3]的李二哥。二来是因为现在还有些人专爱念这类书，我不便得罪人太多了。顶好，我看是不管别人，我不爱念的就不动好了，好在，我爸爸没有希望我成个学者。

第二类书也与咱无缘，书上满是公式，没有一个“然而”和“所以”。据说，这类书里藏着打开宇宙秘密的小金钥匙。我倒很想明白点真理，如地是圆的之类，可是这种书别扭，它老瞪着我。书不老老实实当本书，瞪人干吗呀，我不能受这个气。有一回，一位朋友给我一本《相对论原理》[4]，他说：明白这个就什么都明白了，我下了决心去念这本宝贝书。读了两个“配纸”[5]，我遇上了一个公式，我跟它“相对”了两点多钟，往后边一看，公式还多了去啦！我知道和它们“相对”下去，它们也许不在乎，我还活着不呢?

可是我对这类书，老有点敬意。这类书和第一类有些不同，我看得出。第一类书不是没法懂，而是懂了以后使我更糊涂。我现在的理解力——比上我七岁的时候，我现在满可以作圣人了。——我能明白“人之初，性本善”，明白完了，紧跟着就糊涂了。昨儿个晚上，我还挨了小女儿——玫瑰唇的小天使——一个嘴巴。我知道这个小天使的性本不善，她才两岁；第二类书根本就看不懂，可是人家的纸上后印着一句废话，懂不懂的，人家不闹虚玄，它瞪我或者我是该瞪，我的心这么一软，便把它好好放往书架上，好打好散，别太伤了和气。

这要说到第三类书了，其实这不该算一类，就这么算吧！顺嘴。这类书是这样的，名气挺大，念的人总不肯说它坏，没有念过的人老怪害羞的说将要念，譬如说《元曲》，“太炎”[6]先生的文章，罗马的悲剧，辛克莱[7]的小说，《大公报》[8]——不知是哪儿出版的一本书——都算在这类里，这些书我也都拿起来过，随手便又放下了，这里还属那本《大公报》有点劲。我不害羞，永远不说将要念。好些书的广告与威风是很大的我只能承认那些广告作得不错，谁管它威风不威风呢？

“类”还多着呢？不便再说，有上面的三项也就足以证明我怎样的高明了。该说读的方法。

怎样读书，在这里，是个自决的问题，我说我的，没勉强谁跟我学。第一我读书没系统，借着什么，买着什么，遇着什么，就读什么。不懂的放下，使我糊涂的放下，没趣味的放下，不客气。我不能叫书管着我。

第二，读得很快，而不记住。书要都叫我记住，还要书干吗？书应该记住自己。对我，最讨厌的发问是：“那个典故是哪儿的呢？”“那句书是怎么来着？”我永不回答这样的考问，即使我记得。我又不是印刷器养的，管你这一套！

读得快，因为我有时候跳过几页去。不合我的意，我就练习跳远。书要是不服气的话，来跳我呀！看侦探小说的时候，我先看最后的几页，省事。

第三，读完一本书，没有批评，谁也不告诉。一告诉就糟，“嘿，你读《啼笑因缘》[9]？”要大家都不读《啼笑因缘》，人家写它干吗呢？一批评就糟：“尊家这点意见？”我不惹气。读完一本书再打通儿架，以上算。我有我的爱与不爱，存在我自己心里，我爱念什么就念，有什么心得我自己知道是一种享受，虽然显着自私一点。

再说呢？我读书似乎只要求一点灵感，“印象甚佳”，便是好书，我没工夫去细细分析它，所以根本不能批评，“印象甚佳”有时候并不是全书的，而是书中的一段最入我的味；因为这一段使我对这全书有了好感，其实这一段的美或者正足以破坏了全体的美，但是我不去管，有一段叫我喜欢两天的，我就感谢不尽，因此，设若我真去批评，大概是高明不了。

第四，我不读自己的书，不愿谈论自己的书。“儿子是自己的好”，我还不晓得，因为我自己还没有过儿子，有个小女儿，女儿能不能代表儿子，就不得而知。“老婆是别人的好”，我也不敢加以拥护，特别是在家里。但是我准知道，书是别人的好。别人的书自然未必都好，可是至少给我一点我不知道的东西。自己的，一提都头疼，自己的书，和自己的运气，好像永远的一对儿累赘。

第五，哼，算了吧！

山东大学从现潮音食堂
通往校园中心的小径，1935年

[1]　《三字经》，中国古代幼儿启蒙读物，说中国传统文化。

[2]　《百家姓》，中国古代幼儿启蒙读物，说中华姓氏。

[3]　《尚书》，又称《书》《书经》，上古文献档案，以记言为主，也是中国古代最早的散文总集。

[4]　《相对论原理》，德国科学家爱因斯坦（1879～1955）的著作。

[5]　“配纸”，即英文Page，意为书页。

[6]　太炎，即章太炎（1869～1936），原名学乘，字枚叔，浙江余杭人，清末民初思想家、国学家和反清革命家，时人常称之为“太炎先生”，有《訄书》《章氏丛书续编》《章氏丛书三编》等专著传世。

[7]　辛克莱，指美国现代小说家厄普顿·辛克莱（Upton Sinclair，1878～1968），以揭露社会丑事见长，有《屠场》《煤炭大王》《石油》《波士顿》等作品。老舍在《我怎样写〈小坡的生日〉》一文中将他与英国女作家梅·辛克莱（May Sinclair）作比较，分别称之为男辛克莱和女辛克莱，认为东方人之所以推崇男辛克莱，是看中他的激烈思想，但他的文笔却“是低等的新闻文学”。（见本书第5卷）

[8]　《大公报》，清末、民国时期最著名的报纸之一，1902年由英敛之创刊于天津。

[9]　《啼笑因缘》，民国时期张恨水的长篇章回小说，写青年学子樊家树与鼓书艺人沈凤喜的爱情故事，发生于北洋政府统治时期的北京。张恨水（1897～1967），安徽潜山人，“鸳鸯蝴蝶派”代表人物。

写 字

假若我是个洋鬼子，我一定也得以为中国字有趣。换个样儿说，一个中国人而不会写笔好字，必定觉得不是味儿；所以我常不得劲儿。

写字算不算一种艺术，和作官算不算革命，我都弄不清楚。我只知道好字看着顺眼。顺眼当然不一定就是美，正如我老看自己的鼻子顺眼而不能自居姓艺名术字子美。可是顺眼也不算坏事，还没有人因为鼻子长得顺眼而去投河。再说，顺眼也颇不容易；无论你怎样自居为宝玉，你的鼻子没有我的这么顺眼，就干脆没办法；我的鼻子是天生带来的，不是在医院安上的。说到写字，写一笔漂亮字儿，不容易。工夫，天才，都得有点。这两样，我都有，可就是没人求我写字，真叫人起急！

看着别人写，个儿是个儿，笔力是笔力，真馋得慌。尤其堵得慌的是看着人家往张先生或李先生那里送纸，还得作揖，说好话，甚至于请吃饭。没人理我。我给人家作揖，人家还把纸藏起去。写好了扇子，白送给人家，人家道完谢，去另换扇面。气死人不偿命，简直的是！

只有一个办法：遇上丧事必送挽联，遇上喜事必送红对，自己写。敢不挂，玩命！人家也知道这个，哪敢不挂？可是挂在什么地方就大有分寸了。我老得到不见阳光，或厕所附近，找我写的东西去。行一回人情总得头疼两天。

顶伤心的是我并不是不用心写呀。哼，越使劲越糟！纸是好纸，墨是好墨，笔是好笔，工具满对得起人。写的时候，焚上香，开开窗户，还先读读碑帖。一笔不苟，横平竖直；挂起来看吧，一串倭瓜，没劲！不是这个大那个小，就是歪着一个。行列有时像歪脖树，有时像曲线美。整齐自然不是美的要素；要命是个个字像傻蛋，怎么耍俏怎么不行。纸算糟蹋远了去啦。要讲成绩的话，我就有一样好处，比别人糟蹋的纸多。

可是“东风常向北，北风也有转南时”[1]，我也出过两回锋头[2]。一回是在英国一个乡村里。有位英国朋友死了，因为在中国住过几年，所以留下遗言，墓碣上要几个中国字。我去吊丧，死鬼的太太就这么跟我一提。我晓得运气来了，登时包办下来；马上回伦敦[3]取笔墨砚，紧跟着跑回去，当众开彩。全村子的人横是差不多都来了吧，只有我会写；我还告诉他们：我不仅是会写，而且写得好。写完了，我就给他们掰开揉碎的一讲，这笔有什么讲究，哪笔有什么讲究。他们的眼睛都睁得圆圆的，眼珠里满是惊叹号。我一直痛快了半个多月。后来，我那几个字真刻在石头上了，一点也不瞎吹。“光荣是中国的，艺术之神多着一位。天上落下白米饭，小鬼儿响响的哭；因为仓颉[4]泄露了天机！”我还记得作了这样高伟的诗。

第二回是在中国，这就更不容易了。前年我到远处去讲演。那里没有一个我的熟人。讲演完了，大家以为我很有学问，我就棍打腿的声明自己的学问很大，他们提什么我总知道，不知道的假装一笑，作为不便于说，他们简直不晓得我吃几碗干饭了，我更不便于告诉他们。提到写字，我又那么一笑。喝，不大会儿，玉版宣[5]来了一堆。我差点乐疯了。平常老是自己买纸，这回我可捞着了！我也相信这次必能写得好：平常总是拿着劲，放不开胆，所以写的不自然；这次我给他个信马由缰，随笔写来，必有佳作。中堂，屏条，对联，写多了，直写了半天。写的确是不坏，大家也都说好。就是在我辞别的时候，我看出点毛病来：好些人跟招待我的人嘀咕，我很听见了几句：“别叫这小子走！”“那怎好意思？”“叫他赔纸！”“算了吧，他从老远来的。”……招待员总算懂眼，知道我确是卖了力气写的，所以大家没一定叫我赔纸；到如今我还以为这一次我的成绩顶好，从量上质上说都下得去。无论怎么说，总算我过了瘾。

我知道自己的字不行，可有一层，谁的孩子谁不爱呢！是不是，二哥？

---

[1] 京剧《乌盆记》中的一句唱词。

[2] 锋头，犹言“风头”。

[3] 1924年7月至1929年6月，老舍旅居英国，在伦敦东方学院任教。

[4] 仓颉，神话中汉字的创造者，传为黄帝时造字的史官。《淮南子·本经训》：“昔者仓颉作书，而天雨粟，鬼夜哭。”

[5] 玉版宣，宣纸的一种，属半熟宣纸，色白，光洁，质地坚厚，不易洇水，看上去犹如玉版。

丁聪作《写字》插图

落花生

你看落花生：大大方方的，浅白麻子，细腰，曲线美。这还只是看外貌。弄开看：一胎儿两个或者三个粉红的胖小子。脱去粉红的衫儿，象牙色的豆瓣一对对的抱着，上边儿还结着吻。那个光滑，那个水灵，那个香喷喷的，碰到牙上那个干松酥软！白嘴吃也好，就酒喝也好，放在舌上当槟榔含着也好。写文章的时候，三四个花生可以代替一支香烟，而且有益无损。

本篇原载1935年1月20日《漫画生活》第5期。《漫画生活》创刊于1934年9月，1935年9月终刊，共出12期，以发表美术创作、美术评论和美术史论文为主。1935年9月，日本作家、汉学家武田泰淳（たけだたいじゅん）将本篇译成日文，名《南京豆》。这是有明确记载的首度被译成外文的老舍作品。

老舍极善于写日常事物，各种花木不说，就是花生、大葱和西红柿等这些普通食材在他的笔下也往往是要焕发奇彩的。这里，他写出了花生的种种好，有大益于生命，不分贵贱，与人最有交情。可能是为了感恩吧，他以拟人化的方式复活了花生的生命意义。关注素朴之物的神圣性，这是文学创作的一个母题。

落花生

我是个谦卑的人。但是，口袋里装上四个铜板的落花生[1]，一边走一边吃，我开始觉得比秦始皇还骄傲。假若有人问我："你要是作了皇上，你怎么享受呢？"简直的不必思索，我就答得出："派四个大臣拿着两块钱的铜子，爱买多少花生吃就买多少！"

什么东西都有个幸与不幸。不知道为什么瓜子比花生的名气大。你说，凭良心说，瓜子有什么吃头？它夹你的舌头，塞你的牙，激起你的怒气——因为一咬就碎；就是幸而没碎，也不过是那么小小的一片，不解饿，没味道，劳民伤财，布尔乔亚！你看落花生：大大方方的，浅白麻子，细腰，曲线美。这还只是看外貌。弄开看：一胎儿两个或者三个粉红的胖小子。脱去粉红的衫儿，象牙色的豆瓣一对对的抱着，上边儿还结着吻。那个光滑，那个水灵，那个香喷喷的，碰到牙上那个干松酥软！[2]白嘴吃也好，就酒喝也好，放在舌上当槟榔含着也好。写文章的时候，三四个花生可以代替一支香烟，而且有益无损。

种类还多呢：大花生，小花生，大花生米，小花生米，糖饯的，炒的，煮的，炸的，各有各的风味，而都好吃。下雨阴天，煮上些小花生，放点盐；来四两玫瑰露；够作好几首诗的。瓜子可给诗的灵感？冬夜，早早的躺在被窝里，看着《水浒》[3]，枕旁放着些花生米；花生米的香味，在舌上，在鼻尖；被窝里的暖气，武松打虎……这便是天国！冬天在路上，刮着冷风，或下着雪，袋里有些花生使你心中有了主儿。掏出一个来，剥了，慌忙往口中送，闭着嘴嚼，风或雪立刻不那么厉害了。况且，一个二十岁以上的人肯神仙似的，无忧无虑的，随随便便的，在街上一边走一边吃花生，这个人将来要是作了宰相或度支部尚书，他是不会有官僚气与贪财的。他若是作了皇上，必是朴俭温和直爽天真的一位皇上，没错。吃瓜子的照例不在街上走着吃，所以我不给他保这个险。

至于家中要是有小孩儿，花生简直比什么也重要。不但可以吃，而且能拿它们玩。夹在耳唇上当环子，几个小姑娘就能办很大的一回喜事。小男孩若找不着玻璃球儿，花生也可以当弹儿。玩法还多着呢。玩了之后，剥开再吃，也还不脏。两个大子儿的花生可以玩半天；给他们些瓜子试试。

论样子，论味道，栗子其实满有势派儿。可是它没有落花生那点家常的“自己”劲儿。栗子跟人没有交情，彷佛是。核桃也不行，榛子就更显着疏远。落花生在哪里都有人缘，自天子以至庶人都跟它是朋友；这不容易。

在英国，花生叫作“猴豆”——Monkey nuts。人们到动物园去才带上一包，去喂猴子。花生在这个国里真不算很光荣，可是我亲眼看见去喂猴子的人——小孩就更不用提了——偷偷的也往自己口中送这猴豆。花生和苹果好像一样的有点魔力，假如你知道苹果的典故[4]；我这儿确是用着典故。

美国吃花生的不限于猴子。我记得有位美国姑娘，在到中国来的时候，把几只皮箱的空处都填满了花生，大概凑起来总够十来斤吧，怕是到中国吃不着这种宝物。美国姑娘都这样重看花生，可见它确是有价值；按照哥伦比亚的哲学博士的辩证法看，这当然没有误儿。

花生大概还跟婚礼有点关系[5]，一时我可想不起来是怎么个办法了；不是新娘子在轿里吃花生，不是；反正是什么什么春吧——你可晓得这个典故？其实花轿里真放上一包花生米，新娘子未必不一边落泪一边嚼着。

---

[1] 落花生，即花生。在青岛，老舍与诸友宴饮，花生往往是盘中不可或缺之物。

[2] 本段写出花生之美妙，是内心与外物的审美观照。老舍笔下，这样的例子不少，如言西红柿为“有狐臭的美人”，而看到山东大葱之光洁白嫩则想起了“古希腊女神的乳房”，无不妙趣横生。

[3] 《水浒》，即《水浒传》，施耐庵作于元末明初，中国古代四大长篇小说之一。

[4] 西方关于苹果的典故很多，最著名的两个，其一是“禁果”，出自《圣经》，说伊甸园中，亚当和夏娃为蛇所引诱，偷吃了上帝的禁果，也就是善恶树上的果实——苹果，遂被逐出了伊甸园。另一个典故是所谓“纠纷的苹果”，用以比喻不和与争斗之源，说的是古希腊女神厄里斯（Eris）把一只镌刻着“属于最美者”的金苹果放在诸神的筵宴上，引起天后赫拉（Hera）、智慧女神雅典娜（Athena）和爱与美女神阿佛洛狄忒（Aphrodite）的争执，她们俱以为自己是最美者，于是一场神界纷争开始了，最后经特洛伊王子帕里斯（Paris）仲裁，把金苹果判给了爱与美女神阿佛洛狄忒，得偿所愿者也履行了诺言，协助帕里斯从斯巴达国王身边拐走了绝世美女海伦，遂引发了十年的特洛伊战争。

[5] 青岛地区的风俗是，新房之夜，婚床要撒上大枣、花生、桂圆和莲子，寓意早生贵子。

有钱最好

说到了玩，此地没有什么游艺场。此地根本是个避暑的所在，成年价在这儿住，当然是别扭。京戏偶尔来几个名角，戏价总要两三块，咱犯不上去。平日呢，老有蹦蹦戏，听着又不过瘾。电影院有几处，夏天才来好片子；冬天只是对付事儿，我假装的避宿，赶到惊蛰再去，也还不迟。公园真好，道路真好，海岸真好，遇上晴天我便去走，既不用花钱，而且接近了自然。在别方面受的罪，由这个享受补过来，这叫做穷欢喜。

本篇原载1935年3月1日《论语》第60期。

初来青岛只有半年的老舍，既感受到诗意安居之乐，亦感受到处处需要钱而带来的生活压力，谈及租房、搬家、养狗、听戏、看电影、坐车、饮食与娱乐诸事，无不与钱相关。但有些事物是不需要钱去买的，比如亲近自然，不花一个铜子即可“穷欢喜”一番，尽情享受山海的盛大馈赠。老舍自谦，虽言“我不是诗人”，却以浸润着诗性光辉的笔触深情描述着“青岛的青山绿水”，对青岛的地域精神做出了生动的阐释。

有钱最好

既是苦命人，到处都得受罪。穷大奶奶逛青岛，受洋罪；我也正受着这种洋罪。

青岛的青山绿水是给诗人预备的，我不是诗人。青岛的洋楼汽车是给阔人预备的，我有时候袋里剩三个子儿。享受既然无缘，只好放在一边，单表受罪。

第一先得说房。大小不拘，这里的房全是洋式。由房东那方面看，租钱不算多；由住房儿的看，像我这样的人，简直一月月的干给房钱赶网。吃也不算贵，喝也不算贵；房没有贱的。房既然贵，自然住不起一整所儿，所以大多数的楼房是分租，一层儿两三间房租给一家。住楼上的呢，得上下跑腿；而且费煤，因为高处得风，墙又不厚。住楼下的，自然省了脚，也较比的暖一点，可是乐不抵苦。您别看大家都洋服啷当儿的，讲到公德心，青岛的人并不比别处的文明。楼的建筑根本是二五八，楼板也就是一寸来厚，而楼上的人们，绝不会想到楼下还有人。希望大家铺地毯，未免所求过奢；能垫上点席子的便很难得。要赶上楼上有那么七八个孩子，那就蛤蟆垫桌腿儿，死挨。人家能把楼板跺得老忽闪忽闪的动，时时有塌下来的可能。自然没人能管住小孩不走不跳，可是能够作到的也没人作。比如说椅子腿上包点布，或者不准小孩拉椅子，这很容易办吧？哼，没那回事。你莫名其妙楼上怎会有那么多椅子，更不知道为什么老在那儿拉。你晓得楼上拉椅子多么难听，它钻脑子，叫人想马上自杀。可是谁叫你住楼下呢！你乘早不用去请求，住楼上的理直气壮。“哟，我们的孩子会闹？那可奇怪！拉椅子？我们的小孩可就是喜欢拉椅子玩。在楼上踢毽？可不是，小孩还能不玩？”楼上的人都这么和气而且近情近理。你只有一条路，搬家。

搬吧，都调查好了，同楼的小孩少，大人也规矩，你很喜欢。搬过去一看，院里有八条狗！青岛是带洋派的地方，讲究养狗。可是养狗的人想不起去溜溜它们，狗屎全摆在院中。狗名儿都是洋的，什么济美、什么邦走；敢情洋名的狗拉洋屎，也是臭的。济美们还叫呢，要赶上你要睡会儿觉，或是孩子刚睡着，人家才叫得凶呢。

还得搬哪！这回可好，没有小孩，也没有狗。早晨七点来钟，人家唱上了。青岛的京戏最时兴。早晨唱过了，那敢情不过是喊喊嗓子。大轴子是在晚上，胡琴拉着，生末净旦丑俱全，唱开了没头儿。唱得好听的自然不是没有哇；叫人想自杀的也不少。你怎办？还得搬家。

搬一回家，要安一回灯，挂一回帘子；洋房吗。搬一回家，要到公司报一回灯，报一回水，洋派吗。搬一回家，要损失一些东西，损失一些钱，洋罪吗。

好房子有哇，也得住得起呀。算了吧，房子够了。

带洋字的，还就是洋车好，干净，雨布风帘也齐全；可就是贵。一上车就是一毛钱，稍微远那么一点就得两毛。我的办法是不坐。这有点对不起“车友”们，可是有什么办法呢？自行车也不好骑，净是山路，坡得要命。最好是坐汽车，其次就是走，据我看。汽车呢，连那个喇叭咱也买不起；即使勉强的买个喇叭，不是还得自己走路；干脆，咱走就是了。青岛的空气却是不坏，可惜脚受点委屈！

关于食，没有什么可说的。饭馆子不少，中菜西菜都有。价钱都可以的，所以咱还是消极抵抗，不吃。自己家里做菜倒不贵，鱼虾现成，而且新鲜。别的肉类菜蔬也说不上贵来；吃饱了拉倒，这倒好办。馋了呢？活该！

穿，随便。青年人多数穿洋服，也很有些穿得很讲究的。咱向来不讲究穿，给它个不在乎。这占了已结婚的便宜。设若正在“追求”期间，我想我也得多一份洋罪。不穿洋服，可是我天天刮胡子，这一来是耍洋派，二来表示我并不完全不怕太太。完全不怕太太的人不易发财，真的！

说到了玩，此地没有什么游艺场。此地根本是个避暑的所在，成年价在这儿住，当然是别扭。京戏偶尔来几个名角[1]，戏价总要两三块，咱犯不上去。平日呢，老有蹦蹦戏[2]，听着又不过瘾。电影院[3]有几处，夏天才来好片子；冬天只是对付事儿，我假装的避宿，赶到惊蛰再去，也还不迟。公园真好，道路真好，海岸真好，遇上晴天我便去走，既不用花钱，而且接近了自然。在别方面受的罪，由这个享受补过来，这叫做穷欢喜。

总起来说，青岛不是个坏地方，官员们也真卖力气建设。所谓洋罪，是我的毛病，穷。假若我一旦发了财，我必定很喜欢这里。

等着吧，反正咱不能穷一辈子。

---

[1] 20世纪30年代，青岛京剧气氛良好，梅兰芳、尚小云、马连良、吴素秋与袁世海等名家都曾来青演出。

[2] 蹦蹦戏，评剧的俗称，原名平腔梆子戏，青岛人亦称评剧为落子。

[3] 关于看电影的事，老舍在《檀香扇》一文中有精彩描述。

对作人，我也是这样。我不希望自己是个完人，也不故意的招人家的骂。该求朋友的呢，就求；该给朋友作的呢，就作。作的好不好，咱们大家凭良心。所以我很和气，见着谁都能扯一套。可是，初次见面的人，我可是不大爱说话；特别是见着女人，我简直张不开口，我怕说错了话。在家里，我倒不十分怕太太。可是对别的女人老觉着恐慌，我不大明白妇女的心理；要是信口开河的说，我不定说出什么来呢，而妇女又爱挑眼。男人也有许多爱挑眼的，所以初次见面，我不大愿开口。我最不喜辩论，因为红着脖子粗着筋的太不幽默。我最不喜欢好吹腾的人，可并不拒绝与这样的人谈话；我不爱这样的人，但喜欢听他的吹。最好是听着他吹，吹着吹着连他自己也忘了吹到什么地方去，那才有趣。

三篇文章都涉及写稿、供稿及文学存在状态话题，分别从写作的基本原则、投稿的适宜心态及理想刊物的标准等角度看问题。在此一并录入，分别注释。

《又是一年芳草绿》原载1935年3月6日天津《益世报》副刊《文学》第1期。《益世报》创刊于1915年，为天主教教会在中国所办中文日报，其《文学》副刊创刊于1935年3月6日，李长之主编，1935年10月30日出版第35期后停刊，以文学批评为主，兼及翻译和创作，主要作者有梁实秋、朱光潜、老舍、周作人等人。单从标题看，本文像是写景物的，其实是一篇关于写作态度问题的杂论，作者从自我性情讲起，表明了写稿原则和做人准则。

《投稿》原载1937年5月15日《北平晨报》副刊《风雨谈》。1937年3月16日，《北平晨报》创设《风雨谈》副刊，同年7月13日停刊，共出52期，方纪生主编。本文从“投稿”的角度谈当时文坛上的虚浮现象，劝诫青年作者莫以投机的态度对待文学，提出了“要成一只会高飞的鹰，莫作被抽击才会转动的陀螺”这一忠告。

《理想的文学月刊》原载1937年5月25日上海《谈风》第15期。《谈风》创刊于1936年10月25日，终刊于1937年8月10日，共出20期。本文从出刊日期、封面、插图、字数、广告、内容、编辑、定价等角度提出了理想刊物的几个标准，针对当时一些报刊受制于经济、印刷和交通等方面的条件，常有不能按时出版的情况，在此把定期准时出版作为理想刊物的第一个标准，其中也谈及了写作及编辑态度问题。

又是一年芳草绿

悲观有一样好处，它能叫人把事情都看轻了一些。这个可也就是我的坏处，它不起劲，不积极。您看我挺爱笑不是？因为我悲观。悲观，所以我不能板起面孔，大喊：“孤——刘备！”我不能这样。一想到这样，我就要把自己笑毛咕了。看着别人吹胡子瞪眼睛，我从脊梁沟上发麻，非笑不可。我笑别人，因为我看不起自己。别人笑我，我觉得应该；说得天好，我不过是脸上平润一点的猴子。我笑别人，往往招人不愿意；不是别人的量小，而是不像我这样稀松，这样悲观。

我打不起精神去积极的干，这是我的大毛病。可是我不懒，凡是我该作的我总想把它作了，纯为得点报酬养活自己与家里的人——往好了说，尽我的本分。我的悲观还没到想自杀的程度，不能不找点事作。有朝一日非死不可呢，那只好死喽，我有什么法儿呢？

这样，你瞧，我是无大志的人。我不想作皇上。最乐观的人才敢作皇上，我没这份胆气。

有人说我很幽默，不敢当。我不懂什么是幽默。假如一定问我，我只能说我觉得自己可笑，别人也可笑；我不比别人高，别人也不比我高。谁都有缺欠，谁都有可笑的地方。我跟谁都说得来，可是他得愿意跟我说；他一定说他是圣人，叫我三跪九叩报门而进，我没这个瘾。我不教训别人，也不听别人的教训。幽默，据我这么想，不是嬉皮笑脸，死不要鼻子。

也不是怎股子劲儿，我成了个写家。我的朋友德成粮店的写账先生也是写家，我跟他同等，并且管他叫二哥。既是个写家，当然得写了。“风格即人”——还是“风格即驴”？——我是怎个人自然写怎样的文章了。于是有人管我叫幽默的写家。我不以这为荣，也不以这为辱。我写我的。卖得出去呢，多得个三头五块的，买什么吃不香呢。卖不出去呢，拉倒，我早知道指着写文章吃饭是不易的事。

稿子寄出去，有时候是肉包子打狗，一去不回头；连个回信也没有。这，咱只好幽默；多喒见着那个骗子再说，见着他，大概我们俩总有一个笑着去见阎王的。不过，这是不很多见的，要不怎么我还没想自杀呢。常见的事是这个，稿子登出去，酬金就睡着了，睡得还是挺香甜。直到我也睡着了，它忽然来了，彷佛故意吓人玩。数目也惊人，它能使我觉得自己不过值一毛五一斤，比猪肉还便宜呢。这个咱也不说什么，国难期间，大家都得受点苦，人家开铺子的也不容易，掌柜的吃肉，给咱点汤喝，就得念佛。是的，我是不能当皇上，焚书坑掌柜的，咱没那个狠心，你看这个劲儿！不过，有人想坑他们呢，我也不便拦着。

这么一来，可就有许多人看不起我。连好朋友都说："伙计，你也硬正着点，说你是为人类而写作，说你是中国的高尔基；你太泄气了！"真的，我是泄气，我看高尔基的胡子可笑。他老人家那股子自卖自夸的劲儿，打死我也学不来。人类要等着我写文章才变体面了，那恐怕太晚了吧？我老觉得文学是有用的；拉长了说，它比任何东西都有用，都高明。可是往眼前说，它不如一尊高射炮，或一锅饭有用。我不能吆喝我的作品是"人类改造丸"。我也不相信，把文学杀死便天下太平。我写就是了。

别人的批评呢？批评是有益处的。我爱着批评，它多少给我点益处；即使完全不对，不是还让我笑一笑吗？自己写的时候彷佛是蒸馒头呢，热气腾腾，莫名其妙。及至冷眼人一看，一定看出许多错儿来。我感谢这种指摘。说的不对呢，那是他的错儿，不干我的事。我永不驳辩，这似乎是胆儿小；可是也许是我的宽宏大量。我不便往自己脸上贴金。一件事总得由两面儿瞧，是不是？

对于我自己的作品，我不拿她们当作宝贝。是呀，当写作的时候，我是卖了力气，我想往好了写。可是一个人的天才与经验是有限的，谁也不敢保了老写的好，连荷马[1]也有打盹的时候。有的人呢，每一拿笔便想到自己是但丁[2]，是莎士比亚[3]。这没有什么不可以的，天才须有自信的心。我可不敢这样，我的悲观使我看轻自己。我常想客观的估量估量自己的才力；这不易作到，我究竟不能像别人看我看得那样清楚；好吧，既不能十分看清楚了自己，也就不用装蒜。谦虚是必要的，可是装蒜也大可以不必。

对作人，我也是这样。我不希望自己是个完人，也不故意的招人家的骂。该求朋友的呢，就求；该给朋友作的呢，就作。作的好不好，咱们大家凭良心。所以我很和气，见着谁都能扯一套。可是，初次见面的人，我可是不大爱说话；特别是见着女人，我简直张不开口，我怕说错了话。在家里，我倒不十分怕太太。可是对别的女人老觉着恐慌，我不大明白妇女的心理；要是信口开河的说，我不定说出什么来呢，而妇女又爱挑眼。男人也有许多爱挑眼的，所以初次见面，我不大愿开口。我最不喜辩论，因为红着脖子粗着筋的太不幽默。我最不喜欢好吹腾的人，可并不拒绝与这样的人谈话；我不爱这样的人，但喜欢听他的吹。最好是听着他吹，吹着吹着连他自己也忘了吹到什么地方去，那才有趣。

可喜的是有好几位生朋友都这么说："没见着阁下的时候，总以为阁下有八十多岁了。敢情阁下并不老。"是的，虽然将奔四十的人，我倒还不老。因为对事轻淡，我心中不大藏着计划，作事也无须要手段，所以我能笑，爱笑；天真的笑多少显着年青一些。我悲观，但是不愿老声老气的悲观，那近乎"虎事"。我愿意老年轻轻的，死的时候像朵春花将残似的那样哀而不伤。我就怕什么"权威"咧，"大家"咧，"大师"咧，等等老气横秋的字眼们。我爱小孩，花草，小猫，小狗，小鱼；这些都不"虎事"。偶尔看见个穿小马褂的"小大人"，我能难受半天，特别是那种所谓聪明的孩子，让我难过。比如说，一群小孩都在那儿看变戏法儿，我也在那儿，单会有那么一两个七八岁的小老头说："这都是假的！"这叫我立刻走开，心里堵上一大块。世界确是更"文明"了，小孩也懂事懂得早了，可是我还愿意大家傻一点，特别是小孩。假若小猫刚生下来就会捕鼠，我就不再养猫，虽然它也许是个神猫。

我不大爱说自己，这多少近乎"吹"。人是不容易看清楚自己的。不过，刚过完了年，心中还慌着，叫我写"人生于世"，实在写不出，所以就近的拿自己当材料。万一将来我不得已而作了皇上呢，这篇东西也许成为史料，等着瞧吧。

---

[1] 荷马（Homer，约前9～前8世纪），古希腊伟大的盲诗人，代表作为史诗《伊利亚特》和《奥德赛》，对西方世界的宗教、文化和社会伦理产生了极为深刻的影响。

[2] 但丁（Dante，1265～1321），意大利伟大诗人，欧洲文艺复兴的开拓者和代表者之一，《神曲》的作者。恩格斯在《共产党宣言》1893年意大利文版序言中说："封建的中世纪的终结和现代资本主义纪元的开端，是以一位大人物为标志的，这位人物就是意大利人但丁，他是中世纪的最后一位诗人，同时又是新时代的最初一位诗人。"

[3] 莎士比亚（William Shakespeare，1564～1616），英国伟大戏剧家和诗人，主要作品有：四大悲剧《哈姆雷特》《奥塞罗》《李尔王》和《麦克白》，四大喜剧《威尼斯商人》《仲夏夜之梦》《皆大欢喜》和《第十二夜》，诗歌《十四行诗》等。

投　稿

先声明，我并不轻视为投稿而作文章的人，因为我自己便指着投稿挣饭吃。

这，却挡不住我要说的话。投稿者可以就是文艺家，假若他的稿子有文艺的价值。投稿者也许成不了个文艺家，假若他专为投稿而投稿。专为投稿而投稿者，第一要审明刊物的性质，以期一投而中。刊物要什么文章，他便写什么文章，于是他少不得就不懂而假充懂，可以写非洲探险，也可以写家庭常识，而究其实则一无所知。第二要看清刊物所特喜的文字，幽默或严肃，激烈或温柔，随行市而定自己的喜怒哀乐，文字合格恰巧也就是感情的虚晃一刀，并无真实力量。有此二者，事不深知，文字虚浮，乃成毛病。

有志文艺的青年，往往以投稿为练习，东一小篇，西一小篇，留神刊物某某特辑的征文启事，揣摩着某某编辑所喜的风格，结果：东一小篇，西一小篇，都发表出来，而失去自己——连灵魂带文字一齐送给了模仿——投机，这是最吃亏的事。练习是必需的，但是这样以刊物编辑的标准为标准，只能把自己送了礼，而落下了一股子新闻气在笔尖上。编辑只管一个刊物，并非文艺之神，不可不知。

为拿稿费，自然也是投稿的动机之一——连我自己也这样，并不怎么可耻；吃饭本是人生头一件大事。但是越为要钱，便越紧迫着编辑先生们，甚至有时造些谣言以博编辑的欢心及读者的一笑，这便连人格也丢了。

好文章到底是好文章，它总会一鸣惊人，连编辑也没法不打自己的嘴巴。使编辑先生瞪眼的东西而不被录用，那是编辑先生的错儿。使编辑先生搭拉着眼皮去看的东西，就是回回发表出来也没什么光荣。练习你自己的吧，不必管刊物和编辑。你要成一只会高飞的鹰，莫作被抽击才会转动的陀螺。

理想的文学月刊

刊期：准每月一日刊发，永不差日子。

封面：素的与花的相间，半年素，半年花。素的是浅黄或乳白的纸，由有名的书家题字，只题刊名也好，再写上一首诗或几句散文也好。 回 换，永不重复。花的是由名画家绘图，中西画都可以，不要图案画。一面一换，永不重复。封面外套玻璃纸，以免摸脏了字画。每期封面能使人至少出神的看上几分钟，有的人甚至于专收藏它们，裱起来当册页看。

插图：永远没有死猫瞪眼的写家肖像或其他的像片；只要是图，便是由画家现绘的。每期必有一篇创作带着插图，墨的或全色套版的，最忌一块红一块黑的两色或三色版。

字数：每期至多十万字，至少六万字。永无肥猪似的特大号[1]，亦不扯着何仙姑叫舅妈出什么专刊。遇有出专刊的必要，另出附册，字数无定。

广告：只登文人们的启事：某某卖稿，某某买书或卖书，某某与某某结婚或离婚，某某声明某某是东西或不是东西……启事都须文美字佳，一律影印。文劣字丑者不收，文字兼好者白登，且赠阅本刊。新书广告另附活页，随刊奉赠。

内容：每期有顶难读的文学理论一篇，长约万字左右，须一星期方能读完，每一句都须咂摸半天，都值得记住；受罪一周，而后痛快一个月，永不想自杀。创作：小说两三篇，至长的三四万字，至短的五千字；诗四五首；短剧一篇。书评：每期至少六篇，每篇不过二千字。翻译：限于现代的名著，洋古董一概不要。译文本身须成为文艺，以免带售立止头疼散。卷头语，感言，骂街，编后记，都没有。遇有十万左右字的长篇，须三四期登完。无论何项稿件都是文责自负，每篇之后注有作者简单的履历，及详细的住址——老家的，寄居的，服务机关的，岳丈家的……以便侦探直接捉拿——假如文字失之过激或欠激的话——与本刊无涉。不幸本刊吃了罣误官司，会计部存有基金，可提用为运动费，也不至被封禁。

编辑：理论，创作，翻译……都有编辑一人至四人负责，成若干组。发稿之前，各组将选好之件及落选之件送交总编辑审阅。每篇须有详明的硃批，好的地方画圈

（不必印上），坏的地方拉杠（不必印上）。总编辑看过了，更抽出选好及落选之件各一篇，使各该组编辑背述篇中大意；背不出自然是没看过，当即免职。各组文字的排法，格式，字体，插图，自由规定，除纸张须一边儿大外，别无限制，花钱多不在乎。一切稿件认稿不认人，无老作家新作家与半老半新作家之分，稿费一律二十元千字[2]，如遇作家丁忧闹病或要自杀的可以优待一些。发稿即发稿费，决不拖欠。落选之稿及早退回，并附函详细说明文字的缺点。如作者不服而在别的刊物上发牢骚，则由编辑部极客气的极详细的答辩，登载国内各大报纸。作者还不服，而且易讨论为叫骂，则由编辑部雇用国术名家，前去比武，文章必有武备，以免骂上没完也。

定价：每期售价一角。

---

[1] 民国时期的刊物不定期出版“特大号”，如《论语》第8期就是“新年特大号”。

[2] 20世纪30年代，一般报刊的稿费标准通常是每千字2～5元，著名作家的稿费会根据不同情况而调高，如鲁迅应主编黎烈文特约为《申报·自由谈》写稿，每千字高达12元左右。1936年，老舍给《宇宙风》编辑陶亢德去信，商谈《骆驼祥子》稿费问题，提出每月提供一万至一万二千字的稿件，稿费为80元，以一万字计，平均每千字8元。

春风

大明湖之春

对于秋天，我不知应爱哪里的：济南的秋是在山上，青岛的是在海边。济南是抱在小山里的；到了秋天，小山上的草色在黄绿之间，松是绿的，别的树叶差不多都是红与黄的。就是那没树木的山上，也增多了颜色——日影、草色，石层，三者能配合出种种的条纹，种种的影色。配上那光暖的蓝空，我觉到一种舒适安全，只想在山坡上似睡非睡的躺着，躺到永远。青岛的山——虽然怪秀美——不能与海相抗。秋海的波还是春样的绿，可是被清凉的蓝空给开拓出老远，平日看不见的小岛清楚的点在帆外。这远到天边的绿水使我不愿思想而不得不思想；一种无目的的思虑，要思虑而心中反倒空虚了些。济南的秋给我安全之感，青岛的秋引起我甜美的悲哀。我不知应当爱哪个。

两篇文章有一个共同特点，俱以“春”为题，俱以“春”写“秋”。

《春风》原载1935年3月24日天津《益世报》副刊《益世小品》创刊号。1935年，老舍真切感受到了风大浪高的海滨之春，行文中带有一丝悲风之意。这是他在青岛经历的第一个春天，似乎有些不习惯。虽题“春风”，却先表秋色，再谈春风，就是在春秋代序之中，老舍一步步走进了地域精神的内部，在山海之间澄清了那些属于永恒的事物。于是在两年后所写《五月的青岛》之中，有了春深似海的赞美。

《大明湖之春》发表于1937年3月《宇宙风》第37期，是应《宇宙风》编辑陶亢德之约而写的。在青岛，老舍回味着济南大明湖之美。从本土文化视野中观察，济南是一个充满文化认同感的“平淡而可爱”的地方，如所言：“讲富丽堂皇，济南远不及北平；讲山海之胜，也跟不上青岛。可是除了北平青岛，要在华北找个有山有水，交通方便，既不十分闭塞，而生活程度又不过高的城市，恐怕就得属济南了。况且，它虽是个大都市，可是还能看到朴素的乡民，一群群的来此卖货或买东西，不像上海与汉口那样完全洋化。它似乎真是稳立在中国的文化上，城墙并不足拦阻住城与乡的交往；以善作洋奴自夸的人物与神情，在这里是不易找到的。这使人心里觉得舒服一些。一个不以跳舞开香槟为理想的生活的人，到了这里自自然然会感到一些平淡而可爱的滋味。”济南四年是老舍文学创作巅峰时期的前奏，写出《大明湖》《猫城记》《离婚》及《牛天赐传》四部长篇小说和其他作品。古朴韵致与灵秀山水吻合了某种名士情怀，为之舒心。这是他笔下济南的冬天：“请闭上眼想：一个老城，有山有水，全在天底下晒着阳光，暖和安适地睡着，只等春风来把它们唤醒，这是不是个理想的境界？”（《济南的冬天》）“上帝把夏天的艺术赐给瑞士，把春天的赐给西湖，秋和冬的全赐给了济南。”（同上）

春风

济南与青岛是多么不相同的地方呢！[1]一个设若比作穿肥袖马褂的老先生，那一个便应当是摩登的少女。可是这两处不无相似之点。拿气候说吧，济南的夏天可以热死人，而青岛是有名的避暑所在；冬天，济南也比青岛冷。但是，两地的春秋颇有点相同。济南到春天多风，青岛也是这样；济南的秋天是长而晴美，青岛亦然。

对于秋天，我不知应爱哪里的：济南的秋是在山上，青岛的是在海边。济南是抱在小山里的；到了秋天，小山上的草色在黄绿之间，松是绿的，别的树叶差不多都是红与黄的。就是那没树木的山上，也增多了颜色——日影、草色、石层，三者能配合出种种的条纹，种种的影色。配上那光暖的蓝空，我觉到一种舒适安全，只想在山坡上似睡非睡的躺着，躺到永远。青岛的山——虽然怪秀美——不能与海相抗。秋海的波还是春样的绿，可是被清凉的蓝空给开拓出老远，平日看不见的小岛清楚的点在帆外。这远到天边的绿水使我不愿思想而不得不思想；一种无目的的思虑，要思虑而心中反倒空虚了些。济南的秋给我安全之感，青岛的秋引起我甜美的悲哀。我不知应当爱哪个。

两地的春可都被风给吹毁了。所谓春风，似乎应当温柔，轻吻着柳枝，微微吹皱了水面，偷偷的传送花香，同情的轻轻掀起禽鸟的羽毛。济南与青岛的春风都太粗猛。济南的风每每在丁香海棠开花的时候把天刮黄，什么也看不见，连花都埋在黄暗中。青岛的风少一些沙土，可是狡猾，在已很暖的时节忽然来一阵或一天的冷风，把一切都送回冬天去，棉衣不敢脱，花儿不敢开，海边翻着愁浪。

两地的风都有时候整天整夜的刮。春夜的微风送来雁叫，使人似乎多些希望。整夜的大风，门响窗户动，使人不英雄的把头埋在被子里；即使无害，也似乎不应该如此。对于我，特别觉得难堪。我生在北方，听惯了风，可也最怕风。听是听惯了，因为听惯才知道那个难受劲儿。它老使我坐卧不安，心中游游摸摸的，干什么不好，不干什么也不好。它常常打断我的希望：听见风响，我懒得出门，觉得寒冷，心中渺茫。春天彷佛应当有生气，应当有花草，这样的野风几乎是不可原谅的！我倒不是个弱不禁风的人，虽然身体不很足壮。我能受苦，只是受不住风。别种的苦处，多少是在一个地方，多少有个原因，多少可以设法减除；对风是干没办法。它不在一个地方，到处随时使我的脑子晃动，像怒海上的船。它使我说不出为什么苦痛，而且没法子避免。它自由的刮，我死受着苦。我不能和风去讲理或吵架。单单在春天刮这样的风！可是跟谁讲理去呢？苏杭的春天应当没有这不得人心的风吧？我不准知道，而希望如此。好有个地方去“避风”呀！

[1] 老舍钟情于济南和青岛，笔下展现了一部双城记。将青岛与其他城市作对比，从中看出门道，这是20世纪30年代寓居青岛作家们一份不约而同的比较思维。梁实秋也喜欢这么做，在《忆青岛》一文中，他以“上有天堂，下有苏杭”起笔，梳理一番之后说“苏杭对我也没有多少号召力”；接着又说起了北平：“北平从繁华而破落，从高雅而庸俗、而恶劣，几经沧桑，早已无复旧观。”然后说：“我虽然足迹不广，但北自辽东，南至百粤，也走过了十几省，窃以为真正令人流连不忍去的地方应推青岛。”

《春风》原发表页 1935年3月24日《益世报》副刊《益世小品》创刊号

《益世小品》创刊与青岛有直接关系。内中渊源，《益世报》另一副刊《语林》的主编吴云心介绍说：“《语林》投稿人李同愈由北平去青岛，在青岛继续以‘拜金’的笔名为《语林》写稿。在书信往返中谈到山东大学老作家很多，有些人（如老舍）早已为《语林》写文章。最后决定由他在青岛组织作者，编辑《语林》版的一个专页，每半月发刊，名为《益世小品》，老舍、洪深、宋春舫、孟超、吴伯箫、臧克家、王亚平等人都为这个专刊写稿。……后来，李同愈不在了，由山东大学的学生徐中玉、陆新球负责与报社联系。”（吴云心：《抗战前天津文艺界杂忆》）徐中玉的相关回忆是：“我对天津《益世报》的副刊‘语林’觉得同自己的笔路相近，就向它投稿，居然一一发表了。编者吴云心先生还热情邀我常写。半年之后，他甚至主动邀我每月两次让出‘语林’的篇幅另编两次‘益世小品’，他的这种好意大出意外，我特别感动。因我同他素不相识，不过一个大学一年级学生同他所编副刊的投稿关系，而《益世报》乃是北方仅次于《大公报》的第二大报。他自然也是认定了这样一来，通过师生关系，我就可能为报纸求到洪深、老舍、王统照、吴伯箫、臧克家和山大同学们的稿子，但这对我毕竟是一大鼓励与信任。后来，我果然欣然邀编起来，也找来他们希望有的稿子。”（徐中玉：《回忆我的大学时代》）

大明湖之春

北方的春本来就不长，还往往被狂风给七手八脚的刮了走。济南的桃李丁香与海棠什么的，差不多年年被黄风吹得一干二净，地暗天昏，落花与黄沙卷在一处，再睁眼时，春已过去了！记得有一回，正是丁香乍开的时候，也就是下午两三点钟吧，屋中就非点灯不可了；风是一阵比一阵大，天色由灰而黄，而深黄，而黑黄，而漆黑，黑得可怕。第二天去看院中的两株紫丁香，花已像煮过一回，嫩叶几乎全破了！济南的秋冬，风倒很少，大概都留在春天刮呢。

有这样的风在这儿等着，济南简直可以说没有春天；那么，大明湖之春更无从说起。

济南的三大名胜，名字都起得好：千佛山[1]，趵突泉[2]，大明湖[3]，都多么响亮好听！一听到“大明湖”这三个字，便联想到春光明媚和湖光山色等等，而心中浮现出一幅美景来。事实上，可是，它既不大，又不明，也不湖。

湖中现在已不是一片清水，而是用坝划开的多少块“地”。“地”外留着几条沟，游艇沿沟而走，即是逛湖。水田不需要多么深的水，所以水黑而不清；也不要急流，所以水定而无波。东一块莲，西一块蒲，土坝挡住了水，蒲苇又遮住了莲，一望无景，只见高高低低的“庄稼”。艇行沟内，如穿高粱地然，热气腾腾，碰巧了还臭气烘烘。夏天总算还好，假若水不太臭，多少总能闻到一些荷香，而且必能看到些绿叶儿。春天，则下有黑汤，旁有破烂的土坝；风又那么野，绿柳新蒲东倒西歪，恰似挣命。所以，它既不大，又不明，也不湖。

话虽如此，这个湖到底得算个名胜。湖之不大与不明，都因为湖已不湖。假若能把“地”都收回，拆开土坝，挖深了湖身，它当然可以马上既大且明起来：湖面原本不小，而济南又有的是清凉的泉水呀。这个，也许一时作不到。不过，即使作不到这一步，就现状而言，它还应当算作名胜。北方的城市，要找有这么一片水的，真是好不容易了。千佛山满可以不算数儿，配作个名胜与否简直没多大关系，因为山在北方不是什么难找的东西呀。水，可太难找了。济南城内据说有七十二泉[4]，城外有河，可是还非有个湖不可。泉，池，河，湖，四者俱备，这才显出济南的特色与可贵。它是北方唯一的“水城”，这个湖是少不得的。设若我们游湖时，只见沟而不见湖，请到高处去看看吧，比如在千佛山上往北眺望，则见城北灰绿的一片——大明湖；城外，华鹊二山[5]夹着湾湾的一道灰亮光儿——黄河。这才明白了济南的不凡，不但有水，而且是这样多呀。

况且，湖景若无可观，湖中的出产可是很名贵呀。懂得什么叫作美的人或者不如懂得什么好吃的人多吧，游过苏州的往往只记得此地的点心，逛过西湖的提起来便念道那里的龙井茶，藕粉与莼菜什么的，吃到肚子里的也许比一过眼的美景更容易记住，那么大明湖的蒲菜，茭白，白花藕，还真许是它驰名天下的重要原因呢。不论怎么说吧，这些东西既都是水产，多少总带着些南国风味；在夏天，青菜挑子上带着一束束的大白莲花骨葖出卖，在北方大概只有济南能这么“阔气”。

我写过一本小说——《大明湖》[6]——在“一·二八”与商务印书馆一同被火烧掉了。记得我描写过一段大明湖的秋景，词句全想不起来了，只记得是什么什么秋。桑子中[7]先生给我画过一张油画，也画得是大明湖之秋，现在还在我的屋中挂着。我写的，他画的，都是大明湖，而且都是大明湖之秋，这里大概有点意思。对了，只是在秋天，大明湖才有些美呀。济南的四季，唯有秋天最好，晴暖无风，处处明朗。这时候，请到城墙上走走，俯视秋湖，败柳残荷，水平如镜；唯其是秋色，所以连那些残破的土坝也似乎正与一切景物配合：土坝上偶尔有一两截断藕，或一些黄叶的野蔓，配着三五枝芦花，确是有些画意。“庄稼”已都收了，湖显着大了许多，大了当然也就显着明。不仅是湖宽水净，显着明美，抬头向南看，半黄的千佛山就在面前，开元寺[8]那边的“橛子”——大概是个塔吧——静静的立在山头上。往北看，城外的河水很清，菜畦中还生着短短的绿叶。往南往北，往东往西，看吧，处处空阔明朗，有山有湖，有城有河，到这时候，我们真得到个“明”字了。桑先生那张画便是在北城墙上画的，湖边只有几株秋柳，湖中只有一只游艇，水作灰蓝色，柳叶儿半黄。湖外，他画上了千佛山，湖光山色，联成一幅秋图，明朗，素净，柳梢上似乎吹着点不大能觉出来的微风。

对不起，题目是大明湖之春，我却说了大明湖之秋，可谁教亢德[9]先生出错了题呢！

---

[1] 千佛山，古称历山，为泰山余脉，海拔285米。古老相传，虞舜帝为民时曾躬耕于历山之下，因而千佛山又有舜山或舜耕山之称。隋朝时出现大量佛教造像并建千佛寺，故名千佛山。

[2] 趵突泉，号称“天下第一泉”，列济南七十二名泉之首。清蒲松龄《趵突泉赋》中有言：“泺水之源，发自王屋；为济为荥，时见时伏；下至稷门，汇为巨渎；穿城绕郭，汹汹相续。”

[3] 大明湖，济南众泉汇流而成，为中国第一泉水湖。北魏郦道元《水经注·济水注》言：“泺水北流为大明湖，西即大明寺，寺东、北两面则湖。”所指大明湖位在今五龙潭，而今大明湖水域时名历水陂。

老舍与胡絜青在济南南新街寓所

1930年夏，初到济南，老舍寄寓齐鲁大学办公楼。翌年与胡絜青结婚后，觅得齐大附近南新街54号（今58号）小房安家，两年之后有了长女舒济。

[4] “七十二泉”之说发端于金人《名泉碑》，见载于元人于钦所撰方志《齐乘》。

[5] 华鹊二山，指的是济南东北部的两座小山——华山与鹊山。鹊山坐落于黄河北岸，古时为“齐烟九点”之一，相传战国神医扁鹊曾在此炼制丹药，故称鹊山。唐朝诗人李白为之作《陪从祖济南太守泛鹊山湖三首》，元朝画家赵孟頫为之作《鹊华秋色图》。华山亦名华不注山，地处济南东北角，郦道元《水经注》言之：“单椒秀泽，不连丘陵以自高；虎牙桀立，孤峰特拔以刺天。青崖翠发，望同点黛。”

[6] 《大明湖》是老舍于1930年创作的以济南“五三惨案”为背景的长篇小说，1931年完稿寄给上海《小说月报》，然未及刊露即遭遇“一·二八”事变，上海商务印书馆编译所和印刷所被日本飞机炸毁，保存在那里即将付梓的《大明湖》也丧身火海。1934年到青岛后，老舍重新书写，将其中最精彩部分写成了一部中篇小说，此即名作《月牙儿》（收《樱海集》，见本书第三卷）。

[7] 桑子中（1906～1955），山东沂源人，画家。1929年进山东省立一中（济南一中的前身）任图画教员。1931年夏，他与同事赵同芳到齐鲁大学拜访老舍。1932年创办济南海岱美术馆，主编《海岱画刊》并请老舍写发刊词。1933年，特赠油画《大明湖》以贺老舍与胡絜青新婚之喜。“桑子中先生给我画过一张油画，也画得是大明湖之秋，现在还在我的屋中挂着。我写的，他画的，都是大明湖，而且都是大明湖之秋，这里大概有点意思。”（老舍：《大明湖之春》）1934年5月为《桑子中画集》作序，赞其绘画功底“深厚”，言：“他的设色是以淡藏浓，他的笔道是更可怕——厉害得可怕，雄浑得可怕。”当年秋，《大明湖》油画随老舍来到青岛，悬挂于书房中。

[8] 开元寺，济南名刹，坐落于千佛山东南部的佛慧山深涧中，始建于隋，北宋景祐年间重修。

[9] 亢德，即陶亢德（1908～1983），字哲庵，浙江绍兴人，著名编辑家和出版家。1933年10月接替林语堂任《论语》主编，1934年4月创办《人间世》并任编辑，1935年9月与林语堂共同出资创办《宇宙风》，1939年创办《宇宙风乙刊》。老舍的多部作品由他负责编辑刊行，其中就包括《骆驼祥子》。

谈教育

勿忘今日

我这个家伙不会瞪着眼批评。我最喜欢和朋友们瞎扯，用不着『诗云』，也用不着『子曰』；想叫我有头有尾的说一遍，我没那个本事。是呀，我偶尔心血来潮，也能看出事情的好坏来。可是，我的脾气永远使我以好坏为事实；这就是说，我承认事实而不愿再想一遍——好的怎能再好，坏的怎当矫正。我不会这一套，我不会把自己放在高山上，指挥着大家应怎么怎么；何者对，何者不对；使世界成一条线，串起一切众生，都看齐立正开步走。

两篇文章均涉及教育问题，在此一并录入。

《谈教育》原载1935年4月1日《论语》第62期“现代教育专号（下）”约请林语堂、老向、何容、丰子恺等文学界、教育界大家撰稿，老舍为之撰写本文，配有丰子恺的一幅漫画。文中，老舍以近乎调侃的语气谈论教育现状，反思了中国教育的种种弊端。

《勿忘今日》一文表达了对儿童的关注和对未来的期望，呼吁全社会重视儿童教育，以确保中国有一个光明的未来。《老舍全集》第14卷注明该文原载1937年4月4日青岛《民众日报》“儿童节特刊”。今未查到此日该报，却查到1946年4月4日该报“儿童节纪念日特刊”登载了一篇同名同题文章。若非旧稿重刊，则为1937年8月离开青岛之后，老舍为青岛本地报刊提供的唯一作品。然刊发此文之际，老舍已身在美国，当时供稿的可能性不大，而即便是行前预约供稿，照老舍风格，亦当对相关因缘有所介绍，或者从报纸角度看似亦应加一个“编者按”之类的说明，介绍文章的特殊缘由。录此备考。

谈教育

叫我谈现代教育，这可不容易办！我这个家伙不会瞪着眼批评。我最喜欢和朋友们瞎扯，用不着“诗云”[1]，也用不着“子曰”[2]；想叫我有头有尾的说一遍，我没那个本事。是呀，我偶尔心血来潮，也能看出事情的好坏来。可是，我的脾气永远使我以好坏为事实；这就是说，我承认事实而不愿再想一遍——好的怎能再好，坏的怎当矫正。我不会这一套，我不会把自己放在高山上，指挥着大家应怎么怎么；何者对，何者不对；使世界成一条线，串起一切众生，都看齐立正开步走。

对于现代教育，我说什么呢？我不怕人家笑我说的不对，我怕歪打正着的偏偏说对，而被人称为大师，或二师，或师弟，甚至于师妹。我要是有饭吃，我决不当教员。我最大的希望是有人每月供给我二百块钱，什么事也不做，闲着一劲的吃饭与瞎扯。

提起现代的教育，我以为这是应该高兴的。先由教员说吧，要是没有教育，这群人——连我算上——上哪儿挣钱去？由这一点往下想，教育仍当扩充；薪水最好也再增高一些；对教员应使之“清”，而不宜使之“苦”。

说到学生[3]，现在的学生实在可羡慕：念许多书，学洋文，知天文，晓地理，还看报纸，也会踢球，这也就很够了。这样的青年，拿到一张文凭，去作官，去发财，去恋爱，本是分所应得，近情近理。不过是呢，穷人不大容易享受这些利益，未免是个缺点。可细那么一想呢，种瓜得瓜，种银元得金镑；蛤蟆垫桌腿，本当死挨，那有什么法儿呢！

至于学校，那太好了。一个个衙门似的，这个课长，那个主任，出布告，写讲义，有科学馆，体育场，图书馆，可谓应有尽有，诸事大吉。教书有种种教员，训育有主任，指导赛跑也有专员。由学校看，中国显然有了极大的进步。虽然由学校与人口的比例上看，学校还微嫌少着两三个，可是能有这么多，这么好，也就满说得下去了。

统而言之，我觉得现在中国的教育够甲等。也许这太乐观了些。可是在这个年月，不乐观又怎样呢？

《谈教育》原发表页

1935年4月1日《论语》第62期

与老舍文章的旨趣相合，《论语》杂志专门约请漫画家丰子恺为本文配上一幅插图，其上题“做教员的父亲，恭听做校长的儿子的训话”一语，为缘缘堂画笺之一。

談教育

老舍

叫我談現代敎育，这可不容易办！我这个傢伙不会瞪着眼批評。我最喜欢和朋友們瞎扯，用不着『詩云』，也用不着『子曰』；想叫我有頭有尾的說一片，我沒那个本事。是呀，我偶爾心血來潮，也能看出事情的好坏來。可是，我的脾气永远使我以好坏为事实；这就是說，我承認事实而不顯再想一遍——好的怎能再好，坏的怎当矯正。我不会这一套，我不会把自己放在高山上，指揮着大家应怎怎么么；何者对，何者不对；使世界成一條線，串起一切众生，都看齊立正開步走。

对于現代敎育，我說什么呢？我不怕人家笑我說的不对，我怕歪打正着的偏偏說对，而被人稱为大師，或二師，或師弟，甚至于師妹。我要是有飯吃，我决不当敎員。我最大的希望是有人每月供給我二百塊錢，什么事也不作，閒着一勁的吃飯与瞎扯。

提起現代的敎育，我以为这是应該高興的。先由敎員說吧，要是沒有敎育，这羣人——連我算上——上哪儿掙錢去？由这一点往下想，敎育仍当擴充；薪水最好也再增高一些；对敎員应使之『清』，而不宜使之『苦』。

說到學生，現在的学生実在可羨慕：念許多書，学洋文，知天文，曉地理，还看報紙，也会踢球，这也就很夠了。这樣的青年，拿到一張文憑，去作官，去發財，去戀愛，本是分所应得，近情近理。不过是呢，窮人不大容易享受这些利益，未免是个缺点。可細那么一想呢，种瓜得瓜，种銀元得金鎊；蛤蟆墊桌腿，本当死挨，那有什么法儿呢！

至于学校，那太好了。一个个衙門似的，这个課長，那个主任，出佈告，寫講义，有科学館，體育場，圖書館，可謂应有尽有，諸事大吉。敎書有种种敎員，訓育有主任，指導賽跑也有專員。由学校看，中国顯然有了極大的進步。虽然由学校与人口的比例上看，学校还微嫌少着兩三个，可是能有这么多，这么好，也就滿說得下去了。

統而言之，我覺得現在中国的敎育夠甲等。也許这太樂观了些，可是在这个年月，不樂观又怎樣呢？

—696—

---

[1] “诗云”，《诗经》所说。

[2] “子曰”，孔子所言，或《论语》所言。《诗经》与《论语》皆为儒家六经之一，因此有“诗云子曰”一语，常用以指称历代儒者遵奉的信条，亦泛指儒家言论和经典。此处，老舍坦陈自己不喜欢引经据典，也不赞成文化复古，而所谓“谈教育”，闲谈而已。

[3] 说到学生，在《考而不死是为神》一文中，老舍表达了另一番理解，而最受学生欢迎的言辞恐怕也是要从中找寻，学生很辛苦，多半情况下要被动地疲于应付各门考试，对此，他写道：“这样考下去，你把各样功课都吐个不大离，好了，你可以现原形了；睡上一天一夜，醒来一切茫然，代数历史化学诸般武艺通通忘掉，你这才想起‘妹妹我爱你’。这是种蛇脱皮的工作，旧皮脱尽才能自由；不然，你这条蛇不曾得到文凭，就是你爱妹妹，妹妹也不爱你，准的。”最后幽而默之曰：“被考死的自然无须用提。假若考而不死，你放胆活下去吧，这已明明告诉你，你是十世童男转身。”

勿忘今日

儿童是人类的明天。成人面前，不远儿就是坟墓；儿童的头上才有阳光。

但是儿童不会自己长大，如一棵花草那样。所以，今天我们所给予儿童的只许好，不许坏；一坏便是民族的毒药。

睁眼看看吧，我们给了儿童什么？无衣无食，无教育的小孩，到处皆是。这是将来的希望么？哼！再看，那有衣有食，有教育的小孩，又是怎样呢？一样的可怜，有吃的，可是面黄肌瘦；有穿的，可是一阵凉风就咳嗽；有教育，可是只学了懒惰，会花钱。这是将来的希望么？穷孩子，连饭没有的吃，还有什么健康可言？阔孩子，三岁就穿皮大衣，药不离口，怎会成为足壮的人？没有身体，便没有一切，还用说别的么？

真应当细心想想，这不是闹着玩的事。似乎人人至少得想到：那些无衣无食的孩子也是将来的国民；他们要是糟心，不论你自己的儿女多么有出息，也不能只手托起天来。孩子问题是一整个的，大家都得分分心。对你自己的孩子应当尽心，但是别尽心太过了，温室里养出来的草花是受不住风雨的。教他们也受点苦，别一天到晚背着抱着，老吃小儿救急散。我们应当帮助儿童自然生长，我们可不应当替儿童活着。把金鱼放在热水里，你以为它暖和了，它可活不成了呢！把眼睛放宽远一些，给儿童们留出他们自己活着的份儿，再给穷孩子们想想主意，帮帮忙，你才不至于吃了亏。为全体孩子着急，而不只把自己的孩子含在口里养着，一定不是件愚蠢的事。记住，今天是儿童节[1]，一切孩子都应当是你的孩子。可以忘了你自己儿女的生日，不许忘了今天！

[1] 儿童节，指民国时期设立的每年4月4日儿童节。20世纪30年代以前，中国没有儿童节。1930年10月12日，天津举办了第一次以儿童健康为主题的“儿童幸福运动会”，历时一周，这是在中国首度出现的“儿童节”活动。1931年3月7日，“中华慈幼协会”首度发出设立儿童节的建议，民国教育部采纳了这一建议，通令全国各地组织实施相关庆祝活动，正式确定每年的4月4日为儿童节。

民衆日報

兒童節紀念日特刊

勿忘今日

老舍

在慶祝兒童節時——對小學教師們進一言

救救孩子

我怎樣看兒童節

獻詩——給小朋友們

兒童節之前

注意!

《勿忘今日》登载页

1946年4月4日青岛《民众日报》“儿童节纪念日特刊”

钢笔与粉笔

忙

所谓真忙，如写情书，如种自己的地，如发现九尾彗星，如在灵感下写诗作画，虽废寝忘食，亦无所苦。这是真正的工作，只有这种工作才能产生伟大的东西与文化。人在这样忙的时候，把自己已忘掉，眼看的是工作，心想的是工作，作梦梦的是工作，便无暇计及利害金钱等等了；心被工作充满，同时也被工作洗净，于是手脚越忙，心中越安怡，不久即成圣人矣。情书往往成为真正的文学，正在情理之中。

两篇看似无关的文章，却有着内在密切的关联性。所写都与“忙”相关，前者写忙的意义，后者写实现这意义的途径。

《忙》原载1935年6月30日天津《益世报》副刊《益世小品》第15期。说的是，这世界上人人都在忙，有两种忙法，一是真忙，一是瞎忙。区别在于：前者是忘我的真正的工作，导向文化创造；后者则是无意义的重复，导向文化衰落。两种忙法的心灵状态也是大不相同的，前者是主动的，充满深情，如“圣人为真理而忙”，包括“写情书”或“发现九尾彗星”，皆可因其真诚而获得意义；后者则是被动的，就像奴隶一样没有自由，乃至于“把人的心杀死，而身体也不见得能健美。”

《钢笔与粉笔》原载1935年12月15日天津《益世报》副刊《益世小品》第38期。以粉笔指代教书，以钢笔指代写作，两相比较之中，道出两种不同职业的特点，也言明自己的喜好与选择，他认真教书，然较之那种规矩的受到诸多限制的教书生活，他是更喜欢写作生活的，这不仅与自由的不受约束的生存状态有关，更在于他的生命意义在此可以实现更深的寄托，文学创作为其安身立命的根本。很久以来，老舍就有做一名“职业写家”的想法，但他深知仅仅靠写作是无法维持生计的。即便如此，在1936年暑假，他还是辞去山东大学的教职而专事写作。其实，无论教书还是写作，他都是在“真忙”，意义充沛，成果丰硕，有裨益于文明史。无法不忙，这是老舍的光荣，也是人生的宿命。

忙

近来忙得出奇[1]。恍忽之间，彷彿看见一狗，一马，或一驴，其身段神情颇似我自己；人兽不分，忙之罪也！

每想随遇而安，贫而无谄，忙而不怨。无谄已经作到；无论如何不能欢迎忙。

这并非想偷懒。真理是这样：凡真正工作，虽流汗如浆，亦不觉苦。反之，凡自己不喜作，而不能不作，作了又没什么好处者，都使人觉到忙，且忙得头疼。想当初，苏格拉底[2]终日奔忙，而忙得从容，结果成了圣人；圣人为真理而忙[3]，故不手慌脚乱。即以我自己说，前年写《离婚》[4]的时候，本想由六月初动笔，八月十五交卷。及至拿起笔来，天气热得老在九十度[5]以上，心中暗说不好。可是写成两段以后，虽腕下垫吃墨纸以吸汗珠，已不觉得怎样难受了。“七”月十五日居然把十二万字写完！因为我爱这种工作哟！我非圣人，也知道真忙与瞎忙之别矣。

所谓真忙，如写情书，如种自己的地，如发现九尾彗星[6]，如在灵感下写诗作画，虽废寝忘食，亦无所苦。这是真正的工作，只有这种工作才能产生伟大的东西与文化。人在这样忙的时候，把自己已忘掉，眼看的是工作，心想的是工作，作梦梦的是工作，便无暇计及利害金钱等等了；心被工作充满，同时也被工作洗净，于是手脚越忙，心中越安怡，不久即成圣人矣。情书往往成为真正的文学，正在情理之中。

所谓瞎忙，表面上看来是热闹非常，其实呢它使人麻木，使文化退落，因为忙得没意义，大家并不愿作那些事，而不敢不作；不作就没饭吃。在这种忙乱情形中，人们像机器般的工作，作完了一饱一睡，或且未必一饱一睡，而半饱半睡。这里，只有奴隶，没有自由人；奴隶不会产生好的文化。这种忙乱把人的心杀死，而身体也不见得能健美。它使人恨工作，使人设尽方法去偷油儿。我现在就是这样，一天到晚在那儿作事，全是我不爱作的。我不能不去作，因为眼前有个饭碗；多咱我手脚不动，那个饭碗便拍的一声碎在地上！我得努力呀，原来是为那个饭碗的完整，多么高伟的目标呀！试观今日之世界，还不是个饭碗文明！

因此，我羡慕苏格拉底，而恨他的时代。苏格拉底之所以能忙成个圣人，正因为他的社会里有许多奴隶。奴隶们为苏格拉底作工，而苏格拉底们乃得忙其所乐意忙者。这不公道！在一个理想的文化中，必能人人工作，而且乐意工作，即便不能完全自由，至少他也不完全被责任压得翻不过身来，他能把眼睛从饭碗移开一会儿，而不至立刻拍的一声打个粉碎。在这样的社会里，大家才会真忙，而忙得有趣，有成绩。在这里，懒是一种惩罚；三天不作事会叫人疯了；想想看，灵感来了，诗已在肚中翻滚，而三天不准他写出来，或连哼哼都不许！懒，在现在的社会里，是必然的结果，而且不比忙坏；忙出来的是什么？那末，懒又有什么不可以呢？

世界上必有那么一天，人类把忙从工作中赶出去，大家都晓得，都觉得，工作的快乐，而越忙越高兴；懒还不仅是一种羞耻，而是根本就受不了的。自然，我是看不到那样的社会了；我只能在忙得——瞎忙——要哭的时候这么希望一下吧。

[1] 当其时，老舍一边教书，一边在金口二路（今金口三路）寓所写《樱海集》中的作品。

[2] 苏格拉底（Σωκράτης，前469～前399），古希腊思想家，与孔子、老子、释迦牟尼及以色列的先知们俱为人类文明“轴心时代”（雅斯贝尔斯语）的伟大创造者。苏格拉底与弟子柏拉图（Πλάτων）及再传弟子亚里士多德（Αριστοτέλης）并称“古希腊三贤”，为西方哲学奠基。

[3] 夫子自道之言，既明前贤之德，亦知自我之命，虽“非圣人”，然内心已与圣人相通。

[4] 《离婚》，1933年夏老舍在济南的齐鲁大学任教时写的长篇小说。

[5] 指华氏90度，等于摄氏32.2度。

[6] 九尾彗星，犹言神奇之事物，此处意在“发现”。

钢笔与粉笔

钢笔头已生了锈，因为粉笔老不离手。拿粉笔不是个好营生，自误误人是良心话，而良心扭不过薪水去。钢笔多么有意思：黑黑的管，尖尖的头，既没粉末，又不累手。想不起字来，沾沾墨水，或虚画几个小圈；如在灯下，笔影落纸上似一烛苗。想起来了，刷刷写下去，笔道圆，笔尖儿滑，得心应手，如蜻蜓点水，轻巧健丽。写成一气，心眼俱亮，急点上香烟一支，意思再潮，笔尖再动，忙而没错儿，心在纸上，纸滑如油，乐胜于溜冰。就冲这点乐趣，好像为文艺而牺牲就值得，至少也对得起钢笔。

钢笔头下什么都有。要哭它便有泪，要乐它就会笑，要远远在天边，要美美如雪后的北平或春雨中的西湖。它一声不出，可是能代达一切的感情欲望，而且不慌不忙，刚完一件再办一件；笔尖老那么湿润润的，如美人的唇。

可是，我只能拿粉笔！特别是这半年，因这半年特别的忙。可以说是一个字没有写，这半年！毛病是在哪里呢？钢笔有一个缺点，一个很大的缺点。它——不——能——生——钱！我只能瞪着眼看它生锈，它既救不了我，我也救不了它。它不单喝墨水，也喝脑汁与血。供给它血的得先造血，而血是钱变的。我喂不起它呀！粉笔比它强，我喂它，它也喂我。钢笔不能这个，虽然它是那么可爱与聪明。它的行市是三块钱一千字，得写得好，快，应时当令，而且不激烈，恰好立于革命与不革命之间，政治与三角恋爱之外，还得不马上等着钱用。它得知道怎样小心，得会没墨水也能写出字，而且写得高明伟大；它应会办的事太多了，它的报酬可只是三块钱一千字与比三块钱还多一些的臭骂。

钢笔是多么可爱的东西呢，同时又是多么受气的玩艺啊！因为钢笔是这样，那么写东西不写也就没什么关系了。任它生锈，我且拿粉笔找黑板去者！

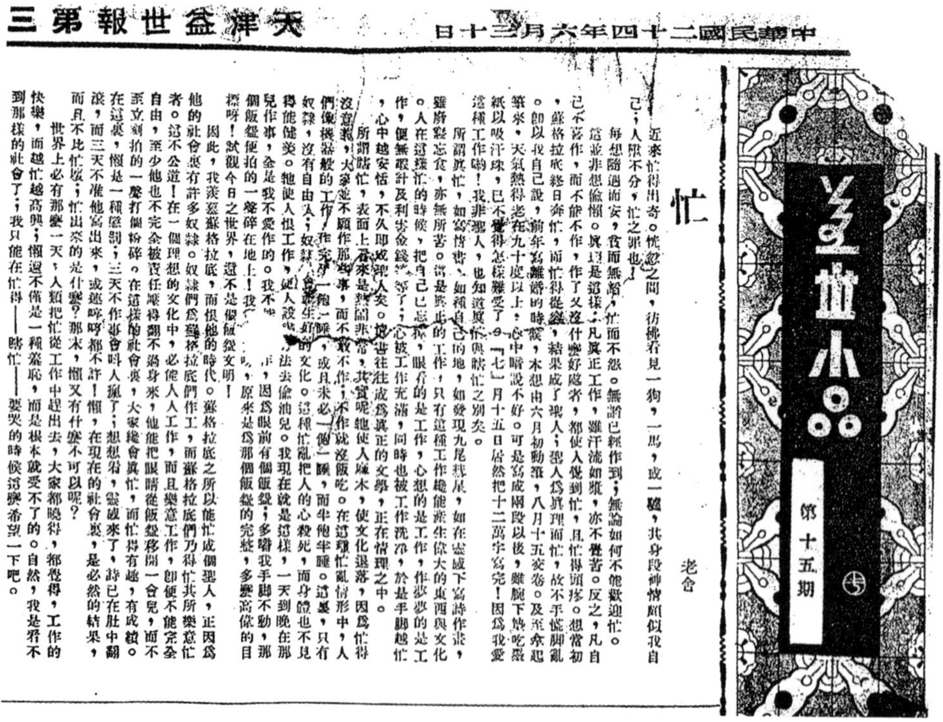

天津益世報第三　中華民國二十四年六月三十日

益世小品　第十五期

忙

老舍

近來忙得出奇。恍忽之間，彷彿看見一狗，一馬，或一驢，其身段神情頗似我自己；人獸不分，忙之罪也！

每想隨遇而安，食而無諂，忙而不怨。無諂已經作到；無論如何不能歡迎忙。這並非想偷懶。真的是這樣：凡真正工作，雖汗流如漿，亦不覺苦。反之，凡自己不喜作，而不能不作，作了又沒什麼好處者，都使人覺到忙，且忙得頭疼。想當初，蘇格拉底終日奔忙，而忙得從容，結果成了聖人；聖人爲真理而忙，故不手慌腳亂。即以我自己說，前年寫離婚的時候，本想由六月初動筆，八月十五交卷。及至弄起筆來，天氣熱得老在九十度以上，心中暗說不好。可是寫成兩段以後，雖腕下墊吃墨紙以吸汗珠，已不覺得怎樣難受了。『七』月十五日居然把十二萬字寫完！因爲我愛這種工作喲！我非聖人，也知道真忙與瞎忙之別矣。

所謂真忙，如寫情書，如種自己的地，如發現九尾彗星，如在盛威下寫詩作畫，雖廢寢忘食，亦無所苦。這是真正的工作，只有這種工作纔能產生偉大的東西與文化。人在這樣忙的時候，把自己已忘掉，眼看的是工作，心想的是工作，作夢夢的是工作，便無暇計及利害金錢等了；心被工作充滿，同時也被工作洗淨，於是手腳越忙，心中越安恬，不久即成聖人矣。情書往往成爲真正的文學，正在情理之中。

所謂瞎忙，表面上看來是熱鬧非常，其實呢牠使人麻木，使文化退落，因爲忙得沒意義，大家並不願作那些事，而不敢不作；不作就沒飯吃。在這種忙亂情形中，人們像機器般的工作，作完了一飽一睡，或且未必一飽一睡，而半飽半睡。這裏，只有奴隸，沒有自由人；奴隸不會產生好的文化。這種忙亂把人的心殺死，而身體也不見得能健美。牠使人恨工作，使人設法去偷油兒。我現在就是這樣，一天到晚在那兒作事，全是我不愛作的。我不[illegible]作，因爲眼前有個飯盌；多嘴我手腳不動，那個飯盌便拍的一聲碎在地上！我[illegible]，原來是爲那個飯盌的完整，多麼高偉的目標呀！試觀今日之世界，還不是個飯盌文明！

因此，我羨慕蘇格拉底，而恨他的時代。蘇格拉底之所以能忙成個聖人，正因爲他的社會裏有許多奴隸。奴隸們爲蘇格拉底們作工，而蘇格拉底們乃得忙其所樂意忙者。這不公道！在一個理想的文化中，必使人人工作，而且樂意工作，即使不能完全自由，至少他也不完全被責任壓得翻不過身來，他能把眼睛從飯盤移開一會兒，而不至立刻拍的一聲打個粉碎。在這樣的社會裏，大家纔會真忙，而忙得有趣，有成績。在這裏，懶是一種懲罰；三天不作事會叫人瘋了；想想看，靈感來了，詩已在肚中翻滾，而三天不准他寫出來，或連哼哼都不許！懶，在現在的社會裏，是必然的結果，而且不比忙壞；忙出來的是什麼？那末，懶又有什麼不可以呢？

世界上必有那麼一天，人類把忙從工作中趕出去，大家都曉得，都覺得，工作的快樂，而越忙越高興；懶還不僅是一種羞恥，而是根本就受不了的。自然，我是看不到那樣的社會了；我只能在忙得——瞎忙——要哭的時候這麼希望一下吧。

《忙》原发表页

1935年12月15日《益世报》副刊《益世小品》第38期

西红柿

再谈西红柿

可怜的西红柿，果实是那么鲜丽，而被这个味儿给累住，像个有狐臭的美人。不要说是吃，就是当『花儿』看，它也没有『凉水茄』，『番椒』等那种可以与美人蕉，翠雀儿等『草花』同在街上售卖的资格。小孩儿拿它玩耍，仿佛也是出于不得已；这种玩艺儿好玩不好吃，不像落花生或枣子那样可以『吃玩两便』。其实呢，西红柿的味道并不像它的叶子那么臭恶，而且不比臭豆腐难吃，可是那股青气味儿到底要了它的命。除了这点味道，恐怕它的失败在于它那点四不像的劲儿：拿它当果子看待，它甜不如果，脆不如瓜；拿它当菜吃，煮熟之后屁味没有，稀松一堆，没一点『嚼头』；它最宜生吃，可是那股味儿。不果不瓜不菜，亦可以休矣！

两篇杂文均写西红柿，第一篇《西红柿》原载1935年7月14日《青岛民报》副刊《避暑录话》创刊号，第二篇《再谈西红柿》原载当年7月21日刊出的《避暑录话》第2期。两者亦可视为一篇文章的两次刊载，故而相续编排。

《避暑录话》是20世纪30年代青岛文化的一个重大收获，具有特殊的历史文献价值，反映了当时青岛的文学状况与文化生态。当其时也，老舍、洪深、赵少侯、王统照、王余杞、王亚平、杜宇、李同愈、吴伯箫、孟超、臧克家、刘西蒙等12位作家达成一致，共同写稿，利用本地最大报纸《青岛民报》来开辟一个文艺副刊，于是《避暑录话》诞生了。刊名由老舍建议，借用了北宋末年叶梦得的《避暑录话》书名。洪深撰《发刊词》，首先说明了十二同人的自由写作状态，言："他们这十二个文人，作风不同，情调不同；见解不同，立场不同；其说话的方式，更是不同。"然后，表达了十二同人的共同态度："他们在一点上是相同的；他们都是爱好文艺的人；他们都能看清，文艺是和政治，法律，宗教等，同样是人类自己创造了以增进人类幸福的工具。他们不能'自甘菲薄'；他们要和政治家的发施威权一样，发施所谓文艺者的威权。……此外，他们还有一点是共同的——就是，同人们相约，在1935年的夏天，在避暑圣地的青岛，说话必须保持着'避暑'的态度。"在当时文坛上，《避暑录话》就像一缕清风，带着它的睿智、深情与自由，以青岛所特有的方式记录了历史，就像一个堪与交心的朋友，确实也成为许多人的朋友。这个以避暑为缘的刊物，在一个夏日里出现，却不在另一个夏日里复现。它是"文化荒岛"上开辟的一个言语场，一个自由说话的场所；在后来的岁月中，它将不断唤起人们关于20世纪30年代一些特殊记忆。作为青岛人文话语的范本，极具文学与文献价值，也为我们了解老舍的青岛情怀提供了宝贵的契机。《避暑录话》到当年9月15日终刊，历时两月，每周1期，共出10期。

在这两篇文章中，作者拿西红柿当谈论对象，借此来分析当时的洋化现象，暗讽了那些崇洋媚外而食洋不化的所谓"洋派的中国人"。老舍很注意观察青岛的域外文化现象，言："青岛是富有洋味的地方，洋人洋房洋服洋药洋葱洋蒜，一应俱全。"对种种时髦的生活方式亦多以幽默和讽刺而言之。其实，他并不排斥域外文化，但更倾心于本土文化的坚守，提醒人们应对域外文化的侵入现象保持清醒，以免导致本土文化丧失的危机。文章轻松活泼，讽刺调侃中不失严肃的文化思考。

西红柿

所谓番茄[1]炒虾仁的番茄，在北平原叫作西红柿，在山东各处则名为洋柿子，或红柿子。想当年我还梳小辫，系红头绳的时候，西红柿还没有番茄这点威风。它的价值，在那不文明的时代，不过与“赤包儿”相等，给小孩儿们拿着玩玩而已。大家作“娶姑娘扮姐姐”玩耍的时节，要在小板凳上摆起几个红胖发亮的西红柿，当作喜筵，实在漂亮。可是，它的价值只是这么点，而且连这一点还不十分稳定，至于在大小饭铺里，它是完全没有份儿的。这种东西，特别是在叶子上，有些不得人心的臭味——按北平的话说，这叫作“青气味儿”。所谓“青气味儿”，就是草木发出来的那种不好闻的味道，如楮树叶儿和一些青草，都是有此气味的。可怜的西红柿，果实是那么鲜丽，而被这个味儿给累住，像个有狐臭的美人[2]。不要说是吃，就是当“花儿”看，它也没有“凉水茄”，“番椒”等那种可以与美人蕉，翠雀儿等“草花”同在街上售卖的资格。小孩儿拿它玩耍，彷佛也是出于不得已；这种玩艺儿好玩不好吃，不像落花生或枣子那样可以“吃玩两便”[3]。其实呢，西红柿的味道并不像它的叶子那么臭恶，而且不比臭豆腐难吃，可是那股青气味儿到底要了它的命。除了这点味道，恐怕它的失败在于它那点四不像的劲儿：拿它当果子看待，它甜不如果，脆不如瓜；拿它当菜吃，煮熟之后屁味没有，稀松一堆，没一点“嚼头”；它最宜生吃，可是那股味儿。不果不瓜不菜，亦可以休矣！

西红柿转运是在近些年，“番茄”居然上了菜单，由英法大菜馆而渐渐侵入国饭铺，连山东馆子[4]也要报一报“番茄虾银儿[5]”！文化的侵略哟，门牙也挡不住呀！可是细一看呢，饭馆里的番茄这个与那个，大概都是加上了点番茄汁儿，粉红怪可看，且不难吃；至于整个的鲜番茄，还没多少人肯大嘴的啃。肯生吞它的，或者还得算留过洋的人们和他们的儿女，到底他们的洋味地道些。近来西医宣传西红柿里含有维他命 A 至 W，可是必须生吃，这倒有点别扭。不过呢，国人是最注意延年益寿，滋阴补肾的东西，或者这点青气味儿也不难于习惯下来的；假如国医再给证明一下：番茄加鹿茸可以壮阳种子，我想它的前途正自未可限量咧。

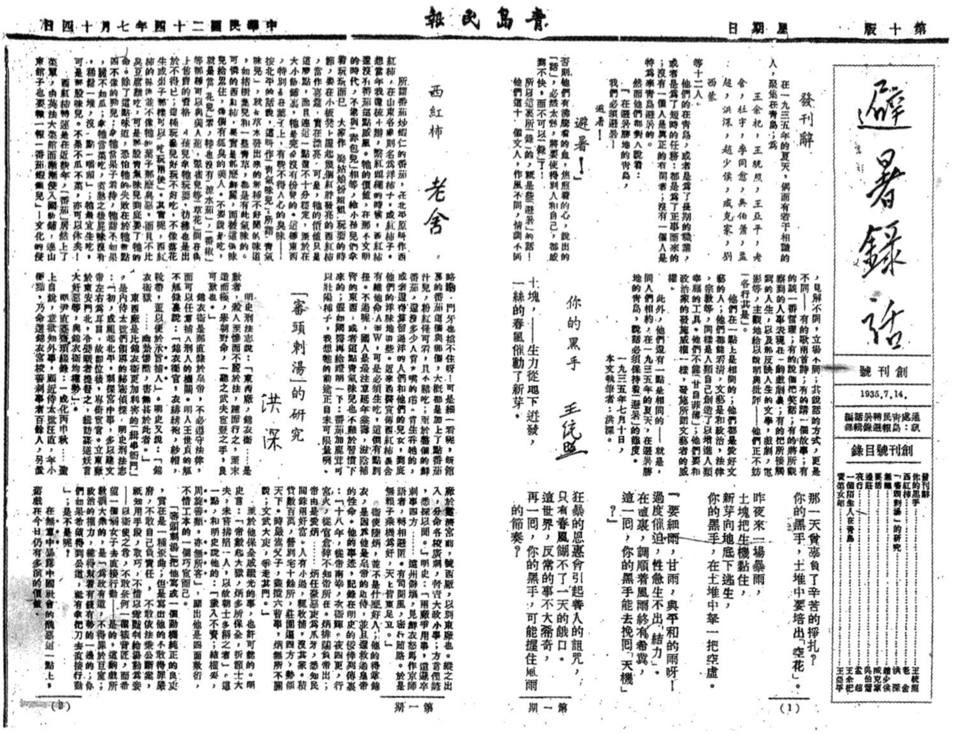

《西红柿》原发表页
1935年7月14日《青岛民报》副刊《避暑录话》创刊号

[1] 番茄，英语为Tomato，原产南美洲，青岛本地以前多称之为洋柿子，今多称之为西红柿。

[2] 喻西红柿为“有狐臭的美人”，这是典型的老舍式幽默，此外似有一点文化比较的奇趣，可与作者写山东大葱的那段文字来对读，他这样说大葱：“最美是那个晶亮，含着水，细润，纯洁的白颜色。这个纯洁的白色好像只有看见过古代希腊女神的乳房者才能明白其中的奥妙，鲜，白，带着滋养生命的乳浆！这白色叫你舍不得吃它，而拿在手中掂着，赞叹着，好像对于宇宙的伟大有所领悟。”（老舍：《一些印象（三）》）当然比喻而已，不必执泥于言中臧否之意，无非借此来提醒人们注意“文化的侵略”。

[3] 小孩子玩花生亦可其乐融融，老舍在《落花生》一文中有具体描写，见本卷第51~54页。

[4] 山东馆子，应指当时青岛的鲁菜馆。20世纪30年代，青岛餐饮业十分发达，中餐有鲁菜、粤菜、川菜、淮扬菜和北京菜等，另有西餐和日本料理。顺兴楼、春和楼和聚福楼号称鲁菜“三大楼”，黄际遇在日记中曾记下“午应蒋右沧聚福楼之约”（《不其山馆日记》）一语。另外，厚德福酒家也存在于当时的文人记忆中，1935年6月15日，老舍与赵少侯、张煦怡荪、萧涤非、黄际遇等山大友人会饮于此，“日景尚高，雇车践涤非厚德福酒家之约。”（同上）这是《避暑录话》同人雅会：“青岛有个颇有点名望的餐馆，名叫‘厚德福’，据说梁实秋先生就是它的股东之一，我们在这儿聚过餐。文友中，赵少侯先生酒量最大，家中酒罐子一个又一个。老舍先生也能喝几杯，他酒量不大，但划起拳来却感情充沛，声如洪钟。”（臧克家：《〈避暑录话〉与〈星河〉》）

[5] 番茄虾银（仁）儿，记的是青岛本地的方言口音，读“仁”为“银”。

再谈西红柿

因为字数的限制，上期讲西红柿未能讲到“人生于世”，或西红柿与二次世界大战的关系，故须再谈。不过呢，这次还是有字数的限制，能否把西红柿与人生于世二者之间的“然而一大转”转过来，还没十分的把握。由再谈而三谈也是很可能的，文章必须“作”也。这次“再谈”，顶好先定妥范围，以便思想集中，而免贪多嚼不烂，“人生于世”且到后帐歇息为妙。

《避暑录话》里的话，本当于青岛有关系；再谈西红柿少不得“人生于青岛”，即使暂时不谈“人生于世”，话不落空，即是范围妥定，文章义法不能不讲究。

青岛是富有洋味的地方，洋人洋房洋服洋药洋葱洋蒜，一应俱全。海边上看洋光眼子[1]，亦甚写意。这就应当来到西红柿身上，此洋菜也。

记得前些年，北平的“农事试验场”[2]——种了不少西红柿；每当夏季，天天早晨大挑子的往东城挑，为是卖给东交民巷[3]一带等处的洋人，据说是很赚钱。青岛的洋人既不少，而且洋派的中国人也甚多，这就难怪到处看见西红柿。设若以这种“菜”的量数测定欧化的程度深浅，青岛当然远胜于北平。由这个线索往下看，青岛的菜市就显出与众不同，西红柿而外，还有许多洋玩艺儿呢。这些洋东西之中，像洋樱桃，杨梅等，自然已经不很刺眼，正如冰激凌已不像前些年那样冰舌头。至于什么Rhubarb[4]咧，什么Gooseberry[5]咧，和冬瓜茄子一块儿摆着，不知怎的就有点不得劲儿。我还没看见过中国人买它们，也不晓得它们是否有个中国名儿，Cheese[6]也是常见的，那点洋臭味儿又非西红柿可比。可是，我倒看见了中国人——决不是洋厨师傅——买它，足见欧美的臭东西也便可贵——价钱并不贱呢。吃洋臭豆腐而鄙视“山东瓜子”与大蒜的人，大概也会不在少数，这年头儿！设若非洋化不足以强国，从饮食上，我倒得拥护西红柿，一来是味邪而不臭，二来是一毛钱可以买一堆，三来是真有养分，虽洋化而不受洋罪。烙饼捲Cheese，哼，请吧；油条小米粥，好吃的多！您就是说我不够洋派，我也不敢挑眼。

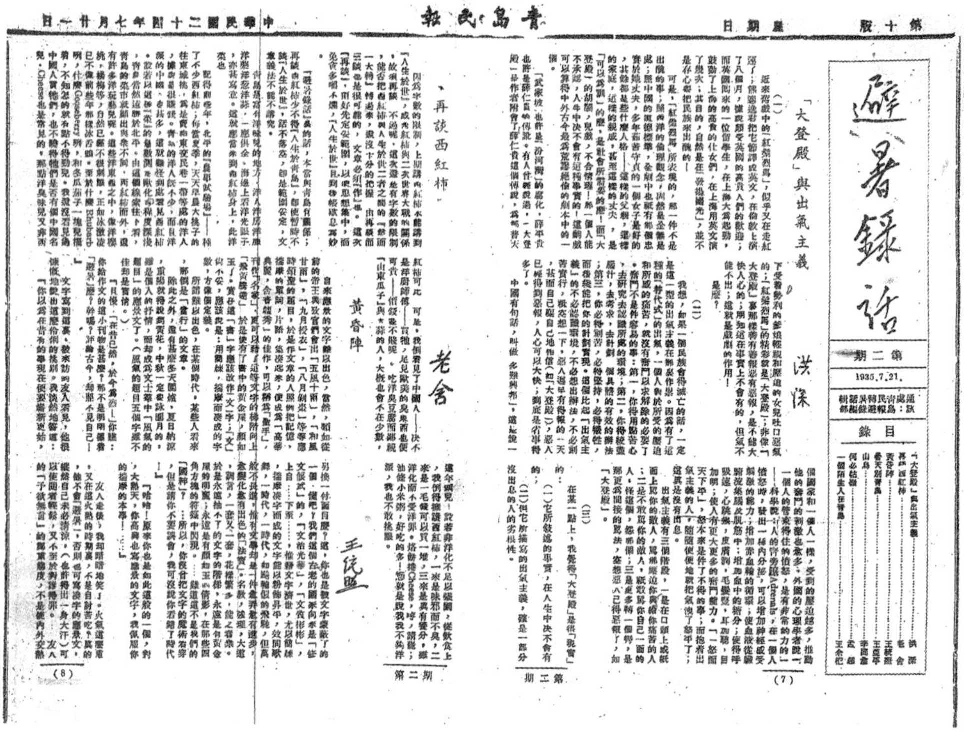
中華民國二十四年七月二十一日　青島民報　星期日　第十版

避暑錄話

第二期　1935.7.21.

「大登殿」與出氣主義　洪深

再談西紅柿　老舍

黃昏陣　王統照

《再谈西红柿》原发表页

1935年7月21日《青岛民报》副刊《避暑录话》第2期

[1] 洋光眼子，见《青岛与我》注2。

[2] 清朝光绪三十二年（1906年），选址今北京动物园处，由清农工商部领衔建立农事试验场，对五大宗各类农作物进行试验，包括谷麦试验、蚕桑试验、蔬菜试验、果木试验和花卉试验。

[3] 东交民巷，老北京最长的胡同，旧时为漕运地，称东江米巷，民国时期开始演变为外国驻华使馆区。

[4] Rhubarb，食用的大黄，有绿色或微红色带酸味的长叶柄，可生吃。

[5] Gooseberry，醋栗。

[6] Cheese，奶酪。

歇夏（也可以叫作『放青』）

我的暑假

『文人相重』，我必须说他的信实在写的好：文好，字好，信纸也好，可是，这是附带的话；正文是这么回事：第一封信，他问我的小说写得怎样了？说起来话长，我在去年春天就向赵家璧先生透了个口话，说我要写一部长篇小说，内中的主角儿是两位镖客，行侠作义，替天行道，十八般武艺件件精通，可是到末了都死在手枪之下。我的意思是说时代变了，单刀赴会，杀人放火，手持板斧把梁山上，都已不时兴；二大刀必须让给手枪，而飞机轰炸城池，炮舰封锁海口，才够得上摩登味儿。这篇小说，假如能写成了的话，一方面是说武侠与大刀早该一齐埋在坟里，另一方面是说代替武侠与大刀的诸般玩艺不过是加大的杀人放火，所谓鸟枪换炮者是也，只显出人类的愚蠢。

两篇文章写的都是如何过暑假的事情，但情趣不同，一者言放下重负好好休息，一者言无暇休假要抓紧写作。比较阅读，可对老舍的生活、写作状态以及前后两个暑假的不同心境有所领悟。在此前后编排，分别注释。

《歇夏（也可以叫作“放青”）》原载1935年7月15日《良友》画报第107期“溽暑随笔”专栏。《良友》为大型综合画报，1926年2月由伍联德创刊于上海，1945年10月停刊，共出172期。本文从“文人相重”谈起，表明了作者编辑的协进文学的态度，接着介绍了一部“主角为两个镖客”的长篇小说（即当时已搁笔不写的《二拳师》）之缘起与构思、写作情况；然后，切入了歇夏主题，说多年以来一直利用暑假写稿，没有时间歇夏，而今在青岛，定要轻松一下，好好享受一番“青山绿水”的美意。

《我的暑假》原载1936年6月《青年界》第10卷第1号。《青年界》创刊于1931年3月，内容以小说、诗歌、小品、随笔、书评、文坛消息等为主，主要撰稿人包括胡适、鲁迅、郁达夫、周建人、周作人、老舍、沈从文、朱湘、臧克家、废名等。本文说的是，十年来的暑假一直忙于写稿而无暇休息，一方面因为生活压力很大，另一方面写作已经成为习惯。而今即将面临又一个暑假，又要奋力写作了。此稿发表之后不久，老舍辞去了国立山东大学的教职，在黄县路寓所专心写作长篇小说《骆驼祥子》。

歇夏（也可以叫作“放青”）

马国亮[1]先生在这个月里（六月）给我两封信。“文人相重”，我必须说他的信实在写的好：文好，字好，信纸也好，可是，这是附带的话；正文是这么回事：第一封信，他问我的小说写得怎样了？说起来话长，我在去年春天就向赵家璧[2]先生透了个口话，说我要写一部长篇小说[3]，内中的主角儿是两位镖客，行侠作义，替天行道，十八般武艺件件精通，可是到末了都死在手枪之下。我的意思是说时代变了，单刀赴会，杀人放火，手持板斧把梁山上，都已不时兴；二大刀必须让给手枪，而飞机轰炸城池，炮舰封锁海口，才够得上摩登味儿。这篇小说，假如能写成了的话，一方面是说武侠与大刀早该一齐埋在坟里，另一方面是说代替武侠与大刀的诸般玩艺不过是加大的杀人放火，所谓鸟枪换炮者是也，只显出人类的愚蠢。

春天过去，接着就是夏天，我到上海走了一遭，见着了赵先生。他很愿意把这本东西放在《良友丛书》[4]里。由上海回来，我就开始写，在去年寒假中，写成了五六千字。这五六千字中没有几个体面的，开学以后没工夫续着写，就把它放在一边。大概是今年春天吧，我在 本刊物上看到一个短篇小说，所写的事儿与我想到的很相近。大家往往思想到同样的事，这本不出奇，可是我不愿再写了。一来是那写成的几千字根本不好，二来是别人写过的，虽然还可以再写，可是究竟差着点劲儿，三来是我想在夏天休息休息。

马先生所问的小说，便是指此而言。我写去回信，说今夏休息，打退堂鼓。过了几天，他的第二封信来到，还是文好，字好，信纸也好；还是“文人相重”。这封信里，他允许，并且夸奖我应当休息，可是在休息之前必须给良友写一个短篇。

短篇？也不能写！说起来话就又长了。在春间我还答应下给别的朋友写些故事呢——这都得在暑假里写，因为平日找不到“整”工夫。既然决定休息，那么不写就都不写，不能有偏向。况且我不愿，也不应当，向自己失信，怎么说呢，这才到了我的正题。请往下看：

我最爱写作，一半是为挣钱，一半因为有瘾。我乃性急之人，办事与洗澡具同一风格，西里哗拉一大回，永不慢腾腾的，对于作文，也讲快当；但作文到底不是洗澡，虽然回回满头大汗，可是不见得能回回写得痛快淋漓。只有在这种时候，就是写完一篇或一段而觉得不满意的时候，我才有耐心，修改，或甚至从头另写。此耐心是出于有瘾。

大概有八年了吧，暑假没休息过，一年之中，只有暑假是写东西的好时候，可以一气写下十几万字。暑天自然是很热了，我不怕；天热，我的心更热，老天爷也得被我战败，因为我有瘾呀。

自幼儿我的身体就很弱，这个瘾自然不会使身体强壮起来。胃病，肺病，头疼，肚疼，什么病都闹过。单就肺病来说，我曾患到第七八期。过犹不及，没吃药，没休息它自己好了。胃病也很厉害，据一位不要我的诊金的医生说，我的胃已掉下一大块去。我慌了！要是老这么往下坠，说不定有朝一日胃会由腹中掉出去的，非吃药不可了。而药也真灵，喝了一瓶，胃居然又回到原来的位置，像气球往上升似的，我觉得。

虽然闹过这些病，我可是没死过一回。这个，又不能不说是“写瘾”的好处了。写作使我胃弱，心跳，头疼；同时也使我小心。该睡就去睡，该运动就去运动；吃喝起卧差不多都有规律。于是虽病而不至于死；就是不幸而死，也是卫生的。真的，为满足这个瘾，我一点也不敢大意，决不敢去瞎胡闹，虽然不是不想去瞎胡闹。因此，身体虽弱，可是心中有个老底儿——我的八字儿好，不至于短命。我维持住了生活的平衡：弱而不至作不了事，病而不至出大危险，如薄云掩月，不明亦不极暗。就是在这种境界中，八年来在作事之外还写了不少的东西！好也罢，歹也罢，总算过了瘾。

近来我吃饭很香，走路很有劲，睡得也很实在；可是有一样，我写不上劲儿来。莫非八期肺病又回来了？不能吧：吃得香，睡得好，说话有力，怎能是肺病呢！？大概是疲乏了；就是头驴吧，八年不歇着，不是也得出毛病吗？好吧，今年愣歇它一回，何必一定跟自己叫劲儿呢。长篇短篇一概不写，如骆驼到口外“放青”，等秋后膘肥肉满再干活儿。况且呢，今年是住在青岛，不休息一番也对不起那青山绿水。就此马上休息去者！

马先生和我要短篇，不能写，这回不能再向自己失信。说休息就去休息。

把这点经过随便的写在这里，马先生要是肯闭闭眼，把这个硬算作一篇小说，那便真感激不尽了，就手儿也对读者们说一声，假若几个月里见不到我的文字，那并非就是我已经死去，我是在养神呀。

代柬：

老舍先生：你的稿子不能当小说，虽然我闭了几次眼。可确是一篇很切题的消夏随笔，所以正好在这里发表。你说的长篇是赵先生向你要的，我要的却不是那个。那天晚上我陪你在新亚等朋友，我曾向你给“良友”定货——短篇小说。那时天气实在很热，大概你后来就把我那定单化汗飞了，所以现在忘得干干净净。现在你既然歇夏，只好暂时饶你过个舒服的夏天，好在你并非已经死去，到了秋凉，你可不能再抵赖，得把这张空头支票快快兑现。

[1] 马国亮（1908～2001），著名作家和编辑家，广东顺德人，曾任上海良友图书公司编辑、《今代妇女》主编、香港《大地画报》总编辑、新大地出版社总编辑等职。有回忆录《良友忆旧》等著述。

[2] 赵家璧（1908～1997），著名编辑家和翻译家，上海人。1932年自光华大学英国文学系毕业后，进良友图书印刷公司任编辑，主编《一角丛书》和《良友文学丛书》，1935年组织编辑的《中国新文学大系》（10卷）是中国新文学史第一个十年的总结选本。

[3] 老舍这里所说的“要写一部长篇小说”，是指随后创作的《断魂枪》。1934年暑假，老舍曾经到过上海一次，其间与赵家璧商定要写一部“主角是两位镖客”的长篇小说。返回济南后即开始写起来，当年秋来青岛后将其部分情节改写成了短篇小说《断魂枪》。

[4] 《良友丛书》，即指赵家璧主编的《良友文学丛书》，上海良友图书公司出版，自1933年1月到1937年6月共出版40种，以小说为主，收少量散文、文论等作品。

我的暑假

暑假是我最忙的时候。有十年[1]了吧，我没有歇过夏。平均的算来，过去的十年中，每年写出一本十万字上下的小说，都是在暑假里写的。即使不能写完，大部分总是在暑中写成的。

这样，我总得感谢我的职业。设若我不当教书匠，而是，比如说，当邮差或银行的行员，我一定得不到这么长的暑假，也就找不出时间来写小说。同时，我对于教书又感到痛苦：既教书，就得卖力气，不管自己的学识如何，总求无愧于心。这么着，平日的时间便完全花费在上课与预备功课上，非到暑假不能拿笔写自己的东西。暑假本该休息，我反忙起来，于是生活成了老驴拉磨式的，一年到头的老转圈儿。我的身体自幼儿就不强壮，这样拉磨更不会有健壮起来的希望。我真盼望能爽快的休息一个暑假，假如还得教书的话；或者完全不教书而去专心写作。不过呢，经济的压迫使我不敢放弃教书；同时，趣味所在又使我不忍完全放弃写作。啊！恐怕在一二年内，我还得拉磨吧。往好里说，这叫作努力；实际说来，这是“玩命”！

暑假[2]快到，我又预备拿笔了。努力还是玩命？谁管它，活一天干一天的活吧。

---

[1] 1925年，老舍在伦敦大学东方学院任教时开始创作长篇小说《老张的哲学》。从那时起，每个暑假都用来写作，到现在已有十年了。暑假本该休息，却因写作之故而成为最忙的时候。

[2] 此处指的是1936年暑假。其间，老舍辞去山东大学的教职，成为“职业写家”，开始写《骆驼祥子》。

暑避

有福之人，散处四方，夏日炎热，聚于青岛，是谓避暑。无福之人，蛰居一隅，寒暑不侵，死不动窝；幸在青岛，暑气欠猛，随着享福，是谓暑避。前者是师出有名，堂堂正正，好不威风；后者是歪打正着，马马虎虎，穷混而已。可是，有福之人到底命大，无福之人泄气到底：有福者避暑，而暑避矣；无福者暑避，而罪来矣。

两篇文章的写作机缘均与“青岛避暑”这一话题有关，写于1935年夏天。在此前后编排，分别注释。

本篇原载1935年7月28日《青岛民报》副刊《避暑录话》第3期。

这里说的不是“避暑”而是“暑避”，两字顺序一颠倒，恰好表明了生活在青岛的一种无奈，青岛为海内外知名的避暑胜地，到了夏天，八方游客和朋友们纷至沓来，其乐融融的同时，也难免产生烦恼。这一年夏天，仅陪同友人去看“炮台”就跑了十八趟，身心俱疲，时间和金钱的流失不说，写作也无法照常进行了，因而有“暑避”之叹，乃言“有福者避暑，而暑避矣；无福者暑避，而罪来矣。”

《青岛与我》原载1935年8月16日《论语》第70期。1935年，老舍度过了来青岛后的第一个夏天，当时的诸多感受就载录于此，他谈到了夏日青岛的种种特色，还特别讲了他到剧社唱戏的经历，进行了一番自我调侃，幽默之中见真率。最后道出“我简直和青岛不发生关系，虽然是住在这里”以及“对于我，它是片美丽的沙漠”诸语表明那些所谓“洋气”与“热闹”的事物与自己的生活方式是格格不入的，而青岛的真正魅力不在这些喧哗表象上，老舍所倾心的是浸润着诗性美感的山海和适于写作的宁静环境，不过也正是在谈说种种时髦现象的时候，人们看到了一个幽默、真率而睿智的老舍。

暑避

有福之人，散处四方，夏日炎热，聚于青岛，是谓避暑。无福之人，蛰居一隅，寒暑不侵，死不动窝；幸在青岛，暑气欠猛，随着享福，是谓暑避。前者是师出有名，堂堂正正，好不威风；后者是歪打正着，马马虎虎，穷混而已。可是，有福之人到底命大，无福之人泄气到底：有福者避暑，而暑避矣；无福者暑避，而罪来矣。就拿在下而言，作事于青岛，暑气天然不来，是亦暑避者流也。可是，海岸走走，遇上二三老友，多年不见，理当请吃小馆。避暑者得吃得喝，暑避者几乎破产；面子事儿，朋友的交情，死而不怨，毛病在天。吃小馆而外，更当伴游湛山[1]、劳山[2]等处，汽车呜呜，洋钱铮铮，口袋无底，望洋兴叹。逝者如斯夫，洋钱一去不复返。炮台[3]已看过十八次，明天又是“早八点见，看看德国的炮台，没错儿！”为德国吹牛，彷佛是精神胜利。

海岸不敢再去，闭门家中坐，连苍蝇也进不来，岂但避暑，兼作蛰宿。哼，快信来矣，“祈到站……”继以电报，“代定旅舍……”于是拿起腿来，而车站，而码头，而旅馆，而中国旅行社[4]……昼夜奔忙，慷慨激昂，暑避者大汗满头，或者是五行多水。

这还是好的，更有三更半夜，敲门如雷；起来一看，大小三军，来了一旅，俱是知己哥儿们，携老扶幼，怀抱的娃娃足够一桌，行李五十余件。于是天翻地覆，楼梯底下支架木床，书架上横睡娃娃，凉台上搭帐棚，一直闹到天亮，大家都夸青岛真凉快。

再加上四届铁展[5]，乃更伤心。不去吧，似嫌怯懦；去吧，还能不带着皮夹？牙关咬定，仁者有勇，直奔铁展，售品所处有“吸钞石”，票子自己会飞。饱载而归，到家细看，一样儿必需的没有，开始悲观。

由此看来，暑避之流顶好投海，好在还方便。

汇泉角炮台

[1] 湛山，为崂山余脉，海拔63米，处于太平山以东，是青岛老城前海一线一系列山脉的东端结点。明初为鳌山卫下辖浮山备御千户所的行刑之地，故名“斩山”。后改用“湛”字，取“海水清湛”之意，以山谷清幽而著称。1934年夏郁达夫游青岛，留诗“湛山一角夏如秋，汪酒卢茶各赠投。”南麓有湛山寺，为青岛老城区唯一的佛教寺院，亦为近代天台宗名刹，1931年由叶恭绰、周叔迦等发起，于1934年动工兴建。1935年，“湛山清梵”列入青岛十景。

[2] 劳山，今称崂山，位于青岛市东部，为山东半岛主要山脉，主峰名巨峰，亦称崂顶，海拔1132.7米，是中国海岸线上的第一高峰。历史上曾有牢山、不其山、辅唐山、劳山、大劳山、鳌山等名称。古来即有“海上名山第一”之说，言其雄伟、高旷与优美，亦言其历史渊源之深厚与文化集结之丰富。

[3] 1897年德占胶澳后，陆续建起了体系完备的军事要塞，其中包括一系列海防与陆防炮台。到了20世纪30年代，一部分炮台成为了旅游景点，其中汇泉角炮台和京山炮台（青岛山炮台）因位置绝佳和保存完好而最受关注，老舍所言“炮台”应是这两处或其中的一处。汇泉角炮台位于汇泉湾与太平湾之间的海岬（即汇泉角），京山炮台位于京山之巅，为第一次世界大战亚洲战场遗址。

[4] 1927年，由上海商业储蓄银行开办的中国旅行社在青岛设立分社，位于中山路165号，兼有旅行社和宾馆之功能。1930年夏，闻一多、梁实秋初来青岛时，曾在此下榻。梁实秋回忆说：“由于杨金甫的邀请，我到青岛去教书。这是一九三零年夏天的事。我们乘车直赴青岛，先去参观环境，闻一多偕行。我们下榻于中国旅行社，雇了两辆马车环游市内一周，对于青岛的印象非常良好，季淑尤其爱这地方的清洁，与气候的适宜，与上海相比不啻霄壤。”（梁实秋：《槐园梦忆》）

[5] 铁展，即全国铁路沿线出产货品展览会。1933年至1935年间，南京国民政府铁道部先后在上海、南京、北平和青岛组织举办了四届铁展会。1935年7月10日至8月10日，第四届铁展会在湛山大路（今香港西路）上的青岛市立中学（即德国人1900年建的伊尔梯斯兵营旧址）举办，设有胶济馆、京沪馆、沪杭甬馆、津浦馆、平汉馆、正太馆、北宁馆、陇海馆、平绥馆、粤汉馆等11个展馆，陈列商品52300余件，接待游客近60万人次，盛况空前，反映了当时中国经济与社会发展的基本面貌，也凸显了青岛的城市地位与城市特色，是青岛开埠以来举办的规模最大的全国性展览会。老舍好友卢嵩庵也是参展方之一，自北平来，当时就借住在老舍的金口二路（今金口三路）家中。在展会上，老舍也买了些东西，其中包括一把檀香扇。（老舍：《檀香扇》）

檀香扇

夏天到电影院去，更怕遇见『洋』她们。她们穿得很少很薄，白白的脖儿，胖胖的臂，原有个看头儿。可是您的鼻子受了委屈，香水味里裹着一股像臭豆腐加汽水的味儿，又臭又辣，使您恶心。上论好莱坞的女明星怎么美妙，您从此大概不会再想娶洋姨太太。民族老幼不可同日而语，香臭也会使人们决定『东是东，西是西，』没法儿调和，只好掩鼻而过。

本文原载1935年8月11日《青岛民报》副刊《避暑录话》。

这是老舍所写幽默小品中极具特色的一篇，以小见大，中西并见。开篇即破天荒般提出“中华民族是好是坏”的问题，从此开始，以手中一把檀香扇为道具，款款而谈不同民族之间的文化此俗和文化心理差异，那些“洋玩儿”和“洋派儿”不一定适合于本土，而“檀香扇”则被当作了国粹的表征，假托以神力，似乎足以战胜那令人颇感不适的所谓“洋‘她们’”身上过于浓郁的“香水味”。于是，表征国粹的“檀香扇”就与表征西方工业文明成果的“香水味”就构成了“文化”的引子，就此引出了文化差异性和适应性问题，展开了对“文化”的心理分析。作为幽默大师，老舍并不是简单地感受“看电影”这件事，不对电影内容和艺术风格进行评价，而特别善于把“看电影”作为一个文化现象来观察。这里，他将“看电影”当作一个噱头，既讽刺了崇洋媚外者，更在幽默之中点破了国民性中自大与自卑两种心态。

檀香扇

中华民族是好是坏，一言难尽，顶好不提。我们“老”，这说着似乎不至有人挑眼，而且在事实上也许是正确的。科学家在中国不大容易找饭吃，科学家的话也每每招咱们头疼；因此，我自幸不是个科学家，也不爱说带定律味儿的话。“革命”就是“劫数”，美国总统也请人相面，说着都另有股子劲儿，和包文正[1]《打龙袍》[2]一样能讨咱们喜欢。谈到民族老不老的问题，自然也不便刨根问底，最好先点头咂嘴，横打鼻梁：“我们老得多；你们是孙子！”于是，即使祖父被孙子给揍了，到底孙子是年幼无知；爽性来个宽宏大量，连忤逆也不去告。这叫作“劲儿”。明白这点劲儿，莫谈国事乃更见通达。

您就拿看电影说吧，总得算洋派儿。可是赶上邻座是洋人，您就觉得有点不得劲；洋派儿和洋人到底是两回事，无论您的洋服多么讲究，反正赶不上洋人地道。您有点气馁，不是不能不设法捧自己的场，于是您就那么一比较：啊，原来洋人身上，甚至于连手上，都有长长的毛；有时候洋人老太太带着小胡子嘴儿。野人！那么也就是孙子了。您吐一口气，摸摸自已的手，光润无毛，文明的厉害。

夏天到电影院[3]去，更怕遇见“洋”她们。她们穿得很少很薄，白白的脖儿，胖胖的臂，原有个看头儿。可是您的鼻子受了委屈，香水味里裹着一股像臭豆腐加汽水的味儿，又臭又辣，使您恶心。上论好莱坞的女明星怎么美妙，您从此大概不会再想娶洋姨太太。民族老幼不可同日而语，香臭也会使人们决定“东是东，西是西，”没法儿调和，只好掩鼻而过。

“铁展”救了我一命。那天我去看《块肉余生》[4]，左边坐着位重三百磅的洋太太，右边坐着三位洋姑娘——体重差一些，可是三位呢。左右逢源，自制的氯气阵阵加紧。我知道是要坏；我不能堵上鼻看电影：堵得太严，满有死去的希望；不堵呢，大概比死去还难受，感谢“铁展”！我手中拿着前一天刚买来的檀香扇！看完电影，我念念有词，作了两句标语：

“老民族是香的！中华万岁！”

“檀香扇打倒帝国主义！”

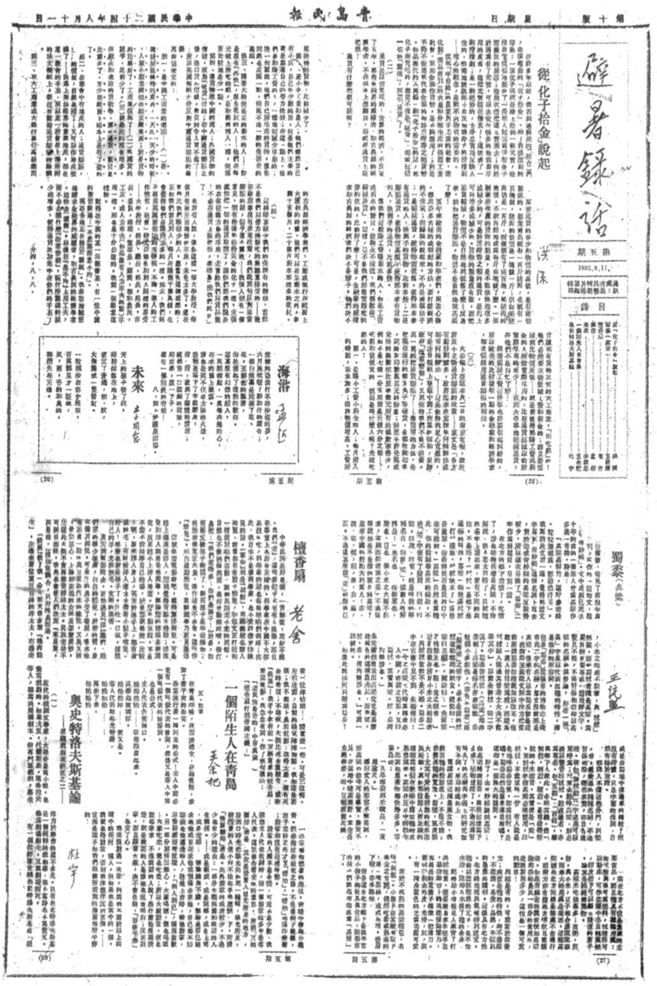

《檀香扇》原发表页

1935年8月11日《青岛民报》副刊《避暑录话》第5期

[1] 包文正，即包拯（999～1062），字希仁，谥号文正，北宋庐州合肥（今安徽合肥）人，中国历史上的著名清官，民间常呼之曰“包公”和“包青天”，为清正廉明的象征。

[2] 《打龙袍》，以包拯、李后、仁宗及“狸猫换太子”等宫闱秘事为主要人物和情节的京剧传统剧目。

[3] 自19世纪与20世纪之交开始，作为西方文化登陆中国的一个前沿，青岛汇集了电影、戏剧及交响乐等各种艺术娱乐形式，中外文化混融现象表现得十分突出。到了20世纪30年代，电影已成为城市文化的经典元素，当时的电影院有：太平路上的银星大戏院（始于1900年，原为海因里希亲王饭店影戏院），中山路上的中和戏院（始于1903年，原称中国戏院，1946年改称华乐戏院）、福禄寿电影院（始于1921年，红星影院的前身）、中西大影戏院（始于20世纪20年代）和山东大戏院（始于1931年，中国电影院的前身），南村路上的五福大戏院（始于20世纪初，原俗称西大森戏院），市场三路上的神州影剧院（始于1919年，原称电气馆，东风电影院的前身），安徽路上的明星大影戏院（始于1922年），平度路上的青岛大舞台（始于1924年，永安大戏院的前身），福寺路上的光陆大戏院（始于1928年，遵义剧院的前身），湖北路上的金城电影院，北平路（今北京路）上的青岛电影院，江宁路上的大光明电影院，沧口路上的上平安电影院，等等。

[4] 《块肉余生》，美国好莱坞米高梅电影公司（Metro-Goldwyn-Mayer Inc.）拍摄的电影。译名出自近代著名翻译家林纾，他将英国作家狄更斯的名著《大卫·科波菲尔》译成中文，取名《块肉余生记》。

青岛与我

我应当加入剧社，我小时候还听过谭鑫培呢，当然有唱戏的资格。找了介绍人，交了会费，头一天我就露了一出《武家坡》。我觉得唱得不错，第二天早早就去了，再想露一出拿手的。等了足有两点钟吧，一个人也没来，社员们太不热心呀，我想。第三天我又去了，还是没人，这未免有点奇怪。坐了十来分钟我就出去了，在门口遇见了个小孩。『小孩，』我很和气的说，『这儿怎样老没人？』小孩原来是看守票房李六的儿子，知道不少事儿。『这两天没人来，因为呀，』小孩笑着看了我一眼，『前天有一位先生唱得像鸭子叫唤，所以他们都不来啦；前天您来了吗？』我摇了摇头，一声没出就回了家。

本篇原载1935年8月16日《论语》第70期。

1935年，老舍度过了来青岛后的第一个夏季，记下了当时的诸多感受，把清凉时光隐含于无言，而呈现出来的是迷离而有趣的文化场景。他谈到了夏日青岛的种种特色，还特别讲了他到剧社唱戏的经历，进行了一番自我调侃，幽默之中见真率。最后道出“我简直和青岛不发生关系，虽然是住在这里”以及“对于我，它是片美丽的沙漠”诸语表明那些所谓“洋气”与“热闹”的事物与自己的生活方式是格格不入的，而青岛的真正魅力不在这些喧哗表象上，老舍所倾心的是浸润着诗性美感的山海和适于写作的宁静环境，不过也正是在谈说种种时髦现象的时候，人们看到了一个幽默、真率而睿智的老舍。

青岛与我

这是头一次在青岛过夏。一点不吹，咱算是开了眼。可是，只能说开眼；没有别的好处。就拿海水浴[1]说吧，咱在海边上亲眼看见了洋光眼子[2]！可是咱自家不敢露一手儿[3]。大概您总可以想像得到：一个比长虫——就是蛇呀——还瘦的人儿，穿上上不着天，下不着地的浴衣，脖子上套着太平圈，浑身上下骨骼分明，端立海岸之上，这是不是故意的气人？即使人家不动气，咱也不敢往水里跳呀；脖子上套着皮圈，而只在沙土上"憧憬"，泄气本无不可，可也不能泄得出奇。咱只能穿着夏布大衫，远远的瞧着；偶尔遇上个翼教卫道的人，相对微笑点首，叹风化之不良；其实他也跟我一样，不敢下水。海水浴没了咱的事。

白天上海岸，晚上呢自然得上跳舞场[4]。青岛到夏天，的确是热闹：白舞女，黄舞女，黑舞女，都光着脚，脚指甲上涂得通红晶亮，鞋只是两根绊儿和两个高底。衣服，帽子，花样之多简直说不尽。按说咱既不敢下海，晚上似乎该去跳了，出点汗，活动活动。咱又没这个造化。第一，晚上一过九点就想睡；到舞场买票睡觉，似乎大可不必。第二呢，跳倒可以敷衍着跳一气，不过人家不踩咱的脚指，而咱只踩人家的，虽说有独到之处，到底怪难以为情。莫若早早的睡吧，不招灾，不惹祸。况且这么规规矩矩，也足引起太太的敬意，她甚至想登报颂扬我的"仁政"，可是被我拦住了，我向来是不好虚荣的。

既不去赶热闹，似乎就该在家中找些乐事；唱戏[5]，打牌，安无线广播机[6]等等都是青岛时行的玩艺。以唱戏说，不但早晨在家中吊嗓子的很多，此地还有许多剧社[7]，锣鼓俱全，角色齐备，倒怪有个意思。我应当加入剧社[8]，我小时候还听过谭鑫培[9]呢，当然有唱戏的资格。找了介绍人，交了会费，头一天我就露了一出《武家坡》[10]。我觉得唱得不错，第二天早早就去了，再想露一出拿手的。等了足有两点钟吧，一个人也没来，社员们太不热心呀，我想。第三天我又去了，还是没人，这未免有点奇怪。坐了十来分钟我就出去了，在门口遇见了个小孩。"小孩，"我很和气的说，"这儿怎样老没人？"小孩原来是看守票房李六的儿子，知道不少事儿。"这两天没人来，因为呀，"小孩笑着看了我一眼，"前天有一位先生唱得像鸭子叫唤，所以他们都不来啦；前天您来了吗？”我摇了摇头，一声没出就回了家。回到家里，我一咂摸滋味，心里可真有点不得劲儿。可是继而一想呢，票友们多半是有习气的，也许我唱得本来很好，而他们“欺生”。这么一想，我就决定在家里独唱，不必再出去怄闲气。唱，我一个人可就唱开了，“文武代打，”好不过瘾！唱到第三天，房东来了，很客气的请我搬家。房东临走，向敝太太低声说了句：“假若先生不唱呢，那就不必移动了，大家都是朋友！”太太自然怕搬家，先生自然怕太太，我首先声明我很讨厌唱戏。

我刚要去买广播音机，邻居郑家已经安好，我心中不大好过。在青岛，什么事走迟了一步，风头就被别人出尽；我不必再花钱了，既然已叫郑家抢了先。再说呢，他们播放，我听得很真，何必一定打对仗呢。我决定等着听便宜的。郑家的机器真不坏，据说花了八百多块。每到早十点，他们必转弄那个玩艺。最初是像火车挂钩，嘎！哗啦，哗啦！哗啦了半天，好似怕人讨厌它太单调，忽然改了腔儿，细声细气的啊啊，像老牛害病时那样呻吟。猛孤叮的又改了办法，拍拍，喔——喔，越来越尖，咯喳！我以为是院中的柳树被风刮折了一棵！这是前奏曲。一切静寂，有五分钟的样子，忽然兜着我的耳根子：“南京！”也就是我呀，修养差一点的，管保得惊疯！吃了一丸子定神丸，我到底要听听南京怎样了。呕，原来南京的底下是——“王小姐唱《毛毛雨》[11]。”这个《毛毛雨》可与众不同：第一声很足壮，第二声忽然像被风刮了走，第三声又改了火车挂钩，然后紧跟着刮风，下雨，打雷，空军袭击城市，海啸；《毛毛雨》当然听不到了。闹了一大阵，兜着我的耳根子——“北平！”我堵上了耳朵。早晨如是，下午如是，夜间如是；这回该我找房东去了。我搬了家。

还就是打个小牌，大概可以不招灾惹祸，可是我没有忍力。叫我打一圈吗，还可以；一坐下就八圈，我受不了。况且十几张牌，咱得把它们摆成五行，连这么办还有时把该留着的打出去。在我，这是消遣，慢慢的调动，考虑，点头，迟疑，原无不可；可是别人受得了吗。莫若多一事不如少一事，不必招人讨厌。

您说青岛这个地方，除了这些玩耍，还有什么可干的？干脆的说吧，我简直和青岛不发生关系，虽然是住在这里。有钱的人来青岛，好。上青岛来结婚，妙。爱玩的人来青岛，行。对于我，它是片美丽的沙漠。

对，有一件事我作还合适，而且很时行。娶个姨太太。是的，我得娶个姨太太。又体面，又好玩。对，就这么办啦。我先别和太太商量，而暗中储蓄俩钱儿。等到娶了姨太太之后，也许我便唱得比鸭子好听，打牌也有了忍力……您等我的喜信吧！

20世纪30年代的汇泉海水浴场

[1] 当时青岛有多处海水浴场，包括位于汇泉湾的汇泉海水浴场（第一海水浴场）、位于青岛湾的栈桥海水浴场（第六海水浴场）、位于山海关路以南的八大关海水浴场（第二海水浴场）和位于湛山五路的湛山海水浴场（第三海水浴场）等，其中规模最大且名气最大的是汇泉海水浴场。1898年，德国人将奥古斯特－维多利亚湾（今汇泉湾）规划为别墅区，沙滩上建起两排木屋更衣室。1903年，随着沙滩旅馆、跑马场和露天音乐台的建立，这片海湾成为亚洲最好的夏日度假胜地之一。20世纪30年代，青岛的汇泉湾浴场声名远播，夏日海内外游客纷至沓来。1935年老舍所居的金口二路（今金口三路）寓所靠汇泉湾很近，夏天他的家几乎成为朋友们洗海澡的驿站，来此更衣或小憩，老舍也很乐意为朋友们帮忙。1936年至1937年所居的黄县路寓所更靠近青岛湾，距汇泉湾也不远。

[2] 光眼子，北京话，意思是光着身子，在此以“洋光眼子”指称青岛夏日浴场上那些几近裸体的外国人。在老舍《再谈西红柿》中也写到：“海边上看洋光眼子，亦甚写意。”（见本卷第91页）

[3] 老舍不习水性，享受不了海水浴，只能当看客。翻译家黄嘉音特作《老舍海浴图》漫画一幅，借此把老舍先生一家请到了海水浴场。

[4] 当时青岛有多家跳舞场（舞厅），包括郭尔斯登、巴拉斯、吉浦桃浦、明星、芬达吉亚、月宫、黑猫、普林斯等。1933年出版的《青岛指南》有如下记载：“本市跳舞场营业，亦与咖啡店酒巴间相同，夏季最甚，一至秋季，即如纨扇之捐，形消影散。盖此辈专做美国生意，故美舰来青，即舞场林立，美舰出口，则停营业。经营此种生意者，以白俄为最多。不过终年设立，以供一般中西摩登青年之需要这，亦复不少。”

[5] 老舍喜欢唱戏，诸友宴饮时，常来上一段二黄清唱。“老舍平日为人很静穆，斯斯文文的，对朋友总是微笑着，话是不多的。可这只是他的一面。每当三杯之后，他就会像白乐天说的‘酒饮三杯气尚粗’，

三江会馆戏楼

变得慷慨激昂，谈笑风生。有时也大声猜拳，酒酣耳热，余兴未尽，还往往唱上一段二黄倒板。”（萧涤非：《聊城铁公鸡》）黄际遇也记载了1936年1月22日诸友雅会时“舍予引吭高歌，少侯依声而应节”的情形。（黄际遇：《不其山馆日记》）

[6] 无线广播机，即无线电收音机。老舍自己不用收音机，在《我的理想家庭》一文中，说“家中不要电话，不要播音机，不要留声机，不要麻将牌，不要风扇，不要保险柜。”1937年“七七”卢沟桥事变发生后，为获知局势消息，他深夜跑到朋友家中去收听无线电广播。“自十五至廿五，天热，消息沉闷，每深夜至友家听广播，全无收获。”（老舍：《南来以前》）

[7] 民国时期，青岛有诸多剧社，大多是一些京剧票友自发组织的，来去自由，如和声社、物产社、西商票社、聊社、欢声社等。

[8] 此指和声社，1928年成立，为青岛的第一个业余京剧研究组织，初设于保定路上的原青岛地方银行旧址，1933年移至三江会馆，京剧名伶王又宸、言菊朋、周信芳、金少山、林树森等为名誉社员，洪深、赵太侔及其夫人俞珊等亦曾加盟该社，老舍就是在他们的介绍下入社的。三江会馆位于芝罘路与四方路路口，建于1907年，为传统风格建筑，其戏楼屋檐下悬挂“和声鸣盛”木匾。

[9] 谭鑫培（1847～1917），湖北武汉人，著名京剧演员，工老生，艺名小叫天。1936年9月16日，长篇小说《骆驼祥子》在《宇宙风》第25期刊露连载，在致陶亢德的信中，他说：“这是我的重头戏，好比谭叫天唱《定军山》……是给行家看的。”（老舍：《致〈宇宙风〉编辑》）

[10] 《武家坡》，京剧传统剧目，张君秋、程砚秋、杨宝森等京剧名家都曾演出过这出戏。

[11] 《毛毛雨》，当时的一首流行歌曲，洪芳怡作词，黎锦晖作曲，1927年首唱于上海，后风靡全国。鲁迅在《阿金》中说这首歌“绞死猫儿似的”。

立秋后

等暑

六七月之间才真看到青岛的光荣，尤其是初次看到，更觉有点了不得。可是一两星期过去，又仿佛没有什么了：士女是为避暑而来，自然表现着许多洋习气，以言文化，乃在寇丹指甲与新奇浴衣之间，所谓浪漫，亦不过买票跳舞，喝冷咖啡而已。闭户休息，寂寞不减于冬令，自叹命薄福浅！

两篇散文均写的是在青岛真实生活感受，涉及此地夏秋之交的气候特点。

《立秋后》原载1935年8月18日《青岛民报》副刊《避暑录话》第6期。依秋、冬、春、夏之序写青岛不同季节的特色与作者的感受，先说秋日青岛“秋山秋水，红楼黄叶”之美景，最后回味夏日青岛诸友汇聚之乐事。

《等暑》原载于1935年8月26日《青岛民报》副刊《避暑录话》第7期。写自己对青岛气候特点的真实体验，六七月间，别处酷暑难耐，而青岛凉爽宜人，可到了八月，别处渐凉，而青岛却来了“秋老虎”，反而热了起来。“等暑”两字，是老舍来青岛工作后的具体经验，让人们想到了夏日青岛的凉爽，但老舍显然对青岛已有了更深切的印象，所以说“青岛并非不暑，而是暑得比别处迟些”而已。

立秋后

去年来青岛，已是秋天[1]。秋水秋山，红楼黄叶[2]，自是另一番风味；虽未有见到夏日的热闹，可是秋夜听潮，或海岸独坐，亦足畅怀。

秋去冬来，野风横吹，湿冷入骨；日落以后，市上海滨俱少行人，未免觉得寂苦。

春到甚迟，直到樱花开了，才能撤去火炉，户外活动渐渐增多，可是春假里除了劳山旅行，也还想不出更好的办法。

六七月之间才真看到青岛的光荣，尤其是初次看到，更觉有点了不得。可是一两星期过去，又彷彿没有什么了：士女是为避暑而来，自然表现着许多洋习气，以言文化，乃在寇丹指甲[3]与新奇浴衣之间，所谓浪漫，亦不过买票跳舞，喝冷咖啡而已。闭户休息，寂寞不減于冬令，自叹命薄福浅！

有一件事是可喜的，即夏日有会友的机会。别已二年五载，忽然相值，相与话旧，真一乐事。再说呢，一向糊口四方，到处受友人的招待，今则反客为主，略尽地主之谊，也能更明白些交友的道理。况且此地是世外桃源，平日少见寡闻，于今各处朋友带来各处消息，心泉渐活，又回到人间，不复梦梦。

立秋以后，别处天气渐凉，此地反倒热起来；朋友们逐渐走去，车站码头送别，“明夏再来呀！”能不黯然销魂！

---

[1] 老舍于1935年暑假期间辞去齐鲁大学教职，去了趟上海，然后于当年秋从济南来青岛。关于老舍抵达青岛的准确时间，他自己未曾言明，应是在当年的9月上旬某日。时任山东大学文理学院院长的黄际遇在9月11日的日记中写下了“午，怡荪偕舒舍予来”一语（黄际遇：《万年山中日记》），这是关于老舍来青具体日期的最早记载。

[2] “红楼黄叶”一语可视为秋日青岛风貌的基本画面，色调优美，可与出自康有为的“碧海蓝天，红瓦绿树”一语相印证。此地多以梧桐、刺槐、银杏、红枫等树种为行道树，秋天到来，黄叶弥漫，与建筑的红瓦黄墙相映衬，看上去殊为美丽而别致。

[3] 寇丹指甲，亦写作蔻丹指甲，说的是女人染过颜色的指甲。古代中国早有玉指染色之俗，取蔻丹花（俗名千层红，又名指甲草或指甲花）或凤仙花的花瓣加明矾做成染料，涂在指甲上，使之变成桃红色。在老舍写作此文的20世纪30年代，多使用外国制造的蔻丹指甲油来美甲。

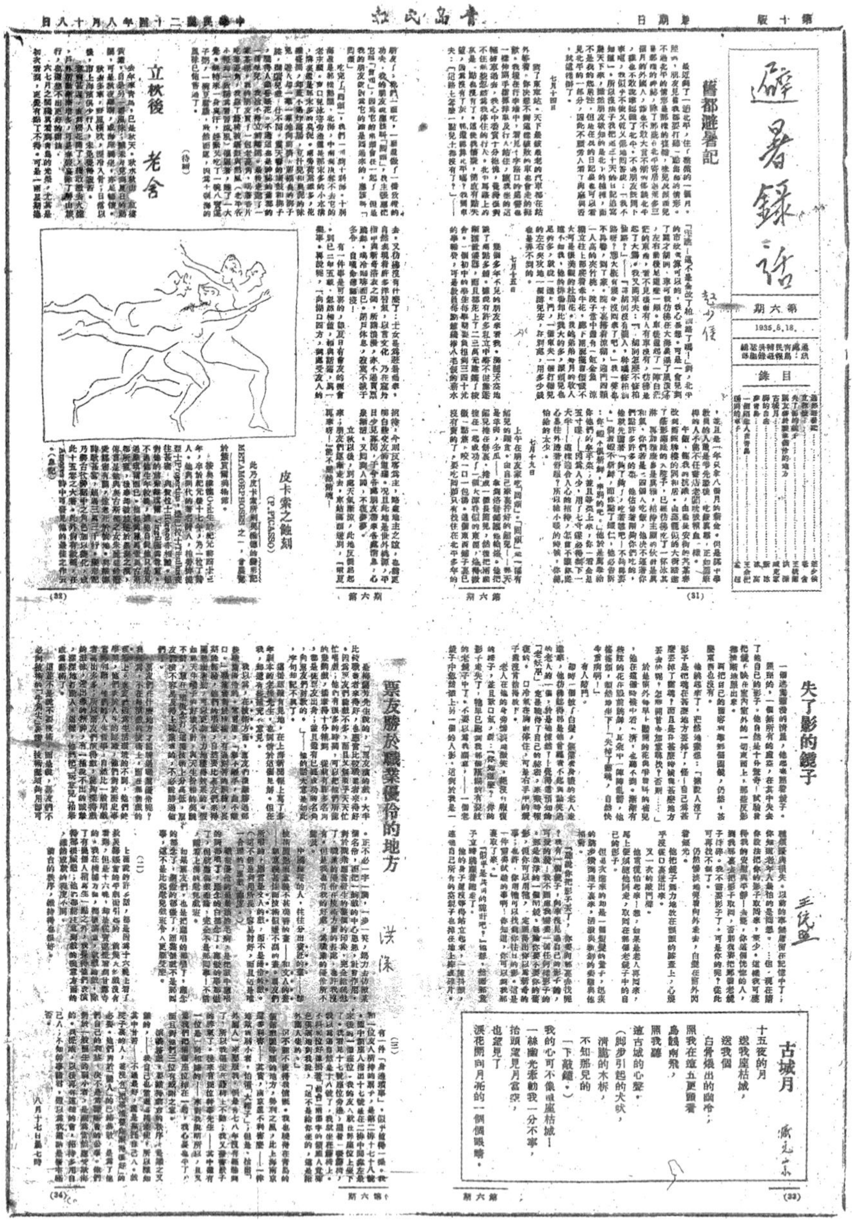
避暑錄話
第六期
舊都避暑記 趙少侯
立秋後 老舍
皮卡索之蝕刻
失了影的鏡子 王統照
票友勝於職業優伶的地方 洪深
古城月

《立秋后》原发表页

1935年8月18日《青岛民报》副刊《避暑录话》第6期

本期《避暑录话》除了赵少侯、老舍、王统照、洪深各自一篇文章以外，还登载了一幅西班牙画家毕加索（Pablo Picasso）的作品，这幅画也出现在《避暑录话》合订本封面上。这是毕加索为古罗马诗人奥维德（Publius Ovidius Naso）的《变形记》所作的一幅蚀刻插图，笔意轻灵，线条简约，勾勒出一组向前奔跑的人体，让人想起夏日海滩上跃动的男女，恰合避暑之意。

等　暑

青岛并非不暑，而是暑得比别处迟些。这么一句平常话，也需要一年的经验才敢说。秋天很暖——我是去年秋天来的——正因为夏未全去；以此类推，方能明白此地春之所以迟迟，六七月间之所以不热，哼，和八月间之所以大热起来。彷佛别人早已这样告诉过我；“彷佛”就有点记不真切的意思，“不相信”是其原因。青岛还会热？问号打得很清楚。赶到今年八月，才理会过来，可是马上归功于自己的经验，别人说过与否终于打入“彷佛”之下。以此为证，人鲜有不好吹者！

来避暑的人总是六七月来而八月走去，这时间的选取实在就够避暑的资格；于此，我更愿发财，有钱的人不必用整年的工夫去发现七月凉八月热，他们总是聪明的。高粱一熟，螃蟹下市[1]，别处的蝉声已带哀意；仍然住在青岛，似乎专为等着“秋老虎”[2]，其愚或可及，其穷定不可及。有钱的能征服自然，没钱的蛤蟆垫桌腿[3]而已。

可是等暑之流也有得意之处：八月中若来个远地朋友，箱中带着毛衣，手不持扇，刚一下车便满身是汗，抢过我的扇子，连呼“这里也这么热！”我乃似笑非笑，徐道经验，有如圣人，乐得心中发痒。

若是这位可怜的朋友叨唠上没完，不怨自己缺乏经验，而充分的看不起青岛，我可必得为青岛辩护，把六七月间的光景如诗一般的述说，彷佛青岛是我家里的。心理的变化与矛盾有如是者，此我之所以每每看不起自己者也。

---

[1] 在北方，每年中秋前后，有“高粱红，螃蟹肥”之说，中秋到来，正是吃螃蟹的最好季节，过后就是“高粱一熟，螃蟹下市”了。

[2] “秋老虎”，青岛属于大陆性海洋气候，每年六七月份天气凉爽，而立秋之后，青岛的气温受海洋的影响，反而较高，加之湿度较重，有时会闷热难耐，因此被称为“秋老虎”。

[3] 没钱的蛤蟆垫桌腿，在北京有“蛤蟆垫桌腿——死挨”的俚语，是说一个人处在困难的地位，而又无法摆脱，只能忍着、熬着。老舍在此使用这个俚语表达青岛“秋老虎”难耐，只能“死挨”。

避暑錄話

第七期

1935.8.26.

通訊處：青島民報轉避暑錄話編輯部

目錄

等暑

老舍

青島並非不暑，而是暑得比別處遲些。這麼一句平常話，也需要一年的經驗纔敢說。秋天很暖——我是去年秋天來的——正因爲夏未全去；以此類推 方能明白此地春之所以遲遲，六七月間之所以不熱，與，和八月間之所以大熱起來。彷彿別人早已這樣告訴過我；「彷彿」就有點記不真切的意思，「不相信」是其原因。青島還會熱？問號打得很清楚。趕到今年八月，纔理會過來，可是馬上歸功於自己的經驗，別人說過與否終於打入「彷彿」之下。以此爲證，人鮮有不好吹者。

來避暑的人總是六七月來而八月走去，這時間的選取實在彀避暑的資格；於此，我更願發財，有錢的人不必用幾年的工夫去發現七月涼八月熱，他們總是聰明的 高粱一熟，蟋蟀下市，別處的蟬聲已帶衰意；仍然住在青島，似乎專爲等着「秋老虎」，其愚或可及，其窮定不可及。有錢的皆征服自然，沒錢的給蟆蟹桌腿而已。

可是等暑之流也有得意之處：八月中若來個遠地朋友，箱中帶着毛衣，手不持扇 剛一下車便滿身是汗，搶過我的扇子，連呼「這裏也這麼熱！」我乃似笑非笑，徐道經驗，有如聖人，樂得心中發癢。

若是這位可憐的朋友叨嘮上沒完，不怨自己缺乏經驗，而充分的看不起青島，我可必得爲青島辯護，把六七月間的光景如詩一般的述說，彷彿青島是我家裏的。心理的變化與矛盾有如是者，此我之所以每每看不起自己者也。

傻瓜

趙少侯

隔壁房間裏的劉子厚，這些日子整天的打咯兒，不住腳的在房裏團着椅子散步。吃飯的時候，不像先前那樣的有說有笑，也不抱怨菜太壞，也不嫌肉少。只是低着頭用牙尖兒扒半碗飯就回房了，回了房就打咯兒，不住的走。我夜裏再也聽不見他的打雷似的呼聲。清早起來在他的臉上也看不見微笑。「劉先生一定是失戀了。」大家背後都這樣說。我當然也是這樣想，不過這宗事是旁人愛莫能助的，既不便問他，當然無從勸起 也只好等着這點勁兒自己過去就是了 好在劉先生的腦經是健全的，大約還不致於因這個就自殺。

過了幾天，大概是一個星期六的下午吧。我正在抽着烟望着窗外沒有水的池子。忽然門上剝剝兩下，緊跟着門自開，進來一個人。誰？正是我幾日來走路老繞道兒躲着他走的劉子厚。先前每晚我們都要談上一個多鐘頭的，他到我房裏來談天，這本不算什麼稀罕事。可是這一回，他的突如其來却有點使我驚愕。但是我馬上想到他的失戀病大概是好了，所以恢復了常態。我一面讓坐，一面心裏叮囑自己可千萬別提女人或愛的話，免得又統開了他的剛結上的傷口。我們對坐了好一會工夫，誰也不說話，我，我是真想不出該說什麼好。不過這個沉默又實在壓人透不過氣來。我真急了，我於是說：

——吃過飯了，子厚？

——吃過了。

其實任何話都比這句有意義，因爲我們寄宿舍裏的同人是共棹而食的。他還勉強可以說沒看見我吃飯 因爲他老是低着頭，可是我，怎能問他這句話呢？然而話雖沒有價值，沉寂却打破了。

「你們都以爲我是失戀吧？」他說。

——倒是有過這樣猜想，不過我……

——你以爲我這副盎然道貌，這把年紀是不會發生戀愛，也不會有人愛我的，對不對？

——笑話，我沒有這樣想，我是要說你的家庭很美滿……

第七期　(37)

《等暑》原发表页

1935年8月26日《青岛民报》副刊《避暑录话》第7期

「完了」

在艺术里，演剧与奏乐必须有纪律，「随便」一定失败。文艺也须有纪律还是由办这小刊物得来的经验与觉悟，文人相轻，未必可信；而杂牌军队，必难取胜。于此又来了点感想：假设能有些文人，团结起来，共同负责办一个刊物，该谁写就写，该修改就得去修改，相互鼓励，也彼此批评，不滥收外稿，不乱拉名家，这个刊物或者能很出色。「避暑录话」未能把这些都办到，可是就这短短时期的经过，可以断定这个企冀不是全无可能。纪律是头一件该注意的事，自然也是最难的事。

本篇原载1935年9月15日《青岛民报》副刊《避暑录话》第10期。

《避暑录话》自当年7月14日创刊以后，形成了特殊的文学与文化聚合效应，为城市文脉确立了一个别有意义的路标，亦以其特殊的文人书写魅力和同人精神而闪烁于现代文学史的记忆中。1935年9月15日，延续了一个暑期的《避暑录话》就要停刊了，作为主要发起人和撰稿人，老舍为最后一期撰写了这篇告别文章，带有“终刊词”的性质。文中，他回顾了一个夏天的“避暑”往事，交代了部分同人的去向，也对此事不能长久而发出了感慨，字里行间流露出依依惜别的不舍之情。虽然文学副刊《避暑录话》终结了，但是同人之谊不会终结，蕴涵于其中的文学精神更不会终结。

“完了”

“避暑录话”原定共出十期，今天这是末一次；有中秋节在这儿拦着，即使有力继续也怪不好意思。广东月饼和青岛避暑似乎打不到一气。

完了就完了吧，没有什么可说的，也不必多说什么。原没打算以此治国平天下[1]，今天也就用不着以“呜呼”收场，以示其一片忠心。至于这十期的作品是好是坏，我们[2]愿听别人批评，自己不便于吹，也不便于贬。天下大事都有英雄俊杰在那儿操心，我们只向文海投了块小石，多少起些波圈，也正自不虚此“避”。若一定得说说，我们曾为这小刊物出过几身汗倒是真的。刊物小并不就容易，用五六百字写一篇东西，有时比写万言书还难一些。要好，要漂亮，要完整，要有意思，就凭那么五六百个字？为录避暑之话而出汗，自己找罪受而已；往好里说，这是我们努力，可是谁肯给自己叫好呢。

还有一层也须说到，因为这只有我们自己晓得：我们的避暑原是带手儿的事，我们在青岛都有事作。在这里，我们并不能依照“避暑生活”去销磨时日；况且我们也没都能在青岛过这一夏呢。克家[3]早早的就回到乡间，亚平[4]是到各处游览山水，少侯[5]上了北平，伯箫[6]赶回济南……这就又给了许多困难：短文既不易作，而有事者有事，行路者行路，不幸而有三两位交白卷，塌台乃必不可免。我们不想夸奖自己，可是说到这儿没法不自己喝声彩了。事实胜于雄辩，我们说十期就出了十期，而且每期是满膛满馅！这必得说是我们的纪律不错。在艺术里，演剧与奏乐必须有纪律，“随便”一定失败。文艺也须有纪律还是由办这小刊物得来的经验与觉悟，文人相轻，未必可信；而杂牌军队，必难取胜。于此又来了点感想：假设能有些文人，团结起来，共同负责办一个刊物，该谁写就写，该修改就得去修改，相互鼓励，也彼此批评，不滥收外稿，不乱拉名家，这个刊物或者能很出色。“避暑录话”未能把这些都办到，可是就这短短时期的经过，可以断定这个企冀不是全无可能。纪律是头一件该注意的事，自然也是最难的事。

无论怎说吧，“避暑录话”到了“完了”的时候，朋友散归四方，还在这儿的也难得共同写作的机会，想起来未免有些恋恋不舍。明年，谁知道明年夏天都准在什么地方呢；这个小刊物就似乎更可爱了，即使这完全是情感上的。

“完了！”

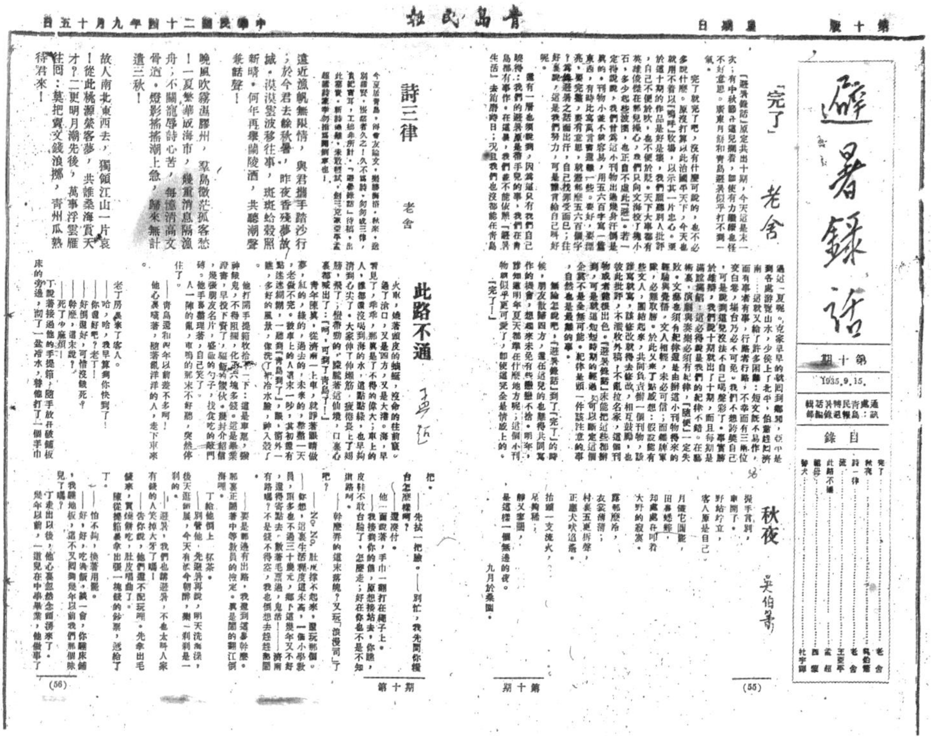

《“完了”》原发表页

1935年9月15日《青岛民报》副刊《避暑录话》第10期

---

[1] 治国平天下，语出于《大学》。在此，借“治国平天下”一语反说，言明一种自由随意的写作状态。

[2] 我们，指的是共创《避暑录话》的十二同人，他们是：老舍、洪深、赵少侯、王统照、王余杞、王亚平、杜宇、李同愈、吴伯箫、孟超、臧克家和刘西蒙。

[3] 克家，即臧克家，下文“乡间”是指他当时的工作单位临清中学。（见《诗三律》注2）

[4] 亚平，即王亚平。（见《诗三律》注3）。

[5] 少侯，即赵少侯（1899～1978），满族，浙江杭州人，作家和法语翻译家。1919年毕业于北京大学法文系，留校任教。1930年8月应国立青岛大学创校校长杨振声之聘来校任教，居登州路，与老舍在青岛的第一处寓所（位于莱芜路）相距不远。1935年夏，与老舍等同人共创文艺副刊《避暑录话》，在创刊号上发表《无题》；在第6期上发表《旧都避暑记》；在第7期发表《傻瓜》；在第9期发表《古都避暑记（续）》。老舍与之交情深厚，曾跟他学法语，合写长篇书信体小说《天书代存》（见本书第2卷）。老舍写此文时，赵少侯也到北平办事去了。

[6] 伯箫，即吴伯箫（1906～1982），原名熙成，山东莱芜人，作家和教育家。1931年夏来青岛大学工作，在校长办公室任事务员，居八关山东麓的栖霞路上，寓所雅称“山屋”。“屋是挂在山坡上的，门窗开处便都是山。不叫它别墅，因为不是旁宅支院颐养避暑的地方；唤叫什么楼也不妥。因为一底一顶，顶上就正对着天空。无以名之，就姑且直呼山屋吧，那是很有点老实相的。”（吴伯萧：《山屋》）在此写出许多散文，后结集为《羽书》出版。1935年初离开青岛，任济南乡村师范教务处主任，暑假回到了青岛，共创《避暑录话》。老舍写此文时，吴伯箫已返回济南。1936年，转任莱阳乡村师范校长。1937年“七七”事变后，请老舍到校讲演。

幸而找到了个理想的地方，人不知鬼不觉的玩个痛快，可是等到回了家，多少会有几封信来骂阵：『怎么不来看看我们！』『怎么这等看不起人！』……赶紧得写信道歉，说我生平所最不爱说的谎。就是外面不来这些信，家里的人和亲友们也不能善罢甘休啊！大老远的回来，连点土物也不带？！就是不带礼物吧，总该来看看我们吧……我的罪孽深重！反之，我真把先施公司给他们搬了来，他们也许有相当的满意，可是明火绑票我也受不了！

本篇原载1935年10月4日《世界日报》副刊《明珠》，后散佚，未见收《老舍全集》以及其他老舍著作集。河南大学刘涛发现这篇佚文，现据刘涛著《现代作家佚文考信录》（人民出版社，2012年）辑录于此。

文中写到旅行的种种烦恼与无奈，爽性足不出户更自在些，因作不旅行记。

不旅行记

四五年来，除非有要紧的事，简直没有出过门。不是不爱旅行，是怕由旅行而来的那些彆扭[1]。我能走路，不怕吃苦，按说该常出去跑跑了，可是我害怕，于是“没有地方比家里好”就几乎成了格言。

跟许多人一块旅行，领教过了，不敢在往前巴结。十个人十个意见，游遍了全球，还是十个意见。甲要看山，乙主张先去买东西，而丙以为应先玩八圈小牌，途上不打死一个半个的就算幸事。意见既不一致，而且人人想占便宜，就是咱处处讲退让，也有受不了的时候。比如说：人家睡床，让咱睡地，咱当然不说什么。可是及至人家摸到臭虫而往地上扔，咱就是木头人也似乎应当再把臭虫扔回去，这就非开仗不可了。再说呢，人多胆大，凡是平常不敢作的都要作作。谁都晓得农民的疾苦，平常也老喊著到乡间去；及至十来位文明人到了乡间，偷果子，踏青苗，什么不得人心的事都干得出。举此一例，已足使人望而生畏；要旅行，我一个人走。

可是一个人又寂寞。顶好找个地理熟，人性好，彼此说得来的，而且都不慌不忙的慢慢的走，细细的看。这个伴上哪里找呢？即使找到，他多半是没工夫；及至他有了空闲，我又不定怎样。

不论是独自走还是有了好伴儿吧，路上的彆扭事儿还多的很呢。比如在火车上，三等车的挤与脏，咱都能受，但是受不了查票员那份儿神气。我要是杀了他，自然觉得痛快一些，可是抵起命来也是我的事，似乎就稍差一点，于是心中就老痛快不了。其次就是拿免票或“托咐”[2]过了的人，也使我吃不住。这种人多半是非常的精明，懂世面，在行动上处处表现著他们的优越，使有票的人觉得自己简直不成东西。有票的人立着，没票的人坐着，有票的人坐着，没票的人躺着，彼此间老差著一等。假若我要争平等而战，苦子是我的，在法律上与人情上都不允许有票的人胜利。生气，活该！车上卖烟卷与面包的小贩也够办。他使我感到花钱买东西是多么下贱的事，而我又不愿给他一角钱而跪接十支“大长城”[3]。赶到下了车，出了站台，洋车上“大升栈吧”的围困倒是小事。因为这近乎人情，谁不想拉到买卖呢。我受不了那拍拍的鞭声，维持秩序的鞭声。它使我作梦还哆嗦！

旅馆，又是个大问题。好的贵，住不起。坏的真脏，这且不提，敲竹杠太不受用。只好住中等的，臭虫不多，也不少，恰恰中等；屋中有红漆马桶，独自享用。这都好，假如能平安睡觉的话。但是中等旅客总不喜欢睡觉，牌声，电话声，唱戏声，昼夜不停，好一片太平景象，只苦了我这非要睡觉不可的。

旅馆多困难，找亲戚吧。这也有不少难处：太熟的人不能找，他们不拿客人待你，本系好事，可是一家八口全把几年中积下来的陈谷子烂芝麻对你细讲，夜以继日，你怎么办呢？我没办法。碰巧了呢，他们全出去有事，而托我看家，我算干什么的呢？还有一样，他们住惯了那个地方，看什么也不出奇，所以我一提出去，他们彷佛就以为我看不起他们，而偏疼他们的地方……生朋友自然不能找，连偶然遇见都了不得。他一定得请我吃饭，我一定得还席；他一定得捏着鼻子陪我逛逛，我一定得捏着鼻子买些谢礼；他一定得说我发了福，我一定得说他的孩子长了身量……这不是旅行。

住学校或青年会[4]比较的好些，可是必得带著讲演稿子，一定得请演说。讲完了，第二天报纸上总会骂上一大顿，即使讲得没什么毛病，也会嫌讲演者脸上有点麻子。

幸而找到了个理想的地方，人不知鬼不觉的玩个痛快，可是等到回了家，多少会有几封信来骂阵：“怎么不来看看我们！”“怎么这等看不起人！”……赶紧得写信道歉，说我生平所最不爱说的谎。就是外面不来这些信，家里的人和亲友们也不能善罢甘休啊！大老远的回来，连点土物也不带？！就是不带礼物吧，总该来看看我们吧……我的罪孽深重！反之，我真把先施公司[5]给他们搬了来，他们也许有相当的满意，可是明火绑票我也受不了！

这都是些小事，自然；可是真彆扭！莫若家里一蹲，乘早不必劳民伤财。作不旅行记。

---

[1] 现通作“别扭”——刘涛注。

[2] 现通作“托付”——刘涛注。

[3] 民国时期的香烟商标，由南洋兄弟烟草公司出品。

[4] 指基督教青年会（Young Men’s Christian Association），全球性基督教青年社会服务团体，当时国内主要城市均设有该组织，中国基督教青年会成立于1895年，青岛基督教青年会成立于1908年，1937年老舍多次到会讲演。参见《怎样想法充实自己——在青岛基督教青年会的讲演》注1。

[5] 当时一家大型百货公司，由侨商马应彪创办，总部设在香港。

何容何许人也

他的『古道』使他柔顺像个羊，同时能使他硬如铁。当他硬的时候，不要说巴结人，就是泛泛的敷衍一下也不肯。在他柔顺的时候，他的感情完全受着理智的调动：比如说友人的小孩病得要死，他能昼夜的去给守着，而面上老是微笑，希望他的笑能减少友人一点痛苦；及至友人们都睡了，他才独对着垂死的小儿落泪。反之，对于他以为不是东西的人，他全任感情行事，不管人家多么难堪。他『承认』了谁，谁就是完人；有了错过他也要说而张不开口。他不承认谁，乘早不必讨他的厌去。

本篇原载1935年12月《人间世》第41期。

何容是老舍的早年旧友，笔名老谈，与老舍、老向（王向宸）是《论语》时期的文坛同人，也都是论语派刊物的主要撰稿人，因此，当时文坛有“白话文坛三老”之称。老舍重友情，以宽厚之心和仁慈之德来面对朋友，心明如镜，毫无挂碍，笔下也常常出现旧日好友的形象，赞美着人间真情，而且往往能从平凡小事中洞悉真谛。本文就是一例，在记述何容事迹以及他们之间至诚无私之友情的同时，从容地展现着一幅有个性、有深度的人物画卷，浸润着某种感人的精神气候。从老舍这里，可以学会交友之道。

何容[1]何许人也

粗枝大叶的我可以把与我年纪相彷彿的好友们分为两类。这样的分类可是与交情的厚薄一点也没关系。第一类是因经济的压迫或别种原因，没有机会充分发展自己的才力，到二十多岁已完全把生活放在挣钱养家，生儿养女等等上面去。他们没工夫读书，也顾不得天下大事，眼睛老钉在自己的忧喜得失上。他们不仅不因此而失去他们的可爱，而且可羡慕，因为除非遇上国难或自己故意作恶，他们总是苦乐相抵，不会遇到什么大不幸。他们不大爱思想，所以喝杯咸菜酒也很高兴。

第二类差不多都是悲剧里的角色。他们有机会读书；同情于，或参加过，革命；知道，或想去知道，天下大事；会思想或自己以为会思想。这群朋友几乎没有一位快活的。他们的生年月日就不对：都生在前清末年，现在都在三十五与四十岁之间。礼义廉耻与孝弟忠信，在他们心中还有很大的分量。同时，他们对于新的事情与道理都明白个几成。以前的作人之道弃之可惜，于是对于父母子女根本不敢作什么试验。对以后的文化建设不愿落在人后，可是别人革命可以发财，而他们革命只落个“忆昔当年……”。他们对一切负着责任：前五百年，后五百年，全属他们管。可是一切都不管他们，他们是旧时代的弃儿，新时代的伴郎。谁都向他们讨税，他们始终就没有二亩地，这些人们带着满肚子的委屈，而且还得到处扬着头微笑，好像天下与自己都很太平似的。

在这第二类的友人中，有的是徘徊于尽孝呢，还是为自己呢？有的是享受呢，还是对家小负责呢？有的是结婚呢，还是保持个人的自由呢？……花样很多，而其基本音调是一个——徘徊，迟疑，苦闷。他们可是也并不敢就干脆不挣扎，他们的理智给感情画出道儿来，结果呢，还是努力的维持旧局面吧，反正得站一面儿，那么就站在自幼儿习惯下来的那一面儿好啦。这可不是偷懒，捡着容易的作，也不是不厌恶旧而坏的势力，而实在需要很大的勉强或是——说得好听一点——牺牲；因为他们打算站在这一面，使无法不舍掉另一面，而这个另一面正自带着许多迷人的诱惑力量。

何容兄是这样朋友中的一位代表。在革命期间，他曾吃过枪弹：幸而是打在腿上，所以现在还能“不”革命的活着。革命吧，不革命吧，他的见解永不落在时代后头。可是在他的行为上，他比提倡尊孔的人还更古朴，这里所指的提倡尊孔者还是那真心想翼道救世的。他没有一点“新”气，更提不到“洋”气。说卫生，他比谁都晓得。但是他的生活最没规律：他能和友人们一谈谈到天亮，而白天去睡觉。朋友是一切，人家要说到天亮，他决不肯只陪到夜里两点。可有一点，这得看是什么朋友；他要是看谁不顺眼，连一分钟也不肯空空的花费。他的“古道”使他柔顺像个羊，同时能使他硬如铁。当他硬的时候，不要说巴结人，就是泛泛的敷衍一下也不肯。在他柔顺的时候，他的感情完全受着理智的调动：比如说友人的小孩病得要死，他能昼夜的去给守着，而面上老是微笑，希望他的笑能减少友人一点痛苦；及至友人们都睡了，他才独对着垂死的小儿落泪。反之，对于他以为不是东西的人，他全任感情行事，不管人家多么难堪。他“承认”了谁，谁就是完人；有了错过他也要说而张不开口。他不承认谁，乘早不必讨他的厌去。

怎样能被他“承认”呢？第一个条件是光明磊落。所谓光明磊落就是一个人能把旧礼教中那些舍己从人的地方用在一切行动上，而且用得自然单纯，不为着什么利益与必期的效果。他不反对人家讲恋爱，可是男的非给女的提着小伞与低声下气的连唤“嘀耳”不可，他便受不住了，他以为这位先生缺乏点丈夫气概。他不是不明白在“追求”期间这几乎是照例的公事，可是他过到这种事儿，便夸大的要说他的话了：“我的老婆给我扛着伞，能把人碰个跟头的大伞！”他，真的，不让何太太扛伞。真的，他也不能给她扛伞。他不佩服打老婆的人，加倍的不佩服打完老婆而出来给她提小伞的人，后者不光明磊落。

光明磊落使他不能低三下四的求爱，使他穷，使他的生活没有规律，使他不能多写文章——非到极满意不肯寄走，改，改，改，结果文章失去自然的风趣。作什么他都出全力，为是对得起人，而成绩未必好。可是他愿费力不讨好，不肯希望“歪打正着”。他不常喝酒，一喝起来他可就认了真，喝酒就是喝酒；醉？活该！在他思索的时候，他是心细如发。他以为不必思索的事，根本不去思索，譬如喝酒，喝就是了，管它什么。他的心思忽细忽粗，正如其为人忽柔忽硬。他并不是疯子，但是这种矛盾的现象使他“阔”不起来。对于自己物质的享受，他什么都能将就；对于择业择友，一点也不将就。他用消极的安贫去平衡他所不屑的积极发展。无求于人，他可以冷眼静观宇宙了，所以他幽默。他知道自己矛盾，也看出世事矛盾，他的风凉话是含着这双重的苦味。

是的，他不像别的朋友们那样有种种无法解决的，眼看着越缠越紧而翻不起身的事。以他来比较他们，似乎他还该算个幸运的。可是我拿他作这群朋友的代表。正因为他没有显然的困难，他的悲哀才是大家所必不能避免的，不管你如何设法摆脱。显然的困难是时代已对个人提出清账，一五一十，清清楚楚。他的默默悲哀是时代与个人都微笑不语，看到底谁能再敷衍下去。他要想敷衍呢，他使须和一切妥协：旧东西中的好的坏的，新东西中的好的坏的，一齐等着他给喊好；自要他肯给它们喊好，他就颇有希望成为有出路的人。他不能这么办。同时他也知道毁坏了自己并不是怎样了不得的事，他不因不妥协而变成永不洗脸的名士。革命是有意义的事，可是他已先偏过了。怎办呢？他只交下几个好朋友，大家到一块儿，有的说便说，没的说彼此就楞着也好。他也教书，也编书，月间进上几十块钱就可以过去。他不讲穿，不讲究食住，外表上是平静沉默，心里大概老有些人家看不见的风浪。真喝醉了的时候也会放声的哭，也许是哭自己，也许是哭别人。

他知道自己的毛病，所以不吹腾自己的好处。不过，他不想改他的毛病，因为改了毛病好像就失去些硬劲儿似的。努力自励的人，假若没有脑子，往往比懒一些的人更容易自误误人。何容兄不肯拿自己当个猴子耍给人家看。好，坏，何容是何容：他的微笑似乎表示着这个。对好友们，他才肯说他的毛病，像是："起居无时，饮食无节，衣冠不整，礼貌不周，思而不学，好求甚解而不读书……"只有他自己才能说得这么透彻。催他写文章，他不说忙，而是"慢与忙有关系，因优故忙。"因为"作文章像暖房里人工孵鸡，鸡孵出来了，人得病一场！"

他若穿起军服来，很像个营里的书记长。胸与肩够宽，可惜脸上太白了些，不完全像个兵。脸白，可并不美。穿起蓝布大衫，又像个学校里不拿事的庶务员[2]。面貌与服装都没什么可说，他的态度才是招人爱的地方，老是安安稳稳，不慌不忙，不多说话，但说出来就得让听者想那么一会儿。香烟不离口；酒不常喝，而且喝多了在两天之后才现醉像——这使朋友们视他为"异人"，他自己也许很以此自豪，虽然"晚醉"和"早醉"是一样受罪的。他喜爱北平，大概最大的原因是北平有几位说得来的朋友。

[1] 何容（1903～1990），原名何兆熊，字子祥，号谈易，笔名老谈，河北深泽人，中国现代语言学的早期开拓者、著名散文家。1926年北伐战争开始，何容休学从军，后在战斗中负伤。后来到北平，1930年4月老舍自海外归国，当年6月与诸友同游中南海并合影留念，其中就有何容。1934年，何容被聘任为北京大学中文系讲师。1932年《论语》及1935年《宇宙风》创刊后，何容经常给刊物写文章。1938年在武汉，与老舍、郭沫若、巴金、茅盾等人共同创建中华全国文艺界抗敌协会（文协），并在冯玉祥将军的支持下，与老舍、老向合编抗战主题刊物《抗到底》。同年9月，民国教育部成立教科书编辑委员会，何容出任特约编辑。1946年何容到台湾普及推广台湾光复后国语工作，主编《台湾新生报·国语副刊》。1959年受聘为国立台湾师范大学专任教授。

[2] 庶务员，一般是指在机关、学校等处理杂事的文员。

《宇宙风》登载的何容照片
1936年12月16日《宇宙风》第31期

新年试笔

最近两三天，我听见了炮声；不是大炮，是小爆竹——欢迎旧新年的先声。我不能不拿笔了，天下已经太平，还能不高高兴兴的预备过旧新年么，新新年既然是空过去？即使一九三六有翻天覆地的本领，也抵不过我干脆不答理它，而快快活活的欢迎鼠儿年。设若我再得个胖儿子，他是属鼠儿的，根本与一九三六无关。这笔账儿我自以为算得不错，我等着听除夕彻夜的鞭炮，我等着看元旦娘娘庙进香，我等着看大年初二祭财神，我等着看……总而言之吧，鼠儿年一定是万紫千红，好一片太平景象。就是有战事的话，你放心，那是人家打，咱们总会维持和平。老鼠万岁！

本篇原载1936年1月19日天津《益世报》副刊《益世小品》43期。

写于1936年1月10日前后，在阳历年（1月1日）和阴历年（当年为1月24日）之间抒发了自己的新年感怀，透过两重新年的重合视野，流露出了混合着担忧与憧憬的复杂心绪。对老舍来说，刚刚过去的1935年是意味深长的，这一年，他来到了青岛，寻获了诗意安居的福地；而刚刚开始的1936年则更是意义重大，他辞去了山东大学的教职并成为了“职业写家”，创作了长篇小说《骆驼祥子》，为中国现代文学史奉献了一部巨著，实现了从优秀作家到伟大作家的跨越。当然，写这篇小文时，他并不知道即将发生的一切，行文中暗露隐忧，因为有许多不确定的因素存在，于是忧患意识流露笔端。文章末段，作者以“我等着”的句式提及“除夕彻夜的鞭炮”“元旦娘娘庙进香”和“大年初二祭财神”等春节民俗活动事相，表述了对本土文化的关注。

新年试笔

新新年[1]已过了半个月，旧新年[2]还差着十来天。两对付着，用“新年试笔”，大概还是免不了“过犹不及”。这可也真无法！一九三六来到，我不敢施礼向前，道完新禧，赶紧拿笔；我等着炮声呢。一九三六不是顶可怕的么？元旦开炮简直是必不可免的，还有心拿笔？笔不敢拿，更不用说还想过年喝酒。除夕，我九点就睡了：元旦，很早的起来，等候死亡。大失所望，炸弹并没雪片般的往下降。一直等到初二，还无消息，一九三六大概没什么出息了；灰心，就不愿动笔。

五号以后，天天看报。彷佛北方又丢失了几县，可是没听见一声大炮。原来最可怕的一九三六并不特别开打，而是袖里来袖里去；黄河也许不久就成为人家杯里的香槟。可怜的一九三六，你只能在非洲撒野，在东方的乐土就没有你的事儿！

又闹学生呢[3]，这可不是好现象。果然，破坏和平者无赦。是这么着！

最近两三天，我听见了炮声；不是大炮，是小爆竹——欢迎旧新年的先声。我不能不拿笔了，天下已经太平，还能不高高兴兴的预备过旧新年么，新新年既然是空过去？即使一九三六有翻天覆地的本领，也抵不过我干脆不答理它，而快快活活的欢迎鼠儿年[4]。设若我再得个胖儿子，他是属鼠儿的，根本与一九三六无关。这笔账儿我自以为算得不错，我等着听除夕彻夜的鞭炮，我等着看元旦[5]娘娘庙[6]进香，我等着看大年初二祭财神[7]，我等着看……总而言之吧，鼠儿年一定是万紫千红，好一片太平景象。就是有战事的话，你放心，那是人家打，咱们总会维持和平。老鼠万岁！

---

[1] 新新年，指阳历年，今称元旦。

[2] 旧新年，指阴历年，即春节，1936年春节为1月24日。

[3] 指的是1935年12月开始的山东大学学潮。从本文中，约可看出老舍的隐忧，似对后来发生的一系列事情有所预感。见《归自北平》注2。

[4] 1936年为农历丙子鼠年。

[5] 此处“元旦”是指农历正月初一。

[6] 娘娘庙，此指海神娘娘庙，亦即青岛天后宫，坐落于青岛湾东北岸，太平路东端，为青岛老城区存世最久的古代庙宇，始建于明成化三年（1467年），奉祀海神妈祖，民间习称妈祖为海神娘娘。历史地看，天后宫见证了鲁闽海上贸易的兴盛，是青岛西部老城区海事肇兴的标志，给出了城市的前缘。清同治四年（1865年）天后宫重修时所立《募建戏楼碑记》有言：“窃闻青岛开创以来，百有余年矣。今旅客商

20世纪30年代的
青岛天后宫

从这幅老照片中，可看到庙宇与世俗景象，街上有人力车也有汽车。老舍的黄县路寓所距此很近，约百米而已。写作闲暇，带着孩子到青岛湾赶海，会路过这里。老舍本人为基督徒，但对本土文化与民间信仰他同样是关注的，于是在《新年试笔》文中提及“娘娘庙”，也就是这座海神娘娘庙。

《新年试笔》
原发表页（局部）
1936年1月19日
天津《益世报》副刊
《益世小品》第43期

新年試筆

老舍

新新年已過了半個月，舊新年還差着十來天。兩對付着，用「新年試筆」，大概還是免不了「過猶不及」。這可也眞無法！一九三六來到，我不敢施禮向前，道完新禧，趕緊拿筆；我等着炮聲呢。一九三六不是頂可怕的麼？元旦開炮簡直是必不可免的，還有心拿筆？誰不敢拿，更不用說還想過年喝酒。除夕，我九點就睡了；元旦，很早的起來，等候死亡。大失所望，炸彈並沒雪片般的往下降。一直等到初二，還無消息，一九三六大概沒什麼出息了；灰心，就不願動筆。

五號以後，天天看報。彷彿北方又丢失了幾縣，可是沒聽見一聲大炮。原來最可怕的一九三六並不特別開打，而是袖裏來袖裏去；黃河也許不久就成爲人家盃裏的香檳。可憐的一九三六，你只能在非洲撒野，在東方的樂土就沒有你的事兒！

又鬧學生呢，這可不是好現象。果然，破壞和平者無赦。呆這麼着！最近兩三天，我聽見了炮聲；不是大炮，是小爆竹——歡迎舊新年的先聲。我不能不拿筆了，天下已經太平，還能不高高興興的預備過舊新年麼，新新年既然是吞過去？即使一九三六有翻天覆地的本領，也抵不過我乾脆不答理他，而快快活活的歡迎鼠兒年。設若我再得個胖兒子，他是屬鼠兒的，根本與一九三六無關。這筆帳兒我自以爲算得不錯，我等着聽除夕徹夜的鞭炮，我等着看元旦娘娘廟進香，我等着看大年初二祭財神，我等着看……總而言之吧，鼠兒年一定是萬紫千紅，好一片太平景象。就是有戰事的話，你放心，那是人家打，咱們總會維持和平。老鼠萬歲！

人，云集而至……”。1897年德占胶澳后，天后宫所在的青岛村被规划为主城区，德国人原想拆除天后宫或移址重建，遭到以胡存约、傅炳昭等为代表的中国商民的阻止，得以保留了下来。到了20世纪30年代，在当时欧陆建筑密布的青岛，可资以怀古的人文胜迹也就是天后宫了，所谓“海山处处皆新色，吊古惟凭天后宫”（崔士杰语）云云，为古老岁月的历史集结，在近代城市风雨中维系着本土文化血脉。当时，老舍所居的黄县路寓所靠天后宫很近，仅数百米而已。

[7] 中国北方地区有农历大年初二祭财神的风俗。一般来说，除夕就要把财神接进家门，到了正月初二，焚香膜拜，以猪、羊、鸡、鸭、鱼等“五大件”来供养，祈愿新的一年财运亨通。根据胡存约《海云堂随记》的记载，青岛华商的集中祭祀活动于正月初五在天后宫举行，言：“商家最重初五日，晨起迎拜财神，燃放鞭爆，谓之‘满堂红’，饮酒煮饺子，盛于盆，称为‘聚宝盆’。焚香顶礼财神，并与店铺门首悬挂红彩，以志‘红财盈门’。”天后宫并祀文武财神，以比干为文财神，以关公为武财神。

想北平

伦敦，巴黎，罗马，与堪司坦丁堡，曾被称为欧洲的四大『历史的都城』。我知道一些伦敦的情形；巴黎与罗马只是到过而已；堪司坦丁堡根本没有去过。就伦敦，巴黎，罗马来说，巴黎更近似北平——虽然『近似』两字要拉扯得很远——不过，假使让我『家住巴黎』，我一定会和没有家一样的感到寂苦。巴黎，据我看，还太热闹。自然，那里也有空旷静寂的地方，可是又未免太旷；不像北平那样既复杂而又有个边际，使我能摸着——那长着红酸枣的老城墙！面向着积水潭，背后是城墙，坐在石上看水中的小蝌蚪或苇叶上的嫩蜻蜓，我可以快乐的坐一天，心中完全安适，无所求也无可怕，像小儿安睡在摇篮里。是的，北平也有热闹的地方，但是它和太极拳相似，动中有静。巴黎有许多地方使人疲乏，所以咖啡与酒是必要的，以使刺激；在北平，有温和的香片茶就够了。

本篇原载1936年6月16日《宇宙风》第19期。

北平（北京）是老舍的故乡，是他人生道路的基点和文学创作的源泉。1899年2月3日，他出生于京西护国寺附近的小羊圈胡同（今小杨家胡同），原名舒庆春。人生的前二十五年是在这座神奇而温暖的古都度过的，其间除了于1922年秋至1923年2月到天津南开学校任教半年之外，未曾离开过这里，直到1924夏接受伦敦大学东方学院的聘约远赴英伦。无论身在何方，北平都是魂牵梦绕的所在，他注定要成为京派文化代言者，故乡以及源自这里的一切都是一个精神罗盘。1930年春，结束海外生涯，老舍回到了北平，终于触摸到堂上老母的泪光和那温暖的老城墙了。多年后，在青岛写下这篇散文时，北平以一种整体而非局部的形象出现在了他的文化思绪中，宏大而真切，是“既复杂而又有个边际”的可思、可亲、可触摸的文化生命体，可以在每一片风物中感受古老文化的体温，广袤而精致。而既往的欧洲岁月也叠合在了一个深沉的故乡情结中，衬托出内心那至深至广的京华情思。其实，写作此文时，老舍正经历着一个人生关坎，他正在思忖着下一步的人生去向，有三个问题至关重要，其一：是否辞去山大教职？1936年春，由于山大学潮问题，赵少侯、洪深等同仁已辞职，老舍本人也准备辞职；其二：辞职以后做什么，能否仅仅靠写作为生？辞职也就意味着每月300大洋的薪水没有了，而对写作的艰苦性他是非常清楚的，他决定不再教书，做“职业写家”；这就引出了第三个问题：一旦辞职后，是继续留在青岛还是回到北平？从本文中，约略可揣摩出当时的一番心思。本文发表后不久，老舍就真的辞去了山大的教职，还专门召开了一次家庭会议，夫人和孩子都想搬回北平，老舍说服了家人，留在青岛。“青岛自秋至春都非常的安静，绝不像只在夏天来过的人所说的那么热闹。安静，所以适于写作，这就是我舍不得离开此地的原因。”（老舍：《归自北平》）在黄县路小楼中，老舍开始专心写《骆驼祥子》。

想北平

设若让我写一本小说，以北平作背景，我不至于害怕，因为我可以捡着我知道的写，而躲开我所不知道的。让我单摆浮搁的讲一套北平，我没办法。北平的地方那么大，事情那么多，我知道的真觉太少了，虽然我生在那里，一直到廿七岁才离开[1]。以名胜说，我没到过陶然亭[2]，这多可笑！以此类推，我所知道的那点只是“我的北平”，而我的北平大概等于牛的一毛。

可是，我真爱北平。这个爱几乎是要说而说不出的。我爱我的母亲[3]。怎样爱？我说不出。在我想作一件讨她老人家喜欢的时候，我独自微微的笑着；在我想到她的健康而不放心的时候，我欲落泪。言语是不够表现我的心情的，只有独自微笑或落泪才足以把内心揭露在外面一些来。我之爱北平也近乎这个。夸奖这个古城的某一点是容易的，可是那就把北平看得太小了。我所爱的北平不是枝枝节节的一些什么，而是整个儿与我的心灵相粘合的一段历史，一大块地方，多少风景名胜，从雨后什刹海[4]的蜻蜓一直到我梦里的玉泉山[5]的塔影，都积凑到一块儿，每一小的事件中有个我，我的每一思念中有个北平，这只有说不出而已。

真愿成为诗人，把一切好听好看的字都浸在自己的心血里，像杜鹃似的啼出北平的俊伟。啊！我不是诗人！我将永远道不出我的爱，一种像由音乐与图画所引起的爱。这不但是辜负了北平，也对不住我自己，因为我的最初的知识与印象都得自北平，它是在我的血里，我的性格与脾气里有许多地方是这古城所赐给的。我不能爱上海与天津，因为我心中有个北平。可是我说不出来！

伦敦，巴黎，罗马，与堪司坦丁堡[6]，曾被称为欧洲的四大“历史的都城”。我知道一些伦敦的情形；巴黎与罗马只是到过而已；堪司坦丁堡根本没有去过。就伦敦，巴黎，罗马来说，巴黎更近似北平——虽然“近似”两字要拉扯得很远——不过，假使让我“家住巴黎”，我一定会和没有家一样的感到寂苦。巴黎，据我看，还太热闹。自然，那里也有空旷静寂的地方，可是又未免太旷；不像北平那样既复杂而又有个边际，使我能摸着——那长着红酸枣的老城墙！面向着积水潭[7]，背后是城墙，坐在石上看水中的小蝌蚪或苇叶上的嫩蜻蜓，我可以快乐的坐一天，心中完全安适，无所求也无可怕，像小儿安睡在摇篮里。是的，北平也有热闹的地方，但是它和太极拳相似，动中有静。巴黎有许多地方使人疲乏，所以咖啡与酒是必要的，以使刺激；在北平，有温和的香片茶[8]就够了。

论说巴黎的布置已比伦敦罗马匀调的多了，可是比上北平还差点事儿。北平在人为之中显出自然，几乎是什么地方既不挤得慌，又不太僻静：最小的胡同里的房子也有院子与树；最空旷的地方也离买卖街与住宅区不远。这种分配法可以算——在我的经验中——天下第一了。北平的好处不在处处设备得完全，而在它处处有空儿，可以使人自由的喘气；不在有好些美丽的建筑，而在建筑的四围都有空闲的地方，使它们成为美景。每一个城楼，每一个牌楼，都可以从老远就看见。况且在街上还可以看见北山与西山呢！

好学的，爱古物的，人们自然喜欢北平，因为这里书多古物多。我不好学，也没钱买古物。对于物质上，我却喜爱北平的花多菜多果子多。花草是种费钱的玩艺，可是此地的"草花儿"很便宜，而且家家有院子，可以花不多的钱而种一院子花，即使算不了什么，可是到底可爱呀。墙上的牵牛，墙根的靠山竹与草茉莉，是多么省钱省事而也足以招来蝴蝶呀！至于青菜，白菜，扁豆，毛豆角，王瓜，菠菜等等，大多数是直接由城外担来而送到家门口的。雨后，韭菜叶上还往往带着雨时溅起的泥点。青菜摊子上的红红绿绿几乎有诗似的美丽。果子有不少是由西山与北山来的，西山的沙果，海棠，北山的黑枣，柿子，进了城还带着一层白霜儿呀！哼，美国的橘子包着纸；遇到北平的带霜儿的玉李，还不愧杀！

是的，北平是个都城，而能有好多自己产生的花，菜，水果，这就使人更接近了自然。从它里面说，它没有像伦敦的那些成天冒烟的工厂；从外面说，它紧连着园林，菜圃与农村。采菊东篱下，在这里，确是可以悠然见南山的；大概把"南"字变个"西"或"北"，也没有多少了不得的吧。像我这样的一个贫寒的人，或者只有在北平能享受一点清福了。

好，不再说了吧；要落泪了，真想念北平呀！

---

[1] 1924年7月16日，经燕大神学院英籍教授埃文斯（R. K. Evans）等人的推荐，伦敦大学东方学院董事会向老舍发出聘书，请他担任该学院的中文教师，为期五年。缘此，老舍告别北京，从上海启程赴欧。

[2] 陶然亭，位于老北京城南隅，清康熙三十四年（1695年）建。

[3] 老舍的父母都是满族人，父亲舒永寿（1863～1900）属正红旗；母亲舒马氏（1857～1942）属正黄旗，是一位勤俭朴素的农村妇女，娘家住在德胜门外土城黄亭子村。

[4] 什刹海，位于老北京城中心偏西地带，与中南海一脉相连，是前海、后海、西海的合称，因周围有十座寺庙而得名。什刹海西海临近恭王府，距老舍出生的小羊圈胡同（小杨家胡同）也不远。

[5] 玉泉山，位于颐和园以西五六里处，其地泉水"水清而碧，澄洁似玉"，故称之为"玉泉"。"玉泉趵突"为"燕京八景"之一。其上有玉峰塔（定光塔），为北京地理位置最高的塔。

《想北平》原发表页
1936年6月16日《宇宙风》第19期

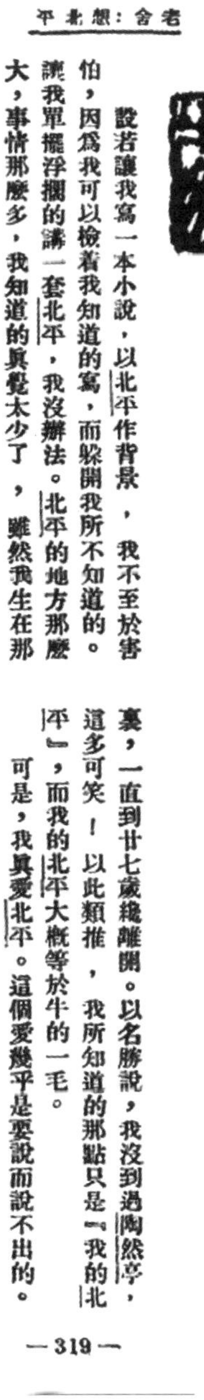
老舍：想北平

想北平

老舍

設若讓我寫一本小說，以北平作背景，我不至於害怕，因為我可以撿着我知道的寫，而躲開我所不知道的。讓我單擺浮擱的講一套北平，我沒辦法。北平的地方那麼大，事情那麼多，我知道的真覺太少了，雖然我生在那裏，一直到廿七歲纔離開。以名勝說，我沒到過陶然亭，這多可笑！以此類推，我所知道的那點只是『我的北平』，而我的北平大概等於牛的一毛。

可是，我真愛北平。這個愛幾乎是要說而說不出的。

—319—

老舍降生处，小羊圈胡同中的屋宇

图为京西护国寺附近小羊圈胡同（后更名为小杨家胡同）8号院内北房，1899年2月3日，老舍在此降生。这一天恰逢农历小年，一派祥和之气，临近春节了，父母就给他起名“庆春”，来祝福这个孩子，寄托了春回大地、迎福纳祥之意，希望借此开启春和景明的人生之路。父亲舒永寿担任皇城护军，1900年在八国联军攻打北京城的炮火中不幸阵亡，其家也遭到劫掠。当时，两岁的庆春正酣睡于一场与历史无关的梦中，即便是强盗翻动家什时一只箱子倒扣在身上，这沉睡的孩童亦安然如初，竟未出哭声，故幸免于难。这件奇事似已有所预示，他的内心保有一份超然沉穆，后来成为了作家，也一直在寻求一种适于写作的宁静气氛，而在青岛，他找到了这样的气氛。在自传体小说《正红旗下》当中，他曾这样感念自己的生日：“那的确是良辰吉日！……我是腊月二十三日酉时，全北京的人，包括皇上和文武大臣，都在欢送灶王爷上天的时刻降生的呀！……灶王爷上了天，我却落了地。”内心欢气，生命首先是浸润在特有的传统意识之中的，从一个深具传统韵味的日子开始。从今往后，他也将不断接受并带来祝福，见证文化传统的灵魂所在，为此做出精彩的回答。

[6] 堪司坦丁堡，即君士坦丁堡，土耳其首都伊斯坦布尔的旧称。此处提及的四处欧洲古城，除了君士坦丁堡未曾涉足之外，其他三处老舍都曾去过。1924年9月至1929年6月，老舍在伦敦东方学院任教，随后游历欧洲大陆，到过巴黎和罗马。

[7] 积水潭，位于老北京城西北隅城墙外，曾经是漕运总码头，后来演变为风景名胜。

[8] 香片茶，亦称花茶，融茶味与花香于一体，茶引花香，花增茶味。对于老舍来说，生活是始终离不开茶香的，他记得小时候家里穷，许多关坎是摆不起酒席的，只得“清茶恭候”一番了，而宾朋喜悦，往来不断。虽然家里也买不起什么好茶，母亲每日喝的也就是最普通的香片，乃至茶叶末，但照旧是韵味醇厚，这是他对母亲喝茶的记忆：“用小沙壶沏的茶叶末儿，老放在炉口旁边保暖，茶汁很浓，有时候也有点香味。”（老舍：《正红旗下》）

1923年5月老舍送给北京师范学校同学关实之的照片，署名舍予

人生沉思从名字开始。在北京师范学校读书时，他开始揣摩自己名字的含义，知道身处一个充满着历史灾难和文化矛盾的时代，那寄托于本名“庆春”中的吉祥世界是遥远的。某一天，他将“舒”字拆开来看，悟出了“舍予”之意，遂以此为字，自称“舒舍予”。于是，在1923年5月5日送给北师同窗好友关实之的照片上就出现了“舍予”一名。这“舍予”两字很奇特，拆姓以为名，合字则为姓，两相流转，神形俱在。就字义看，“舍予”有“舍己”与“忘我”之意，推思之，有两层相互隐含而又相互昭显的旨趣：其一，意在“舍弃”，暗合庄子“吾丧我”一语，从中或可析出“去小我而成大我”之意，是从现象到本质的皈依；其二，意在“奉献”，有“把此生献给众生”之意，是从一己到众生的跨越。要之，透过名字，他亮开了一种醒豁的人生观，崇尚一种圣贤境界。以名字实现的自我觉悟继续延续，后来就真的把“予——自我”给舍弃了，取“舍”而舍“予”，自称“老舍”并以此为笔名。于是，在送给关实之的另一张照片上就出现了“老舍”两字。1926年发表的第一部长篇小说《老张的哲学》亦署名“老舍”。

他与夜鬼的分别是这样：夜鬼拿人当人待，他至多不过希望拉个替身；白日鬼根本不拿人当人，你只是他的鬼计中的一个环节，你永远逃不出他的圈儿。夜鬼大概多少有点委屈，所以白脸红舌头的出出恶气，这情有可原。白日鬼什么委屈也没有，他干脆要占别人的便宜。夜鬼不讲什么道德，因为他晓得自己是鬼；白日鬼很讲道德，嘴里讲，心里是男盗女娼一应俱全。更厉害的是他比夜鬼的心眼多，他知道怎样有组织，用大家的势力摆下迷魂大阵，把他所要收拾的一一的捉进阵去。

本篇原载1936年7月1日《论语》第91期。本期《论语》为“鬼故事专号”（上），刊出了本篇及周作人的《谈鬼论》、施蛰存的《鬼话》、曹聚仁的《鬼的箭》以及老向的《乡人说鬼》等文章，讲的皆是与“鬼”相关的事。

说鬼与狐事，其实也是说人事，从“我所见过的鬼都是鼻眼俱全，带着腿儿，白天在街上蹓跶的”以及“人事中的阴险诡诈远非鬼所能及”等语句中，可析出作者的用意。

鬼与狐

我所见过的鬼都是鼻眼俱全，带着腿儿，白天在街上溜达的。夜间出来活动的鬼，还未曾遇到过；不是他们的过错，而是因为我不敢走黑道儿。平均的说，我总是晚九点后十点前睡觉，鬼们还未曾出来；一睁眼就又天亮了，据说鬼们是在鸡鸣以前回家休息的。所以我老与鬼们两不照面，向无交往。即使有时候鬼在半夜扒着窗户看看我，我向来是睡得如死狗一般，大概他们也不大好意思惊动我。据我推测，鬼的拿手戏是在吓唬人；那么，我夜间不醒，他也就没办法。就是他想一口冷气把我吹死，到底未能先使我的头发立起如刺猬的样子，他大概是不会过瘾的。

假若黑夜的鬼可以躲避，白天的鬼倒真没法儿防备。我不能白天也老睡觉。只要我一上街，总得遇上他。有时候在家中静坐，他会找上门来。夜里的鬼并不这样讨人嫌。还有呢，夜间的鬼有种种奇装异服与怪脸面，使人一见就知道鬼来了，如披散着头发，吐着舌头，走道儿没声音，和驾着阴风等等。这些特异的标帜使人先有个准备，能打呢就和他开仗，如若个子太高或样子太可怕呢，咱就给他表演个二百米或一英里竞走，虽然他也许打破我的纪录，而跑到前面去，可是到底我有个希望。白天的鬼，哼，比夜间的要厉害着多少倍，简直不知多少倍。第一，他不吐舌头，也不打旋风；他只在你不留神的时候，脚底下一绊，你准得躺下。他的样子一点也不见得比我难看，十之八九是胖胖的，一肚子鬼胎。他要能吓唬你，自然是见面就“虎”一气了；可是一般的说，他不“虎”，而是嬉皮笑脸的讨人喜欢，等你中了他的计策之后，你才觉出他比棺材板还硬还凉。他与夜鬼的分别是这样：夜鬼拿人当人待，他至多不过希望拉个替身；白日鬼根本不拿人当人，你只是他的鬼计中的一个环节，你永远逃不出他的圈儿。夜鬼大概多少有点委屈，所以白脸红舌头的出出恶气，这情有可原。白日鬼什么委屈也没有，他干脆要占别人的便宜。夜鬼不讲什么道德，因为他晓得自己是鬼；白日鬼很讲道德，嘴里讲，心里是男盗女娼一应俱全。更厉害的是他比夜鬼的心眼多，他知道怎样有组织，用大家的势力摆下迷魂大阵，把他所要收拾的一一的捉进阵去。在夜鬼的历史里，很少有大头鬼、吊死鬼等等，联合起来作大规模运动的。白日鬼可就两样了，他们永远有团体，有计画（划），使你躲开这个，躲不开那个，早晚得落在他们的手中。夜鬼因为势力孤单，他知道怎样不专凭势力，而有时也去找个清官，如包老爷之流，诉诉委屈，而从法律上雪冤报仇。白日鬼不能这一套，世上的包老爷多数死在他们的手里，更不用说别人了。这种鬼的存在似乎专为害人，就是害不死人，也把人气死。他们什么也晓得，只是不晓得怎样不讨厌。他们的心眼很复杂，很快，很柔软——像块皮糖似的怎揉怎合适，怎方便怎去。他们没有半点火气，地道的纯阴，心凉得像块冰似的，口中叼着大吕宋烟。

这种无处无时不讨厌的鬼似乎该有个名称，我想“不知死的鬼”就很恰当。这种鬼虽具有人形，而心肺则似乎不与人心人肺的标本一样。他在顶小的利益上看出天大的甜头，在极黑暗的地方看出美，找到享乐。他吃，他唱，他交媾，他不知道死。这种玩艺们把世界弄成了鬼的世界，有地狱的黑暗，而无其严肃。

鬼之外，应当说到狐。在狐的历史里，似乎女权很高，千年白狐总是变成妖艳的小娘子——可惜就是有时候露出点小尾巴。虽然有时候狐也变成白发老翁，可是究竟是老翁，少壮的男狐精就不大听说。因此，鬼若是可怕，狐便可怕而又可喜，往往使人舍不得她。她浪漫。

因为浪漫，狐似乎有点傻气，至少比“不知死的鬼”傻多了。修炼了千年或更长的时间才能化为人形，不刻苦的继续下工夫，却偏偏为爱情而牺牲，以至被张天师的张手雷打个粉碎[1]，其愚不可及也。况且所爱的往往不是有汽车高楼的痴胖子，而是风流年少的穷书生；这太不上算了，要按着世上女鬼的逻辑说。

狐的手段也不高明。对于得罪他们的人，只会给饭锅里扔把沙子，或把茶壶茶碗放在厕所里去。这种办法太幼稚，只能恼人而不教人真怕他们。于是人们请来高僧或捉妖的老道，门前挂上符咒，老少狐仙便即刻搬家。在这一点上，狐远不及鬼，更不及白日的鬼。鬼会在半夜三更叫唤几声，就把人吓得藏在被窝里出白毛汗，至少得烧点纸钱安慰安慰冤魂。至于那白日鬼就更厉害了，他会不动声色的，跟你一块吃喝的工夫，把你送到阴间去，到了阴间你还不知道是怎回事呢。

我以为说鬼说狐的故事与文艺大概多数的是为造成一种恐怖，故意的供给一种人为的哆嗦，好使心中空洞的人有些一想就颤抖的东西——神经的冷水浴。在这个目的以外，也许还有时候含着点教训，如鬼狐的报恩等等。不论是怎样吧，写这样故事的人大概都是为避免着人事，因为人事中的阴险诡诈远非鬼所能及；鬼的能力与心计太有限了，所以鬼事倒比较的容易写一些。至于鬼狐报恩一类的事，也许是求之人世而不可得，乃转而求诸鬼狐吧。

---

[1] 道教典故，言张天师作法破妖，可与佛教关于法海和尚镇白娘子于雷峰塔下的故事相比较。

代语堂先生拟赴美宣传大纲

西方的艺术大体上说来，总免不了表现肉感，裸体画与雕刻是最明显的例子。东方的艺术，反之，却表现着清涤肉感，而给现实生活一些云烟林水之气。由这一点上来看，西方的精神是斑斓猛虎，有它的猛勇，活跃，及直爽；东方的精神是淡远的秋林，有它的安闲，静恬，及含蓄。这样说来，仿佛各有所长，船多并不碍江。可是细那么一想，则东方的精神实在是西方文化的矫正，特别是在都市文化发达到出了毛病的时候——像今日。西方今日之需要静恬。就是没别的更好的办法，至少也须常常看到一种秋江夕照的图画（如林先生扇子上所画的那个），常常听到一种平沙落雁的音乐，而把客厅里悬着的大光眼儿，二光眼儿，一律暂时收起。光屁股艺术有她的直爽与健康，但乐园的亚当与夏娃并非只以一丝不挂为荣，还有林花虫蝶之乐。

本篇原载发表于1936年8月《逸经》第11期。

1930年代，林语堂创办《论语》《宇宙风》《人间世》等杂志，提倡幽默、性灵，广泛邀请国内名家为之撰稿，老舍就是其中之一。1936年8月，林语堂接受美国作家赛珍珠（Pearl S. Buck，1892～1973）的邀请赴美定居，从事英语写作和学术交流，行前，老舍以幽默的方式撰写了这篇为林语堂送行的文章，既写出了对林语堂即将远离祖国的留恋之情，也写出了林语堂的成就、个性及其创作主张，语言风趣幽默，描写形象得体。

代语堂[1]先生拟赴美宣传大纲

话说林语堂先生，头戴纱帽盔，上面二个大红丝线结子；遮目的是一对劳山水晶[2]墨镜，完全接近自然，一点不合科学的制法。身上穿着一件宝蓝团龙老纱大衫，铜钮扣，没有领子——因为反对洋服的硬领，所以更进一步的爽性光着脖子。脚上一双青大缎千层底圆口皂鞋，脚脖儿上豆青的绸带扎住裤口。右手里一把斑竹八根架纸扇，一面画的是淡墨山水，一面自己写的一小段舒白香游山日记[3]——写得非常的好，因为每个字旁都由林先生自己画了双圈。左手提着云南制的水烟袋，托子是珐琅的，非常的古艳。

林先生的身上自然还有别的东西，一一的说来未免有点繁絮；总而言之，他身上没有一件足以惹人怀疑是否国产的物品。这倒不全为提倡国货；每一件东西都是顶古雅精美的，顺手儿也宣传着东方文化。

林先生本打算雇一条带帆的渔船，或西湖上的游艇，在太平洋里一面钓着鱼，一面缓缓前进。这个办法既足以实证他的艺术生活，又足以使两个老渔夫或一对船娘能自食其力的挣口饭吃——后者恐怕是这个计画的主要目的。不过，即使大家都不怕慢，走上三五个月满不在乎，可是小船——虽然是那么有画意——恐怕干不过海洋里的风浪。真要是把老渔夫或船娘都喂了海鱼，未免有悖于人道主义。算了吧，只好坐海船吧。

为减少轮船上的俗气与洋味，林先生带着个十岁的小书僮：头上梳着两个抓髻，系着鲜红的头绳。林先生坐在甲板上的藤椅上，书僮捧着瑶琴一旁侍立。琴上无弦，省得去弹；只是个“意思”而已。

一“海”无话，林先生吃得胖胖的，就到了美国。船一到码头，新闻记者如蜜蜂一般拥上前来，全是找林先生的。林先生命书僮点起檀香，提着景泰蓝香炉在前引路，徐徐的前进。新闻记者围上前来，林先生深感不快，乃曼声曰：“吾乃——‘吾国吾民’[4]之著者是也！没别的可说！”众畏其威，乃退。不过，林先生的像，在他没甚留神的时候，已被他们照了去；在当日的晚报就登印出来。

歇兵三日，林先生拟出宣传大纲：

一、男人应否怕老婆——阳纲不振为西方文化之大毛病，予之来所以使懦夫立也——林先生的文字是文言与白话两掺着的，特别是在草拟大纲的时候。公鸡打鸣，母鸡生蛋，天然有别，不可强易。男女平等，本是男的种田，女的纺线，各尽其职之谓。反之，像英美各国，男儿拼命挣钱，老婆不管洗衣作饭；哪道婚姻，什么平等！妇道不修，于是在恋爱之前已打听好怎样离婚，以便争取生活费，哀哉！中国古圣先贤都说夫为妻纲，已预知此害；西方无此种圣人，故大吃其亏。宜速迎东方活圣人一位，封为国师！

二、男人怎样可以不怕老婆——在今日的中国，怕老婆者穿洋服。与夫人同行，代她拿伞，抱孩子。洋服者，西洋之服，自古已然，怕老婆非一日矣！为今之计，西洋男子应马上改穿中服，以免万劫茫茫。中服威严，虽贾波林穿上亦无局促瘦窘之象（相）。望而生畏，女人不敢大发雌威矣。中服舒服，男人知道求舒服，女人即知责任之所在；反之，自上锁镣，硬领皮鞋，以示甘受苦刑，则女人见景生情，必使跪着顶灯！猛醒吧，西洋男子！中服使人安详自在。气度安详，则威而不猛，增高身分。譬若老婆发了命令，穿大衫之丈夫可漫应之，Yes，dear；而许久不动，直至对方把命令改成央求，乃徐徐起立。穿西服之丈夫鲜能为此：洋服表示干净利落之精神，一闻令下，必须疾驱而前，显出敏捷脆快；Yes，dear，未及说完，早已一道闪光而去，脸上笑容充满宇宙。久之，夫人并发令之劳且厌之，而眉指颐使，丈夫遂成了专看眼神的动物！这还了得，西洋男子必须革命！

三、中西文化及其苍蝇[5]——东方人的闲适，使苍蝇也得到自由；西方人的固执，苍蝇大受压迫。世界大同，虽是个理想，但总有实现之一日。以苍蝇言，在大同主义之下，必有其东方的自由，而受过西方科学的洗礼；“明日”之苍蝇必为消毒的苍蝇，活泼泼的而不负传染恶疾的责任。此事虽小，足以喻大；明乎此，可与言东西文化之交映成辉矣。（此项下还有许多节目，如中西文化及其蜈蚣，中西文化及其青蛙等，即不备录。）

四、东西的艺术及其将来：西方的艺术大体上说来，总免不了表现肉感，裸体画与雕刻是最明显的例子。东方的艺术，反之，却表现着清涤肉感，而给现实生活一些云烟林水之气。由这一点上来看，西方的精神是斑斓猛虎，有它的猛勇，活跃，及直爽；东方的精神是淡远的秋林，有它的安闲，静恬，及含蓄。这样说来，仿佛各有所长，船多并不碍江。可是细那么一想，则东方的精神实在是西方文化的矫正，特别是在都市文化发达到出了毛病的时候——像今日。西方今日之需要静恬。就是没别的更好的办法，至少也须常常看到一种秋江夕照的图画（如林先生扇子上所画的那个），常常听到一种平沙落雁[6]的音乐，而把客厅里悬着的大光眼儿，二光眼儿，一律暂时收起。光屁股艺术有她的直爽与健康，但乐园的亚当与夏娃并非只以一丝不挂为荣，还有林花虫蝶之乐。况且假若他俩多注意些花鸟之趣，而一心无邪，恐怕到如今还住在那里——闲着画几幅山水儿什么的，给天使们鉴赏，岂不甚好？！

五、吾国与吾民——有书为证，顶好大家手执一册，焚香静读，你们多得些知识，我多收点版税，两有益的事儿。

六、幽默的意义与技巧——专为美国大学生讲；女生暂不招待，以使听完不懂得发笑，大杀风景。

七、中国今日的文艺——专为研究比较文学的讲演，听讲时须各携烟斗或香烟与洋火。讲题：(1)《论语》的创始与发展。(2)《人间世》的生灭。(3)《宇宙风》[7]怎样刮风。

---

[1] 林语堂（1895～1976），原名和乐，后改名语堂，福建漳州人，著名作家、学者、翻译家和出版家，新道家代表人物。1919年始留学美国、德国，获哈佛大学文学硕士和莱比锡大学语言学博士。1923年归国后，历任北京大学教授、北京女子师范大学教务长、厦门大学文学院院长。学术著作有《吾国与吾民》《孔子的智慧》《生活的艺术》等，文学著作有小说《风声鹤唳》《京华烟云》《朱门》等。

[2] 劳山，即崂山（见《暑避》注2）。古代，此山出水晶，多属三方晶系，包括墨晶、紫晶和茶晶诸类，尤以紫晶为稀世珍宝。崂山多花岗岩，水晶即包蕴于其中，每遇闪电辄相感应，发出异光，采晶人可借此判清位置，凿岩巨石而得之。在崂山，常可见磅礴巨石上有大大小小的石窝，此即水晶窝。明清两朝，崂山水晶誉冠京师，至20世纪30年代尚可寻见，一度成为青岛四大特产之一，而佩戴崂山水晶磨制成的眼镜，绝对是身份的象征。至若用于天文观测镜片，崂山水晶更是绝佳材料，其纯净度、透光率及稳定性俱称完美。1938年至1945年之间，日本人借第二次侵占青岛之机，对崂山水晶进行了破坏性开采，致使水晶矿脉几近断绝。如今，崂山水晶已难觅踪迹。

[3] 《游山日记》，清嘉庆年间文人舒白香所著，为其于嘉庆九年（1804年）至庐山避暑的百日记录。乐莲裳以“汇儒释于方寸，穷天人于尺素”之语赞美之。林语堂甚喜之，言：“我读舒白香《日记》，喜其文笔闲散，甚得日记体裁，因劝亢德把它翻印。”（林语堂：《〈游山日记〉读法》，载1936年4月16日《宇宙风》第15期）当年，《宇宙风》予以单本刊行。

[4] 《吾国与吾民》，亦名《中国人》，为林语堂受赛珍珠之邀用英语写的专向西方读者介绍中国文化、展示民族形象的著作，写于1933年至1934年间。

[5] 这里所提及“苍蝇”是一种隐喻，指称卑微之物，林语堂在《〈人间世〉发刊词》一文中说到小品文的题材问题及刊物名称问题，言：“宇宙之大，苍蝇之微，皆可取材，故名为《人间世》。”（载1934年4月5日《人间世》创刊号）

[6] 平沙落雁，中国古琴乐曲，通过时隐时现的雁鸣，描写雁群在空际盘旋顾盼的情景。

[7] 以上所列三种刊物《论语》《人间世》和《宇宙风》俱为20世纪30年代由林语堂主持创办的文学与文化杂志，统称“论语派刊物”。

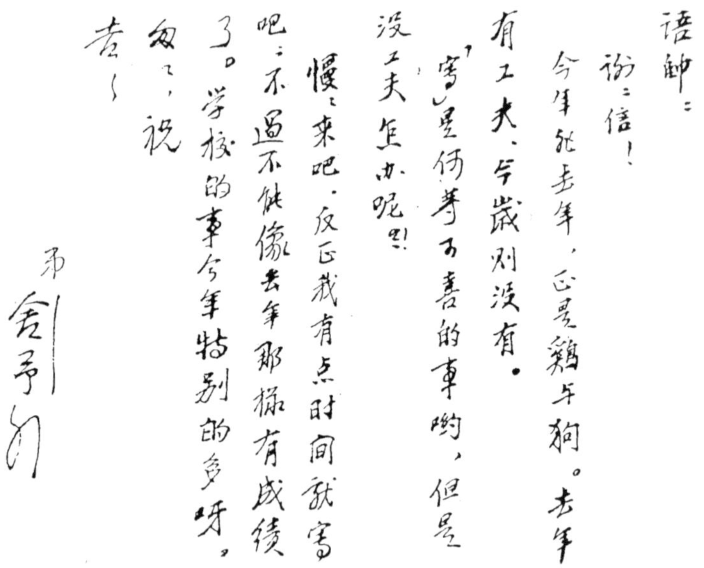
语帅：
谢谢信！
今年非去年，正是鸡与狗。去年有工夫，今岁则没有。"写"是何等可喜的事哟，但是没工夫怎办呢?!
慢慢来吧，反正我有点时间就写吧；不过不能像去年那样有成绩了。学校的事今年特别的多呀。匆匆，祝
吉
弟
舍予躬

老舍致林语堂函，1934年

图为1934年年初老舍写给林语堂的一封信，内容是："语帅: 谢谢信！今年非去年，正是鸡与狗。去年有工夫，今岁则没有。'写'是何等可喜的事哟，但是没工夫怎办呢？！慢慢来吧，反正我有点时间就写吧；不过不能像去年那样有成绩了。学校的事今年特别的多呀。匆匆，祝吉。弟舍予躬"

1936年的林语堂

林语堂是《论语》《宇宙风》《人间世》的创刊人，三者也常被称作"论语派"刊物，在20世纪30年代的中国文坛上有其重要地位。老舍的多部作品均在这些刊物上发表，其中包括长篇小说《骆驼祥子》。一定范围内，林语堂带有了作家领袖的色彩，因此老舍函中出"语帅"一称。两人素有交往，老舍对其性格、气质及艺术精神均有所洞悉，故撰《代语堂先生拟赴美宣传大纲》一文。

英国人（伦敦回忆之一）

英国人与猫狗（伦敦回忆之四）

每个英国人有他自己开阔的到天堂之路，乘早儿不用惹麻烦。连书籍最好也不谈，一般的说，英国人的读书能力与兴趣远不及法国人。能念几本书的差不多就得属于中等阶级，自然我们所愿与谈论书籍的至少是这路人。这路人比谁的成见都大，那么与他们闲话书籍也是自找无趣的事。多数的中等人拿读书——自然是指小说了——当作一种自己生活理想的佐证。一个普通的少女，长得有个模样，嫁了个驶汽车的；在结婚之乡才证实了，他原来是个贵族，而且承袭了楼上有鬼的旧宫，专是壁上的挂图就值多少百万！读惯这种书的，当然很难想到别的事儿，与他们谈论书籍和捣乱大概没有甚么分别。中上的人自然有些识见了，可是很难遇到啊。况且有些识见的英国人，根本在英国就不大被人看得起；他们连拜伦、雪莱和王尔德还都逐出国外去……

1924年秋，老舍第一次踏出国门，赴伦敦大学东方学院任华语教师，至1929年夏为止，度过了5年的英伦岁月，对英国文化、社会和习俗形成了切实、丰富而深刻的感知。过了十多年以后，在青岛，他应《西风》杂志的约请先后写下了四篇回忆录，第一篇是《英国人》，第二篇是《我的几个房东》（题中特别注明“伦敦回忆之二”），第三篇是《东方学院》，第四篇是《英国人与猫狗》，构成“伦敦回忆”系列。通过这些文章，不仅可对老舍当年在伦敦的生活、创作等情况有所了解，而且可对英国的历史文化和社会现象有所了解，进而资以开启一重比较文化视野，进行文化对话。从内容上看，第一篇和第四篇基本不涉及具体行迹，是作者对英国社会的观察与感想，议论色彩浓郁，在此拼组录入。另外两篇则落笔于作者自身生活与创作经历，纪实性更强，第二篇写的是在伦敦的几处寓所及其房东的情况，第三篇写的是在东方学院工作与写作的情况，随后单独录入。

《英国人》原载1936年9月1日《西风》创刊号。作者从东方人的文化情感出发，对英国的历史、文化、生活方式进行了细致入微的观察，作了颇具形象感的叙述，尤其是对英国人日常生活中的种种规矩给出了直观而恰如其分的阐释，信手拈来，情趣盎然，展开的是真实的生活图景，也是深厚的文化渊源，对人们了解异域文化习俗大有助益。这是老舍眼中的英国人，当然也是中国文化视野中的英国文化。

《英国人与猫狗》原载1937年6月1日《西风》第10期。作者对中英文化的差异有着深刻的感受，这里就选取了一个更具体的角度，从养猫养狗的角度来观察，呈现了当时英国人的生活习惯与生活方式。当时，养宠物这等行为并不为多数中国人所理解，今天看来已再平常不过。说起来，养猫、养狗以及养马，这些行为都是人之天性的合理寄托，把它们当作具有灵性的动物来养，这也是人性的一种实现方式。其实，中国文化中丝毫不缺乏这方面的因子，只不过在不同的历史时期表现形式有所不同而已。

英国人

（伦敦回忆之一）

据我看，一个人即使承认英国人民有许多好处，大概也不会因为这个而乐意和他们交朋友。自然，一个有金钱与地位的人，走到哪里也会受欢迎；不过，在英国也比在别国多些限制。比如以地位说吧，假如一个作讲师或助教的，要是到了德国或法国，一定会有些人称呼他“教授”。不管是出于诚心吧，还是捧场；反正这是承认教师有相当的地位，是很显然的，在英国，除非他真正是位教授，绝不会有人来招呼他。而且，这位教授假若不是牛津或剑桥的，也就还差着点劲儿。贵族也是如此，似乎只有英国国产贵族才能算数儿。

至于一个平常人，尽管在伦敦或其他的地方住上十年八载，也未必能交上一个朋友。是的，我们必须先交代明白，在资产主义的社会里，大家一天到晚为生活而奔忙，实在找不出闲工夫去交朋友；欧西各国都是如此，英国并非例外。不过，即使我们承认这个，可是英国人还有些特别的地方，使我们更难接近。一个法国人见着个生人，能够非常的亲热，越是因为这个生人的法国话讲得不好，他才越愿指导他。英国人呢，他以为天下没有会讲英语的，除了他们自己，他干脆不愿管理一个生人。一个英国人想不到一个生人可以不明白英国的规矩，而是一见到生人说话行动有不对的地方，马上认为这个人是野蛮，不屑于再招呼他。英国的规矩又偏偏是那么多！他不能想像到别人可以没有这些规矩，而另有一套；不，英国的是一切；设若别处没有那么多的雾[1]，那根本不能算作真正的天气！

除了规矩而外，英国人还有好多不许说的事：家中的事，个人的职业与收入，通通不许说，除非彼此是极亲近的人。一个住在英国的客人，第一要学会那套规矩，第二要别乱打听事儿，第三别谈政治，那么，大家只好谈天气了，而天气又是那么不得人心。自然，英国人很有的说，假若他愿意：他可以讲论赛马、足球、养狗、高尔夫球等等；可是咱又许不大晓得这些事儿。结果呢，只好对愣着。对了，还有宗教呢，这也最好不谈。每个英国人有他自己开阔的到天堂之路，乘早儿不用惹麻烦。连书籍最好也不谈，一般的说，英国人的读书能力与兴趣远不及法国人。能念几本书的差不多就得属于中等阶级，自然我们所愿与谈论书籍的至少是这路人。这路人比谁的成见都大，那么与他们闲话书籍也是自找无趣的事。多数的中等人拿读书——自然是指小说了——当作一种自己生活理想的佐证。一个普通的少女，长得有个模样，嫁了个驶汽车的；在结婚之夕才证实了，他原来是个贵族，而且承袭了楼上有鬼的旧宫，专是壁上的挂图就值多少百万！读惯这种书的，当然很难想到别的事儿，与他们谈论书籍和捣乱大概没有甚么分别。中上的人自然有些识见了，可是很难遇到啊。况且有些识见的英国人，根本在英国就不大被人看得起；他们连拜伦[2]、雪莱[3]、和王尔德[4]还都逐出国外去，我们想跟这样人交朋友——即使有机会——无疑的也会被看作成怪物的。

我真想不出，彼此不能交谈，怎能成为朋友。自然，也许有人说：不常交谈，那么遇到有事需要彼此的帮忙，便丁对丁，卯对卯的去办好了；彼此有了这样干脆了当的交涉与接触，也能成为朋友，不是吗？是的，求人帮助是必不可免的事，就是在英国也是如是；不过英国人的脾气还是以能不求人为最好。他们的脾气即是这样，他们不求你，你也就不好意思求他了。多数的英国人愿当鲁滨孙[5]，万事不求人。于是他们对别人也就不愿多伸手管事。况且，即使他们愿意帮忙你，他们是那样的沉默简单，事情是给你办了，可是交情仍然谈不到。当一个英国人答应了你办一件事，他必定给你办到。可是，跟他上火车一样，非到车已要开了，他不露面。你别去催他，他有他的稳当劲儿。等办完了事，他还是不理你，直等到你去谢谢他，他才微笑一笑。到底还是交不上朋友，无论你怎样上前巴结。假若你一个劲儿奉承他或讨他的好，他也许告诉你：“请少来吧，我忙！”这自然不是说，英国就没有一个和气的人。不，绝不是。一个和气的英国人可以说是最有礼貌，最有心路，最体面的人。不过，他的好处只能使你钦佩他，他有好些地方使人不便和他套交情。他的礼貌与体面是一种武器，使人不敢离他太近了。就是顶和气的英国人，也比别人端庄的多；他不喜欢法国式的亲热——你可以看见两个法国男人互吻，可是很少见一个英国人把手放在另一个英国人的肩上，或搂着脖儿。两个很要好的女友在一块儿吃饭，设若有一个因为点儿原故而想把自己的菜让给友人一点，你必会听到那个女友说：“这不是羞辱我吗？”男人就根本不办这样的傻事。是呀，男人对于让酒让烟是极普遍的事，可是只限于烟酒，他们不会肥马轻裘与友共之。

这样讲，好像英国人太别扭了。别扭，不错：可是他们也有好处。你可以永远不与他们交朋友，但你不能不佩服他们。事情都是两面的。英国人不愿轻易替别人出力，他可也不来讨厌你呀。他的确非常高傲，可是你要是也沉住了气，他便要佩服你。一般的说，英国人很正直。他们并不因为自傲而蛮不讲理。对于一个英国人，你要先估量估量他的身分，再看看你自己的价值，他要是像块石头，你顶好像块大理石；硬碰硬，而你比他更硬。他会承认他的弱点。他能够很体谅人，很大方，但是他不愿露出来；你对他也顶好这样。设若你准知道他要向灯，你就顶好也先向灯，他自然会向火；他喜欢表示自己有独立的意见。他的意见可老是意见，假若你说得有理，到办事的时候他会牺牲自己的意见，而应怎么办就怎么办。你必须知道，他的态度虽是那么沉默孤高，像有心事的老驴似的，可是他心中很能幽默一气。他不轻易向人表示亲热，可也不轻易生气，到他说不过你的时候，他会以一笑了之。这点幽默劲儿使英国人几乎成为可爱的了。他没火气，他不吹牛，虽然他很自傲自尊。

所以，假若英国人成不了你的朋友，他们可是很好相处。他们该办什么就办什么，不必你去套交情；他们不因私交而改变作事该有的态度。他们的自傲使他们对人冷淡，可是也使他们自重。他们的正直使他们对人不客气，可也使他们对事认真。你不能拿他当作吃喝不分的朋友，可是一定能拿他当个很好的公民或办事人。就是他的幽默也不低级讨厌，幽默助成他作个贞脱儿曼[6]，不是弄鬼脸逗笑。他并不老实，可是他大方。

他们不爱着急，所以也不好讲理想。胖子不是一口吃起来的，乌托邦也不是一步就走到的。往坏了说，他们只顾眼前；往好里说，他们不乌烟瘴气。他们不爱听世界大同，四海兄弟，或那顶大顶大的计划。他们愿一步一步慢慢的走，走到哪里算哪里。成功呢，好；失败呢，再干。英国兵不怕打败仗。英国的一切都好像是在那儿敷衍呢，可是他们在各种事业上并不是不求进步。这种骑马找马的办法常常使人以为他们是狡猾，或守旧；狡猾容或有之，守旧也是真的，可是英国人不在乎，他有他的主意。他深信常识是最可宝贵的，慢慢走着瞧吧。萧伯纳[7]可以把他们骂得狗血喷头，可是他们会说：“他是爱尔兰的呀！”他们会随着萧伯纳笑他们自己，但他们到底是他们——萧伯纳连一点办法也没有！

这些，可只是个简单的，大概的，一点由观察得来的印象。一般的说，这也许大致不错；应用到某一种或某一个英国人身上，必定有许多欠妥当的地方。概括的论断总是免不了危险的。

---

[1] 20世纪60年代以前，伦敦空气污染非常严重，烟雾弥漫，遂有“雾都”之称。

[2] 乔治·戈登·拜伦（George Gordon Byron，1788～1824），英国著名的浪漫主义诗人，主要作品有《恰尔德·哈洛尔德游记》和《唐璜》等。

[3] 珀西·比希·雪莱（Percy Bysshe Shelley，1792～1822），英国著名的浪漫主义诗人、小说家和哲学家。主要作品有《解放了的普罗米修斯》《西风颂》和《致云雀》等。

[4] 奥斯卡·王尔德（Oscar Wilde，1854～1900），爱尔兰和英国著名的唯美主义作家，主要作品有《道林·格雷的画像》《少奶奶的扇子》和《莎乐美》等。

[5] 鲁滨孙（Robinson Crusoe），英国作家笛福（Daniel Defoe）的小说《鲁滨孙漂流记》的主人公，他在一次海难中幸存下来，漂流到热带小岛——特立尼达拉岛上度过了28年时光，成就了荒岛求生传奇。

伦敦大学东方学院

1924年7月16日，伦敦大学东方学院董事会向舒庆春（老舍）正式发出聘书，委任他为该学院汉语系教师，自当年8月1日起为期5年，年薪250英镑。老舍告别了故乡北京，从上海登船，远渡重洋，于当年9月抵达伦敦。图为20世纪20年代的伦敦大学东方学院大楼，1936年拆除。

英國人

老舍

據我看，一個人即使承認英國人民有許多好處，大概也不會因為這個而樂意和他們交朋友。自然，一個有金錢與地位的人，走到哪裏也會受歡迎；不過，在英國也比在別國多些限制。比如以地位說吧，假如一個作講師或助教的，要是到了德國或法國，一定會有些人稱呼他『教授』。不管是出於誠心吧，還是捧場；反正這是承認教師有相當的地位，是很顯然的。在英國，除非他真正是位教授，絕不會有人來招呼他。而且，這位教授假若不是牛津或劍橋的，也就還差著點勁兒。貴族也是如此，似乎只有英國國產貴族纔能算數兒。

至於一個平常人，儘管在倫敦或其他的地方住上十年八載，也未必能交上一個朋友。是的，我們必須先交代明白，在資產主義的社會裏，大家一天到晚為生活而奔忙，實在找不出閒工夫去交朋友；歐西各國都是如此，英國並非例外。不過，即使我們承認這個，可是英國人還有些特別的地方，使他們更難接近。一個法國人見着個生人，能夠非常的親熱，越是因為這個生人的法國話講得不好，他纔越願指導他。英國人呢，他以為天下沒有會講英語的，除了他們自己，他乾脆不願答理一個生人。一個英國人想不到生人可以不明白英國的規矩，而是一見到生人說話行動有不對的地方，馬上認為這個人是野蠻，不屑於再招呼他。英國的規矩又偏偏是那麼多！他不能想像到別人可以沒有這些規矩，而另有一套；不，英國的是一切；設若別處沒有那麼多的霧，那根本不能算作真正的天氣！

除了規矩而外，英國人還有好多不許說的事：家中的事，個人的職業與收入，通通不許說，除非彼此是極親近的人。一個住在英國的客人，第一要學會那套規矩，第二要別亂打聽事兒，第三別談政治，那麼，大家只好談天氣了，而天氣又是那麼不得人心。自然，英國人很有的說，假若他願意；他可以講論賽馬，足球，養狗，高爾夫球等等；可是咱又許不大曉得這些事兒。結果呢，只好對楞着。對了，還有宗教呢，這也最好不談。每個英國人有他自己開闢的到天堂之路，乘早兒不用惹麻煩。連書籍最好也不談，一般的說，英國人的讀書能力與興趣遠不及法國人。能念幾本書的差不多就得屬於中等階級，自然我們所願與談論書籍的至少是這路人。這路人比誰的成見都大，那麼與他們閒話書籍也是自找無趣的事。多數的中等人拿讀書——自然是指小說了——當作一種自己生活理想的佐證。一個普通的少女，長得有個模樣，嫁了個駛汽車的；在結婚之夕纔證實了，他原來是個貴族，而且承襲了樓上有鬼的舊宮，專是壁上的掛圖就值多少百萬！讀慣這種書的，當然很難想到

— 7 —

《英国人》原发表页
1936年9月1日《西风》创刊号

[6] 贞脱儿曼，英语Gentleman（绅士）的音译。

[7] 萧伯纳（George Bernard Shaw，1856～1950），爱尔兰著名剧作家，以幽默与讽刺见长，主要作品有《圣女贞德》和《伤心之家》等，1925年获诺贝尔文学奖。

英国人与猫狗

（伦敦回忆之四）

英国人爱花草，爱猫狗。由一个中国人看呢，爱花草是理之当然，自要有钱有闲，种些花草几乎可与藏些图书相提并论，都是可以用“雅”字去形容的事。就是无钱无闲的，到了春天也免不掉花几个铜板买上一两小盆蝴蝶花什么的，或者把白菜脑袋塞在土中，到时候也会开上几朵小十字花儿。在诗里，赞美花草的地方要比谀颂美人的地方多得多，而梅兰竹菊等等都有一定的品格，彷彿比人还高洁可爱可敬，有点近乎一种什么神明似的在通俗的文艺里，讲到花神的地方也很不少，爱花的人每每在死后就被花仙迎到天上的植物园去，这点荒唐，荒唐得很可爱。虽然里边还是含着与敬财神就得元宝一样的实利念头，可到底显着另有股子劲儿，和财迷大有不同；我自己就不反对被花娘娘们接到天上去玩玩。

所以，看见英国人的爱花草，我们并不觉得奇怪，反倒是觉得有点惭愧，他们的花是那么多呀！在热闹的买卖街上，自然没有种花草的地方了，可是还能看到卖“花插”的女人，和许多鲜花铺。稍讲究一些的饭铺酒馆自然要摆鲜花了。其他的铺户中也往往摆着一两瓶花，四五十岁的掌柜们在肩下插着一朵玫瑰或虞美人也是常有的事。赶到一走到住宅区，看吧，差不多家家有些花，园地不大，可收拾得怪好，这儿一片郁金香，那儿一片玫瑰，门道上还往往搭着木架，爬着那单片的蔷薇，开满了花，就和图画里似的。越到乡下越好看，草是那么绿，花是那么鲜，空气是那么香，一个中国人也有点惭愧了。五六月间，赶上晴暖的天，到乡下去走走，真是件有造化的事，处处都像公园。

一提到猫狗和其他的牲口，我们便不这么起劲了。中国学生往往给英国朋友送去一束鲜花，惹得他们非常的欢喜。可是，也往往因为讨厌他们的猫狗而招得他们撇了嘴。中国人对于猫狗牛马，一般的说，是以“人为万物灵”为基础而直呼它们作畜类的。正人君子呢，看见有人爱动物，总不免说声“声色狗马，玩物丧志”。一般的中等人呢，养猫养狗原为捉老鼠与看家，并不须赏它们个好脸儿。那使着牲口的苦人呢，鞭子在手，急了就发威，又困于经济，它们的食水待遇活该得按着哑巴畜生办理，于是大概的说，中国的牲口实在有点倒霉；太监怀中的小巴狗，与阔寡妇椅子上的小白猫，自然是碰巧了的例外。畜类倒霉，已经看惯，所以法律上也没有什么规定；虐待丫头与媳妇本还正大光明，哑巴畜生自然更无处诉委屈去；黑驴告状也并没陈告它自己的事。再说，秦桧与曹操这辈子为人作歹，下辈便投胎猪狗，吃点哑巴亏才正合适。这样，就难怪我们觉得英国人对猫狗爱得有些过火了。说真的，他们确是有点过火；不过，要从猫狗自己看呢，也许就不这么说了吧？狗彘食人食，而有些人却没饭吃，自然也不能算是公平，但是普遍的有一种爱物的仁慈，也或者无碍于礼教吧？

英国人的爱动物，真可以说是普遍的。有人说，这是英国人的海贼本性还没有蜕净，所以总拿狗马当作朋友似的对待。据我看，这点贼性倒怪可爱；至少狗马是可以同情这句话的。无事可作的小姐与老太婆自然要弄条小狗玩玩了——对于这种小狗，无论它长得多么不顺眼，你可就是别说不可爱呀！——就是卖煤的煤黑子，与送牛奶的人，也都非常爱惜他们的马。你想不到拉煤车的马会那么驯顺、体面、干净。煤黑子本人远不如他的马漂亮，他好像是以他的马当作他的光荣。煤车被叫住了，无论是老幼男女，跟煤黑子耍过几句话，差不多总是以这匹马作中心。有的过去拍拍马脖子，有的过去吻一下，有的给拿出根胡萝卜来给它吃。他们看见一匹马就彷佛外婆看见外孙子似的，眼中能笑出一朵花儿来。英国人平常总是拉着长脸，像顶着一脑门子官司，假若你打算看看他们也有个善心，也和蔼可爱，请你注意当他们立在一匹马或拉着条狗的时候。每到春天，这些拉车的马也有比赛的机会。看吧，煤黑子弄了瓶擦铜油，一边走一边擦马身上的铜活呀。马鬃上也挂上彩子或用各色的绳儿梳上辫子，真是体面！这么看重他们的马，当然的在平日是不会给气受的，而且载重也有一定的限度，即使有狠心的人，法律也不许他任意欺侮牲口。想起北平的煤车，当雨天陷在泥中，煤黑子用支车棍往马身上楞，真要令人喊“生在礼教之邦的马哟！”

猫在动物里算是最富独立性的了，它高兴呢就来趴在你怀中，啰哩啰嗦的不知道念着什么。它要是不高兴，任凭你说什么，它也不答理。可是，英国人家里的猫并不因此而少受一些优待。早晚他们还是给它鱼吃，牛奶喝，到家主旅行去的时候，还要把它寄放到“托猫所”去，花不少的钱去喂养着；赶到旅行回来，便急忙把猫接回来，乖乖宝贝的叫着。及至老猫不吃饭，或小猫摔了腿，便找医生去拔牙、接腿，一家子都忙乱着，彷佛有了什么了不得的事。

狗呢，就更不用说，天生来的会讨人喜欢，作走狗，自然会吃好的喝好的。小哈巴狗们，在冬天，得穿上背心；出门时，得抱着；临睡的时候，还得吃块糖。电影院、戏馆，禁止狗们出入，可是这种小狗会“走私”，趴在老太婆的袖里或衣中，便也去看电影听戏，有时候一高兴便叫几声，招得老太婆头上冒汗。大狗虽不这么娇，可也很过得去。脚上偶一不慎粘上一点路上的柏油，便立刻到狗医院去给套上一只小靴子，伤风咳嗽也须吃药，事儿多了去啦。可是，它们也真是可爱，有的会送小儿去上学，有的会给主人叼着东西，有的会耍几套玩艺；白天不咬人，晚上可挺厉害。你得听英国人们去说狗的故事，那比人类的历史还热闹有趣。人家，猎户，军队，警察所，牧羊人，都养狗，都爱狗。狗种也真多，大的，小的，宽的，细的，长毛的，短毛的，每种都有一定的尺寸，一定的长度，买来的时候还带着家谱，理直气壮，一点不含糊！那真正入谱的，身价往往值一千镑钱！

年年各处都有赛猫会、赛狗会。参与比赛的猫狗自然必定都有些来历，就是那没资格入会的也都肥胖精神。这就不能不想起中国的狗了，在北平，在天津，在许多大城里，去看看那些狗，天下最丑的东西！骨瘦如柴，一天到晚连尾巴也不敢撅起来一回，太可怜了！人还没有饭吃，似乎不必先为狗发愁吧，那么，我只好替它们祷告，下辈子不要再投胎到这儿来了！

简直没有一个英国人不爱马。那些专作赛马用的，不用说了，自然是老有许多人伺候着；就是那平常的马，无论是拉车的，还是耕地的，也都很体面。有一张卡通，记得，画的是“马之将来”：将来的军队有飞机坦克车去冲杀陷阵，马队自然要消灭了；将采的运输与车辆也用不着骡马们去拖拉，于是马怎么办呢？这张卡通——英国人画的——上说，它们就变成了猫狗：客厅里该趴着猫，将来是趴着匹马；老太婆上街该拉着狗，将来便牵着匹骡子。这未必成为事实，可是足见他们是怎样的舍不得骡马了。

除了猫狗骡马，他们对于牛羊鸡猪也都很爱惜，这是要到乡间才可以看见的。有一回到乡间去看了朋友，他的祖父是个农夫，养着许多猪与鸡。老人的鸡都有名字，叫哪个，哪个就跑来。老人最得意的是他的那些肥猪，真是干净可爱。可是，有一天下了雨，肥猪们都下了泥塘，弄得满身是稀泥；把老人差点气坏了。总而言之，他们对牲口们是尽到力量去爱护，即使是为杀了吃肉的，反正在它们活着的时候总不受委屈。中国有许多人提倡吃素禁屠，可是往往寺院里放生的牲口皮包不住骨，别处的畜类就更不必说了。好死不如赖活着，是我们特有的哲学，可也真够残忍的。

对于鱼鸟鸽虫，英国人不如我们会养会玩，养这些玩艺的也就很少。卖猫狗的铺子里不错也卖鹦鹉、小兔、小龟和碧玉鸟什么的，可是养鸟的并不懂教给它们怎样的叫成套数。据说，他们在老年间也斗鸡斗鹌鹑，现在已被禁止，因为太残忍。我们似乎也该把斗蟋蟀什么的禁止了吧？也不是怎么的，我总以为小时候爱斗蟋蟀，长大了也必爱去看枪毙人；没有实地的测验过，此说容或不能成立；再说，还许是一点妇人之仁，根本要不得呢。

老舍在伦敦寓所留影

他的朋友多数和他的情形差不多。我还记得几位：有一位是个年轻的工人，谈吐很好，可是时常失业，一点也不是他的错儿，怎奈工厂时开时闭。他自然的是个社会主义者，每逢来看艾支顿，他俩便粗着脖子红着脸的争辩。艾支顿也很有口才，不过与其说他是为政治主张而争辩，还不如说是为争辩而争辩。还有一位小老头也常来，他顶可爱。德文，意大利文，西班牙文，他都能读能写能讲，但是找不到事作；闲着没事，他只为一家磁砖厂吆喝买卖，拿一点扣头。另一位老者，常上我们这一带来给人家擦玻璃，也是我们的朋友。这个老头是位博士。赶上我们在家，他便一边擦着玻璃，一边和我们讨论文学与哲学。孔子的哲学，泰戈尔的诗，他都读过，不用说西方的作家了。

本篇原载1936年12月1日上海《西风》第4期，原标题为《我的几个房东——伦敦回忆之二》。

1924年9月，经过了约3个月的海上航行，老舍抵达了伦敦，受伦敦大学东方学院的特聘来此教书。经燕京大学英文教授艾温士（R. K. Evans）的专门介绍，老舍入住卡纳旺街（Carnarvon Street）18号的房子，这是他在伦敦的第一个寓所。英伦岁月中，老舍在伦敦住过的寓所共有四处，另外三处分别是：圣詹姆斯花园大街（St James Garden）31号、托林顿广场（Torrington Square）附近公寓和蒙特利尔路（Montreal Road）31号。位于伦敦西部靠近诺丁山的荷兰公园内的圣詹姆斯花园31号是居住时间最长的一处，现已认定为老舍旧居，英国遗产委员会于2003年11月25日在此挂英国文化遗产保护蓝牌。本篇是老舍的"留英系列"散文中的第二篇，写的是当年在英国的四处住房及其房东，从多个角度写出了几位房东的不同的职业特点、生活习性、思想情感以及宗教信仰等方面的情况，字里行间折射出比较文化视野，是以中国人眼睛看英国的地道之作。

我的几个房东

（伦敦回忆之二）

初到伦敦[1]，经艾温士[2]教授的介绍，住在了离“城”有十多英里的一个人家里[3]。房主人是两位老姑娘。大姑娘有点傻气，腿上常闹湿气，所以身心都不大有用。家务统由妹妹操持，她勤苦诚实，且受过相当的教育。

她们的父亲是开面包房的，死后，把面包房给了儿子，给二女一人一处小房子。她们卖出一所，把钱存在银行生息。其余的一所，就由她们合住。妹妹本可以去作，也真作过，家庭教师。可是因为姐姐需人照管，所以不出去作事，而把楼上的两间屋子租给单身的男人，进些租金。这给妹妹许多工作，她得给大家作早餐晚饭，得上街买东西，得收拾房间，得给大家洗小衣裳，得记账。这些，已足使任何一个女子累得喘不过气来。可是她于这些工作外，还得答复朋友的信，读一两段圣经[4]，和作些针线。

她这种勤苦忠诚，倒还不是我所佩服的。我真佩服她那点独立的精神。她的哥开着面包房，到圣诞节才送给妹妹一块大鸡蛋糕！她决不去求他的帮助，就是对那一块大鸡蛋糕，她也马上还礼，送给她哥一点有用的小物件。当我快回国时去看她，她的背已很弯，发也有些白的了。

自然，这种独立的精神是由资本主义的社会制度逼出来的，可是，我到底不能不佩服她。

在她那里住过一冬，我搬到伦敦的西部去[5]。这回是与一个叫艾支顿[6]的合租一层楼。所以事实上我所要说的是这个艾支顿——称他为二房东都勉强一些——而不是真正的房东。我与他一气在那里住了三年。

这个人的父亲是牧师，他自己可不信宗教。当他很年轻的时候，他和一个女子由家中逃出来，在伦敦结了婚，生了三四个小孩。他有相当的聪明，好读书。专就文字方面上说，他会拉丁文、希腊文、德文、法文，程度都不坏。英文，他写得非常的漂亮。他作过一两本讲教育的书，即使内容上不怎样，他的文字之美是公认的事实。我愿意同他住在一处，差不多是为学些地道好英文。在大战时，他去投军。因为心脏弱，报不上名。他硬挤了进去，见到了军官，凭他的谈吐与学识，自然不会被叉去帐外。一来二去，他升到中校，差不多等于中国的旅长了。

战后，他拿了一笔不小的遣散费，回到伦敦，重整旧业，他又去教书。为充实学识，还到过维也纳听弗洛衣德[7]的心理学。后来就在牛津的补习学校教书。这个学校是为工人们预备的，彷佛有点像国内的暑期学校，不过目的不在补习升学的功课。作这种学校的教员，自然没有什么地位，可是实利上并不坏：一年只作半年的事，薪水也并不很低。这个，大概是他的黄金“时代”。以身分言，中校；以学识言，有著作；以生活言，有个清闲舒服的事情。

也正是在这个时候，他和一位美国女子发生了恋爱。她出自名家，有硕士的学位。来伦敦游玩，遇上了他。她的学识正好补足他的，她是学经济的；他在补习学校演讲关于经济的问题，她就给他预备稿子。

他的夫人告了。离婚案刚一提到法厅，补习学校便免了他的职。这种案子在牛津与剑桥还是闹不得的！离婚案成立，他得到自由，但须按月供给夫人一些钱。

在我遇到他的时候，他正极狼狈。自己没有事，除了夫妇的花销，还得供给原配。幸而硕士找到了事，两份儿家都由她支持着。他空有学问，找不到事。可是两家的感情渐渐的改善，两位夫人见了面，他每月给第一位夫人送钱也是亲自去，他的女儿也肯来找他。这个，可救不了穷。穷，他还很会花钱。作过几年军官，他挥霍惯了。钱一到他手里便不会老实。他爱买书，爱吸好烟，有时候还得喝一盅。我在东方学院遇见了他，他到那里学华语；不知他怎么弄到手里几镑钱。便出了这个主意。见到我，他说彼此交换知识，我多教他些中文，他教我些英文，岂不甚好？为学习的方便，顶好是住在一处，假若我出房钱，他就供给我饭食。我点了头，他便找了房。

艾支顿夫人真可怜。她早晨起来，便得作好早饭。吃完，她急忙去作工，拚命的追公共汽车；永远不等车站稳就跳上去，有时把腿碰得紫里蒿青。五点下工，又得给我们作晚饭。她的烹调本事不算高明，我俩一有点不爱吃的表示，她便立刻泪在眼眶里转。有时候，艾支顿卖了一本旧书或一张画，手中攥着点钱，笑着请我们出去吃一顿。有时候我看她太疲乏了，就请他俩吃顿中国饭。在这种时节，她喜欢得像小孩子似的。

他的朋友多数和他的情形差不多。我还记得几位：有一位是个年轻的工人，谈吐很好，可是时常失业，一点也不是他的错儿，怎奈工厂时开时闭。他自然的是个社会主义者，每逢来看艾支顿，他俩便粗着脖子红着脸的争辩。艾支顿也很有口才，不过与其说他是为政治主张而争辩，还不如说是为争辩而争辩。还有一位小老头也常来，他顶可爱。德文，意大利文，西班牙文，他都能读能写能讲，但是找不到事作；闲着没事，他只为一家磁砖厂吆喝买卖，拿一点扣头。另一位老者，常上我们这一带来给人家擦玻璃，也是我们的朋友。这个老头是位博士。赶上我们在家，他便一边擦着玻璃，一边和我们讨论文学与哲学。孔子[8]的哲学，泰戈尔[9]的诗，他都读过，不用说西方的作家了。

只提这么三位吧，在他们的身上使我感到工商资本主义的社会的崩溃与罪恶。他们都有知识，有能力，可是被那个社会制度捆住了手，使他们抓不到面包。成千论万的人是这样，而且有远不及他们三个的！找个事情真比登天还难！

艾支顿一直闲了三年。我们那层楼的租约是三年为限。住满了，房东要加租，我们就分离开，因为再找那样便宜，和恰好够三个人住的房子，是不大容易的。虽然不在一块儿住了，可是还时常见面。艾支顿只要手里有够看电影的钱，便立刻打电话请我去看电影。即使一个礼拜，他的手中澈底的空空如也，他也会约我到家里去吃一顿饭。自然，我去的时候也老给他们买些东西。在这一点上，他不像普通的英国人，他好请朋友，也很坦然的接受朋友的约请与馈赠。有许多地方，他都带出点浪漫劲儿，但他到底是个英国人，不能完全放弃绅士的气派。

直到我回国的时际，他才找到了事——在一家大书局里作顾问，荐举大陆上与美国的书籍，经书局核准，他再找人去翻译或——若是美国的书——出英国版。我离开英国后，听说他已被那个书局聘为编辑员。

离开他们夫妇，我住了半年的公寓[10]，不便细说；房东与房客除了交租金时见一面，没有一点别的关系。在公寓里，晚饭得出去吃，既费钱，又麻烦，所以我又去找房间。这回是在伦敦南部找到一间房子，房东是老夫妇，带着个女儿。

这个老头儿——达尔曼[11]先生——是干什么的，至今我还不清楚。一来我只在那儿住了半年，二来英国人不喜欢谈私事，三来达尔曼先生不爱说话，所以我始终没得机会打听。偶尔由老夫妇谈话中听到一两句，彷彿他是木器行的，专给人家设计作家具。他身边常带着尺。但是我不敢说肯定的话。

半年的工夫，我听熟了他三段话——他不大爱说话，但是一高兴就离不开这三段，像留声机片似的，永远不改。第一段是贵族巴来，由非洲弄来的钻石，一小铁筒一小铁筒的！每一块上都有个记号！第二段是他作过两次陪审员，非常的光荣！第三段是大战时，一个伤兵没能给一个军官行礼，被军官打了一拳。及至看明了那是个伤兵，军官跑得比兔子还快；不然的话，非教街上的给打死不可！

除了这三段而外，假若他还有什么说的，便是重述《晨报》上的消息与意见。凡是《晨报》所说的都对！

这个老头儿是地道英国的小市民，有房，有点积蓄，勤苦，干净，什么也不知道，只晓得自己的工作是神圣的，英国人是世界上最好的人。

达尔曼太太是女性的达尔曼先生，她的意见不但得自《晨报》，而且是由达尔曼先生口中念出的那几段《晨报》，她没工夫自己去看报。

达尔曼姑娘只看《晨报》上的广告。有一回，或者是因为看我老拿着本书，她向我借一本小说。随手的我给了她一本威尔思的幽默故事。念了一段，她的脸都气紫了！我赶紧出去在报摊上给她找了本六个便士的罗曼司[12]，内容大概是一个女招待嫁了个男招待，后来才发现这个男招待是位伯爵的承继人。这本小书使她对我又有了笑脸。

她没事作，所以在分类广告上登了一小段广告——教授跳舞。她的技术如何，我不晓得，不过她声明愿减收半费教给我的时候，我没出声。把知识变成金钱，是她，和一切小市民的格言。

她有点苦闷，没有男朋友约她出去玩耍，往往吃完晚饭便假装头疼，跑到楼上去睡觉。婚姻问题在那经济不景气的国度里，真是个没法办的问题。我看她恐怕要窝在家里！“房东太太的女儿”往往成为留学生的夫人，这是留什么外史一类小说的好材料；其实，里面的意义并不止是留学生的荒唐呀。

---

[1] 1924年9月初，老舍乘船抵达伦敦，开始了5年英伦岁月。

[2] 艾温士（R.K.Evans），1924年前后为燕京大学神学院英籍教授，当时老舍曾到燕大旁听他的英语课。他与宝广林牧师联名向伦敦大学东方学院推荐老舍出任该学院华语教师。初到伦敦，住房也是艾温士给介绍的。在1934年所写散文《头一天》中，老舍称之为易文思，他说：“易教授住在Barnet，所以他也在那里给我找了房。这虽在‘大伦敦’之内，实在是属Hertfordshire，离伦敦有十一哩，坐快车得走半点多钟。我们就在原车站上了车，赶到车快到目的地，又看见大片的绿草地了。下了车，易先生笑了。说我给带来了阳光。果然，树上还挂着水珠，大概是刚下过雨去。”（文中“Barnet”为伦敦西北郊的巴尼特区，“Hertfordshire”即英格兰东南部的赫特福德郡。）

[3] 老舍在英国的第一处寓所位于伦敦西北郊巴尼特区的卡纳旺街（Carnarvon Street）18号。照北京习惯，他称这条街为胡同。在《头一天》中，他描述了相关情况。这是初次踏入这条英国历史小巷的情景：“这是条不大不小的胡同。路是柏油碎石子的，路边上还有些流水，因刚下过雨去。两旁都是小房，多数是两层的，瓦多是红色。走道上有小树，多像冬青，结着红豆。房外二尺多的空地全种着花草，我看见了英国的晚玫瑰。窗都下着帘，绿蔓有的爬满了窗沿。……那些房子实在不是很体面，可是被静寂，清洁，花草，红绿的颜色，雨后的空气与阳光，给了一种特别的味道。它是城市，也是村庄，它本是在伦敦作事的中等人的居住区所。房屋表现着小市民气，可是有一股清香的气味，和一点安适太平的景象。”寓所及房东的情况是：“将要作我的寓所的也是所两层的小房，门外也种着一些花，虽然没有什么好的，倒还自然；窗沿上悬着一两枝灰粉的豆花。房东是两位老姑娘，姐已白了头，胖胖的很傻，说不出什么来。妹妹作过教师，说话很快，可是很清晰，她也有四十上下了。”室内布局及庭院环境是：“房子很小：楼下是一间客厅，一间饭室，一间厨房。楼上是三个卧室，一个浴室。由厨房出去，有个小院，院里也有几棵玫瑰，不怪英国史上有玫瑰战争，到处有玫瑰，而且种类很多。院墙只是点矮矮的

423　老舍：我的幾個房東

她一本威爾思的幽默故事。念了一段，她的臉都氣紫了！我趕緊出去在報攤上給她找了本六個便士的羅曼司，內容大概是一個女招待嫁了個男招待，後來纔發現這個男招待是位伯爵的承繼人。這本小書使她對我又有了笑臉。

她沒事作，所以在分類廣告上登了一小段廣告——教授跳舞。她的技術如何，我不曉得，不過她聲明願減收半費教給我的時候，我沒出聲，把知識變成金錢，是她，和一切小市民，的格言。

她有點苦悶，沒有男朋友約她出去玩耍，往往吃完晚飯便假裝頭疼，跑到樓上去睡覺。婚姻問題在那經濟不景氣的國度裏，是個沒法辦的問題。我看她恐怕要窩在家裏！「房東太太的女兒」往往成爲留學生的夫人，這是留什麼外史一類小說的好材料；其實裏面的意義並不止是留學生的荒唐呀。

英國人的國民性——交際場中沉默寡言

《我的几个房东》（伦敦回忆之二）原发表页
1936年12月1日《西风》第4期

木树，左右邻家也有不少花草，左手里的院中还有几株梨树，挂了不少果子。”当时在牛津大学研究比较宗教学的作家许地山也住在这里：“许地山在屋里写小说呢，用的是　本油盐店的账本，笔可是钢笔，时时把笔尖插入账本里去，似乎表示着力透纸背。”

[4] 圣经（希伯来语ביבליה，英语 Bible），包括《旧约》和《新约》两部分，基督教（含天主教、东正教和新教）的经典，犹太教也信奉《旧约》。老舍在伦敦的第一个房东是两位老姑娘，每天读圣经，是虔诚的基督徒。艾温士介绍老舍住到这里，也是考虑到老舍本人就是基督徒这一情况。

[5] 第二处寓所位于伦敦西部荷兰公园区詹姆斯花园（St. James Garden）大街31号，老舍在此住了三年半。

[6] 艾支顿（Clement Egerton），英国汉学家，《金瓶梅》英译者。译本扉页上题有：“此书献给我的朋友C.C.SHU（舒庆春）”，言明：“我在此特别向舒庆春先生致谢，他是东方学院的中文讲师，在我完成这部书翻译的初稿的时候，如果没有他的不屈不挠的和慷慨的帮助，我根本没有勇气接受这个任务。”

[7] 西格蒙德·弗洛伊德（Sigmund Freud，1856～1939），奥地利心理学家、精神分析学派的创始人，其理论学说对现代文化产生了深远影响，主要著作有《梦的解析》《性学三论》《精神分析引论》等。

[8] 孔子（前551～前479），中国伟大的思想家，儒家学派创始人。在西方人眼里，孔子是东方价值观的代表。明清来华的耶稣会教士热衷向西方介绍儒家思想，把“孔夫子”译成拉丁文“Confucius”。利玛窦首先将《论语》译成拉丁文，1687年在巴黎出版。1691年，第一个英译本出现。20世纪的前两个十年，卫礼贤在青岛将《论语》及《易经》等大批中国典籍译成德文，青岛因此而成为东学西渐的桥头堡。此处，老舍说艾支顿的一位朋友对孔子哲学和泰戈尔诗篇都有所了解，是一位博学的人。

[9] 拉宾德拉纳特·泰戈尔（1861～1941），印度著名诗人，1913年获诺贝尔文学奖。主要作品有：《吉檀迦利》《飞鸟集》《园丁集》《新月集》及《文明的危机》等。

[10] 第三处寓所是在托林顿广场（Torrington Square）附近的一所公寓中，老舍在此住了半年。

20世纪20年代的
卡纳旺街
(Carnarvon Street),
老舍在伦敦住的
第一个地方

挂有蓝牌的
圣詹姆斯广场31号
(31, James Square),
老舍在伦敦的
第二处寓所

圣詹姆斯花园31号是老舍在伦敦的第二处寓所，也是居住时间最长的一处。它位于伦敦西城，临近德兰公园和圣詹姆斯教堂。1925年至1928年，老舍与英国人克莱门特·艾支顿（Clement Egerton）夫妇合租了这所房子楼上的一层。2003年11月25日，英国遗产委员会在这所房子的门楣镶上了蓝牌——英国文化遗产保护的专门标识，其上用汉字和汉语拼音写着：“老舍，1899-1966，中国作家，1925~1928生活于此。”这是迄今为止，英国挂蓝牌保护的第一处中国作家旧居。

---

[11] 第四处寓所是伦敦南部斯特里塞姆高地（Streatham Hill）的蒙特利尔路（Montrell Road）31号，老舍在此住了半年多，房东是达尔曼夫妇。

[12] 此处罗曼司（Romance）指的是一种特定的文学形式，中世纪多以吟唱诗歌的形式出现，专门讲述宗教圣迹、英勇传奇或重大历史事件，如圣杯罗曼司、骑士罗曼司等。近代以来，伴随着市民社会的形成而产生了通俗罗曼司（Costume Romance），多以言情小说面目出现。

东方学院

（伦敦回忆之三）

在这里，看出英国人的偏见来。以梵文，古希伯来文，阿拉伯文等说，英国的人才并不弱于大陆上的各国；至于远东语文与学术的研究，英国显然的追不上德国或法国。设若英国人愿意，他们很可以用较低的薪水去到德法等国聘请较好的教授。可是他们不肯。他们的教授必须是英国人，不管学问怎样。就我所知道的，这个学院里的中国语文学系的教授，还没有一位真正有点学问的。这在学术上是吃了亏，可是英国人自有英国人的办法，决不会听别人的。幸而呢，别的学系真有几位好的教授与讲师，好歹一背拉，这个学院的教员大致的还算说得过去。况且，于各系的主任教授而外，还有几位学者来讲专门的学问，像印度的古代律法，巴比仑的古代美术等等，把这学院的声价也提高了不少。

本篇原载于1937年3月《西风》第7期。

这是老舍回忆旅英生活的系列散文之一，回忆了在伦敦大学东方学院任教时期的工作、生活与文学创作情况。通过这篇文章，我们可以对老舍在伦敦的经历有所了解。1924年9月至1929年6月，老舍在伦敦大学东方学院担任华语教师，度过了将近5年的时光。在传授中国语言的过程中，也开始了与欧洲文学的对话，他研读了大量的欧洲古典、中古与近代文学名著，与荷马、希罗多德、色诺芬、修昔底德、弥尔顿、维吉尔、但丁、莎士比亚和歌德对话，真正触动心弦的是但丁的《神曲》，他说："有一个不短的时期，我成了但丁迷，读了《神曲》，我明白了何谓伟大的文艺。论时间，它讲的是永生……。它的哲理是一贯的，而它的景物则包罗万象。它的每一景物都是那么生动逼真，使我明白何谓文艺的方法是从图像到图像。天才与努力的极峰便是这部《神曲》，它使我明白了肉体与灵魂的关系，也使我明白了文艺的真正的深度。"从古典走向近代，对以狄更斯、康拉德、福楼拜和莫泊桑为代表的近代英法小说进行了深入研读。伦敦的雾色中，走过狄更斯之门的老舍，已逐步接近自己的风格殿堂。他以三部表现市民生活状态的讽刺小说纪念了五年的欧游岁月。《老张的哲学》抖露了当时国内教育界乌烟瘴气的状况，自1926年7月10日起在郑振铎主编的《小说月报》上连载，标志着老舍正式登上文坛；《赵子曰》表现了新派学生的醉生梦死的生活；《二马》写的是旅居伦敦的北京人的生存状况，讽刺了陈旧、畸形的封建小生产心态，形成了对国民劣根性的一次剖析，也揭示了中英文化的差异。这些作品基本上是在东方学院的图书馆里写成的。老舍在伦敦的寓所共有四处，它们分别是卡纳旺街（Carnarvon Street）18号、圣詹姆斯花园（St James Garden）31号、托林顿广场（Torrington Square）附近公寓和蒙特利尔路（Montreal Road）31号。位于伦敦西部靠近诺丁山的荷兰公园内的圣詹姆斯花园31号是居住时间最长的一处，现已认定为老舍旧居，英国遗产委员会于2003年11月25日在此挂英国文化遗产保护蓝牌。十年之后，想起英伦往事，老舍在青岛写下了这篇文章，着重介绍了东方学院的教育制度与教学方式，描述了自己在东方学院图书馆读书、写小说的时光。

东方学院

（伦敦回忆之三）

从一九二四的秋天，到一九二九的夏天，我一直的在伦敦住了五年[1]。除了暑假寒假和春假中，我有时候离开伦敦几天，到乡间或别的城市去游玩[2]，其余的时间就都销磨在这个大城里。我的工作不许我到别处去，就是在假期里，我还有时候得到学校去。我的钱也不许我随意的去到各处跑，英国的旅馆与火车票价都不很便宜。

我工作的地方是东方学院，伦敦大学[3]的名学院之一。这里，教授远东近东[4]和非洲的一切语言文字。重要的语言都成为独立的学系，如中国语，阿拉伯语[5]等；在语言之外还讲授文学哲学什么的。次要的语言，就只设一个固定的讲师，不成学系，如日本语；假如有人要特意的请求讲授日本的文学或哲学等，也就由这个讲师包办。不甚重要的语言，便连固定的讲师也不设，而是有了学生再临时去请教员，按钟点计算报酬。譬如有人要学蒙古语文或非洲的非英属的某地语文，便是这么办。自然，这里所谓的重要与不重要，是多少与英国的政治，军事，商业等相关联的。

在学系里，大概的都是有一位教授，和两位讲师。教授差不多全是英国人；两位讲师总是一个英国人，和一个外国人——这就是说，中国语文系有一位中国讲师，阿拉伯语文系有一位阿拉伯人作讲师。这是三位固定的教员[6]，其余的多是临时请来的，比如中国语文系里，有时候于固定的讲师外，还有好几位临时的教员，假若赶到有学生要学中国某一种方言的话；这系里的教授与固定讲师都是说官话的，那么要是有人想学厦门话或绍兴话，就非去临时请人来教不可[7]。

这里的教授也就是伦敦大学的教授。这里的讲师可不都是伦敦大学的讲师。以我自己说，我的聘书是东方学院发的，所以我只算学院里的讲师，和大学不发生关系。那些英国讲师多数的是大学的讲师，这倒不一定是因为英国讲师的学问怎样的好，而是一种资格问题：有了大学讲师的资格，他们好有升格的希望，由讲师而副教授而教授。教授既全是英国人，如前面所说过的，那么外国人得到了大学的讲师资格也没有多大用处。况且有许多部分，根本不成为学系，没有教授，自然得到大学讲师的资格也不会有什么发展。在这里，看出英国人的偏见来。以梵文[8]，古希伯来文[9]，阿拉伯文等说，英国的人才并不弱于大陆上的各国；至于远东语文与学术的研究，英国显然的追不上德国或法国。设若英国人愿意，他们很可以用较低的薪水去到德法等国聘请较好的教授。可是他们不肯。他们的教授必须是英国人，不管学问怎样。就我所知道的，这个学院里的中国语文学系的教授，还没有一位真正有点学问的。这在学术上是吃了亏，可是英国人自有英国人的办法，决不会听别人的。幸而呢，别的学系真有几位好的教授与讲师，好歹一背拉，这个学院的教员大致的还算说得过去。况且，于各系的主任教授而外，还有几位学者来讲专门的学问，像印度的古代律法，巴比仑[10]的古代美术等等，把这学院的声价也提高了不少。在这些教员之外，另有位音韵学专家，教给一切学生以发音与辨音的训练与技巧，以增加学习语言的效率。这倒是个很好的办法。

大概的说，此处的教授们并不像牛津[11]或剑桥[12]的教授们那样只每年给学生们一个有系统的讲演，而是每天与讲师们一样的教功课。这就必须说一说此处的学生了。到这里来的学生，几乎没有任何的限制。以年龄说，有的是七十岁的老夫或老太婆，有的是十几岁的小男孩或女孩。只要交上学费，便能入学。于是，一人学一样，很少有两个学生恰巧学一样东西的。拿中国语文系说吧，当我在那儿的时候，学生中就有两位七十多岁的老人：一位老人是专学中国字，不大管它们都念作什么，所以他指定要英国的讲师教他。另一位老人指定要跟我学，因为他非常注重发音；他对语言很有研究，古希腊，拉丁，希伯来，他都会，到七十多岁了，他要听听华语是什么味儿；学了些日子华语，他又选上了日语。这两个老人都很用功，头发虽白，心却不笨。这一，对老人而外，还有许多学生：有的学言语，有的念书，有的要在伦敦大学得学位而来预备论文，有的念元曲，有的念《汉书》[13]，有的是要往中国去，所以先来学几句话，有的是已在中国住过十年八年而想深造……总而言之，他们学的功课不同，程度不同，上课的时间不同，所要的教师也不同。这样，一个人一班，教授与两个讲师便一天忙到晚了。这些学生中最小的一个才十二岁。

因此，教授与讲师都没法开一定的课程，而是兵来将挡，学生要学什么，他们就得教什么；学院当局最怕教师们说：“这我可教不了。”于是，教授与讲师就很不易当。还拿中国语文系说吧，有一回，一个英国医生要求教他点中国医学。我不肯教，教授也瞪了眼。结果呢，还是由教授和他对付了一个学期。我很佩服教授这点对付劲儿；我也准知道，假若他不肯敷衍这个医生，大概院长那儿就更难对付。由这一点来说，我很喜欢这个学院的办法，来者不拒，一人一班，完全听学生的。不过，要这样办，教员可得真多，一系里只有两三个人，而想使个个学生满意，是作不到的。

成班上课的也有：军人与银行里的练习生。军人有时候一来就是一拨儿，这一拨儿分成几组，三个学中文，两个学日文，四个学土耳其文……既是同时来的，所以可以成班。这是最好的学生。他们都是小军官，又差不多都是世家出身，所以很有规矩，而且很用功。他们学会了一种语言，不管用得着与否，只要考试及格，在饷银上就有好处。据说会一种语言的，可以每年多关一百镑钱。他们在英国学一年中文，然后就可以派到中国来。到了中国，他们继续用功，而后回到英国受试验。试验及格便加薪俸了。我帮助考过他们，考题很不容易，言语，要能和中国人说话；文字，要能读大报纸上的社论与新闻，和能将中国的操典与公文译成英文。学中文的如是，学别种语文的也如是。厉害！英国的秘密侦探是著名的，军队中就有这么多，这么好的人才呀：和哪一国交战，他们就有会哪一国言语文字的军官。我认得一个年轻的军官，他已考及格过四种言语的初级试验，才二十三岁！想打倒帝国主义么，啊，得先充实自己的学问与知识，否则喊哑了嗓子只有自己难受而已。

最坏的学生是银行的练习生们。这些都是中等人家的子弟——不然也进不到银行去——可是没有军人那样的规矩与纪律，他们来学语言，只为马马虎虎混个资格，考试一过，马上就把“你有钱，我吃饭”忘掉。考试及格，他们就有被调用到东方来的希望，只是希望，并不保准。即使真被派遣到东方来，如新加坡，香港，上海等处，他们早知道满可以不说一句东方语言而把事全办了。他们是来到这个学院预备资格，不是预备言语，所以不好好的学习。教员们都不喜欢教他们，他们也看不起教员，特别是外国教员。没有比英国中等人家的二十上下岁的少年再讨厌的了，他们有英国人一切的讨厌，而英国人所有的好处他们还没有学到，因为他们是正在刚要由孩子变成大人的时候，所以比大人更讨厌。

班次这么多，功课这么复杂，不能不算是累活了。可是有一样好处：他们排功课表总设法使每个教员空闲半天。星期六下午照例没有课，再加上每周当中休息半天，合起来每一星期就有两天的休息。再说呢，一年分为三学期，每学期只上十个星期的课，一年倒可以有五个月的假日，还算不坏。不过，假期中可还有学生愿意上课；学生愿意，先生自然也得愿意，所以我不能在假期中一气离开伦敦许多天。这可也有好处，假期中上课，学费便归先生要。

学院里有个很不错的图书馆，专藏关于东方学术的书籍，楼上还有些中国书。学生在上课前，下课后，不是在休息室里，便是到图书馆去，因为此外别无去处。这里没有运动场等等的设备，学生们只好到图书馆去看书，或在休息室里吸烟，没别的事可作。学生既多数的是一人一班，而且上课的时间不同，所以不会有什么团体与运动。每一学期至多也不过有一次茶话会而已。这个会总是在图书馆里开，全校的人都被约请。没有演说，没有任何仪式，只有茶点，随意的吃。在开这个会的时候，学生才有彼此接谈的机会，老幼男女聚在一处，一边吃茶一边谈话。这才看出来，学生并不少；平日一个人一班，此刻才看到成群的学生。

假期内，学院里清静极了，只有图书馆还开着，读书的人可也并不甚多。我的《老张的哲学》[14]，《赵子曰》[15]，与《二马》[16]，大部分是在这里写的，因为这里清静啊。那时候，学院是在伦敦城里。四外有好几个火车站，按说必定很乱，可是在学院里并听不到什么声音。图书馆靠街，可是正对着一块空地，有些花木，像个小公园。读完了书，到这个小公园去坐一下，倒也方便。现在，据说这个学院已搬到大学里去，图书馆与课室——一个友人来信这么说——相距很远，所以馆里更清静了。哼，希望多喒有机会再到伦敦去，再在这图书馆里写上两本小说！

[1] 1924年9月至1929年6月，老舍以舒庆春（Colin C. Shu）之名应聘担任东方学的华语讲师。1929年夏，他告别英国，在游历了欧洲大陆上的巴黎、罗马等文化古城后，于当年秋自法国马赛乘船东归，途中在新加坡驻留半年，于1930年春回国。

[2] 暑假期间，老舍曾外出游玩的一个地方是爱尔兰（Ireland）的天鹅绒滩。1936年秋天某日，在青岛黄县路寓所，老舍编完了短篇小说集《蛤藻集》并为之作序，行文中回忆了当时的情形，他写道："记得在艾尔兰海边上同着一位朋友闲逛，走到一块沙滩，沙子极细极多，名为天鹅绒滩。时近初秋，沙上有些断藻，叶短有豆，很象圣诞节时用的mistle-toe。据那个友人说，踩踩这种小豆是有益于脚的，所以我们便都赤足去踏，豆破有声，怪觉有趣。"

[3] 伦敦大学（London University）是英国的一所公立联邦制大学，创建于1836年，本部位于伦敦马利特街（Mallet Street），下属学院分布于伦敦的各个角落、英国其他城市乃至世界其他国家，东方学院是伦敦大学旗下专门传授亚非语言的学院。

[4] 远东和近东是近代以来以欧洲为中心而形成的地理概念，亚洲西南部（不包括伊朗、阿富汗）和非洲东北部地区被称为"近东"（Near East），西亚及附近地区被称为"中东"（Middle East），而更遥远的东方则被称为远东（Far East）。

[5] 阿拉伯语，即阿拉伯民族的语言，属闪含语系中的闪米特语族，使用阿拉伯字母，主要通行于中东和北非地区。标准的阿拉伯语以伊斯兰教经典《古兰经》为准，为全世界穆斯林的宗教语言。

[6] 舒庆春（老舍）是当时伦敦大学东方学院汉语系的三名固定教师之一，其余两位均为英国人，即布鲁斯教授和爱德华兹小姐。

[7] 这里说的是伦敦大学东方学院所奉持的一种以学生为本的开放的教学制度，学生想学什么就讲授什么，哪怕只有一名学生提出想学习哪一种语言的要求，学院也要设法予以满足，配备教师来开设这门课，所以往往会出现一人一班的情况。

[8] 梵文，印度雅利安语的早期名称，为印欧语系最古老的语言之一。在印度文化与神话记忆中，梵文被认为是梵天创造的语言。印度教与佛教的诸多经典即用梵文写成。中国高僧玄奘在《大唐西域记》中写道："详其文字，梵天所制，原始垂则，四十七言。"

伦敦大学东方学院全体教师合影（后排左四为老舍）

佛教与印度教早期经典均用梵文写成。和拉丁语一样，梵语已成为一种专属宗教和学术的语言。

[9] 古希伯来文，古时犹太人使用的一种语言，以色列民族或希伯来民族的传统语言，也是犹太教的宗教语言，属亚非语系闪米特语族（或属闪含语系闪语族）的一个分支。希伯来文是世界上最古老的语言之一，主要保留在《圣经》《死海古卷》以及大量犹太教法典和相关文献之中。

[10] 巴比仑，今写为巴比伦。原本为一个闪语族阿卡德人的城市，其历史可追溯至4300年以前的阿卡德帝国。所在地美索不达米亚平原，即两河（幼发拉底河与底格里斯河）流域，为人类文明的摇篮之一，公元前18世纪出现了盛极一时的古巴比伦王国。

[11] 牛津，指牛津大学（Oxford University），位于牛津市的一所英国公立大学，1167年建校。

[12] 剑桥，指剑桥大学（Cambridge University），位于剑桥市的一所英国公立大学，1209年建校。

[13] 《汉书》，中国第一部纪传体断代史，由东汉历史学家班固编撰，主要记述了上迄西汉开国的汉高祖元年（公元前206年），下至王莽的地皇四年（公元23年）之间共230年的历史。这儿，学生能读汉语古籍《汉书》，这也反映出伦敦大学东方学院的学术水平不一般。

[14] 《老张的哲学》，老舍于1925年在伦敦创作的第一部长篇小说，初载于1926年《小说月报》第17卷7～12号，1928年由商务印书馆出版印行。小说以20世纪一二十年代的北京为背景，以主人公老张为自己捞钱而不惜采取种种恶劣手段拆散李应、王德两对恋人的情节为主线，集中批判了信奉“钱本位而三位一体”市侩哲学的老张，对市民身上的传统道德观念和国民性进行了揭示。

[15] 《赵子曰》，老舍于1926年在伦敦创作的第二部长篇小说，1927年在《小说月报》第18卷3～11号连载，1928年4月由商务印书馆出版单行本。作品以大学生赵子曰的经历为线索，抖露了新派学生醉生梦死的生活。“《赵子曰》北洋时代北京的大学生公寓生活，一群在黑暗政治下乱闯乱混的年轻人，叫你看了笑疼肚皮，但却以严肃的悲剧收场。”（黄苗子：《老舍之歌——老舍的生平和创作》）

[16] 《二马》，老舍于1928年～1929年在伦敦创作的第三部长篇小说，1929年在《小说月报》第20卷5～12号连载。作品写的是旅居伦敦的北京人的生存状况，讽刺了陈旧、畸形的封建小生产心态，形成了对国民劣根性的一次剖析，也揭示了中英文化的差异。

伦敦大学东方学院图书馆

在伦敦大学东方学院，除教室之外，这里是老舍最常呆的地方。借助这里的丰富藏书，他开始了与欧洲文学的对话，这对他的文学意识与创作活动产生了深刻影响。在此，他研读了大量古典、中古与近代文学名著，与荷马、希罗多德、色诺芬、修昔底德、弥尔顿、维吉尔、但丁、莎士比亚和歌德进行着跨文化对话，其中特别醉心于但丁的《神曲》，他说：“有一个不短的时期，我成了但丁迷，读了《神曲》，我明白了何谓伟大的文艺。论时间，它讲的是永生……。它的哲理是一贯的，而它的景物则包罗万象。它的每一景物都是那么生动逼真，使我明白何谓文艺的方法是从图像到图像。天才与努力的极峰便是这部《神曲》，它使我明白了肉体与灵魂的关系，也使我明白了文艺的真正的深度。”（老舍：《写与读》）沉思着古典与不朽的奥秘。接着就是近代，对以狄更斯、康拉德、福楼拜和莫泊桑为代表的近代英法小说进行了深入研读。伦敦雾色中，走过狄更斯之门，老舍逐步接近自己的风格殿堂。他以《老张的哲学》《赵子曰》《二马》三部表现市民生活状态的讽刺小说纪念了5年的欧游岁月，均写于这座图书馆之中。这期间，他还协助汉学家艾杰顿（Clement Egerton）将《金瓶梅》译成英文，译本扉页上题有：“此书献给我的朋友C.C.SHU（舒庆春）”一语。

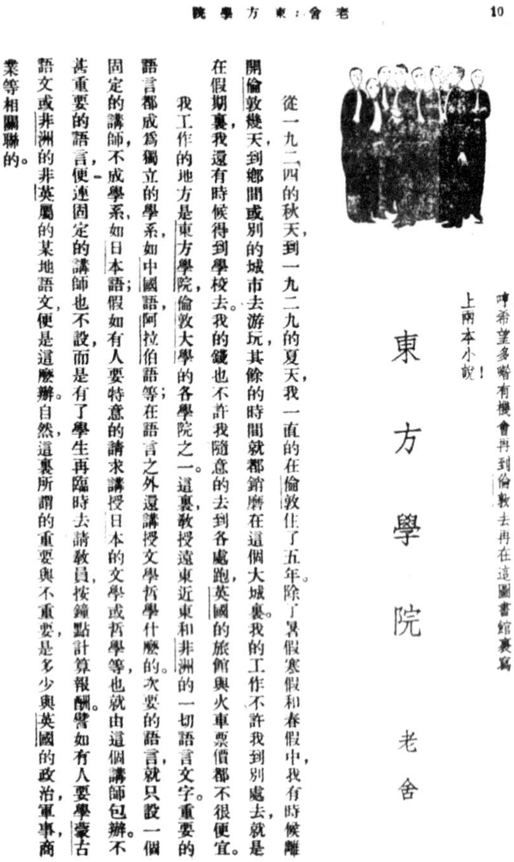

老舍：東方學院　10

呻，希望多喒有機會再到倫敦去，再在這圖書館裏寫上兩本小說！

東方學院

老舍

從一九二四的秋天，到一九二九的夏天，我一直的在倫敦住了五年。除了暑假寒假和春假中，我有時候離開倫敦幾天，到鄉間或別的城市去游玩，其餘的時間就都銷磨在這個大城裏。我的工作不許我到別處去，就是在假期裏，我還有時候得到學校去。我的錢也不許我隨意的去到各處跑，英國的旅館與火車票價都不很便宜。

我工作的地方是東方學院，倫敦大學的各學院之一。這裏，教授遠東近東和非洲的一切語言文字。重要的語言都成為獨立的學系，如中國語，阿拉伯語等；在語言之外還講授文學哲學什麼的。次要的語言，就只設一個固定的講師，不成學系，如日本語；假如有人要特意的請求講授日本的文學或哲學等，也就由這個講師包辦。不甚重要的語言，便連固定的講師也不設，而是有了學生再臨時去請教員，按鐘點計算報酬。譬如有人要學蒙古語文或非洲的非英屬的某地語文，便是這麼辦。自然，這裏所謂的重要與不重要，是多少與英國的政治，軍事，商業等相關聯的。

《东方学院》（伦敦回忆之三）原发表页
1937年3月《西风》第7期

至于娶什么样的太太，问题太大，一言难尽。不过，我看出这么点来：美不是一切。太太不是图画与雕刻，可以用审美的态度去鉴赏。人的美还有品德体格的成分在内。健壮比美更重要。一位爱生病的太太不大容易使家庭快乐可爱。学问也不是顶要紧的，因为有钱可以自己立个图书馆，何必一定等太太来丰富你的或任何人的学问？据我看，结婚是关系于人生的根本问题的；即使高调很受听，可是我不能不本着良心说话，吃，喝，性欲，繁殖，在结婚问题中比什么理想与学问也更要紧。……听我的话，要娶，就娶个能作贤妻良母的。尽管大家高喊打倒贤妻良母主义，你的快乐你知道。

两篇杂文均是聊天式的自由漫谈，均涉及婚姻和家庭问题，可比较阅读。

《婆婆话》原载1936年9月5日《中流》创刊号。这是老舍对青年人的忠告，说要重视家庭，男女之间要相互信任，彼此尊重，并承担社会责任。

《闲话》原载1936年9月6日天津《益世报》副刊《文艺周》第18期。与《婆婆话》意脉相同，从恋爱、结婚说到男女平等，这是对女人说的话。

婆婆话

一位友人从远道而来看我，已七八年没见面，谈起来所以非常高兴。一来二去，我问他有了几个小孩？他连连摇头，答以尚未有妻。他已三十五六，还作光棍儿，倒也有些意思；引起我的话来，大致如下：

我结婚也不算早，作新郎时已三十四岁了。为什么不肯早些办这桩事呢？最大的原因是自己挣钱不多，而负担很大，所以不愿再套上一份麻烦，作双重的马牛。人生本来是非马即牛，不管是贵是贱，谁也逃不出衣食住行，与那油盐酱醋。不过，牛马之中也有些性子刚硬的，挨了一鞭，也敢回敬一个别扭。合则留，不合则去，我不能在以劳力换金钱之外，还赔上狗事巴结人，由马牛降作走狗。这么一来，随时有卷起铺盖滚蛋的可能，也就得有些准备：积极的是储蓄俩钱，以备长期抵抗；消极的是即使挨饿，独身一个总不致灾情扩大。所以我不肯结婚。卖国贼很可以是慈父良夫，错处是只尽了家庭中的责任，而忘了社会国家。我的不婚，越想越有理。

及至过了三十而立，虽有桌椅板凳亦不敢坐，时觉四顾茫然。第一个是老母亲的劝告，虽然不明说："为了养活我，你牺牲了自己，我是怎样的难过！"可是再说硬话实在使老人难堪；只好告诉母亲：不久即有好消息。君子一言，驷马难追；一透口话，就满城风雨。朋友们不论老少男女，立刻都觉得有作媒的资格，而且说得也确是近情近理；平日真没想到他们能如此高明。最普遍而且最动听的——不晓得他们都是从哪儿学来的这一套？——是：老光棍儿正如老姑娘。独居惯了就慢慢养成绝户脾气——万要不得的脾气！一个人，他们说，总得活泼泼的，各尽所长，快活的忙一辈子。因不婚而弄得脾气古怪，自己苦恼，大家不痛快，这是何苦？这个，的确足以打动一个卅多岁，对世事有些经验的人！即使我不希望升官发财，我也不甘成为一个老别扭鬼。

那么经济问题呢？我问他们。我以为这必能问住他们，因为他们必不会因为怕我成了老绝户而愿每月津贴我多少钱。哼，他们的话更多了。第一，两个人的花销不必比一个人多到哪里去；第二，即使多花一些，可是苦乐相抵，也不算吃亏；第三，找位能挣些钱的女子，共同合作，也许从此就富裕起来；第四，就说她不能挣钱，而且多花一些，人生本是来经验与努力，不能永远消极的防备，而当努力前进。

说到这里，他们不管我相信这些与否，马上就给我介绍女友了。彷佛是我决不会去自己找到似的。可是，他们又有文章。恋爱本无须找人帮忙，他们晓得；不过，在恋爱期间，理智往往弱于感情；一旦造成了将错就错的局面，必会将恩作怨，糟糕到底。反之，经友人介绍，旁观者清，即使未必准是半斤八两，到底是过了磅的有个准数。多一番理智的考核，便少一些感情的瞎碰。双方既都到了男大当娶，女大当聘之年，而且都愿结婚，一经介绍，必定郑重其事的为结婚而结婚，不是过过恋爱的瘾，况且结婚就是结婚；所谓同居，所谓试婚，所谓解决性欲问题，原来都是这一套。同居而不婚，也得俩人吃饭，也得生儿养女；并不因为思想高明，而可以专接吻，不用吃饭！

我没了办法。你一言，我一语，说得我心中闹得慌。似乎只有结婚才能心静，别无办法。于是我就结了婚。

到如今，结婚已有五年，有了一儿一女。把五年的经验和婚前所听到的理论相证，也倒怪有个味儿。

第一该说脾气。不错，朋友们说对了：有了家，脾气确是柔和了一些。我必定得说，这是结婚的好处。打算平安的过活必须采纳对方的意见，阳纲或阴纲独振全得出毛病；男女同居，根本须要民治精神，独裁必引起革命；努力于此种革命并不足以升官发财，而打得头破血出倒颇悲壮而泄气。彼此非纳着点气儿不可，久而久之都感到精神的胜利，凡事可以和平解决，夫妇都可成圣矣。

这个，可并不能完全打倒我在婚前的主张：独身气壮，天不怕地不怕；结婚气馁，该丑着的就得低头。我的顾虑一点不算多此一举。结了婚，脾气确是柔和了，心气可也跟着软下来。为两个人打算，绝不会像一人吃饱天下太平那么干脆。于是该将就者便须将就，不便挺起胸来大吹浩然之气，恋爱可以自由，结婚无自由。

朋友们说对了。我也并没说错。这个，请老兄自己去判断，假如你想结婚的话。

第二该说经济。现在，如果再有人对我说，俩人花钱不见得比一人多，我一定毫不迟疑的敬他一个嘴巴子。俩人是俩人，多数加S，钱也得随着加S。是的，太太可以去挣钱，俩人比一人挣得多；可是花得也多呀。公园，电影场，绝不会有“太太免票”的办法，别的就不用说了。及至有了小孩，简直的就不能再有什么预算决算，小孩比皇上还会花钱。太太的事不能再作，顾了挣钱就顾不了小孩，因挣钱而把小孩养坏，照样的不上算；好，太太专看小孩，老爷专去挣钱，小孩专管花钱，不破产者鲜矣。

自然小孩会带来许多快乐，作了父母的夫妻特别的能彼此原谅，而小胖孩子又是那么天真可爱。单单的伸出一个胖手指已足使人笑上半天。可是，小胖子可别生病；一生病，爸的表，娘的戒指，全得暂入当铺，而且昼夜吃不好，睡不安，不亚于国难当前。割割扁桃腺，得一百块！幸亏正是扁桃腺，这要是整个的圆桃，说不定就得上万！以我自己说，我对儿女总算不肯溺爱，可是只就医药费一项来说，已经使我的肩背又弯了许多。有病难道不给治么？小孩真是金子堆成的。这还没提到将来的教育费——谁敢去想，闭着眼瞎混吧！

有人会说喽，结婚之后顶好不要小孩呀。不用听那一套。我看见不少了，夫妻因为没有小孩而感情越来越坏，甚至去抱来个娃娃，暂时敷衍一下。有小孩才像家庭；不然，家庭便和旅馆一样。要有小孩，还是早些有的为是。一来，妇女岁数稍大，生产就更多危险；二来，早些有子女，虽然花费很多，可是多少能早些有个打算，即使计划不能实现，究竟想有个准备；一想到将来，便想到子女，多少心中要思索一番，对于作事花钱就不能不小心。这样，夫妇自自然然的会老成一些了。要按着老法子说呢，父母养活子女，赶到子女长大便倒过头来养活父母。假如此法还能适用，那么早有小孩，更为上算。假如父亲在四十岁上才有了儿子，儿子到二十的时候，父亲已经六十了；说不定，也许活不到六十的；即使儿子应用古法，想养活父亲，而父亲已入了棺材，哪能喝酒吃饭？

这个，朋友，假若你想结婚的话，又该去思索一番。娶妻须花钱，生儿养女须花钱，负担日大，肩背日弯，好不伤心；同时，结婚有益，有子女也有乐趣，即使乐不抵苦，可是生命至少不显着空虚。如何之处，统希鉴裁！

至于娶什么样的太太，问题太大，一言难尽。不过，我看出这么点来：美不是一切。太太不是图画与雕刻，可以用审美的态度去鉴赏。人的美还有品德体格的成分在内。健壮比美更重要。一位爱生病的太太不大容易使家庭快乐可爱。学问也不是顶要紧的，因为有钱可以自己立个图书馆，何必一定等太太来丰富你的或任何人的学问？据我看，结婚是关系于人生的根本问题的；即使高调很受听，可是我不能不本着良心说话，吃，喝，性欲，繁殖，在结婚问题中比什么理想与学问也更要紧。我并不是说妇人应当只管洗衣作饭抱孩子，不应读书作事。我是说，既来到婚姻问题上，既来到家庭快乐上，就乘早不必唱高调，说那些闲盘儿。这是个实际问题，是解决生命的根源上的几项问题，那么，说真实的吧，不必弄一套之乎者也。一个美的摆设，正如一个有学问的摆设，都是很好的摆设，可是未见得是位好的太太。假若你是富家翁呢，那就随便的弄什么摆设也好。不幸，你只是个普通的人，那么，一个会操持家务的太太实在是必要的。假如说吧，你娶了一位哲学博士，长得也顶美，可是一进厨房便觉恶心，夜里和你讨论康德[1]的哲学，力主生育节制，即使有了小孩也不会抱着，你怎办？听我的话，要娶，就娶个能作贤妻良母的。尽管大家高喊打倒贤妻良母主义，你的快乐你知道。这并不完全是自私，因为一位不希望作贤妻良母的满可以不嫁而专为社会服务呀。假如一位反抗贤妻良母的而又偏偏去嫁人，嫁了人又连自己的袜子都不会或不肯洗，那才是自私呢。不想结婚，好，什么主义也可以喊；既要结婚，须承认这是个实际问题，不必弄玄虚。夫妻怎不可以谈学问呢；可是有了五个小孩，欠着五百元债，明天的房钱还没指望，要能谈学问才怪！两个帮手，彼此帮忙，是上等婚姻。

有人根本不承认家庭为合理的组织，于是结婚也就成为可笑之举。这，另有说法，不是咱们所要谈的。咱们谈的是结婚与组织家庭，那么，这套婆婆话也许有一点点用，多少的备你参考吧。

---

[1] 伊曼努尔·康德（Immanuel Kant，1724～1804），德国思想家，德国古典哲学创始人，被认为是继苏格拉底、柏拉图和亚里士多德之后，西方最具影响力的思想家之一，主要著作是《纯粹理性批判》《实践理性批判》和《判断力批判》。

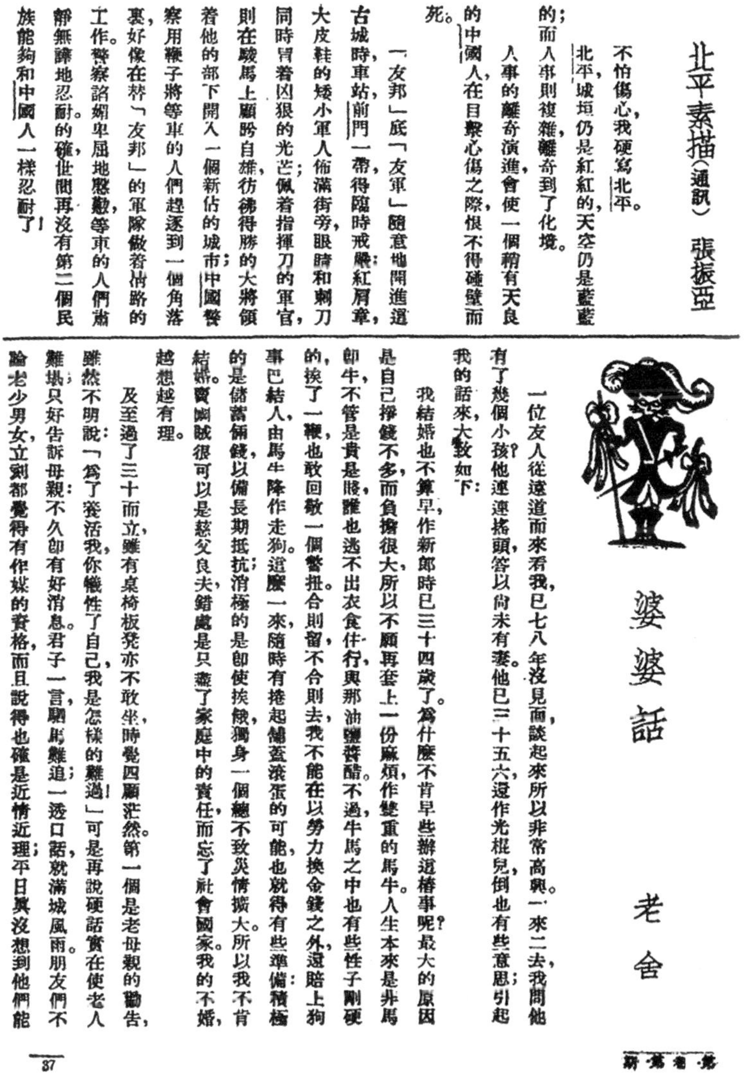

北平素描（通訊） 張振亞

不怕傷心，我硬寫北平。

北平，城垣仍是紅紅的，天空仍是藍藍的；而人事則複雜，離奇到了化境。

人事的離奇演進，會使一個稍有天良的中國人，在目擊心傷之際，恨不得碰壁而死。

「友邦」底「友軍」隨意地開進這古城時，車站，前門一帶，得臨時戒嚴；紅肩章，大皮鞋的矮小軍人佈滿街旁，眼睛和刺刀同時冒着凶狠的光芒；佩着指揮刀的軍官，則在駿馬上顧盼自雄，彷彿得勝的大將領着他的部下開入一個新佔的城市；中國警察用鞭子將等車的人們趕逐到一個角落裏，好像在替「友邦」的軍隊做着淸路的工作。警察諂媚卑屈地慇懃，等車的人們肅靜無譁地忍耐。的確，世間再沒有第二個民族能夠和中國人一樣忍耐了！

婆婆話

老舍

一位友人從遠道而來看我，已七八年沒見面，談起來所以非常高興。一來二去，我問他有了幾個小孩？他連連搖頭，答以尚未有妻。他已三十五六，還作光棍兒，倒也有些意思；引起我的話來，大致如下：

我結婚也不算早，作新郎時已三十四歲了。爲什麽不肯早些辦這樁事呢？最大的原因是自己掙錢不多，而負擔很大，所以不願再套上一份麻煩，作雙重的馬牛。人生本來是非馬即牛，不管是貴是賤，誰也逃不出衣食住行，與那油鹽醬醋。不過，牛馬之中也有些性子剛硬的，換了一鞭，也敢回敬一個警扭，合則留，不合則去，我不能在以勞力換金錢之外，還賠上狗事，巴結人，由馬牛降作走狗。這麽一來，隨時有捲起舖蓋滾蛋的可能，也就得有些準備：積極的是儲蓄倆錢，以備長期抵抗；消極的是即使挨餓，獨身一個總不致災情擴大。所以我不肯結婚。賣國賊很可以是慈父良夫，錯處是只盡了家庭中的責任，而忘了社會國家。我的不婚，越想越有理。

及至過了三十而立，雖有桌椅板凳亦不敢坐，時覺四顧茫然。第一個是老母親的勸告，雖然不明說：「爲了養活我，你犧牲了自己，我是怎樣的難過」！可是再說硬話實在使老人難堪；只好告訴母親：不久即有好消息。君子一言，駟馬難追；一透口話，就滿城風雨。朋友們不論老少男女，立刻都覺得有作媒的資格，而且說得也確是近情近理；平日真沒想到他們能

37

《婆婆话》原发表页

1936年9月5日《中流》创刊号

闲 话

妇女有妇女的聪明与本事，用不着我来操心替她们计划什么。再说呢，我这人刚直有余，聪明可差点，给男友作参谋，已往往欠妥；自己根本不是女子，给她们出主意，更非失败不可。所以我一向不谈什么妇女问题；反之，有了难事，便常开个家庭会议，问策于母亲、姐姐，和太太。每开一次家庭会议，我就觉出男女的观点是怎样的不同，而想到凡事都须征求男女的意见，才能有妥善的办法。这倒不是谁比谁高明的问题，而是男女各有各的看法，明白了这种看法的不同，才能互相了解，于事有益。往小里说，一家中能各抒所见，管保少吵几次嘴；往大里说，一国中男女公民都有机会开口，政治一定良好，至少是不偏不倚，乾坤定矣。

所以今天我要对妇女讲几句话，并不强迫那位女士一定相信我这一套，而是愿意说出我的看法，也许可以作个参考。

我所要说的不是恋爱问题，因为我看恋爱问题是个最普遍而花哨的问题，写几本书也说不完全，不说一声也可以。我要说点更实际的切近的，不是什么主义，而是一点老实话。

恋爱是梦，最好的希望都在这个梦中。结婚以后，最好的希望像雪似的逐渐消释，梦也就醒过来，原来男女并不是一对天使，而是睁开眼得先顾油盐酱醋——两夫妇早晨煮鸡子吃，因为没有盐，很可以就此开打，而且可以打得很热闹。

谁能想到，当初一天发三封情书，到而今会为这么点小事而唱起武戏来呢？！可是人生原来如此，理想老和实际相距很远；事实的惊人常使一个理想者瞪眼茫然。婚前婚后是两个世界，隔着千山万水。男女在婚前都答应下彼此须能谅解，可是一到婚后非但不能谅解，而且越来越隔膜，甚至于吵闹打架。原因是在一个是男，一个是女，一切都不相同，怎能处处融洽。据我看，最大的毛病是双方都以爱为中心，而另创起一个世界来；这个世界只有这对男女，与一些可喜的花鸟山水。事实上呢，这个世界也许在蜜月里存在数日，绝不能成本大套的往下延续。过了蜜月，我们还得回到这个老世界来。老世界里，男的有男的一段历史，女的有女的一段历史，并不能因为一结婚而把这段历史一刀两断，与以前的一切不相往来。打算彼此了解，就得在此留神：男女必须承认家庭而外，彼此还都有个社会。

在几十年前，男的打外，女的打内，女的几乎一点管不着男的，除非是特别有本事，说翻了便能和丈夫打一气的。近来，情形可就不同了：男的已知道必尊重女的，女子呢就更明白怎样管束着男的。这本来是个好现象，可是家庭间的争吵与不安往往也就因为这个。我看见不止一次了，太太想尽力去争女权，把丈夫管得笔管一般直顺。哪知道这笔管一旦弯起来，才弯得奇怪！

现在的社会显然是个畸形的，虽然都吵嚷女权，可是女子实在没有得到什么。将来的社会，无疑的，是要平均的发展；一个人就是一个人，不管是男是女。不过，就是到了这个地步，我想男女恐怕是不能完全相同；性的变迁也许比别的都慢一些。用机器孵人已有人想到，倒还没人想使女子长胡子，男人生小孩；方法也许有，可是未免有点多此一举。那么，男女性既不易变，男的多少要比女的野一些，现在如是，将来也如是。真要是给男的都裹上小脚，老老实实的在家里看娃子，何不爽性变成女儿国，而必使男扮女装，抱着小脚哭一场？

所以，妇女们，你们必须知道男子不是个“家畜”，必须给他一些自由。自然，男子也不应当把女子看成家畜，是的；不过现在我们只说女子对男子所应有的了解，就不多说反面了。

我看见许多自居摩登的女子，以为非把男子用绳拴起像哈吧狗似的不足以表现自己的爱与摩登。他的朋友来了，桌上有果子他不敢随便让大家吃，唯恐太太不愿意。到了吃饭的时候，他得看太太的眼神才敢留友人吃饭，或是得到她的允许才能和大家出去吃小馆。朋友既不是瞎子，一回拘束，下次就不敢再来领教。这个，最教男子伤心。男子不能孤家寡人，他必须交友。对朋友，他喜欢大家不客气，桌上有果子拿起就吃，说吃饭大家站起就走。男子的粗野正是他的爽直。他不肯因陪太太而把朋友都冷淡了。家中虽有澡盆，及至朋友约去洗澡堂，他不肯拒绝。其余的事也是如此。就是不为图舒服，他也喜欢和男人们去洗澡看戏吃饭，因为男人在一处可以随便的说笑；有女子参加，他们都感到拘束。这自然一半是因为以前男女没有交际，所以彼此不会大大方方的在一块儿无拘无束的作事或娱乐；可是一半也因为男女的天性不同。在小时候，男孩或女孩占多数的时候，不就可以听到：“没有小子玩”或“不跟姑娘们玩”么？男子在婚前就有他的社会；婚后，这个社会还存在。一个朋友也许很不顺眼，可是他是男子的好友，你就不该慢待他。一个结了婚的男子总盼望他的好友太太敬重。这样，他才觉得好友与太太都能了解他，他才真能快乐。

我的一个好友住在天津。每逢我到天津，总是推门就进去；即使他没在家，他的太太也会给我预备好饭食与住处。后来，他的太太死去，他续了弦。我又因事到了天津，照旧推门进去。他在家呢。我约他去吃小馆，他看了看新太太——一位拿男人作家畜的女子。我告辞，他又看了看她，没留我。送我到门口，我看他眼中含着泪。第二天，他找到了我，拉着我的手，他说：“你必能原谅我，我知道我不愿意和她翻脸！可是，这样，我也活不下去！什么事没有她，她立刻说我不爱她，变了心。我不愿吵架，我只好作个有妻而没有朋友的人！”

据我的观察，这位太太实在不错。她的毛病是中了电影毒——爱的升华，绝岛艳迹，一口水要吞了他，两撮泥捏成一个……她相信这些，也实行这些，她自以为非常的高明，十二分的摩登。我的朋友出门去，她只给他一块钱带着，为是教他手中无钱，早早回家。不久，我的朋友就死了。

我一点没有意思说她应当完全负杀死他的责任，不过在他临危的时候，他确是说想他的头一位太太。我也一点没有意思说，结过婚的男子应当野调无腔的，把太太放在家里不管，而自己任意的在外瞎胡闹。不是，我所要说的，是男女必须互相信任，互相承认在家庭之外，彼此还都有个社会；谁也不应当拿谁作家畜。妇女是奴隶的时代已经过去了；电影片上，小说中，所形容的男哈吧狗，也过去了。即使以能调练哈吧狗为荣，为摩登的女子真能成功，充其极也不过有个哈吧狗男人而已。

像片

像片里有许多人生的姿体，打开一本照像，你可以有许多带着感情的话。假若你现在的事由不如从前了，看着像片，你可以对友人说：『这是前十年的了，那时候还不像这么狼狈！』这种牢骚是哀而不伤的，因为现在狼狈，并不能抹杀过去的光荣，回忆永是甜美的，对于兄弟儿女，都能起这种柔善的感情：『看，这是当年的老六，多么体面，谁能想到他会……』你虽然依旧恨着老六，可是看着当年的照片，你到底想要原谅他。看着像片说些富有感情的话，你自己痛快，别人听着也够味儿。设若你会作诗的话，顶好在像片边题上些小诗，就更见出人生的味道。

本篇原载1936年9月5日《逸经》第13期。

作为工业革命的产物，当时摄影技术传入中国尚不足百年，相对于数千载传统文化来说，的确是一种新生事物，意味着技术与艺术的结合，表征着时尚、情调和身份。作者借像片（相片）来反映当时普遍与特殊的世相，谈到相片有着其他艺术形式难以比拟的种种妙用，与许多人的现实生活已发生了千丝万缕的联系。老舍写下这篇谈相片的文章，在青岛亦应多次照相，可遗憾的是，今所见除了1936年春摄于中山公园樱花树下的那张照片和刊登在山东大学《二五年刊》上的一帧肖像，以及另一幅不确定的合影之外，其他记载青岛岁月的历史影像已踪迹全无，在《乱离通信》一文中，他曾说到1937年8月离开青岛时许多东西未及带走而“损失特重”，其中可能就有相片吧。时光流逝，相片会遗失或者褪色，然记忆始终在加深，留在文化视野中的形象也会被新的理解所唤醒。

像片[1]

在今日的文化里，像片的重要几乎胜过了音乐、图画、与雕刻等等。在一个摩登的家庭里，没有留声机，没有名人字画，没有石的或铜的刻像，似乎还可以下得去；设若没几张像片，或一二像片本子，简直没法活下去！不用说是一个家庭，就是铺户、旅馆、火车站、学生宿舍，没有像片就都不像一回事。电车上“谨防扒手”的下面要是没有几片四寸的半身照像，就一定显着空洞。水手们身上要是不带着几张最写实不过的妖精打架二寸艺术照像，恐怕海上的生活就要加倍难堪了。想想看，一个设备很完全的学校，而没有年刊或同学录，一个政府机关里而没有些张窄长的这个全体与那个周年的像片！至于报纸与杂志，哼，就是把高尔基[2]的像误注为托尔司太[3]的，也比空空如也强！投考、领护照、定婚、结婚、拜盟兄弟，哪一样可以没有像片？即使你天生来的反对照像，你也得去照；不然，你就连学校也不要入，连太太也不用娶，你乘早儿不用犯这个牛脖子——“请笑一点”，你笑就是了。儿童、妇女、国货、航空，都有“年”。年，究竟是年，今年甲子，明年乙丑，过去就完事；至于照像，这个世纪整个的是“照像世纪”；想想，你逃得出去吗？

还是先说家庭吧。比如你的屋中挂着名家的字画，还有些古玩，雅是雅了，可是第一你就得防贼，门上加双锁，窗上加铁栅，连这样，夜间有个风声草动，你还得咳嗽几声；设若是明火，进来十几位蒙面的好汉，大概你连咳嗽也不敢了。这何苦呢？相片就没这种危险，谁也不会把你父亲的相偷去当他的爸爸，这不是实话么？

就满打没这个危险，艺术作品或古玩也远不及像片的亲切与雅俗共赏。一张名画，在普通的人眼中还不如理发馆壁上所悬的“五福临门”，而你的朋友亲戚不见得没有普通人。你夸奖你的名画，他说看不上眼，岂不就得打吵子？像片人人能看得懂，而且就是照得不见佳也会有人夸好。比如令尊的像片加了漆金框悬在墙上，多么笨的人也不会当着你的面儿说：“令尊这个像还不如五福临门好看！”绝对不会。即使那个像真不好看，人家也得说：“老爷子福相，福相！”至不济，也会夸奖句：“框子配得真好！”

以此类推，尊家自己，尊夫人，令郎令媛，都有像片，都能得到好评，这够多么快活呢？！况且像片遮丑，尊家面上的麻子，与尊夫人脸上的小沙漠似的雀斑，都不至于照上；你自己看着起劲，朋友们也不必会问："照片上怎么忘掉你的麻子？"站在一张图画前面，不管懂与否，谁都想批评批评，为表示自己高明，当着一个人，谁也不愿对他的面貌发表意见；看像片也是如此。

有像片就有话说，不至于宾主对愣着。

"这是大少爷吧？"

"可不是！上美国读书去了。"

"近来有信吧？"

打这儿，就由大少爷谈到美国，又由美国谈回来，碰巧了就二反投唐再谈回美国去，话是越说越多，而且可以指点着像片而谈，有诗为证：句句是真，交情乃厚。

最好是有一二像片本子。提到大少爷，马上拿出本子来：

"这是他满月时候照的，他生在福州，那时先严正在福州做官。"话又远去了，足够写三四本书的。假若没有这可宝贵的本子，你怎好意思突乎其来的说：先严在福州做过官？而使朋友吓一跳，当时你的脑子有毛病。

遇上两位话不投缘，而屡有冲突起来的危险的客人，像片本子——顶好是有两本——真是无价之宝。一看两位的眼神不对，你应当很自然的一人递给一本。他们正在，比如说，为袁世凯[3]是否伟人而要瞪眼的时候，你把大少爷生在福州，和二小姐已经定婚的照片翻开，指示给他们。他们一个看福州生的胖小子，一个看将要成为新娘子的二小姐，自然思想换了地方，一人问你一套话，而袁世凯[4]或者不成为问题了。要不然，这个有很大的危险。假若你没有像片本子，而二位抓住袁世凯不撒手，你要往折中里一说，说二位各有各的理，他们一定都冲着你来了；寡不敌众，你没调停好，还弄一鼻子灰。你要是向着一边说话，不用说，那就非得罪一边不可，也许因此而飞起茶碗——在你家里，茶碗自然是你的。你要是一声不出，听着他们吵，赶到彼此已说无可说而又不想打架的时候，他们就会都抱怨你不像个朋友。你若是不分青红皂白而把客人一齐逐出去，那就更糟，他们也许在你的门口吵嚷一阵，而同声的骂你不懂交情。总之，你非预备两个本子不可！

赶到朋友多的时候，你只有一张嘴，无论如何也应酬不过来，像片本子可以替你招待客人。找那不爱说话的，和那顶爱说话的，把本子送过去；那位一声不出的可以不至死板板的坐在那里，那位包办说话的也不好再转着湾儿接四面八方的话。把这两极端安置好，你便可以从容对付那些中庸的客人了。这比茶点果子都更有效。爱说话的人，宁可牺牲了点心，也不放弃说话。至于茶，就更不挡事；爱说话的人会一劲儿的说，直等茶凉了，一口灌下去，赶紧接着再说。果子也不行，有人不喜欢吃凉的，让到了他，他还许摆出些谱儿来："一向不大动凉的，不过偶尔的吃一个半个的，假如有玫瑰香葡萄之类！"你听，他是挖苦你没预备好果子。相片本子既比茶点省钱，又不至被人拒绝，大概谁也不会说，"一向讨厌看像片！"

像片里有许多人生的姿体，打开一本照像，你可以有许多带着感情的话。假若你现在的事由不如从前了，看着像片，你可以对友人说："这是前十年的了，那时候还不像这么狼狈！"这种牢骚是哀而不伤的，因为现在狼狈，并不能抹杀过去的光荣，回忆永是甜美的，对于兄弟儿女，都能起这种柔善的感情："看，这是当年的老六，多么体面，谁能想到他会……"你虽然依旧恨着老六，可是看着当年的照片，你到底想要原谅他。看着像片说些富有感情的话，你自己痛快，别人听着也够味儿。设若你会作诗的话，顶好在像片边题上些小诗，就更见出人生的味道。

不过，有些像片是不好摆进本子去的，你应当留神。歪戴帽或弄鬼脸的，甚至于扮成十三妹[5]的像片，都可以贴上，因为这足以表示你颇天真，虽然你在平日是个完全的君子人，可是心田活泼泼的，也能像孩子般的淘气，这更见英雄的本色。至于背着尊夫人所接到的女友小照，似乎就不必公开的展览。爽直是可贵的，可是也得有个分寸。这个，你自然晓得；不过，我更嘱咐你一句：这类的像片就是藏起来也得要十分的严密，太太们对这种玩艺是特别注意的。

---

[1] 像片，今言相片。约于1844年，照相技术传入中国，起初主要是在皇宫中流行，据说慈禧太后是第一个照相的人。1897年德占胶澳以后，照相技术也随着德国工业与文化的移植而登陆青岛，德国人拍摄了大量青岛建筑、风光和社会风情照片，日本人也在弗里德里希大街（今中山路南段）开设了高桥写真馆。1912年，晚清遗老大批涌入青岛，其中前军机大臣吴郁生是一位照相迷，是国人中首先对崂山（时称劳山）风光进行系统拍照的人，鉴选作品数十帧，辑成一部旅游指南，名《劳山名胜目次及旅行须知》，纳山中三十二景并善加评注，1926年由商务印书馆（上海）以《劳山（中国名胜第二十二种）》为名刊行，珂罗版印制。1921年，华德泰百货店美术部经理郭锦卿在中山路上开设天真照相馆，另有鸿新照相馆几乎同时诞生。到了20世纪30年代，照相馆在青岛已十分普遍，不仅新闻摄影成为常态，而且相片作为一种时尚业已进入百姓生活，但对于大多数老百姓来说依然是一件奢侈之事。

[2] 高尔基（Максим Горький，1868～1936），苏联著名作家，苏联社会主义文学的创始人之一，主要作品有《海燕》《母亲》《童年》《在人间》《我的大学》等。

[3] 讬尔司太，今通译托尔斯泰（Лев Николаевич Толстой，1828～1910），俄罗斯著名作家，主要作品有《复活》《战争与和平》《安娜·卡列尼娜》等。

[4] 袁世凯（1859～1916），河南项城人，近代政治家、军事家、北洋军阀领袖。辛亥革命期间逼清帝溥仪退位，并接替孙中山就任中华民国临时大总统。1913年当选为首任中华民国大总统，1915年12月宣布自称皇帝，改国号为中华帝国，建立"洪宪帝制"。

[5] 十三妹，清末文康所著长篇小说《儿女英雄传》中的人物，一位江湖侠女，本名何玉凤，与世家公子安骥结为良缘，遵从男女授受不亲的礼教，同时又敢爱敢恨，行侠仗义，惩恶扬善。

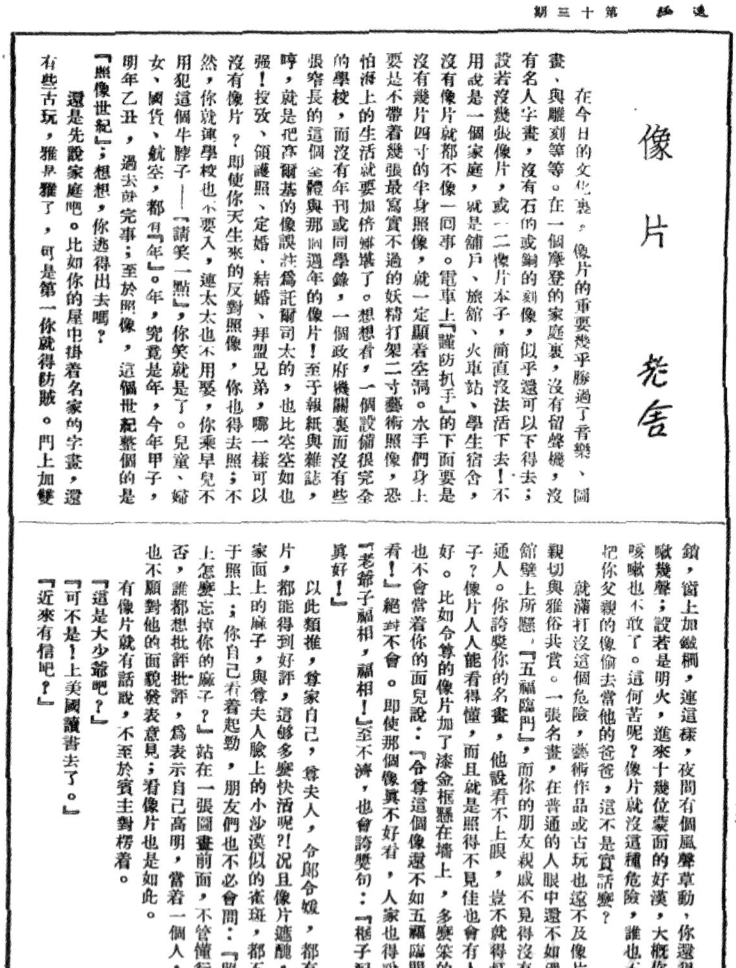

像片

老舍

在今日的文化裏，像片的重要幾乎勝過了音樂、圖畫、與雕刻等等。在一個摩登的家庭裏，沒有留聲機，沒有名人字畫，沒有石的或銅的刻像，似乎還可以下得去；設若沒幾張像片，或一二像片本子，簡直沒法活下去！不用說是一個家庭，就是舖戶、旅館、火車站、學生宿舍，沒有像片就都不像一回事。電車上『謹防扒手』的下面要是沒有幾片四寸的半身照像，就一定顯着空洞。水手們身上要是不帶着幾張最寫實不過的妖精打架二寸藝術照像，恐怕海上的生活就要加倍難堪了。想想看，一個設備很完全的學校，而沒有年刊或同學錄，一個政府機關裏而沒有些張窄長的這個全體與那個週年的像片！至于報紙與雜誌，哼，就是把齊爾基的像誤註爲託爾司太的，也比空空如也強！投政、領護照、定婚、結婚、拜盟兄弟，哪一樣可以沒有像片？即使你天生來的反對照像，你也得去照；不然，你就連學校也不要入，連太太也不用娶，你乘早兒不用犯這個牛脖子——『請笑一點』，你笑就是了。兒童、婦女、國貨、航空，都有『年』。年，究竟是年，今年甲子，明年乙丑，過去就完事；至於照像，這個世紀整個的是『照像世紀』；想想，你逃得出去嗎？

還是先說家庭吧。比如你的屋中掛着名家的字畫，還有些古玩，雅是雅了，可是第一你就得防賊。門上加雙鎖，窗上加鐵欄，連這樣，夜間有個風聲草動，你還得咳嗽幾聲；設若是明火，進來十幾位蒙面的好漢，大概你連咳嗽也不敢了。這何苦呢？像片就沒這種危險，誰也不會把你父親的像偷去當他的爸爸，這不是實話麼？

就滿打沒這個危險，藝術作品或古玩也遠不及像片的親切與雅俗共賞。一張名畫，在普通的人眼中還不如理髮館壁上所懸，『五福臨門』，而你的朋友親戚不見得沒有普通人。你誇獎你的名畫，他說看不上眼，豈不就得打吵子？像片人人能看得懂，而且就是照得不見佳也會有人誇好。比如令尊的像片加了漆金框懸在墻上，多麼笨的人也不會當着你的面兒說：『令尊這個像還不如五福臨門好看！』絕對不會。即使那個像真不好看，人家也得說：『老爺子福相，福相！』至不濟，也會誇獎句：『框子配得真好！』

以此類推，尊家自己，尊夫人，令郎令嬡，都有像片，都能得到好評，這夠多麼快活呢?!况且像片遮醜，尊家面上的麻子，與尊夫人臉上的小沙漠似的雀斑，都不至于照上；你自己看着起勁，朋友們也不必會問：『照片上怎麼忘掉你的麻子？』站在一張圖畫前面，不管懂行與否，誰都想批評批評，爲表示自己高明，當着一個人，誰也不願對他的面貌發表意見；看像片也是如此。

有像片就有話說，不至於賓主對楞着。

『這是大少爺吧？』

『可不是！上美國讀書去了。』

『近來有信吧？』

《像片》原发表页

1936年9月5日《逸经》第13期

我的理想家庭

我的理想家庭要有七间小平房：一间是客厅，古玩字画全非必要，只要几张很舒服宽松的椅子，一二小桌。一间书房，书籍不少，不管什么头版与古本，而都是我所爱读的。一张书桌，桌面是中国漆的，放上热茶杯不至烫成个圆白印儿。文具不讲究，可是都很好用。桌上老有一两枝鲜花，插在小瓶里。两间卧室，我独据一间，没有臭虫，而有一张极大极软的床。在这个床上，横睡直睡都可以，不论怎睡都一躺下就舒服合适，好像陷在棉花堆里，一点也不硬碰骨头。还有一间，是预备给客人住的。此外是一间厨房，一个厕所，没有下房，因为根本不预备用仆人。家中不要电话，不要播音机，不要留声机，不要麻将牌，不要风扇，不要保险柜。缺乏的东西本来很多，不过这几项是故意不要的，有人白送给我也不要。

本篇原载1936年11月16日《论语》第100期。本期《论语》是出版100期纪念特刊“家的专号”，邀请了郁达夫、周作人、老舍、章克标、丰子恺等著名作家撰稿。

在此，老舍描绘了一幅简单而丰富的“理想家庭”图景，表达了意趣盎然的生活情调，寄托着内心的诗意安居之念。从文中所描述的家庭生活细节看，这几乎就是当时青岛生活的自况。他劝告世人应正确理解婚姻与家庭，珍惜家庭生活，虽说常为家庭所累，但真意也正是体现在这里的，这是人生的内在价值，也是社会的必然要求。写的是心目中的“理想家庭”，其实很大程度上也是作者在青岛的生活自况，许多细节都与当时所居的黄县路寓所相吻合。客观地看，青岛岁月是老舍一生中最稳定的时期，虽然生活是清贫的，但内心安适，作品丰硕，日常生活与文学创作都达到了一个基本上的理想状态，从这篇文章当中，人们可对当时的情况有所了解。作者崇尚一种简单、有序与祥和的生活，可以安心写作，可以亲近自然，家庭和睦，不失天性，每一天的时光都是真情的缓慢而悠长的累积。文人安居，就是这么简单。当然，简单中蕴含着丰盛，这是弥漫在茶香、书香与花香中的时光，带着不逝岁月的恒久祝福向每一天闪烁。可遗憾的是，很多时候这个世界并不能满足一个如此简单的愿望，就在写下本文约九个月以后，到了1937年“七七”事变发生以后，老舍的“理想家庭”图景被无情打破了，他万般无奈告别了青岛，开始了颠沛流离的生活。若将本文与离开青岛之后所写的《南来以前》等文章比较阅读，更可发现“理想家庭”的意义所在，不同的生活感触委实令人心痛。

我的理想家庭

一个廿多岁的小伙子，讲恋爱，讲革命，讲志愿，似乎天地之间，唯我独尊，简直想不到组织家庭——结婚既是爱的坟墓，家庭根本是英雄好汉的累赘。及至过了三十，革命成功与否，事情好歹不论，反正领略够了人情世故，壮气就差点事儿了。虽然明知家庭之累，等于投胎为马为牛，可是人生总不过如此，多少也都得经验一番，既不坚持独身，结婚倒也还容易。于是发帖子请客，笑着开驶倒车，苦乐容或相抵，反正至少凑个热闹。到了四十，儿女已有二三，贫也好富也好，自己认头苦曳，对于年轻的朋友已经有好些个事儿说不到一处，而劝告他们老老实实的结婚，好早生儿养女，即是话不投缘的一例。到了这个年纪，设若还有理想，必是理想的家庭。倒退廿年，连这么一想也觉泄气。人生的矛盾可笑即在于此，年轻力壮，力求事事出轨，决不甘为火车；及至中年，心理的，生理的，种种理的什么什么，都使他不但非作火车不可，且作货车焉。把当初与现在一比较，判若两人，足够自己笑半天的！或有例外，实不多见。

明年我就四十[1]了，已具说理想家庭的资格；大不必吹，盖亦自嘲。

我的理想家庭要有七间小平房[2]：一间是客厅，古玩字画全非必要，只要几张很舒服宽松的椅子，一二小桌。一间书房[3]，书籍[4]不少，不管什么头版与古本，而都是我所爱读的。一张书桌，桌面是中国漆的，放上热茶杯不至烫成个圆白印儿。文具不讲究，可是都很好用。桌上老有一两枝鲜花，插在小瓶里。两间卧室[5]，我独据一间，没有臭虫，而有一张极大极软的床。在这个床上，横睡直睡都可以，不论怎睡都一躺下就舒服合适，好像陷在棉花堆里，一点也不硬碰骨头。还有一间，是预备给客人住的。此外是一间厨房，一个厕所，没有下房，因为根本不预备用仆人。家中不要电话，不要播音机，不要留声机，不要麻将牌，不要风扇，不要保险柜。缺乏的东西本来很多，不过这几项是故意不要的，有人白送给我也不要。

院子必须很大。靠墙有几株小果木树[6]。除了一块长方的土地，平坦无草，足够打开太极拳[7]的，其他的地方就都种着花草[8]——没有一种珍贵费事的，只求昌茂多花。屋中至少有一只花猫[9]，院中至少也有一两盆金鱼；小树上悬着小笼，二三绿蝈蝈随意地鸣着。

这就该说到人了。屋子不多，又不要仆人，人口自然不能很多；一妻和一儿一女[10]就正合适。先生管擦地板与玻璃，打扫院子，收拾花木，给鱼换水，给蝈蝈一两块绿王瓜或几个毛豆；并管上街送信买书等事宜。太太管作饭，女儿任助手——顶好是十二三岁，不准小也不准大，老是十二三岁。儿子顶好是三岁，既会讲话，又胖胖的会淘气。母女于作饭之外，就作点针线，看小弟弟。大件衣服拿到外边去洗，小件的随时自己涮一涮。

既然有这么多工作，自然就没有多少工夫去听戏看电影。不过在过生日的时候，全家就出去玩半天；接一位亲或友的老太太给看家。过生日什么的永远不请客受礼；亲友家送来的红白帖子，就一概扔在字纸篓里，除非那真需要帮助的，才送一些干礼去。到过节过年的时候，吃食从丰，而且可以买一通纸牌，大家打打“索儿胡”[11]，赌铁蚕豆或花生米。

男的没有固定的职业，只是每天写点诗或小说，每千字卖上四五十元钱。女的也没事作，除了家务就读些书。儿女永不上学，由父母教给画图，唱歌，跳舞——乱蹦也算一种舞法——和文字，手工之类。等到他们长大，或者也会仗着绘画或写文章卖一点钱吃饭；不过这是后话，顶好暂且不提。

这一家子人，因为吃得简单干净，而一天到晚又不闲着，所以身体都很不坏。因为身体好，所以没有肝火，大家都不爱闹脾气。除了为小猫上房，金鱼甩子等事着急之外，谁也不急叱白脸的。

大家的相貌也都很体面，不令人望而生厌。衣服可并不讲究，都作得很结实朴素：永远不穿又臭又硬的皮鞋。男的很体面，可不露电影明星气；女的很健美，可不红唇卷毛的鼻子朝着天。孩子们都不卷着舌头说话，淘气而不讨厌。

这个家庭顶好是在北平，其次是成都或青岛，至坏也得在苏州。无论怎样吧，反正必须在中国，因为中国是顶文明顶平安的国家；理想的家庭必在理想的国内也。

---

[1] 本文写于1936年，按周岁算老舍37岁。他诞生于1899年2月3日，农历腊月二十三，值戊戌年岁末，过了旧历年春节就是己亥年了，按年头算虚两岁，因此这里说“明年我就四十了”。

[2] 黄县路寓所有两间卧室，书房和客厅各一间，加上厨房和厕所，共六间，离“七间小平房”还差一间。

[3] “理想家庭”是与写作状态密切相关的，老舍一直设想着有朝一日可舍弃纷纭万事而专心写作，写出理想的作品，因此书房就显得特别重要。在黄县路寓所，书房大小17.9平方米，书桌在东窗下，旁置青花画缸，书橱立于北墙边，西壁挂着桑子中所赠《大明湖》油画，一派简朴、典雅而深邃的韵致。

[4] 老舍喜藏书，常到青岛各家书肆中淘书，离寓所不远处就有一家汇集新文化图书的荒岛书店，从外埠邮寄的书也不少。但1937年8月离别青岛时，藏书及手稿、照片等多有损失（见老舍：《乱离通信》）。

[5] 关于黄县路寓所的布局，老舍夫人胡絜青在《重访老舍在山东的旧居》一文有明确介绍，他说：“向阳的最东头一大间是客厅；过来是我和舒乙的卧室；再过来是老舍的卧室，由他照管着老大舒济。老舍写

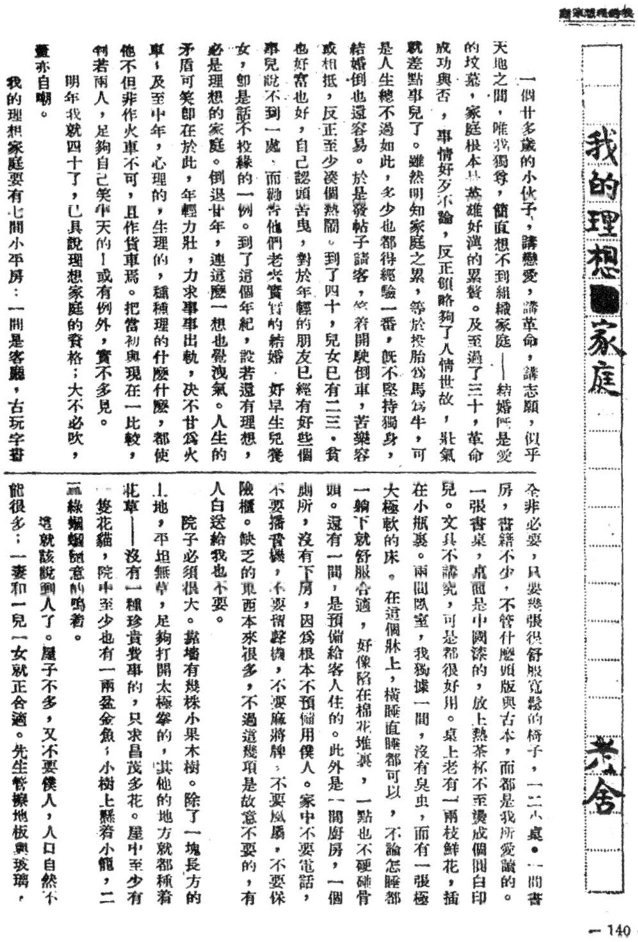

我的理想家庭

老舍

一個廿多歲的小伙子，講戀愛，講革命，講志願，似乎天地之間，唯我獨尊，簡直想不到組織家庭——結婚既是愛的墳墓，家庭根本是英雄好漢的累贅。及至過了三十，革命成功與否，事情好歹不論，反正領略夠了人情世故，壯氣就差點事兒了。雖然明知家庭之累，等於投胎爲馬爲牛，可是人生總不過如此，多少也都得經驗一番，旣不堅持獨身，結婚倒也還容易。於是發帖子請客，笑着開駛倒車，苦樂容或相抵，反正至少湊個熱鬧。到了四十，兒女已有二三，貧也好富也好，自己認頭苦曳，對於年輕的朋友已經有好些個事兒說不到一處，而勸告他們老老實實的結婚，好早生兒養女，卽是話不投緣的一例。到了這個年紀，設若還有理想，必是理想的家庭。倒退廿年，連這麼一想也覺洩氣。人生的矛盾可笑卽在於此，年輕力壯，力求事事出軌，決不甘爲火車；及至中年，心理的，生理的，種種理的什麼什麼，都使他不但非作火車不可，且作貨車焉。把當初與現在一比較，判若兩人，足夠自己笑半天的！或有例外，實不多見。

明年我就四十了，已具說理想家庭的資格；大不必吹，聊亦自嘲。

我的理想家庭要有七間小平房：一間是客廳，古玩字畫全非必要，只要幾張很舒服寬鬆的椅子，一二小桌。一間書房，書籍不少，不管什麼頭版與古本，而都是我所愛讀的。一張書桌，桌面是中國漆的，放上熱茶杯不至燙成個圓白印兒。文具不講究，可是都很好用。桌上老有一兩枝鮮花，插在小瓶裏。兩間臥室，我獨據一間，沒有臭虫，而有一張極大極軟的床。在這個牀上，橫睡直睡都可以，不論怎睡都一躺下就舒服合適，好像陷在棉花堆裏，一點也不硬碰骨頭。還有一間，是預備給客人住的。此外是一間廚房，一個廁所，沒有下房，因爲根本不預備用僕人。家中不要電話，不要播音機，不要留聲機，不要麻將牌，不要風扇，不要保險櫃。缺乏的東西本來很多，不過這幾項是故意不要的，有人白送給我也不要。

院子必須很大。靠墻有幾株小果木樹。除了一塊長方的土地，平坦無草，足夠打開太極拳的，其他的地方就都種着花草——沒有一種珍貴費事的，只求昌茂多花。屋中至少有一隻花貓，院中至少也有一兩盆金魚；小樹上懸着小籠，二三綠蟈蟈隨意的鳴着。

這就該說到人了。屋子不多，又不要僕人，人口自然不能很多；一妻和一兒一女就正合適。先生管擦地板與玻璃，

— 140 —

《我的理想家庭》原发表页

1936年11月16日《论语》第100期

作的书房在东头背阴的那间，有门可通客厅……”

[6] 老舍居金口二路（今金口三路）时，邻家院中有一株樱桃树，这也正是小说集《樱海集》的名字所自的因缘之一。黄县路小院中亦是花木扶疏，楼前栽着冬青树，院落东南角是一棵硕大的银杏树。

[7] 老舍文武兼备，不仅写书，还喜欢打拳。在《这几个月的生活》一文中，他说：“我每天差不多总是七点起床，梳洗过后便到院中去打拳，自一刻钟到半点钟，要看高兴不高兴。不过，即使不高兴，也必打上一刻钟，求其不间断。遇上雨或雪，就在屋中练练小拳。”

[8] 养花也是老舍的习惯，每天早晨练拳之后，便去浇花。（见老舍：《这几个月的生活》）

[9] 在青岛居住期间，老舍确实也养过花猫。（见老舍：《这几个月的生活》）

[10] 写此文时，老舍夫妇恰好育有一儿（舒乙）一女（舒济），后来又生了女儿舒雨和舒立，超出了理想。

[11] 索儿胡，一种传统的纸牌游戏，两人或两人以上玩，横连、纵连都行，三张一连，特定的牌做索。

老舍与胡絜青的结婚照，1931年

与老舍一样，胡絜青也是满族正红旗人。两人相遇在1930年春，老舍欧游归来，住在好友白涤洲家中，时在北师大读书的胡絜青来请老舍到校讲演，遂初结心缘，翌年夏结为伉俪。1934年秋来青岛后，同一张结婚照也一直挂在卧室中。老舍执教山东大学期间，胡絜青在青岛市立女子中学教书，1935年8月有了儿子舒乙后，她辞去了女中教职。说起来，没有胡絜青的贤惠、坚强与理解，老舍的理想写作状态是不可能实现的，更不可能在1937年“七七”事变以后那些危难岁月中患难与共，造就一部人生传奇。老舍南下武汉抗日，胡絜青带着三个孩子返回北京，以教书为生，侍奉着老舍的母亲，养育着孩子，在艰难生活中保护着未来的希望，卓越地实现了爱与理解。在《自述》中，老舍说：“妻是深明大义的。”

有了小孩以后

文艺副产品——孩子们的事情

中秋节前来了个老道，不要米，不要钱，只问有小孩没有？看见了小胖子，老道高了兴，说十四那天早晨须给小胖子左腕上系一根红线。备清水一碗，烧高香三炷，必能消灾除难。右邻家的老太太也出来看，老道问她有小孩没有，她惨淡的摇了摇头。到了十四那天，倒是这位老太太的提醒，小胖子的左腕上才拴了一圈红线。小孩子征服了老道与邻家老太太。一看胖手腕的红线，我觉得比写完一本伟大的作品还骄傲，于是上街买了两尊兔子王，感到老道，红线，兔子王，都有绝大的意义！

孩子意味着新大陆的发现，这是老舍的经验。现在两篇文章都是写孩子的，内在意脉贯通，可互文对照阅读，聆听老舍与孩子的故事。

《有了小孩以后》原载1936年11月25日《谈风》第3期。根据文中“小儿整整一岁”判断，应写于1936年8月，老舍之子舒乙诞生于1935年8月16日。这是现实生活的真实写照，有了孩子之后，自然就会产生诸多繁杂的家务事，这些事也必定对写作造成干扰，因而说艺术家不是“以艺术为妻”，就是“当一辈子光棍儿”，看上去似乎是难以与琐碎的日常生活相融相安的，但“人生的巧妙似乎就在这里”。老舍十分喜爱孩子，把孩子视为生活奥秘的发现者，满可以为人生开启一片新领地，就如同发现新大陆一样，他说：“在没有小孩的时候，一个人的世界还是未曾发现美洲的时候的。小孩是科仑布，把人带到新大陆去。这个新大陆并不很远，就在熟悉的街道上和家里。”平凡之处见真情，这是生命与文化的绵延。最后一段堪称神来之笔，记录了一件中秋往事，说节前一名老道送来一根红线，要大人在中秋前一天把红线系在小孩的左腕上，以保平安，然后又提及兔子王，以“感到老道，红线，兔子王，都有绝大的意义”为全文作结。无意间，老舍记下了一件很地道的中秋民俗事项，为青岛留下的一个纯正的风俗印记，对于这座近代开埠的欧化城市来说这等民俗记忆显得尤其珍贵，因为本土传统与风俗是绝对不能匮乏的。

《文艺副产品——孩子们的事情》原载1937年5月1日《宇宙风》第40期。意犹未尽，接着讲孩子们的妙趣，全文由5个小故事组成，以风趣幽默的语言记载了老舍夫妇与孩子们在青岛家中共同度过的快意时光，表述一家人天伦之乐，虽然生活清贫，孩子们的嬉闹也经常干扰写作，然其乐融融，老舍内心充满幸福感，在童趣洋溢的时光中，心境变得更为敞亮，更为接近于一个理想境界。

有了小孩以后

艺术家应以艺术为妻，实际上就是当一辈子光棍儿。在下闲暇无事，往往写些小说，虽一回还没自居过文艺家，却也感觉到家庭的累赘。每逢困于油盐酱醋的灾难中，就想到独人一身，自己吃饱便天下太平，岂不妙哉。

家庭之累，大半由儿女造成。先不用提教养的花费，只就淘气哭闹而言，已足使人心慌意乱。小女[1]三岁，专会等我不在屋中，在我的稿子上画圈拉杠，且美其名曰“小济会写字[2]”！把人要气没了脉，她到底还是有理！再不然，我刚想起一句好的，在脑中盘旋，自信足以愧死莎士比亚[3]，假若能写出来的话。当是时也，小济拉拉我的肘，低声说：“上公园看猴[4]？”于是我至今还未成莎士比亚。小儿[5]一岁正，还不会“写字”，也不晓得去看猴，但善亲亲，闭眼，张口展览上下四个小牙。我若没事，请求他闭眼，露牙，小胖子总会东指西指的打岔。赶到我拿起笔来，他那一套全来了，不但亲脸，闭眼，还“指”令我也得表演这几招。有什么办法呢？！

这还算好的。赶到小济午后不睡，按着也不睡，那才难办。到这么四点来钟吧，她的困闹开始，到五点钟我已没有人味。什么也不对，连公园的猴都变成了臭的，而且猴之所以臭，也应当由我负责。小胖子也有这种困而不睡的时候，大概多数是与小济同时发难。两位小醉鬼一齐找毛病，我就是诸葛亮恐怕也得唱空城计[6]，一点办法没有！在这种干等束手被擒的时候，偏偏会来一两封快信——催稿子！我也只好闹脾气了。不大一会儿，把太太[7]也闹急了，一家大小四口，都成了醉鬼，其热闹至为惊人。大人声言离婚，小孩怎说怎不是，于离婚的争辩中瞎打混。一直到七点后，二位小天使已困得动不的，离婚的宣言才无形的撤销。这还算好的。遇上小胖子出牙，那才真教厉害，不但白天没有情理，夜里还得上夜班。一会儿一醒，若被针扎了似的惊啼，他出牙，谁也不用打算睡。他的牙出利落了，大家全成了红眼虎。

不过，这一点也不妨碍家庭中爱的发展，人生的巧妙似乎就在这里。记得Frank Harris[8]彷佛有过这么点记载：他说王尔德[9]为那件不名誉的案子[10]过堂被审，一开头他侃侃而谈，语多幽默。及至原告提出几个男妓作证人，王尔德没了脉，非失败不可了。Harris以为王尔德必会说：“我是个戏剧家，为观察人生，什么样的人都当交往。假若我不和这些人接触，我从哪里去找戏剧中的人物呢？”可是，王尔德竟自没这么答辩，官司就算输了！

把王尔德且放在一边；艺术家得多去经验，Harris的意见，假若不是特为王尔德而发的，的确是不错。连家庭之累也是如此。还拿小孩们说吧——这才来到正题——爱他们吧，嫌他们吧，无论怎说，也是极可宝贵的经验。

在没有小孩的时候，一个人的世界还是未曾发现美洲的时候的。小孩是科仑布[11]，把人带到新大陆去。这个新大陆并不很远，就在熟习的街道上和家里。你看，街市上给我预备的，在没有小孩的时候，似乎只有理发馆，饭铺，书店，邮政局等。我想不出婴儿医院，糖食店，玩具铺等等的意义。连药房里的许许多多婴儿用的药和粉，报纸上婴儿自己药片的广告，百货店里的小袜子小鞋，都显着多此一举，劳而无功。及至小天使白天飞降，我的眼睛似乎戴上了一双放大镜，街市依然那样，跟我有关系的东西可是不知增加了多少倍！婴儿医院不但挂着牌子，敢情里边还有医生呢。不但有医生，还是挺神气，一点也得罪不得。拿着医生所给的神符，到药房去，敢情那些小瓶子小罐都有作用。不但要买瓶子里的白汁黄面和各色的药饼，还得买瓶子罐子，轧粉的钵，量奶的漏斗，乳头，卫生尿布，玩艺多多了！百货店里那些小衣帽，小家具，也都有了意义；原先以为多此一举的东西，如今都成了非它不行；有时候铺中缺乏了我所要的那一件小物品，我还大有看不起他们的意思：既是百货店，怎能不预备这件东西呢？！慢慢的，全街上的铺子，除了金店与古玩铺，都有了我的足迹；连当铺也走得怪熟。铺中人也渐渐熟识了，甚至可以随便闲谈，以小孩为中心，谈得颇有味儿。伙计们，掌柜们，原来不仅是站柜作买卖，家中还有小孩呢！有的铺子，竟自敢允许我欠账，彷佛一有了小孩，我的人格也好了些，能被人信任。三节的账条来得很踊跃，使我明白了过节过年的时候怎样出汗。

小孩使世界扩大，使隐藏着的东西都显露出来。非有小孩不能明白这个。看着别人家的孩子，肥肥胖胖，整整齐齐，你总觉得小孩们理应如此，一生下来就戴着小帽，穿着小袄，好像小雏鸡生下来就披着一身黄绒似的。赶到自己有了小孩，才能晓得事情并不这么简单。一个小娃娃身上穿戴着全世界的工商业所能供给的，给全家人以一切啼笑爱怨的经验，小孩的确是位小活神仙！

有了小活神仙，家里才会热闹。窗台上，我一向认为是摆花的地方。夏天呢，开着窗，风儿轻轻吹动花与叶，屋中一阵阵的清香。冬天呢，阳光射到花上，使全屋中有些颜色与生气。后来，有了小孩，那些花盆很神秘的都不见了，窗台上满是瓶子罐子，数不清有多少。尿布有时候上了写字台，奶瓶倒在书架上。大扫除才有了意义，是的，到时候非痛痛快快的收拾一顿不可了，要不然东西就有把人埋起来的危险。上次大扫除的时候，我由床底下找到了但丁[12]的《神曲》[13]。不知道这老家伙干吗在那里藏着玩呢！

人的数目也增多了，而且有很多问题。在没有小孩的时候，用一个仆人就够了，现在至少得用俩。以前，仆人“拿糖”[14]，满可以暂时不用；没人作饭，就外边去吃，谁也不用拿捏谁。有了小孩，这点豪气乘早收起去。三天没人洗尿布，屋里就不要再进来人。牛奶等项是非有人管理不可，有儿方知卫生难，奶瓶子一天就得烫五六次；没仆人简直不行！有仆人就得捣乱，没办法！

好多没办法的事都得马上有办法，小孩子不会等着“国联”[15]慢慢解决儿童问题。这就长了经验。半夜里去买药，药铺的门上原来有个小口，可以交钱拿药，早先我就不晓得这一招。西药房里敢情也打价钱，不等他开口，我就提出：“还是四毛五？”这个“还是”使我省五分钱，而且落个行家。这又是一招。找老妈子有作坊，当票儿到期还可以人利延期，也都被我学会。没功夫细想，大概自从有了儿女以后，我所得的经验至少比一张大学文凭所能给我的多着许多。大学文凭是由课本里掏出来的，现在我却念着一本活书，没有头儿。

连我自己的身体现在都会变形，经小孩们的指挥，我得去装马装牛，还须装得像个样儿。不但装牛像牛，我也学会牛的忍性，小胖子觉得“开步走”有意思，我就得百走不厌；只作一回，绝对不行。多喒他改了主意，多喒我才能“立正”。在这里，我体验出母性的伟大，觉得打老婆的人们满该下狱。

中秋节前来了个老道，不要米，不要钱，只问有小孩没有？看见了小胖子，老道高了兴，说十四那天早晨须给小胖子左腕上系一根红线[16]。备清水一碗，烧高香三炷，必能消灾除难。右邻家的老太太也出来看，老道问她有小孩没有，她惨淡的摇了摇头。到了十四那天，倒是这位老太太的提醒，小胖子的左腕上才拴了一圈红线。小孩子征服了老道与邻家老太太。一看胖手腕的红线，我觉得比写完一本伟大的作品还骄傲，于是上街买了两尊兔子王[17]，感到老道，红线，兔子王，都有绝大的意义！

---

[1] 小女，即舒济，老舍的长女，1933年9月5日出生于济南。1934年夏，来青岛之前，老舍和夫人胡絜青及长女舒济一家三口在济南南新街小院里合影一张，取名“全家福”。老舍在相片上题诗一首：爸笑妈随女扯书，一家三口乐安居。济南山水充名士，蓝里猫球盘里鱼。”写此文时，舒济3岁，在黄县路寓所庭院中留下了一张照片。

[2] 关于舒济写字，山东学生王碧岑看到了另一番情形：“有一天，我一踏进先生家的门，便看到他的女儿独自端端正正地坐着小板凳，俯在椅面上，拿着一支铅笔，聚精会神地在一张废稿纸上，一个格接着一个格画着黄豆般大小的圆圈圈。我莫名其妙地问道：‘这是干什么的呀？’胡絜青先生在一旁会意地笑着回答：‘那是给他布置的作业呀，一天一张。’”（王碧岑：《往事难忘——忆老舍先生》）

[3] 莎士比亚，见《又是一年芳草绿》注3。

老舍长女舒济三岁时在青岛黄县路寓所庭院中玩耍，1936年

[4] 公园，指的是中山公园（参见《五月的青岛》注2）。1915年，中山公园开始建造动物笼舍，到了20世纪30年代已形成了小型动物园规模，展出猴子、金钱豹、梅花鹿、熊及飞禽等珍贵动物。自此始，到中山公园看猴子，这乐趣留在了青岛人特别是儿童的记忆中。

[5] 小儿，即舒乙，老舍之子，1935年8月16日出生于青岛。舒乙介绍了取名“乙”的原因，他说：“老大生在济南，故名‘济’。不过，取完名之后，老舍大为后悔。繁体字‘濟’笔画太多，十七画，担心小孩子上学时写起来太费劲。所以，到了老二那里，来了一个极左，矫枉过正，一笔就得，取名‘乙’。甲乙丙丁，乙为第二；那年又是乙亥年，都正合式。”（舒乙：《老舍的关坎和爱好》第94页，中国建设出版社，1988年）老舍常呼舒乙为“小乙”或“小胖子”。

[6] 空城计，源出《三国演义》的故事，说的是三国时期蜀相诸葛亮虚而示虚的疑兵之计，实际上就是一种疑中生疑的心理战，言其用兵之出神入化，亦指虚虚实实、兵无常势。

[7] 太太，即老舍夫人胡絜青（1905～2001），满族正红旗，北京人，著名画家。1930年与老舍相识，翌年结婚。在青岛生活期间，曾任青岛市立女子中学（青岛二中的前身）国文教师。

[8] 弗兰克·哈里斯（1856～1931），编辑、记者和出版商。出生于爱尔兰，早年去了美国，后入堪萨斯大学学习法律，后来成为著名编辑，有《我的生活和爱》等作品。

[9] 王尔德，见《英国人》注4。

[10] 指的是王尔德因与阿尔弗莱德·道格拉斯的同性恋而被控有伤风化一案，1895年四五月间在伦敦的老贝利法院开庭审理，最后王尔德被判入狱服苦役两年。1897年5月19日，王尔德获释，走出了潘顿维尔监狱，当晚便前往法国，自此以后就再也没有回到英国。

[11] 科仑布，即克里斯托弗·哥伦布（Christoforo Columbus，1451～1506），意大利著名航海家。1492年至1502年间，他先后4次出海远航，开辟了横渡大西洋抵达美洲的新航路。1492年10月12日凌晨，在帕里亚

《有了小孩以后》原发表页
1936年11月25日《谈风》第3期

老舍：有了小孩以後

九七

有了小孩以後

老舍

藝術家應以藝術爲妻，實際上就是當一輩子光棍兒。在下閒暇無事，往往寫些小說，雖一回還沒自居過文藝家，却也感覺到家庭的累贅。每逢困於油鹽醬醋的災難中，就想到獨人一身，自己吃飽便天下太平，豈不妙哉。

家庭之累，大半由兒女造成。先不用提敎養的花費，只就淘氣哭鬧而言，已足使人心慌意亂。小女三歲，專會等我不在屋中，在我的稿子上畫圈拉槓，且美其名曰『小濟會寫字！』把人要氣沒了脈，她到底還是有理！再不然，我剛想起一句好的，在腦中盤旋，自信足以愧死莎士比亞，假若能寫出來的話。當是時也，小濟拉拉我的肘，低聲說：『上公園看猴？』於是我至今還未成莎士比亞。小兒一歲正，還不會『寫字』，也不曉得去看猴，但善親來，他那一套全來了，不但親臉，閉眼，還『指』令我也得表演這幾招。有什麼辦法呢?!

這還算好的。趕到小濟午後不睡，按着也不睡，那纔難辦。到這麼四點來鐘吧，她的睏鬧開始，到五點鐘我已沒有人味。什麼也不對，連公園的猴都變成了臭的，而且猴之所以臭，也應當由我負責。小胖子也有這種睏而不睡的時候，大概多數是與小濟同時發難。兩位小醉鬼一齊找毛病，我就是諸葛亮恐怕也得唱空城計，一點辦法沒有！在這種乾等束手被擒的時候，偏偏會來一兩封快信——催稿子！我也只好鬧脾氣了。不大一會兒，把太太也鬧急了，一家大小四口，都成了醉鬼，其熱鬧至爲驚人。大人聲言離婚，小孩怎說怎不是，於離婚的爭辯中瞎打混。一直到

湾南岸首次登上了美洲大陆。

[12] 但丁，见《又是一年芳草绿》注2。

[13] 《神曲》为但丁的代表作，一部长达一万四千余行的史诗，记载了作者历游地狱、炼狱及天堂的经历，表现了中世纪的历史文化，开启文艺复兴时期人文主义的思想曙光。1924年至1929年在伦敦大学东方学院任教时，老舍仔细研读过这部作品，言：“天才与努力的极峰便是这部《神曲》，它使我明白了肉体与灵魂的关系，也使我明白了文艺的真正的深度。”（老舍：《写与读》）

[14] “拿糖”，意思是摆架子，装腔作势。出曹雪芹《红楼梦》第一百零一回：“这会子替奶奶办了一点子事，况且关会着好几层儿呢，就这么拿糖作醋的起来，也不怕人家寒心？”

[15] 国联，即国际联盟（League of Nations），第一次世界大战结束后于1920年1月成立的国际组织，以减少武器数量、平息国际纠纷及维持民众的生活水平为宗旨，总部设在瑞士日内瓦，中国为该组织成员。

[16] 孩子手上系一根红线，有避灾去邪保平安的意思，与脖子上佩戴长命锁意同。

[17] 兔子王，此处指一种泥人，北京多称之为兔儿爷，有着约400年的传承历史。《燕京岁时记》载：“每届中秋，市人之巧者，用黄土抟成蟾兔之像以出售，谓之兔儿爷。”它既是与玉兔捣药传说相合而衍生出来的一种中秋祭月供品，亦是一种中秋时令玩具，在民间艺人的手下，多呈现为兔首人身、手持玉杵的形象，后来还结合戏曲中的人物形象而将其被塑造成了金盔金甲的武士，骑着狮、虎、象、孔雀、仙鹤等猛兽珍禽，威风凛凛，还有一种肘关节和下颌能活动的兔儿爷，俗称“叭哒嘴”，这有点类似于山东地区常见的布老虎，孩子们非常喜欢这等风物。1938年，老舍曾专门写了一篇介绍兔儿爷的小文，其中说：“稍微熟悉的只有北方几座城：北平，天津，济南和青岛。在这四个名城里，一到中秋，街上便摆出兔儿爷来——就是山东人称为兔子王的泥人。兔儿爷或兔子王都是泥作的。兔脸人身，有的背后还插上纸旗，头上罩着纸伞。”（老舍：《兔儿爷》）

文艺副产品——孩子们的事情

自从去年秋天辞去了教职，就拿写稿子挣碗“粥”吃——“饭”是吃不上的。除了星期天和闹肚子的时候，天天总动动笔，多少不拘，反正得写点儿。于是，家庭里就充满了文艺空气，连小孩们都到时候懂得说：“爸爸写字吧？”文艺产品并没能大量的生产，因为只有我这么一架机器，可是出了几样副产品，说说倒也有趣：

（一）自由故事。须具体的说来：

早九点，我拿起笔来。烟吸过三枝，笔还没落到纸上一回。小济[1]（女，实岁数三岁半）过来检阅，见纸白如旧，就先笑一声，而后说：“爸，怎么没有字呢？”

“待一会儿就有，多多的字！”

“啊！爸，说个故事？”

我不语。

“爸快说呀，爸！”她推我的肘，表示我即使不说，反正肘部动摇也写不了字。

这时候，小乙[2]（男，实岁数一岁半，说话时一字成句，简当而有含蓄）来了，妈妈[3]在后面跟着。

见生力军来到，小济的声势加旺：“快说呀！快说呀！”

我放下笔：“有那么一回呀——”

小乙：“回！”

小济：“你别说，爸说！”

爸：“有那么一回呀，一只大白兔——”

小乙：“兔兔！”

小济：“别——”

小乙撇嘴。

妈：“得，得，得，不哭！兔兔！”

小乙：“兔兔！”泪在眼中一转，不知转到哪里去了。

爸：“对了，有两只大白兔——”

小乙：“泡泡！”

妈："小济，快，找小盆去！"

爸："等等，小乙，先别撒！"随小济作快步走，床下椅下，分头找小盆，至为紧张，且喊且走，"小盆在哪儿？"只在此屋中，云深不知处[4]，无论如何，找不到小盆。

妈曳小乙疾走如风，入厕，风暴渐息。

归位，小济木忘前事："说呀！"

爸："那什么，有三只大白兔——"等小乙答声，我好想主意。

小乙尿后，颇镇定，把手指放在口中。

妈："不含手指，臭！"

小乙置之不理。

小济："说那个小猪吃糕糕的，爸！"

小乙："糕糕，吃！"他以为是到了吃点心的时候呢。

妈："小猪吃糕糕，小乙不吃。"

爸说了小猪吃糕糕。说完，又拿起笔来。

小济："白兔呢？"

颇成问题！小猪吃糕糕与白兔如何联到一处呢？

门外："给点什么吃啵，太太！"

小济小乙齐声："太太！"

全家摆开队伍，由爸代表，给要饭的送去铜子儿一枚。

故事告一段落。

这种故事无头无尾，变化万端，白兔不定几只，忽然转到小猪吃糕糕，若不是要饭的来解围，故事便当延续下去，谁也不晓得说到哪里去，故定名为"自由故事"。此种故事在有小孩子的家中非常方便好用，作者信口开河，随听者的启示与暗示而跌宕多姿。著者与听者打成一片，无隔膜抵触之处。其体裁既非童话，也非人话，乃一片行云流水，得天然之美，极当提倡。故事里毫无教训，而充分运用着作者与听者的想象，故甚可贵。

（二）新蝌蚪文：

在以前没有小孩的时候，我写坏了稿纸，便扔在字纸篓里。自从小济会拿铅笔，此项废纸乃有出路，统统归她收藏。

我越写不上来，她越闹哄得厉害：逼我说故事，劝我带她上街，要不然就吃一个苹果，"小济一半，爸一半！"我没有办法，只好把刚写上三五句不像话的纸送给她："看这张大纸，多么白！去，找笔来，你也写字，好不好？"赶上她心顺，她就找来铅笔头儿，搬来小板凳，以椅为桌，开始写字。

她已三岁半，可是一个字不识。我不主张早教孩子们认字。我对于教养小孩，有个偏见——也许是“正”见：六岁以前，不教给他们任何东西；只劳累他们的身体，不劳累脑子。养得脸蛋儿红扑扑的，胳臂腿儿挺有劲，能蹦能闹，便是好孩子。过六岁，该受教育了，但仍不从严督促。他们有聪明，爱读书呢，好；没聪明而不爱读书呢，也好。反正有好身体才能活着，女的去作舞女，男的去拉洋车，大腿生活也就不错，不用着急。

这就可以想象到小济写的是什么字了：用铅笔一按，在格中按了个不小的黑点，然后往上或往下一拉，成个小蝌蚪。一个两个，一行两行，一次能写满半张纸。写完半张，她也照着爸的样子说：“该歇歇了！”于是去找弟弟玩耍，忘了说故事与吃苹果等要求。我就安心写作一会儿。

（三）卡通演义：

因为有书，看惯了，所以孩子们也把书当作玩艺儿。玩别的玩腻了，便念书玩。小乙的办法是把书挡住眼，口中嘟嘟嘟嘟；小济的办法是找图画念，口中唱着：一个小人儿，一个小鸟儿，又一个小人儿……

俩孩子最喜爱的一本是朋友给我寄来的一本英国卡通册子，通体都是画儿，所以俩孩子争着看。他们看小人儿，大人可受了罪，他们教我给“说”呀。篇篇是讽刺画儿，我怎么“说”呢？急中生智，我顺口答音，见机而作，就景生情，把小人儿全联到一处，成为一完整而又变化很多的故事。

说完了，他们不记得，我也不记得；明天看，明天再编新词儿。英国的首相，在我们的故事里，叫作“大鼻子”；麦克唐纳是“大脑袋”，由小乙的建议呢，凡戴眼镜儿的都是“爸”——因为我戴眼镜儿。我们的故事总是很热闹，“大鼻子叼着烟袋锅，大脑袋张着嘴，没有烟袋，大鼻子不给他，大脑袋就生气，爸就来劝，得了，别生气……”

卡通演义比自由故事更有趣，因为照着图来说，总得设法就图造事，不能三只四只白兔的乱说。说的人既须费些思索，故事自然分外的动听，听者也就多加注意。现在，小乙不怕是把这本册子拿倒了，也能指出哪个是英国首相——“鼻！”歪打正着，这也许能帮助训练他们的观察能力；自然，没有这种好处，我们也都不在乎；反正我们的故事很热闹。

（四）改造杂志：

我们既能把卡通给孩子讲通了，那么，什么东西也不难改造了。我们每月固定的看《文学》[5]，《中流》[6]，《青年界》[7]，《宇宙风》[8]，《论语》[9]，《西风》[10]，《谈风》[11]，《方舟》[12]；除了《方舟》是定阅的，其余全是赠阅的。此外，我们还到小书铺里去“翻”各种刊物，看着题目好，就买回来。无论是什么刊物吧，都是先由孩子们看画儿，然后大人们念字。字，有时候把大人憋住，怎念怎念不明白。画，完全没有困难。普式庚[13]的像，罗丹[14]的雕刻，苏联的木刻……我们都能设法讲解明白了。无论什么严重的事，只要有图，一到我们家里便变成笑话。所以我们时常感到应向各刊物的编辑道歉，可是又不便于道歉，因为我们到底是看了，而且给它们另找出一种意义来呀。

（五）新年特刊：

这是我们家中自造的刊物：用铜钉按在墙上，便是壁画；不往墙上钉呢，便是活页的杂志。用不着花印刷费，也不必征求稿件，只须全家把“画来——卖画”的卖年画的包围住，花上两三毛钱，便能五光十色的得到一大堆图画。小乙自己是胖小子，所以也爱胖小子，于是胖小子抱鱼——“富贵有余”——胖小子上树——摇钱树——便算是由他主编，自成一组。小济是主编故事组：“小叭儿狗会擀面”，“小小子坐门墩”，“探亲相骂”……都由她收藏管理，或贴在她的床前。戏出儿和渔家乐什么的算作爸与妈的，妈担任说明画上的事情，爸担任照着戏出儿整本的唱戏，文武昆乱，生末净旦丑，一概不挡[15]，烦唱哪出就唱哪出。这一批年画儿能教全家有的说，有的看，有的唱，热闹好几个月。地上也是，墙上也是，都彩色鲜明，百读不厌。我们这个特刊是文艺、图画、戏剧、歌唱的综合；是国货艺术与民间艺术的拥护；是大人与小孩的共同恩物。看完这个特刊，再看别的杂志，我们觉得还是我们自家的东西应属第一。

好啦，就说到此处为止吧。

---

[1] 小济，即舒济，老舍长女。详见《有了小孩以后》注1。

[2] 小乙，即舒乙，老舍之子。详见《有了小孩以后》注5。

[3] 妈妈，即老舍夫人胡絜青。详见《有了小孩以后》注7。

[4] “只在此屋中，云深不知处”，化用唐人贾岛《寻隐者不遇》“只在此山中，云深不知处”诗句。

[5] 《文学》，文学月刊，1933年7月创刊于上海，1937年11月10日出停刊。傅东华、郑振铎、王统照先后任主编，鲁迅、巴金、老舍、冰心、朱自清等48人为特约撰稿人。除本文外，老舍在该刊还发表了短篇小说《上任》（1934年10月1日3卷4号）、中篇小说《我这一辈子》（1937年1月1日9卷1号）等作品。

[6] 《中流》，文学半月刊，1936年9月5日创刊于上海，1937年8月5日停刊。黎烈文主编，鲁迅、茅盾、巴金、叶圣陶、老舍等为主要作者。老舍在该刊发表的作品有《婆婆话》（1936年9月5日创刊号）等。

[7] 《青年界》，文学期刊，1931年3月创刊，1948年12月停刊，石民、赵景深、李小峰等主编。老舍在该刊发表的作品有《几句不得人心的话》（1937年1月11卷1号）、《五天的日记》（1937年6月12卷1号）等。

[8] 《宇宙风》，文学期刊，1935年9月创刊于上海，初为半月刊，后改为旬刊，林语堂等主编。老舍在该刊发表的作品有散文《想北平》（1936年6月16日第19期）、长篇小说《骆驼祥子》（1936年9月16日第25期至1937年10月1日第48期）等。

[9] 《论语》，文学期刊，1932年9月16日创刊于上海，章克标、孙斯鸣、林语堂等主编。老舍在该刊发表的

20世纪30年代的青岛市立女子中学

1934年秋，老舍来国立山东大学执教后，夫人胡絜青在青岛市立女子中学（青岛二中的前身）任国文教员。市立女中肇始于1925年，1930年迁至莱阳路26号（今太平路2号，原系岛城富商刘子山所捐建的私立青岛中学，校址现为青岛市实验初级中学），坐落于青岛湾东北岸，临海而建，风光优美，与山大相距约两百米。1935年8月16日生下儿子舒乙之后，有了两个孩子，忙不过来，胡絜青就辞去了这份教职。此前，老舍曾代夫人来校上过一段时间的国文课。

作品有长篇小说《牛天赐传》（1934年9月16日第49期）、散文《青岛与我》（1935年8月16日第70期）、长篇小说《选民》（1936年10月16日第98期至1937年7月1日上第115期）等。

[10] 《西风》，文化期刊，1936年9月1日由黄嘉德、黄嘉音创刊于上海，以“译述西洋杂志精华，介绍欧美人生社会”为宗旨，1949年5月终刊。老舍在该刊发表的作品有散文《英国人》（1936年9月1日第1期）、散文《东方学院（伦敦回忆之三）》（1937年3月1日第7期）等。

[11] 《谈风》，文学期刊，1936年10月25日创刊于上海，1937年8月10日终刊，周黎庵等主编。老舍在该刊发表的作品有短篇小说《番表——在火车上》（1936年10月25日第1期）、杂文《理想的文学月刊》（1937年5月25日第15期）等。

[12] 《方舟》，文化期刊，1934年6月由实业家宋棐卿创刊于天津，标榜“唯一新型的家庭月刊”。老舍在该刊发表的作品有长篇小说《小人物自述》前4章（1937年8月1日第39期）等。

[13] 普式庚（Александр Сергеевич Пушкин，1799～1837），今通译为普希金，俄罗斯著名诗人，代表作有《自由颂》《致大海》和《叶甫盖尼·奥涅金》等。

[14] 罗丹（Auguste Rodin，1840～1917），法国著名雕塑艺术家，代表作有《思想者》和《青铜时代》等。

[15] “文武昆乱，生末净旦丑，一概不挡”句是说技艺高超，戏路宽广，各种角色都能演。文，文戏；武，武戏；昆，昆曲；乱，乱弹，指京剧或其他戏曲。“生末净旦丑”是指中国戏曲中各种角色行当。

归自北平

搬家

丁是家庭会议派我作代表，上北平看看；我有整二年没回去了。在北平住了一星期，赶紧回来了。报告如下：北平的确是方便，而且便宜。但是正因其如此所以化钱才更多。车便宜，所以北平的友人都仿佛没有腿。饭便宜，所以大家常吃小馆。戏便宜，所以常去买票。东西便宜，所以多买。并不少化钱，可是便宜。在青岛，平均每月看一次电影，每年看一次戏，每星期坐一次车。贵，好呀，不看不听不坐，钱照旧在口袋里。日久天长，甘于寂寞，青岛海岸也足开心，用不着化钱买乐了。再说，北平朋友很多，一块儿去洗澡，看戏，上公园，闲谈，都要费时间。既仗着写作吃饭，怎能舍得工夫？还是青岛好，安静。

这里两篇文章谈叙的都是关于安家和搬家的问题，写作与发表时间也基本一致。何处安家？这是同一个问题。

《归自北平》原载1936年12月1日青岛《民众日报》。当年夏，老舍辞去山大教职以后，面临着在哪里安顿生活的急迫问题，是留在青岛还是返回北平，抑或去往别的什么地方？为此，专门召开了家庭会议，讨论了好几个月也没有结论，妻小都想回北平故乡，老舍本人也颇费思量，有必要前去考察一番，再做定夺。当年10月下旬，适逢母亲八十大寿，老舍就受妻小委派回到了北平。为母亲好好祝寿，邀请了北平文化教育界的好友前来作客，还请了京戏“堂会”，母亲很是高兴。时任北京大学中文系主任的好友罗常培有意向学校推荐请老舍来讲“小说作法”课程，于是老舍就到北大作了一次题为《闲话创作》的讲演，很受欢迎。随后，他回到青岛，写下了本文，其中提到设想中的安身之地，包括北平、上海、苏州、成都及青岛，一一辨明优劣，其中几个地方在《我的理想家庭》一文中亦曾言及，最后决定还是留在青岛好。

《搬家》原载1936年12月10日《谈风》第4期。署名“非我”，略有搬家非我所愿的意思，表搬家的苦衷。上一篇说的是安家之地，这一篇说的是栖居之宅，虽然发表时间稍晚，但所写之事在前。作者追述了一年前找房子搬家的经历，当时他尚未从山大辞职。对“搬家”之苦恼乃至苦痛之感受，老舍是刻骨铭心的，最不情愿最为痛苦的一次搬家也就是1937年8月离开青岛的那一次，不过这里写的不是那一次。自1934年秋移家青岛之后，一年多时间中竟先后搬了五六次家。初居莱芜路上一所平房，翌年初即搬到金口二路（今金口三路）上一所小楼，在此住了8个月左右。1935年秋末冬初，又折腾了两三次，直到年底方觅得良园，搬入黄县路6号（今12号），这才算安定了下来。黄县路寓所是一栋两层小楼，房东住楼上，走西门，老舍一家住楼下，走东门。本文就是对1935年底在青岛最后一次找房子搬家的回忆，可能是应《谈风》杂志约稿写的，并非即时性的生活札记。1935年底，老舍在黄县路寓所安家，直到1937年8月无奈离开青岛。1981年3月，老舍夫人胡絜青寻访旧居，说“终生难忘黄县路！”

归自北平

教书与作书各有困难[1]。以此为业，都要受气。彷佛根本不是男儿大丈夫所当作的。借此升官发财，希望不多；专就吃饭而言，也得常杀杀裤腰带。我已有将及二十年的教书经验，书也写了十多本，这二者中的滋味总算尝透了些。拿这点资格与经历，我敢凭良心劝告别人：假如有别的路可走，总是躲着这两条为妙。就这二者而言，教书有固定的薪金，还胜于作个写家。写家虽不完全是无业游民，也差不许多。以文章说，我不敢自居为写家；以混饭说，我现在确是得算作一个。把这交待清楚，再说话才或者保险一些，不至于把真正的写家牵扯在内，而招出些是是非非。

不过，请放心，我并不想在这里道出我这样写家的一肚子委屈。我只要说一点无关紧要的小事。假若这点小事已足使我为难，别的自然不言而喻了。

今年暑后，我辞去教职[2]，专心写作。并非看卖文是件甜事，而是只有此路可走，其余的路一概不通。

粗粗的看来，写家是满有自由的，山南海北无处不可安身。事实上一点也不这么样。我解去学校的事，马上就开了家庭会议：上哪儿去住呢？这个会议至今还没闭会，因为始终没有妥当的办法。

青岛的生活程度高，比北平——我在北平住过廿多年——要高上一倍。家庭会议的开始，大家似乎都以为有搬家的必要，而且必搬到北平。可是，一搬三穷；我没地方给全家找“免票”[3]去，况且就是有人自动的送来，我也不肯用；我很佩服别人善用“免票”，而我自己是我自己。

可是，路费事小，日常开销事大；搬到了北平，每月用度可以省去一半，岂不还是上算着许多？

于是家庭会议派我作代表，上北平看看；我有整二年没回去了[4]。在北平住了一星期，赶紧回来了。报告如下：北平的确是方便，而且便宜。但是正因其如此所以化钱才更多。车便宜，所以北平的友人都彷佛没有腿。饭便宜，所以大家常吃小馆。戏便宜，所以常去买票。东西便宜，所以多买。并不少化钱，可是便宜。在青岛，平均每月看一次电影[5]，每年看一次戏[6]，每星期坐一次车。贵，好呀，不看不听不坐，钱照旧在口袋里。日久天长，甘于寂寞，青岛海岸也足开心[7]，用不着化钱买乐了。再说，北平朋友很多，一块儿去洗澡，看戏，上公园，闲谈，都要费时间。既仗着写作吃饭，怎能舍得工夫？还是青岛好，安静。

但是安是静不行呀。写家得有些刺激，得去多经验，得去多找材料。还是北平好吧？

没办法！有这么个地方才妙！便宜，方便，热闹而又安静。哪儿找去呢？

放下北平，我们想到上海，投稿方便，索稿费方便，而且生活紧张。可是我知道上海的生活程度是怎样的高，我也晓得一到那里我就得生病。生活紧张而自己心静，是个办法。我可是不行，人家乱，我就头晕。抹去上海！苏州很好，友人这么建议，又便宜又安静。那里一个朋友也没有，我去干吗呢？还有，我真怕南方那个天气，能整星期的不见太阳！我不到没有太阳的地方去！

最近，又想到了成都。和没想一样，假若有钱的话，巴黎岂不更好？

还是青岛好呀，居然会留住了我：多么可笑，多么别扭，多么可怜！

---

[1] 关于教书作书的问题，老舍在《钢笔与粉笔》一文中有详细谈说。

[2] 从1934年9月应聘加盟国立山东大学以来，对这份教职，老舍本人还是满意的。1935年，暨南大学文学院院长郑振铎曾托王统照转达高薪诚聘老舍前去任教的意愿，但是被他婉言谢绝了。对山大和青岛的感情业已深入血脉，精神上得到了满足，内心与环境亦相契合，况且还有一份不错的薪水，生活上是相对优裕的，因此，老舍把这段时光视作自己的“黄金时代”。可是到了1936年的春天，事情发生了微妙而不可逆转的变化，一场学潮撼动了山大校园。老舍开始重新思考许多本来已不是问题的问题，做一个职业写家的愿望也再度浮现了出来。学潮始于上一学期，1935年12月，为响应“一二·九”运动，山东大学进步学生组织游行示威及罢课等行动，呼吁抗日救亡。校方认为这扰乱了正常的教学秩序，与学生矛盾渐深。1936年新学期开学不久，校方勒令学生领袖陈延熙等六人退学，引起学生愤怒，再度宣布罢课抗议。当时老舍对学生表示了基本的理解与支持，认为这是大学教育的失败，勉力居中调解，努力稳定着局面。校方对待爱国学生的态度使不少教师感到失望和愤慨，洪深、赵少侯等先后辞职。处于风暴中心的校长赵太侔备受当局责难，加之办学经费迟迟不到位等原因而被迫离任。暑假期间，老舍正式提出了辞职。当时，新任校长、齐大老同事林济青曾再三敦请留任，然老舍坚辞不就，以这种方式表达了对学生和同人的声援，显示了知识分子的基本正义。巴金说老舍是“中国知识分子最好的典型”，于此可见一斑。辞职以后，在黄县路6号（今12号）小楼，老舍开始了“职业写家”的生涯，《骆驼祥子》《五月的青岛》及《文博士》（《选民》）等一大批作品在此诞生。

[3] 铁路免费乘车，谓之“免票”。1927年3月，民国交通部颁布《国有铁路临时免费乘车免票规则》，以方便铁道工作人员执行公务。然日久生弊，免票滥发，成为一种特权，舆论对此多有非议。

[4] 1934年秋，老舍曾因好友白涤洲病危一事回北平一趟，到写此文时已两年。

[5] 关于老舍看电影事，可参见《檀香扇》一文及注。

[6] 老舍不仅看戏，而且自己也喜欢唱戏，加入过当时岛上著名的票友组织和声社，诸友宴饮之际也喜欢唱上一曲二黄。参见《青岛与我》及其注。

[7] 老舍写于1935年夏的散文《立秋后》当中，有“秋夜听潮，或海岸独坐，亦足畅怀”一语可参证。

搬　家[1]

一提议说搬家，我就知道麻烦又来了。住着平安，不吵不闹，谁也不愿搬动。又不是光棍一条，搬起来也省事。既然称得起“家”，这至少起码是夫妇两个，往往彼此意见不合，先得开几次联席会议，结果大家的主张不得不折衷。谁去找房，这个说，等我找到得几时，我又得教书，编讲义，写文章，而且专等星期去找；况且我男人家又粗心又马虎，还是你去吧。那个说，一个女人家东家进，西家出，“眼观六路耳听八方”都得看仔细，打听明白，就是看妥了，和房东办交涉也是不善，全权通交在一人身上，这个责任，确是不轻。

没有法子，只得第二天就去实行，一路上什么也引不起注意，就看布告牌上的招租帖，墙角上，热闹口上通都留神，这还不算。有的好房就不贴条子，也不请银行信托部来管，这可不好办。一来二去的自己有了点发现，凡是窗户上没有窗帘子，你就可拍门去问。虽然看不中意，但是比较起所看的房确是强的多。

住惯北平的房子，老希望能找到一个大院子。所以离开北平之后，无论到天津，济南，汉门，上海，以至青岛，能找到房子带个大院子，真是少有。特别是在青岛，你能找到独门独院，只花很少的租价，就简直可说没有。除非你真有腰包，可以大大的租上座全楼。

我就不喜欢一个楼，分楼上一家，楼下一家，或是楼分四家住。这样住在楼上的人多少总是占便宜的。楼下的可就倒霉。遇见清净孩子少的还好，遇见好热闹，有嗜好的，孩子多的，那才叫活糟。而且还注意同楼是不是好养狗。这是经验告诉我，一条狗得看新养的，还是旧有的。青岛的狗种，可属全世界的了，三更半夜，嚎出的声真能吓得你半夜不能安睡。有了狗群，更不得安生，决斗声，求爱声，乳狗声，比什么声音都复杂热闹。这个可不敢领教了！

其次看同楼邻居如何；人口，年龄，籍贯，职业，都得在看房之际顺口答音的，探听清楚。比如说吧，这家是南方人，老太太是湖北的，少奶奶是四川的，少爷是在港务局作事，孩子大小三个；这所楼我虽看的还合适，房间大，阳光充足，四壁厕所厨房都干净，可是一看这家邻居，心就凉爽了。第一老太太是南方的我先怕。这并不是说对于南方的老太太有什么仇恨，而是对于她们生活习惯都合不来。也不管什么日子，黑天白日，黄钱白钱——纸钱——足烧一气，口中念念有词，我确是看不下去。再有是在门前买东西，为了一分钱，一棵菜，绝不善罢甘休买成功，必得为少一两分量吵嚷半天，小贩们脸红脖子粗的走开。少奶奶管孩子，少爷吊嗓子，你能管得着么？碰巧还架上贱价无线电，吵得你“姑子不得睡，和尚不得安”。所以趁早不用找麻烦。

论到职业上，确是重大问题。如果同楼邻居是同行，当然不必每天见面，“今天天气，哈哈哈”[2]，或者不至于遭人白眼，扭头不屑于理“你个穷酸教书匠”，大有“道不同不相为谋”[3]的气概。有时还特别显示点大爷就是这股子劲，看着不顺眼，搬哪！于是乎下班之后约些朋友打打小牌。越是更深人静，红中白板叫得越响，碰巧就继续到天亮，叫车送客忙了一大阵，这且不提。

你遇见这样对头最好忍受。你若一干涉，好，事情更来得重，没事先拉拉胡琴，约个人唱两出。久而久之，来个“坐打二簧”，锣鼓一齐响，你不搬家还等着什么？想用功到时候了，人家却是该玩的时候；你说明天第一堂有课，人家十时多才上班。你想着票友散了，先睡一觉，人家楼上孩子全起来了，玩橄榄球，拉凳子，打铁壶又跟上了。心中老害怕薄薄一层楼板，早晚是全军覆没，盖上木头被褥，那才高兴呢！

一封客客气气的劝告信，满希望等楼上的先生下了班，送了过去，发生点效力。一会儿楼上老妈子推门进来说，我们太太不认识字，老爷不在家，太太说不收这封信。好吧，接过来，整个丢进字纸篓里。自愧没作公安局长。[4]

一个月后，房子才算妥当了，半年为期，没有什么难堪条件。回来对她一说，她先摇头，难道楼下你还没住够？我说，这次可担保，一定没有以前所受的流弊。房子够住，地点适宜，离学校[5]，菜市[6]，大街[7]都近，而且喜欢遇到整齐的院子，又带着一个大空后院[8]，练球，跳远，打拳都行。再说楼上只住老夫妇俩[9]，还是教育界。她点了点头。

两辆大敞车，把所有的动产，在一早晨都搬了过去，才又发现门口正对着某某宿舍[10]三个敞口大垃圾箱。掩鼻而过可也！

---

[1] 老舍到青岛后有多次搬家经历。1934年9月上旬至青岛后，初居住莱芜一路与登州路拐角处一所平房。翌年二三月间搬入金口二路（今金口三路）的一座二层小楼。当年深秋，又搬过两三次家，年底搬入黄县路6号（今黄县路12号）居住。据1933年版《青岛指南》载：青岛市民的住宅分为四等，金口二路、黄县路及其周边等处为一等，每月每平方丈租金约需五元上下。

[2] 语出于鲁迅的《忆刘半农君》：“我想，假如见面，而我还以老朋友自居，不给一个‘今天天气……哈哈哈’完事，那就也许会弄到冲突的罢。”在鲁迅的《花边文学·看书琐记（二）》一文中亦有所见：“不过我们中国人是聪明的，有些人早已发明了一种万应灵药，就是‘今天天气……哈哈哈！’”另在

《搬家》原发表页
1936年12月10日《谈风》第4期

搬　家

非我

一提議說搬家，我就知道麻煩又來了。住着平安，不吵不鬧，誰也不願搬動。又不是光棍一條，搬起來也省事。既然稱得起「家」，這至少起碼是夫婦倆個，往往彼此意見不合，先得開幾次聯席會議，結果大家的主張不得不折衷。誰去找房，這個說，等我找到得幾時，我又得教書，編講義，寫文章，而且專等星期去找；況且我男人家又粗心又馬虎，還是你去吧。那個說，一個女人家東家進，西家出，「眼觀六路耳聽八方」都得看仔細，打聽明白，就是看妥了，和房東辦交涉也是不善，全權通交在一人身上，這個責任，確是不輕。

沒有法子，祇得第二天就去實行，一路上什麼也引不起注意，就看佈告牌上的招租帖，墻角上，熱鬧口上通都留神，這還不算。有的好房就不貼條子，也不請銀行信托部來管，這可不好辦。一來二去的自己有了點發現，凡是窗戶上沒有窗簾子，你就可拍門去問。雖然看不中意，但是比較起所看的房確是强的多。

住慣北平的房子，老希望能找到一個大院子。所以離開北平之後，無論到天津，濟南，漢口，上海，以至青島，你能找到房子帶個人院子，眞是少有。特別是在青島，你能找到獨門獨院，只花很少的租價，就簡直可說沒有。除非你眞有腰包，可以大大的租上座全樓。

我就不喜歡一個樓，分樓上一家，樓下一家，或是樓分四家住。這樣住在樓上的人多少總是佔便宜的。樓下的可就倒霉。遇見清淨孩子少的還好，遇見好熱鬧，有嗜好的，孩子多的，那才叫活糟。而且還注意同樓是不是好養狗。這是經驗告訴我，一條狗得看新養的，還是舊有的。青島的狗種，可算全世界的了，三更半夜，嚎出的聲眞能吓得你半夜不能安睡。有了狗羣，更不得安生，決鬥聲，求愛聲，乳狗聲，比什麼聲音都複雜熱鬧。這個可不敢領教了——

其次看同樓鄰居如何；人口，年齡，籍貫，職業，都得在看房之際順口答音的，探聽清楚。比如說吧，這家是南方人，老太太是湖北的，少奶奶是四川的，少爺是在港務局作事，孩子大小三個；這所樓我雖看的還合適，房間

非我：搬家

一六一

《“文人相轻”》中，鲁迅也曾这样谈到庄子，言：“就是庄生自己，不也在《天下篇》里，历举了别人的缺失，以他的‘无是非’轻了一切‘有所是非’的言行吗？要不然，一部《庄子》，只要‘今天天气哈哈哈……’七个字就写完了。”

[3] 语出孔子《论语·卫灵公》：“道不同，不相为谋。”

[4] 这一段写的是老舍一家在搬入黄县路小楼之前的一处住所的情况，具体位置不详。

[5] 学校，指老舍工作的国立山东大学，处于黄县路寓所以东偏北处，相距约百米。

[6] 东方市场位于黄县路寓所以西的龙口路西侧，相距不足百米，是20世纪二三十年代青岛著名的一家综合市场。1929年4月南京国民政府接管青岛以后，青岛特别市政府将位于龙口路、常州路的官产39号院改作菜市场，定名为东方市场，供商家承租经商。起初，主要经营蔬菜、水果和副食品，后来逐渐扩展到洋杂货、文具、服装鞋帽、餐饮、理发及土产等领域。1933年，沈鸿烈主政青岛时期，对市场进行了整修扩建，形成“回”字形建筑格局，两层楼房共计152间。这是前海一带唯一的公立市场，不少人力车夫也在这里靠活，老舍构思和写作《骆驼祥子》的时候，就常到这里来，与车夫聊天。荒岛书店坐落在广西路与龙口路拐角处，为当时青岛最著名的新文化书店，老舍的不少藏书就是从这里购买的。

[7] 大街，所指为黄县路寓所以南的大学路和以西的龙口路。

[8] 后院，指的是黄县路寓所西侧的一片竹林，老舍喜欢在此打拳健身。

[9] 老夫妇俩，指房东王姓夫妇。寓所开东西两门，老舍一家住楼下，走东门；房东一家住楼上，走西门。

[10] 此处“某宿舍”指的是中国银行职员宿舍，坐落于黄县路寓所的东侧。

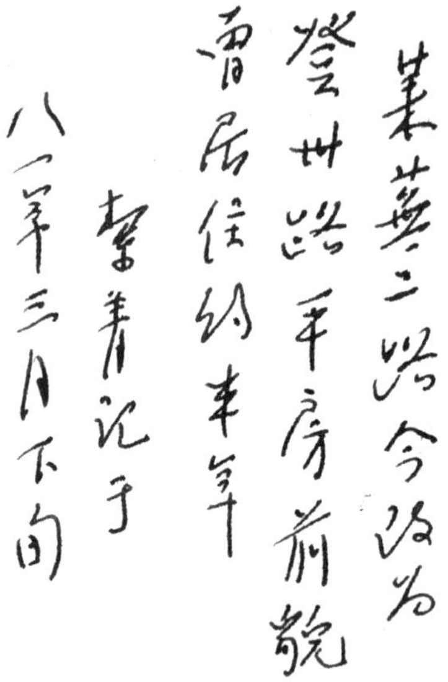
莱芜二路今改为
登州路平房前貌
曾居住约半年
絜青记于
八一年三月下旬

胡絜青题记莱芜路寓所

1981年3月，老舍夫人胡絜青与长女舒济重归青岛，穿过历史的幽暗小巷，找到老舍在青岛的三处旧居：1934年9月上旬至1935年初春所居莱芜路寓所，1935年初春至深秋所居西鱼山寓所（金口二路，今金口三路），1935年冬至1937年8月中旬所居黄县路寓所。后来，在莱芜路寓所照片背面，她写下："莱芜路今改为登州路。平房前貌，曾居住约半年。絜青记于八一年三月下旬。"照片存骆驼祥子博物馆，房屋今已不存。

胡絜青在黄县路寓所东门前留影

老舍《搬家》一文所写主要就是1935年岁末找房子搬家，最后觅得黄县路6号（今12号）寓所并迁居其中的过程。在《重访老舍在山东的旧居》一文中，胡絜青表达了恍如隔世而依稀如昨的感慨："我和青岛一别就是四十四年。在那梦一般的漫长岁月里，我没敢想过到我七十六岁的时候，还能再次踏进终身难忘的黄县路6号！"内心深处，这是同一道光辉在向老舍的灵魂说话：我们回来了……。2010年5月，寓所辟建为骆驼祥子博物馆，为我国首座以现代文学名著命名的博物馆。

西鱼山寓所（金口二路，今金口三路）

右图为老舍一家在青岛的第二处寓所，位于金口二路（今金口三路）。所在区域原称鱼山，20世纪20年代修建鱼山路，将山体一分为二，路东部分称东鱼山（今小鱼山），路西部分称西鱼山。寓所位于西鱼山缓坡上，故称西鱼山寓所。

青岛与山大

我常说，能在青岛住过一冬的，就有修仙的资格。我们的学生在这里一住就是四冬啊！他们不会在毕业时候都成为神仙——大概也没人这样期望他们——可是他们的静肃态度已经养成了。……学校的后面左面都是小山，挺立着一些青松，我们每天早晨一抬头就看见山石与松林之美，但不是柔媚的那一种。学校里我们设若打扮得怪漂亮的，即使没人多看两眼，也觉得仿佛有些不得劲儿。整个的严肃空气不许我们漂亮，到学校外去，依然用不着修饰。六七月之间，此处固然是万紫千红，士女如云，好一片摩登景象了。可是过了暑期，海边上连个人影也没有；我们大概用不着花花绿绿的去请白鸥与远帆来看吧？因此，山大虽在青岛，而很少洋味儿，制服以外，蓝布大衫是第二制服。就是在六七月最热闹的时候，我们还是如此，因为朴素成了风气，蓝布大衫一穿大有『众人摩登我独古』的气概。

本篇原载1936年山东大学《二五年刊》。年刊由“国立山东大学二五年刊”编委会编，校长赵太侔作序。除了这篇散文之外，该年刊还登载了老舍的一幅照片，是今可见老舍在青岛的两幅照片之一，另一幅是1936年摄于中山公园樱花树下的外景照。

打开20世纪30年代的大学之门，我们将认识一个充满了知性温雅和人文气度的老舍。1934年秋，应国立山东大学校长赵太侔之聘，老舍以作家和学者的双重身份来到青岛，成为1934年至1936年山东大学人文学科的代表人物之一。在山大，他先后开设了《文艺批评》《欧洲文学概论》《小说作法》《高级作文》《文艺思潮（代小说）》《高级作文》《世界文学史》及《欧洲通史》等课程，与同人、学生及校外作家也都建立起了良好的关系。大学的存在，既要博采众长，也要独树一帜，特别是应建立与所在地的深刻关联。在此，我们就看到了老舍关于大学之地域精神的解读，目光掠过春秋，直指冬天：“我常说，能在青岛住过一冬的，就有修仙的资格。”说此话是因为冬天的青岛无比寂寞，似乎唯有遗世独立者方能享受这片透彻肌骨的静穆，特别是在“万紫千红，士女如云”的盛夏华彩的比衬下，山海之间一片寥廓与空寂，归于某种绝对的冥思与深刻的沉潜。他认为，大学之内必须保有一种冬天般的严肃气质，以利于学术研究，是万万不能浮躁与奢靡的，真正受到崇尚的是知识、智慧和思想，而非时尚，要培养一种独步高古的人文气质。于是目光回转，从青岛的时序流程和山海气象中提炼出“山东精神”，申明山大虽地处欧化的青岛，却依然是“最带‘山东’精神的一个”，不被虚浮与摩登所迷惑，终究还是秉承了山东人的朴素、厚重与强毅。

青岛与山大[1]

北中国的景物是由大漠的风与黄河的水得到色彩与情调：荒，燥，寒，旷，灰黄，在这以尘沙为雾，以风暴为潮的北国里，青岛是颗绿珠，好似偶然的放在那黄色地图的边儿上[2]。在这里，可以遇见真的雾，轻轻的在花林中流转，愁人的雾笛[3]彷佛像一种特有的鹃声。在这里，北方的狂风还可以袭入，激起的却是浪花；南风一到，就要下些小雨了。在这里，春来的很迟，别处已是端阳，这里刚好成为锦绣的乐园，到处都是春花。这里的夏天根本用不着说，因为青岛与避暑永远是相联的。其实呢，秋天更好：有北方的晴爽，而不显着干燥，因为北方的天气在这里被海给软化了；同时，海上的湿气又被凉风吹散，结果是天与海一样的蓝，湿与燥都不走极端；虽然大雁还是按时候向南飞，可是此地到菊花时节依然是很暖和的。在海边的微风里，看高远深碧的天上飞着雁字，真能使人暂时忘了一切，即使欲有所思，大概也只有赞美青岛吧。冬天可实在不能令人满意，有相当的冷，也有不小的风。但是，这里的房屋不像北平的那样以纸糊窗，街道上也没有尘土，于是冷与风的厉害就减少了一些。再说呢，夏季的青岛是中外有钱有闲的人们的娱乐场所[4]，因为他们与她们都是来享福取乐，所以不惜把壮丽的山海弄成烟酒香粉的世界。到了冬天，他们与她们都另寻出路，把山海自然之美交给我们久住青岛的人。雪天，我们可以到栈桥[5]去望那美若白莲的远岛[6]；风天，我们可以在夜里听着寒浪的击荡。就是不风不雪，街上的行人也不甚多，到处呈现着严肃的气象，我们也可以吐一口气，说，这是山海的真面目。

一个大学或者正像一个人，它的特色总多少与它所在的地方有些关系。山大虽然成立了不多年，但是它既在青岛，就不能不带些青岛味儿。这也就是常常引起人家误解的地方。一般的说，人们大概常会这么想：山大立在青岛恐怕不大合适吧？舞场[7]，咖啡馆[8]，电影院[9]，浴场[10]……在花花世界里能安心读书吗？这种因爱护而担忧的猜想，正是我们所愿解答的。在前面，我们叙述了青岛的四时：青岛之有夏，正如青岛之有冬；可是一般人似乎只知其夏，不知其冬，猜测多半是由此而来。说真的，山大所表现的精神是青岛的冬。是呀，青岛忙的时候也是山大忙的时候，学会咧，参观团咧，讲习会咧，有时候同时借用山大作会场或宿舍，热忙非常。但这总是在夏天，夏天我们也放暑假呀。当我们上课的期间，自秋至冬，自冬至初夏，青岛差不多老是静寂的。春山上的野花，秋海上的晴霞，是我们的，避暑的人们大概连想也没想到过。至于冬日寒风恶月里的寂苦，或者也只有我们的读书声与足球场[11]上的欢笑可与相抗；稍微贪点热闹的人恐怕连一个星期也住不下去。我常说，能在青岛住过一冬的，就有修仙的资格。我们的学生在这里一住就是四冬啊！他们不会在毕业时候都成为神仙——大概也没人这样期望他们——可是他们的静肃态度已经养成了。一个没到过山大的人，也许容易想到，青岛既是富有洋味的地方，当然山大的学生也得洋服啷当的，像些华侨子弟似的。根本没有这一回事。山大的校舍是昔年的德国兵营[12]，虽然在改作学校之后，院中铺满短草，道旁也种上了玫瑰，可是它总脱不了营房的严肃气象。学校的后面左面都是小山[13]，挺立着一些青松[14]，我们每天早晨一抬头就看见山石与松林之美，但不是柔媚的那一种。学校里我们设若打扮得怪漂亮的，即使没人多看两眼，也觉得彷佛有些不得劲儿。整个的严肃空气不许我们漂亮，到学校外去，依然用不着修饰。六七月之间，此处固然是万紫千红，士女如云，好一片摩登景象了。可是过了暑期，海边上连个人影也没有；我们大概用不着花花绿绿的去请白鸥与远帆来看吧？因此，山大虽在青岛，而很少洋味儿，制服以外，蓝布大衫是第二制服。就是在六七月最热闹的时候，我们还是如此，因为朴素成了风气，蓝布大衫一穿大有“众人摩登我独古”的气概。

还有呢，不管青岛是怎样西洋化了的都市，它到底是在山东。“山东”二字满可以用作朴俭静肃的象征，所以山大——虽然学生不都是山东人——不但是个北方大学，而且是北方大学中最带“山东”精神的一个。我们常到崂山去玩，可是我们的眼却望着泰山[15]，彷佛是。这个精神使我们朴素，使我们能吃苦，使我们静默。往好里说，我们是有一种强毅的精神；往坏里讲，我们有点乡下气。不过，即使我们真有乡下气，我们也会自傲的说，我们是在这儿矫正那有钱有闲来此避暑的那种奢华与虚浮的摩登，因为我们是一群“山东儿”——虽然是在青岛，而所表现的是青岛之冬。

至于海沿上停着的各国军舰[16]，我们看见的最多，此地的经济权在谁何之手，我们知道的最清楚；这些——还有许多别的呢——时时刻刻刺激着我们，警告着我们，我们的外表朴素，我们的生活单纯，我们却有颗红热的心。我们眼前的青山碧海时时对我们说：国破山河在！于此，青岛与山大就有了很大的意义。

---

[1] 山大，原称国立青岛大学，是在接收1924年成立的私立青岛大学基础上创建的。1929年春，接受蔡元培先生的建议并取得教育部长蒋梦麟的同意，民国政府决定将拟议中的国立山东大学设于青岛，于当年6月3日改国立山东大学筹委会为国立青岛大学筹委会，特聘何思源、王近信、赵太侔（赵畸）、彭百川、杜光埙、傅斯年、杨振声、袁家普、蔡元培九人组成国立青岛大学筹委会，何思源为筹委会主任。

国立山东大学校门

1930年4月28日，教育部正式发文宣布成立国立青岛大学，任命杨振声为校长。当年9月20日举行开学典礼。创校校长杨振声效法蔡元培在北京大学倡行的“兼容并包、学术自由”思想，致力于大学理想与大师光辉的凝聚，延聘贤才不遗余力。1932年9月，改行“国立山东大学”之名，赵太侔接替杨振声出任校长，绍其余续而创辟新途。作为学术中心和知识殿堂，大学理应为充满思想和创造力的地方。因此，甫一诞生，这所大学即现星汉灿然之光，迅速占领了科学与文化高地。20世纪30年代的七年之间，数十位著名学者、作家和科学家来到了这片陌生海岸。在文科，有闻一多、梁实秋、张道藩、沈从文、陈梦家、赵少侯、老舍、洪深、黄敬思、闻宥、杜光埙、张煦、游国恩、萧涤非、台静农、丁山、叶石荪、颜实甫等；在理工科，有黄际遇、汤腾汉、傅鹰、蒋丙然、庄德寿、曾省、任之恭、王恒守、李达、李珩、王淦昌、林绍文、周钟歧、唐凤图、陈传璋、邵德辉、吴柳生、萧津等。其中，不乏在相关领域卓有成就的领军人物。无疑，这是一种群星闪耀、英华蕴聚的状态，大学迅速成长并达到了鼎盛状态，形成了20世纪30年代的整体性的学术文化共鸣场，建构起了卓越的人文与科学价值体系。大学精神闪耀之处，一座城市的文化形象也完全改变了，一度成为引人瞩目的学术中心，这是20世纪上半叶青岛对中国现代文化发展形成实质性影响的唯一时期。

国立山东大学文学院

山东大学校舍原为德国人建于20世纪初的俾斯麦兵营，为新文艺复兴与青年风格派相结合的建筑群落，现为全国重点文物保护单位。图为处于山东大学校园西南方的文学院大楼。1932年7月，文、理两院合并为文理学院，但中文系与外文系所在处仍称文学院。1934年秋至1936年夏，老舍在这里工作，为当时山大人文学科的代表人物之一。

[2] 青岛山海卓荦，初遇之往往有天开异境之感。“海气苍苍岛屿回，山巅楼阁抗崔巍。茂林峻岭百驰道，又入仙山画里来。”（康有为：《乙丑夏五十二日重还青岛喜赋》）这是1925年康有为写下的诗句。青岛犹如海上仙境，这一印象从康有为到梁实秋，到老舍，一脉相承。

[3] 此处“雾笛”有虚实两层意思，言其虚，海雾弥漫，与风浪相合，听上去宛如雾笛鸣响；言其实，指的是胶州湾湾口团岛灯塔设置的雾笛台，1898年德国人建起灯塔并配置雾笛台一座。每遇大雾天气，雾笛便会鸣放，声传7海里。后改为电动空压机雾笛。雾笛，本地人亦呼作“海牛”。

[4] 老舍多次讲到这一点，可参证《五月的青岛》一文。

[5] 栈桥位于青岛湾内，始建于1892年，为驻防胶州湾的清总兵章高元部修建的海军码头。1901年，德国人加以改建，桥身延长至350米，其上铺设轻轨以便运输，为青岛小港建成以前主要的货运码头。1931年至1932年再度扩建，桥身延伸至440米，桥南端增设半圆形防护堤，其内建起一座民族风格的八角形回澜阁。自此始，栈桥回澜阁便成为青岛的象征，20世纪30年代以“飞阁回澜”之名列青岛十景之首。老舍所居西域山寓所和黄县路寓所距栈桥不远，常去那里看海听潮。

[6] “那美若白莲的远岛”指的是青岛西海岸的凤凰岛（薛家岛），从栈桥向那里眺望，一道绿色山岭静卧碧蓝海面，老舍视之为一个可见而不可近的海上仙境，成为一个象征，安守着神意。

[7] 关于当时青岛的舞场，见《青岛与我》注4。

[8] 咖啡馆在青岛久有存在，1902年德国面包师奥托（Otho）在弗里德里希大街（今中山路南段）开设面包房，后长期用作咖啡馆和西餐厅。20世纪30年代，梁实秋常光顾此处，咖啡之外，认为这里的牛排为国内第一。1932年，希腊人司徒凡尼狄司和俄国人瓦克撒在曲阜路开设青岛咖啡饭店，此即青岛饭店的前身。老舍本人对咖啡很熟悉，旅居英伦期间就与咖啡有了亲密接触，不过兴趣一般，他更喜欢饮茶。

[9] 关于当时青岛的电影院，见《檀香扇》注3。

[10] 关于当时青岛的浴场，见《青岛与我》注1。

[11] 足球场，即山东大学体育场，位于校园西南角。1935年夏，为备战第十一届奥运会，时任山东大学体育部主任的宋君复率中国体育代表团在此进行集训。现于运动场东侧立有一块纪念石碑，上刻“一九三六年第十一届奥运会中国体育代表团运动员训练场旧址”。

[12] 德国兵营，指1903至1909年所建德军俾斯麦兵营，主体为两排四座营房，为新文艺复兴与青年风格派建筑。1914年日占青岛后改称万年兵营。1923年康有为看好这地方，试图办大学，未果。1924年在此创办私立青岛大学，1930年后为国立青岛大学校舍，1932年后为国立山东大学校舍。

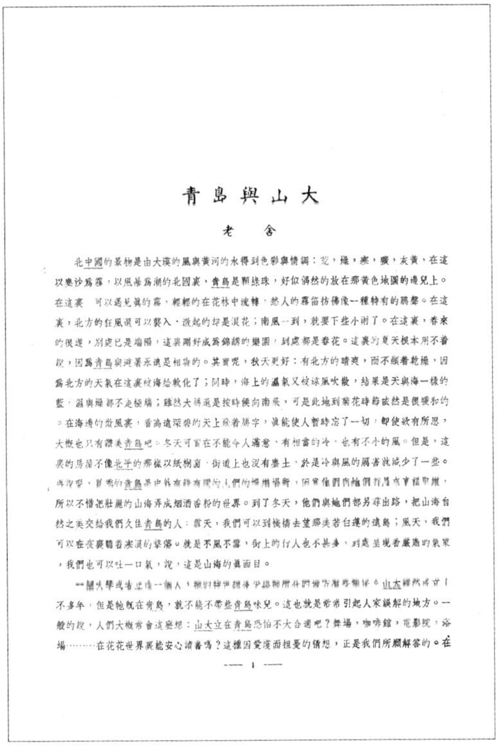

青島與山大

老　舍

北中國的景物是由大漠的風與黃河的水得到色彩與情調：荒，燥，寒，曠，灰黃，在這以塵沙爲霧，以風暴爲潮的北國裏，青島是顆綠珠，好似偶然的放在那黃色地圖的邊兒上。在這裏，可以遇見眞的霧，輕輕的在花林中流轉，愁人的霧笛彷彿像一種特有的鵑聲。在這裏，北方的狂風還可以襲入，激起的却是浪花；南風一到，就要下些小雨了。在這裏，春來的很遲，別處已是端陽，這裏剛好成爲錦繡的樂園，到處都是春花。這裏的夏天根本用不着說，因爲青島與避暑永遠是相聯的。其實呢，秋天更好：有北方的晴爽，而不顯着乾燥，因爲北方的天氣在這裏被海給軟化了；同時，海上的濕氣又被涼風吹散，結果是天與海一樣的藍，濕與燥都不走極端；雖然大雁還是按時候向南飛，可是此地到菊花時節依然是很暖和的。在海邊的微風裏，看高遠深碧的天上飛着雁字，眞能使人暫時忘了一切，即使欲有所思，大概也只有讚美青島吧。冬天可實在不能令人滿意，有相當的冷，也有不小的風。但是，這裏的房屋不像北平的那樣以紙糊窗，街道上也沒有塵土，於是冷與風的厲害就減少了一些。再說呢，夏季的青島是中外有錢有閒的人們的娛樂場所，因爲他們與她們只是來享福，所以不惜把壯麗的山海弄成烟酒香粉的世界。到了冬天，他們與她們都另尋出路，把山海自然之美交給我們久住青島的人：雪天，我們可以到棧橋去望那美若白蓮的遠島；風天，我們可以在夜裏聽着寒浪的拍岸。就是不風不雪，街上的行人也不甚多，到處呈現着嚴肅的氣象，我們也可以吐一口氣，說，這是山海的眞面目。

一個大學或者正像一個人，他的特色總多少與他所在的地方有些關係。山大雖然成立了不多年，但是他既在青島，就不能不帶些青島味兒。這也就是常常引起人家誤解的地方。一般的說，人們大概常會這麼想：山大立在青島恐怕不大合適吧？舞場，咖啡館，電影院，浴場……在花花世界裏能安心讀書嗎？這種因愛護而担憂的猜想，正是我們所願解答的。在

—— 1 ——

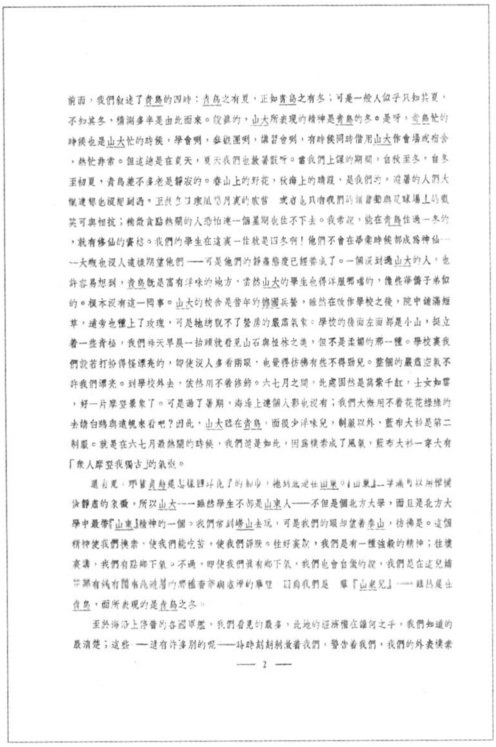

前面，我們敍述了青島的四時：青島之有夏，正如青島之有冬；可是一般人似乎只知其夏，不知其冬，猜測多半是由此而來。說眞的，山大所表現的精神是青島的冬。是呀，青島忙的時候也是山大忙的時候，學會咧，參觀團咧，講習會咧，有時候同時借用山大作會場或宿舍，熱忙非常。但這總是在夏天，夏天我們也放暑假呀。當我們上課的期間，自秋至冬，自冬至初夏，青島差不多老是靜寂的。春山上的野花，秋海上的晴霞，是我們的，避暑的人們大概連想也沒想到過。至於冬日寒風怒號的時候，或者也只有我們的讀書聲與足球場上的歡笑可與相抗；稍微貪點熱鬧的人恐怕連一個星期也住不下去。我常說，能在青島住過一冬的，就有修仙的資格。我們的學生在這裏一住就是四冬啊！他們不會在畢業時候都成爲神仙——大概也沒人這樣期望他們——可是他們的靜肅態度已經養成了。一個沒到過山大的人，也許容易想到，青島既是富有洋味的地方，當然山大的學生也得洋服啷噹的，像些華僑子弟似的。根本沒有這一回事。山大的校舍是昔年的德國兵營，雖然在改作學校之後，院中鋪滿短草，道旁也種上了玫瑰，可是牠總脫不了營房的嚴肅氣象。學校的後面左面都是小山，挺立着一些青松，我們每天早晨一抬頭就看見山石與松林之美，但不是柔媚的那一種。學校裏我們設若打扮得怪漂亮的，即使沒人多看兩眼，也覺得彷彿有些不得勁兒。整個的嚴肅空氣不許我們漂亮。到學校外去，依然用不着修飾。六七月之間，此處固然是萬紫千紅，士女如雲，好一片摩登景象了。可是過了暑期，海邊上連個人影也沒有；我們大概用不着花花綠綠的去惊白鷗與遠帆來看吧？因此，山大雖在青島，而很少洋味兒，制服以外，藍布大衫是第二制服。就是在六七月最熱鬧的時候，我們還是如此，因爲樸素成了風氣，藍布大衫一穿大有「衆人摩登我獨古」的氣概。

還有呢，不管青島是怎樣西洋化了的都市，牠到底是在山東。『山東』二字滿可以用作樸儉靜肅的象徵，所以山大——雖然學生不都是山東人——不但是個北方大學，而且是北方大學中最帶『山東』精神的一個。我們常到嶗山去玩，可是我們的眼却望着泰山，彷彿是。這個精神使我們樸素，使我們能吃苦，使我們靜默。往好裏說，我們是有一種強毅的精神；往壞裏講，我們有點鄉下氣。不過，即使我們眞有鄉下氣，我們也會自傲的說，我們是在這兒矯正那有錢有閒有冶遊習的那種奢靡與虛浮的摩登，因爲我們是一羣『山東兒』——雖然是在青島，而所表現的是青島之冬。

至於海面上停着的各國軍艦，我們看見的最多，此地的經濟權在誰何之手，我們知道的最清楚；這些——還有許多別的呢——時時刻刻刺激着我們，警告着我們，我們的外表樸素

—— 2 ——

《青岛与山大》原发表页

1936年国立山东大学《二五年刊》

《二五年刊》为国立山东大学1935~1936学年纪念专刊，1936年上半年编纂刊行。老舍与赵少侯、林绍文、宋君复被聘为年刊顾问。应编委会要求，老舍特别撰写了这篇阐释山东精神的文章。年刊中，还登载了一张老舍的照片，注明“中文系教授舒舍予”。

---

[13] 山东大学处于群山环抱中，北、西、东三面环山。北面之山，时名京山，德占时名俾斯麦山，日占时名万年山，今名青岛山，海拔128米。清末即在此设防，于西南麓建嵩武兵营。德国人在山上建起两座炮台及要塞地下指挥部。1914年11月日德战争期间，两军对垒，德军炸毁炮台后投降，因而这里成为第一次世界大战战场。西面之山为信号山，其东南麓建有总督官邸（今为青岛德国总督楼旧址博物馆），与兵营成对景。东南方有山，时名鱼山，今名小鱼山。东面有山，名八关山，处于校内，山外为福山路，沿山根建有教授宿舍（福山路3号），1931年至1932年沈从文居此，1932年巴金与卞之琳来青度假时亦居此。1935年夏，女作家苏雪林来青避暑，住福山路2号，《岛居漫兴》写道：“这是一座很朴素很精致的石头楼，屋前左右有两座圆顶尖塔，全部建筑看上去好像西洋中世纪时代的古堡。屋子占据的地势很高，站在屋的前面，我们可以望见跑马场新建的罗马式运动场和碧浪际天的大海。屋后是八辟山（注：八关山），清晨日出前或晚餐以后，我们可以随意上去眺望海面初开的旭日和金光灿烂的云霞。”

[14] 青岛海滨及山丘多植雪松、龙柏等常绿树木，即便是在冬季，放眼望去依旧是郁郁苍苍。1917年冬，康有为首度登临青岛即发出“青山绿树，碧海蓝天，为中国第一”的赞叹。

[15] 在此，老舍以崂山表征青岛，以泰山表征山东，一者独立沧海，一者独尊五岳。

[16] 青岛为重要军港，长期处于被殖民占领状态。虽说1922年12月青岛已回归中国，但某些历史的不正常状态并未完全终止，至20世纪30年代，海面上仍经常出现“各国军舰”。

国立山东大学文学院部分师生合影
1936年国立山东大学《二五年刊》

群山环抱中的国立山东大学
1936年国立山东大学《二五年刊》

怎样想法充实自己

——在青岛基督教青年会的讲演

几句不得人心的话

——在青岛基督教青年会的讲演

我今天对诸位说，是怎么想法充实自己。记得十几年前，我作督学威风不小，到哪小学去，都很欢迎。月薪二百元。那时每月挣得二百元，就不容易。后来我一怒，辞职，跑到南开中学教书。只给咱五十元，咱一高兴，就干下去。一天上三个班，一星期就十八个钟头；还得改一百五六十本卷子，你想这样就没时间读书，别的事都不能作了，麻将也不打了。虽是这样忙，没有时间，但天天和书本接近，与自己有莫大的好处。比起当督学来，一本书也不念，以为督学是官，天天忙着交际应酬，还念什么书，那一股子劲歇了，所以我跑到南开是对的。若是干小学教员呢，天天盘算挣了钱，结婚。结了婚，生小孩，自想就是这样了。这态度是不对的，尤其在这国难期间，比仿学写字，不怕一天写一点钟，时候多了，就会写好，不要以为字写好了没用处……

1937年上半年，老舍在青岛基督教青年会发表过多次讲演，有明确记载的有三次，分别在当年1月10日、1月24日和5月29日，讲演场所位于浙江路9号青岛青年会总部。这期间，他还曾于2月14日出席了青年会为组织有系统的学术讲演而召开的会议，与王宜忱、袁道冲、董志学等被聘为青年会学术讲演委员会的成员。（《青年会组织学术演讲委员会》，1937年2月15日青岛《正报》）。老舍本人为基督徒，与青年会的接触很融洽。

第一次讲演是在当年1月10日下午。青年会原计划是请老舍来出席一个茶话座谈会，未想闻知消息，两百余人赶来，活动地点就从会议室改到了三楼的大礼堂，在此老舍发表了本次讲演，主要听众为小学教师，老舍从小学教育界的“苦处”谈起，结合自己早年从事基础教育工作的经历，谈设法充实自己的门道。讲稿《怎样想法充实自己》刊载于次日青岛《正报》，同时配有《幽默大师老舍昨在青年会讲演》的新闻报道。

第二次讲演是在1月24日下午，讲稿以《几句不得人心的话》为题刊载于1937年1月上海《青年界》第11卷第1号“青年作文指导特辑”。老舍从自己的创作经验出发为青年讲授创作的艺术，说文章要写得清楚，不许大说梦话。

第三次讲演是在5月29日晚。翌日，青岛《民众日报》刊发《青年会昨邀老舍讲演》的报道，其中有言：“晚七时半，青年会的大礼堂已是坐满了听众。舒先生的讲题是《文学批评》。当讲演的时候，听众们默无声息，后到者没有坐位，都站在最后一排。舒先生讲时，笑趣横生。讲毕由青年会郭干事代致谢词。”本次讲稿散佚。

怎样想法充实自己

——在青岛基督教青年会[1]的讲演

白干事邀我到这边来，原规定是大伙坐下吃点东西，教我说个五六分钟的话，所以我预备的材料，一点也不新奇。我以前作过小学教员，小学校长，还作过督学[2]，所以我对小学教员的情形，都知道……

今天我要说的是小学教育界的“苦处”，但“苦处”不如不说，说来恐怕有鼓吹革命的嫌疑。诸位有的不是教员，说来或者有点帮助。干小学教员，时间费得太多，劳力费得太大，他的学问，永远出卖，没有收入，不能“教学相长”，比仿给小学生判仿，若判上三年，恐怕他本人的字也退了步。因为平日事情多，精力用的也多，没有时间来再读书，这种现象，不但是教育界就连其他各界也是很危险的。再说社会，又不保险，不定那个时候失业。邮政局和银行确实办得不错，我早想作一次邮局或银行的经理，但终没有达到。记得有一个大官到某一省视察，见了一个虎背驼腰，鼻架眼镜的老警察，他立刻打了他一个嘴巴。若在外国呢？像这样的警察，早给他养老费，教他回家养老去了。但在中国，不但没有这种好的待遇，还挨了一嘴巴。干小学教员，也是没有保障，所以有一点好事，就“跳槽”。若以教育事业是神圣的上看呢，这种举动是不对的。若从待遇上和受的苦处上说，是应当的。但我不是劝人“跳槽”。若“跳槽”，没事做找我去，我可担不了。

我今天对诸位说，是怎么想法充实自己。记得十几年前，我作督学威风不小，到哪小学去，都很欢迎。月薪二百元。那时每月挣得二百元，就不容易。后来我一怒，辞职，跑到南开中学教书。只给咱五十元，咱一高兴，就干下去。一天上三个班，一星期就十八个钟头；还得改一百五六十本卷子，你想这样就没时间读书，别的事都不能作了，麻将也不打了。虽是这样忙，没有时间，但天天和书本接近，与自己有莫大的好处。比起当督学来，一本书也不念，以为督学是官，天天忙着交际应酬，还念什么书，那一股子劲歇了，所以我跑到南开是对的。若是干小学教员呢，天天盘算挣了钱，结婚。结了婚，生小孩，自想就是这样了。这态度是不对的，尤其在这国难期间，比仿学写字，不怕一天写一点钟，时候多了，就会写好，不要以为字写好了没用处……

我在以前，五十二星期内，念过五十二本小说，还是在教完书，夜间念的，直累得闹肚子。当时觉得没有得到好处，后来我当了大学教授，以它们作了讲演的材料；创写小说套上它的式样，所以有知识粮食存着，不会没有用的。比仿在夜间学一点钟的外国文字，早上再念一点钟，日子久了，就会了外国文字，多一份眼睛，多得一些知识。

你们挣的钱，不过几十元，拿出来把它消耗在你所爱学的东西上，比积存要好的多。你想，在这混乱社会里生命不知何时就完，你若积钱预备娶儿媳妇，那你还是积着好。

今天随便一讲，一点也没预备，我想等到暖天再来讲一次最拿手的，或者你请我吃饭，我一定去，定有很多的话说。

[1] 基督教青年会（Young Men's Christian Association）为全球性的基督教青年社会服务团体，1844年肇创于英国伦敦，致力于推广普世理想。中国基督教青年会成立于1895年，青岛基督教青年会成立于1908年，由美籍牧师德位恩、巴乐满和中华基督教自立会长老刘鹤亭发起成立，以“体育、德育、智育三方面之发展”为宗旨，会址初设于北京路耶稣堂。1912年9月30日，孙中山先生曾莅临此处并发表演讲。1916年，会址迁到冠县路。1925年在此设立胶澳平民教育总社，致力于社会教育的普及。1917年，北洋军阀张勋在其复辟之年曾将此楼购入名下，时称张勋公馆。1931年，青年会从张勋后人手上购得此楼并于翌年迁入其中，常举办学术讲座、教育培训和电影放映等公益慈善活动。1935年8月，全国体育讲习会在此举行。建筑的具体情况是：这是一幢带有德国和意大利风格的折中主义楼堡，始建于1911年，建筑面积3041.75平方米，主入口设在南立面中部，东西两端各设有一座意大利风格观景角楼。

[2] 老舍有基础教育方面的切身经历，对小学教师的情况很了解。1918年自北京师范学校毕业后他就到京师第十七高等及国民小学（今方家胡同小学）当校长，1920年9月又被京师学务局委任为京师郊外北区劝学员，长时间从事和督导基础教育工作，因而很能体谅小学教育界的苦处，说出来的也都是大实话。

几句不得人心的话

——在青岛基督教青年会[1]的讲演

作文第一要求清楚。文字清楚是思想清楚的结果，这并非是件容易的事。

少年作文，多喜用字眼。殊不知袭用别人家的用字，只是偷来些死的字，并不足以表现自己的思想，结果是驴唇不对马嘴。顶好是要说什么就说什么，先别大转而特转；一转文便要出毛病。把文字弄清楚，而后再求美好，是保险的办法。要美好，自然须用些字眼了；这须慢慢的来。想用一字，必先打听明白了这个字的意思与用法，不可东抄西借的搬运来你自己所不明白的一堆字；你自己还不明白，别人怎能明白你说的是什么呢?

句子别作得太长了。青年喜造长句，自谓文气流畅，故拉不断扯不断。其实这是思想不清楚的结果，一句可以扯得老长老长，自己也不晓得在哪里停住好。好文章，反之，是说一句便是一句；一句说清楚了，再说第二句。能设法使每句都清楚立得住，才能有进步。若是老拉不断扯不断的说，说着说着连自己也迷了头，不知说到哪里去，便没法再往下写，写了也没法修改了。

一句句的写，写成一段，再朗读一遍，自己听得下去了，便留下；听着不是味儿，修改。作文要说自己的话，而且得教别人看得懂，不许整本大套的说梦话。

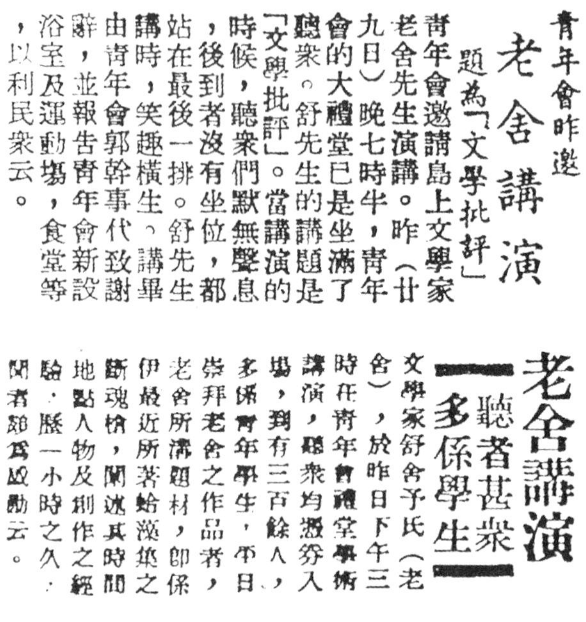
青年會昨邀

老舍講演

題為「文學批評」

青年會邀請島上文學家老舍先生演講。昨（廿九日）晚七時半，青年會的大禮堂已是坐滿了聽衆。舒先生的講題是「文學批評」。當講演的時候，聽衆們默無聲息，後到者沒有坐位，都站在最後一排。舒先生講時，笑趣橫生。講畢由青年會郭幹事代致謝辭，並報告青年會新設浴室及運動場，食堂等，以利民衆云。

老舍講演

聽者甚衆

多係學生

文學家舒舍予氏（老舍），於昨日下午三時在青年會禮堂學術講演，聽衆均濟濟入場，到有三百餘人，多係青年學生，平日崇拜老舍之作品者，老舍所講題材，即係伊最近所著蛤藻集之斷魂槍，闡述其時間地點人物及創作之經驗，歷一小時之久，聞者頗爲感動云。

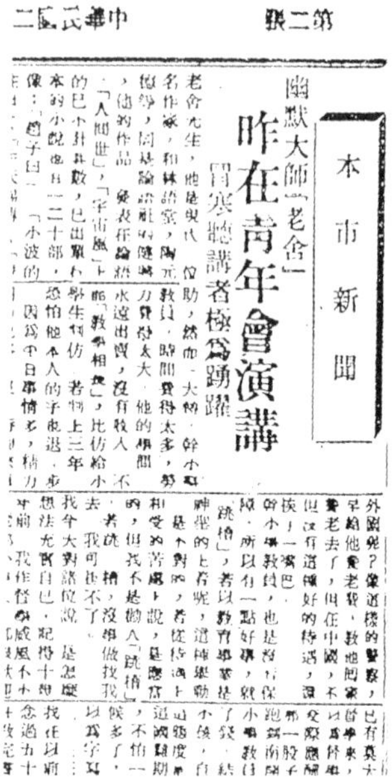
中華民國二 第二張

本市新聞

幽默大師「老舍」

昨在青年會演講

冒寒聽講者極爲踴躍

1936年青岛本埠媒体关于老舍

在基督教青年会讲演的部分报道

青岛基督教青年会旧址，浙江路9号

地方安静，个人的生活也就有了规律。我每天差不多总是七点起床，梳洗过后便到院中去打拳，自一刻钟到半点钟，要看高兴不高兴。不过，即使不高兴，也必打上一刻钟，求其不间断。遇上雨或雪，就在屋中练练小拳。

这种运动不一定比别种运动好，而且耍刀弄棒，大有义和拳上体的嫌疑。不过它的好处是方便：用不着去找伴儿，一个人随时随地都可以活动；独自打篮球，虽然胜利都是自己的，究竟不大有趣。再说，和大家一同打球，人家用多大的力气，自己也得陪着；不能一劲儿请求大家原谅。打拳呢，可长可短，可软可硬，由慢而速，亦可由速而慢，缺乏纪律，可是能够从心所欲不逾矩。它没有篮球足球那么激烈，可比纯徒手操活泼，练上几趟就多少能见点汗儿；背上微微见汗，脸色微红，最为舒服。只要有恒心，天天活动一会儿，必定有益。

本篇原载1937年4月25日《益世报》副刊《文艺周》第49期。《文艺周》创刊于1936年5月3日，1937年6月27日出版第58期之后停刊，1935年《避暑录话》十二同人之一李同愈负责编辑，以刊载小说、散文小品和诗歌为主。

本篇写的是作者于1936年7月辞去山东大学教职以后八个月的生活情况，从早到晚，一一叙述，除了写作以外，讲了一天中打拳、浇花、看报、回信、睡午觉、养猫诸事，天气特别晴美的日子要带小孩到公园看猴或到海边拾蛤壳，有时会与朋友聊天，还要抽时间帮青年作者看稿子，周六和周日也会约朋友吃饭和看电影，另外还提及理发和坐车等事，对写作的艰难性感触良多。每一天的时光都是简单而丰富的，都是清贫而充实的，从每件事中透露出来的都是一位有仁心、有乐趣、有责任的作家的真性情。这一时期，老舍在文学创作上最重要的一个收获就是写成了长篇小说《骆驼祥子》。

这几个月的生活

自去年七月中辞去教职[1]，到如今已快八个月了。数月里，有的朋友还把信给我寄到学校去；有的就说我没有了影儿；有的说我已经到哪里哪里作着什么什么事……我不愿变成个谜，教大家猜着玩，所以写几句出来，一打两用：一来解疑，二来就手儿当作稿子。

辞职后，一直住在青岛，压根儿就没动窝。青岛自秋至春都非常的安静，绝不像只在夏天来过的人所说的那么热闹。安静，所以适于写作，这就是我舍不得离开此地的原因。

除了星期日或有点病的时候，我天天总写一点，有时少至几百字，有时多过三千；平均的算，每天可得二千来字。细水长流，架不住老写，日子一多，自有成绩，可是，从发表过的来看，似乎凑不上这个数儿，那是因为长稿即使写完，也不能一口气登出，每月只能发表一两段。还有写好又扔掉也是常有的事，所以有伤耗。

地方安静，个人的生活也就有了规律。我每天差不多总是七点起床，梳洗过后便到院中去打拳[2]，自一刻钟到半点钟，要看高兴不高兴。不过，即使不高兴，也必打上一刻钟，求其不间断。遇上雨或雪，就在屋中练练小拳。

这种运动不一定比别种运动好，而且耍刀弄棒，大有义和拳上体的嫌疑。不过它的好处是方便：用不着去找伴儿，一个人随时随地都可以活动；独自打篮球，虽然胜利都是自己的，究竟不大有趣。再说，和大家一同打球，人家用多大的力气，自己也得陪着；不能一劲儿请求大家原谅。打拳呢，可长可短，可软可硬，由慢而速，亦可由速而慢，缺乏纪律，可是能够从心所欲不逾矩。它没有篮球足球那么激烈，可比纯徒手操活泼，练上几趟就多少能见点汗儿；背上微微见汗，脸色微红，最为舒服。只要有恒心，天天活动一会儿，必定有益。

打完拳，我便去浇花，喜花而不会养，只有天天浇水，以示不亏心。有的花不知好歹，水多就死；有的花，勉强的到时开几朵小花。

不管它们怎样吧，反正我尽了责任。这么磨蹭十多分钟，才去吃早饭，看报。这差不多就快九点钟了。

吃过早饭，看看有应回答的信没有；若有，就先写信，溜一溜脑子；若没有，就试着写点文章。在这时候写文，不易成功，脑子总是东一头西一脚的乱闹哄。勉强的写一点，多数是得扔到字纸篓去。不过，这么闹哄一阵，虽白纸上未落多少黑字，可是这一天所要写的，多少有了个谱儿，到下午便有辙可循，不至再拿起笔来发怔了。简直可以这么说，早半天的工作是抛自己的砖，以便引出自家的玉来。

十一时左右，外埠的报纸与信件来到，看报看信；也许有个朋友来谈一会儿，一早晨就这么无为而治的过去了。遇到天气特别晴美的时候，少不得就带小孩到公园去看猴[3]，或到海边拾蛤壳[4]。这得九点多就出发，十二时才能回来，我们是能将一里路当作十里走的；看见地上一颗特别亮的砂子，我们也能研究老大半天。

十二点吃午饭。吃完饭，我抢先去睡午觉，给孩子们示范。等孩子都决定去学我的好榜样，而闭上了眼，我便起来了；我只需一刻钟左右的休息，不必睡那伟大的觉。孩子睡了，我便可以安心拿起笔来写一阵。等到他们醒来，我就把墨水瓶盖好，一直到晚八点再打开。大概的说吧，写文的主要时间是午后两点到三点半，和晚上八点到九点半。这两个时间，我可以不受小孩们的欺侮。

九点半必定停止工作。按说，青岛的夜里最适于写文，因为各处静得连狗彷佛都懒得吠一声，可是，我不敢多写，身体钉不住；一咬牙，我便整夜的睡不好；若是早睡呢，我便能睡得像块木头，有人把我搬了走我也不知道，我可也不去睡的太早了，因为末一次的信是九点后才能送到，我得等着；还有呢，花猫每晚必出去活动，到九点后才回来，把猫收入。我才好锁上门。有时候躺下而睡不着，便读些书，直到困了为止。读书能引起倦意，写文可不能；读书是把别人的思想装人自己的脑子里，写文是把自己的思想挤出来，这两样不是一回事，写文更累得慌。

星期六下午和星期日整天，该热闹了。看朋友，约吃饭，理发，偶尔也看看电影[5]，都在这两天。一到星期一，便又安静起来，鸦雀无声，除了和孩子们说废话，几乎连唇齿舌喉都没有了用处似的。说真的，青岛确是过于安静了。可是，只要熬过一两个月，习惯了，可也就舍不得它了。

按说，我既爱安静，而又能在这极安静的地方写点东西，岂不是很抖的事吗？唉！（必得先叹一口气！）都好哇，就是写文章吃不了饭啊！

我的身体不算很强，多写字总不能算是对我有益处的事。但是，我不在乎，多活几年，少活几年，有什么关系呢？死，我不怕；死不了而天天吃个半饱，远不如死了呢。我爱写作，可就是得挨饿，怎办呢？连版税带稿费，一共还不抵教书的收入的一半，而青岛的生活程度又是那么高，买葱要论一分钱的，坐车起码是一毛钱！怎样活下去呢？

常常接到青年朋友们的著作，教我给看，改；如有可能，给介绍到各杂志上去。每接到一份，我就要落泪，我没有工夫给详细的改，但是总抓着工夫给看一遍，尽我所能见到的给批注一下，客气的给寄回去。有好一点的呢，我当然找个相当的刊物，给介绍一下；选用与否，我不能管，尽到我的心算了。这点义务工作，不算什么；我要落泪，因为这些青年们都是想要指着投稿吃饭的呀！——这里没有饭吃！

干什么不是以力气挣钱呢，卖文章也是自食其力，不是什么坏事。不过，干这一行，第一是大有害于健康；老爬在桌上写，老思索，老憋闷得慌；有几个文人不害肺病呢？第二是卖了力气，拚了命，结果还卖不出钱来。越穷便越牢骚，越自苦，越咬牙，不久，怎样？不幸短命死矣！穷而后工，咱没见过；穷而后死，比比皆是。但分能干别的去，不要往这里走，此路不通！

为艺术而牺牲哟，不怕哟！好，这要不是你爸爸有钱，便是你不想活着。不想活着，找死还不容易，何必单找这条道儿？这么死，连死都不能痛痛快快的。到前线上去，哪一个枪弹不比钢笔头儿脆快呢？

我爱说实话，实话本不能悦耳；信不信由你吧，我算干够了。只有一条路可以使我继续下去这种生活，得航空奖券的头奖。不过，梦上加梦，也许有一天会疯了的。

---

[1] 关于老舍辞职一事，详见《归自北平》注2。

[2] 打拳是老舍的主要爱好之一，寓所中还摆放着一排武器架，对此，当时在青岛的许多作家都印象深刻。“他那住房进门的地方，迎面是武器架，罗列着枪刀剑戟；书斋写字台上摊着《骆驼祥子》的初稿，一武一文，给我留下很深的印象。”（吴伯箫：《作者·教授·师友——深切怀念老舍先生》）关于黄县路寓所的兵器架，老舍之子舒乙也讲到：“通客厅的小前厅里有一副架子，上面十八般兵器一字排开，让初次造访的人困惑不解，以为闯进了某位武士的家。”（舒乙：《老舍的关坎和爱好》，第32页，中国建设出版社，1988年）1935年，老舍在青岛写的短篇小说《断魂枪》就是以拳师为主人公，写传统武术的作品。在青岛黄县路老舍故居（骆驼祥子博物馆）中，陈列着老舍练武用的兵器架以及当年与岛上拳师毛丽泉切磋武艺时用的器具。

[3] 公园，指的是中山公园（参见《五月的青岛》注2），1915年始建动物笼舍，到了20世纪30年代已形成了小型动物园规模，展出猴子、金钱豹、梅花鹿、熊及飞禽等珍贵动物。自此始，到中山公园看猴子，这乐趣留在了青岛人特别是儿童的记忆中。

[4] 当时老舍所居黄县路寓所处于青岛湾和汇泉湾之间地带，特别是青岛湾栈桥以东的海岸上多蛤蜊，是拾贝的好去处。在青岛的一些时日里，舒济和舒乙喜欢跟着老舍到海边拾贝，这是童年的一大乐趣。

[5] 关于老舍看电影的事，参见《檀香扇》及其注3。

《骆驼祥子》手稿之一页

1936年夏辞去山东大学教职之后，老舍成了“职业写家”，蛰居黄县路小楼全神贯注地写作，内心包容着劳苦大众的苦难世界，笔底倾注着对人间苍生的深情关怀。“家”的意义更显非同寻常了，这是生活之家，亦是语言之家。起初，一切时光都在缓缓展开那丰盛的面目，内心是一重重门的开启，置身于一个辽阔场景中，既往经历的一切与未来想象的一切，北平的古都风貌和青岛的山海气象，不同岁月的不同灵魂都会在这场景中会合，形成恢宏的交响。几个月来，他最主要的收获就是创作长篇小说《骆驼祥子》，平均每天可写下两千余字，语言推动着岁月，精神延展着光阴，进入一个守恒时空。缘此，他而实现了由优秀作家向伟大作家的历史性跨越。这是清贫时日中的一道文学之光的深沉昭显，带着这部为城市贫民立传的巨著，老舍登临了现代文学史的巅峰。

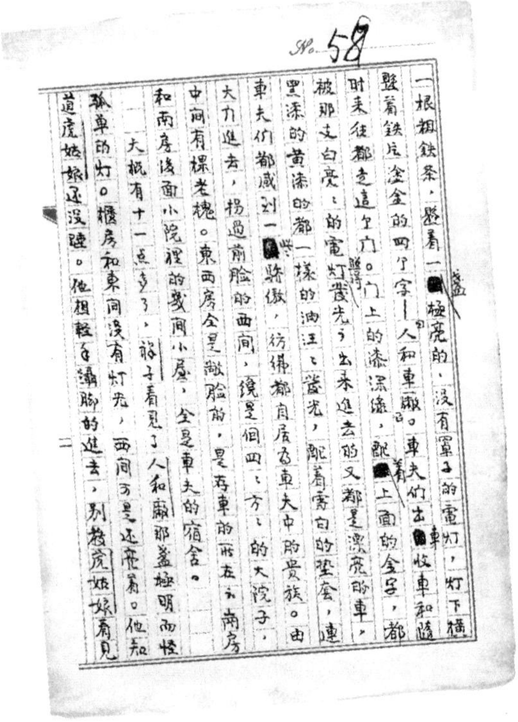
No. 58
一根粗铁条，悬着一[redacted]盏极亮的、没有罩子的電灯，灯下横
竖着铁片涂金的四个字——人和車厰。車夫们出[redacted]車收車和随
时来往都走這个门。门上的漆深绿，配[redacted]着上面的金字，都
被那支白亮亮的電灯發着光，出来進去的又都是漂亮的車，
黑漆的黄漆的都一樣的油汪汪發光，配着雪白的垫套，連
車夫们都感到一[redacted]些骄傲，彷彿都自居为車夫中的贵族。由
大门進去，拐過前脸的西间，纔是個四四方方的大院子，
中间有棵老槐。東西房全是敞脸的，是存車的所在；南房
和南房後面小院裡的幾间小屋，全是車夫的宿舍。
大概有十一点多了，祥子看見了人和厰那盏極明而怯
孤单的灯。櫃房和東间没有灯光，西间可是还亮着。他知
道虎姑娘还没睡。他想輕手躡脚的進去，別教虎姑娘看見

丁聪绘老舍练武图

写作之外，老舍最喜欢做的事要属打拳了，这也是青岛生活的一个基本元素。老舍有侠气，在青岛，吐纳山海灵光与清新空气，练起来更舒展自如了。黎明即起，打拳舞剑，伴以海风习习，修竹飒飒，那生龙活虎的劲头极淳朴感人，闪转腾挪之间，似已忘记了文字的重量。屋宇中也摆放着兵器架，十八般兵器一字排开。文武兼修，刚柔相济，这是老舍的基本形象，也是生命的理想状态。对老舍练武之事，当时许多友人有深刻记忆。“原来他每天清晨，总要练一套武术的，他家的走廊上就放着一堆走江湖人的家伙，我认识其中一支戴红缨的标枪。”（台静农：《我与老舍与酒》）“他那住房进门的地方，迎面是武器架，罗列着枪刀剑戟；书斋写字台上摊着《骆驼祥子》的初稿，一武一文，给我留下很深的印象。”（吴伯箫：《作者·教授·师友——深切怀念老舍先生》）

无题（因为没有故事）

它们只有两个神情：一个是凝视，极短极快，可是千真万确的是凝视。只微微的一看，就看到我的灵魂，把一切都无声的告诉了给我。凝视，一点也不错，我知道她只须极短极快的一看，看的动作过去了，极快的过去了，可是，她心里看一我呢，不定看多么久呢；我到底得管这叫作凝视，不论它是多么快，多么短。一切的诗文都用不着，这一眼道尽了『爱』所会说的与所会作的。另一个是眼珠横着一移动，由微笑移动到微笑里去，在处女的尊严中笑出一点点被爱逗出的轻佻，由热情中笑出一点点无法抑止的高兴。

本篇原载1937年6月10日上海《谈风》第16期。

讲的是作者一段初恋的故事，通过“她”的眼，写出了“烦恼也是香甜的”的美好时光。可以与小说《微神》比较阅读，罗常培在《我与老舍》一文中说：“他后来所写的《微神》，就是他自己初恋的影儿。……他告诉我儿时所眷恋的对象和当时的感情动荡的状况，我还一度自告奋勇地去伐柯，到了儿因为那位小姐的父亲当了和尚，累得女儿也做了带发修行的优波夷！以致这段姻缘未能缔结。”

无题（因为没有故事）

人是为明天活着的，因为记忆中有朝阳晓露；假若过去的早晨都似地狱那么黑暗丑恶，盼明天干吗呢？是的，记忆中也有痛苦危险，可是希望会把过去的恐怖裹上一层糖衣，像看着一出悲剧似的，苦中有些甜美。无论怎说吧，过去的一切都不可移动；实在，所以可靠；明天的渺茫全仗昨天的实在撑持着，新梦是旧事的拆洗缝补。

对了，我记得她的眼。她死了好多年了，她的眼还活着，在我的心里。这对眼睛替我看守着爱情。当我忙得忘了许多事，甚至于忘了她，这两只眼会忽然在一朵云中，或一汪水里，或一瓣花上，或一线光中，轻轻的一闪，像归燕的翅儿，只须一闪，我便感到无限的春光。我立刻就回到那梦境中，哪一件小事都凄凉，甜美，如同独自在春月下踏着落花。

这双眼所引起的一点爱火，只是极纯的一个小火苗，像心中的一点晚霞，晚霞的结晶。它可以烧明了流水远山，照明了春花秋叶，给海浪一些金光，可是它恰好的也能在我心中，照明了我的泪珠。

它们只有两个神情：一个是凝视，极短极快，可是千真万确的是凝视。只微微的一看，就看到我的灵魂，把一切都无声的告诉了给我。凝视，一点也不错，我知道她只须极短极快的一看，看的动作过去了，极快的过去了，可是，她心里看一我呢，不定看多么久呢；我到底得管这叫作凝视，不论它是多么快，多么短。一切的诗文都用不着，这一眼道尽了“爱”所会说的与所会作的。另一个是眼珠横着一移动，由微笑移动到微笑里去，在处女的尊严中笑出一点点被爱逗出的轻佻，由热情中笑出一点点无法抑止的高兴。

我没和她说过一句话，没握过一次手，见面连点头都不点。可是我的一切，她知道；她的一切，我知道。我们用不着看彼此的服装，用不着打听彼此的身世，我们一眼看到一粒珍珠，藏在彼此的心里；这一点点便是我们的一切，那些七零八碎的东西都是配搭，都无须注意。看我一眼，她低着头轻快的走过去，把一点微笑留在她身后的空气中，像太阳落后还留下一些明霞。

我们彼此躲避着，同时彼此愿马上搂抱在一处。我们轻轻的哀叹；忽然遇见了，那么凝视一下，登时欢喜起来，身上像减了分量，每一步都走得轻快有力，像要跳起来的样子。

我们极愿意过一句话，可是我们很怕交谈，说什么呢？哪一个日常的俗字能道出我们的心事呢？让我们不开口，永不开口吧！我们的对视与微笑是永生的，是完全的，其余的一切都是破碎微弱，不值得一作的。

我们分离有许多年了，她还是那么秀美，那么多情，在我的心里。她将永远不老，永远只向我一个人微笑。在我的梦中，我常常看见她，一个甜美的梦是最真实，最纯洁，最完美的。多少多少人生中的小困苦小折磨使我丧气，使我轻看生命。可是，那个微笑与眼神忽然的从哪儿飞来，我想起唯有“人面桃花相映红”[1]差可托拟的一点心情与境界，我忘了困苦，我不再丧气，我恢复了青春；无疑的，我在她的洁白的梦中，必定还是个美少年呀。

春在燕的翅上，把春光颤得更明了一些，同样，我的青春在她的眼里，永远使我的血温暖，像土中的一颗子粒，永远想发出一个小小的绿芽。一粒小豆那么小的一点爱情，眼珠一移，嘴唇一动，日月都没有了作用，到无论什么时候，我们总是一对刚开开的春花。

不要再说什么，不要再说什么！我的烦恼也是香甜的呀，因为她那么看过我！

[1] 诗出自唐代诗人崔护的《题都城南庄》：“去年今日此门中，人面桃花相映红。人面不知何处去，桃花依旧笑春风。”

五月的青岛

因为青岛的节气晚，所以樱花照例是在四月下旬才能盛开。樱花一开，青岛的风雾也挡不住草木的生长了。海棠，丁香，桃，梨，苹果，藤萝，杜鹃，都争着开放，墙角路边也都有了嫩绿的叶儿。五月的岛上，到处花香，一清早便听见卖花声。公园里自然无须说了，小蝴蝶花与桂竹香们都在绿草地上用它们的娇艳的颜色结成十字，或绣成几团；那短短的绿树篱上也开着一层白花，似绿枝上挂了一层春雪。就是路上两旁的人家也少不得有些花草：围墙既矮，藤萝往往顺着墙把花穗儿悬在院外，散出一街的香气：那双樱，丁香，都能在墙外看到，双樱的明艳与丁香的素丽，真是足以使人眼明神爽。

原载1937年6月16日《宇宙风》第43期。

这是老舍写青岛景致的美文之一，漫说五月青岛的花事与海事，抒发着春天的自由性灵，不经意之间点出了山海环境与地域精神的魅力，笔触细腻而从容，神思内敛而优雅，有一种意气风发的文人豪情漾动在里面，也有一种感恩自然的深情蕴含在里面，似乎所有诗意都因着一个刚刚开始的春天而复活了，显现着生机与希望。青岛是一座优美的海上花园，花影覆盖着季节，闪耀于大街小巷之间，成为日常生活的天然一部分，充满着人与自然相互关怀的魅力，令人神爽，对此他不吝赞美。他喜欢花，常怀感恩之心面对自然，心意淳朴，观察的角度亦多有出人意料之处，而且不囿于花影本身，往往是要以花事来传心事的。至于笔触，细腻而自然，看似随手拈来，却流转有度，达成了书写与阅读的默契，不知不觉之间已见真意，一抹微笑已达成了审美自由。

五月的青岛

因为青岛的节气晚，所以樱花照例是在四月下旬才能盛开[1]。樱花一开，青岛的风雾也挡不住草木的生长了。海棠，丁香，桃，梨，苹果，藤萝，杜鹃，都争着开放，墙角路边也都有了嫩绿的叶儿。五月的岛上，到处花香，一清早便听见卖花声。公园[2]里自然无须说了，小蝴蝶花与桂竹香们都在绿草地上用它们的娇艳的颜色结成十字，或绣成几团；那短短的绿树篱上也开着一层白花，似绿枝上挂了一层春雪。就是路上两旁的人家也少不得有些花草：围墙既矮，藤萝往往顺着墙把花穗儿悬在院外，散出一街的香气：那双樱，丁香，都能在墙外看到，双樱的明艳与丁香的素丽，真是足以使人眼明神爽。

山上有了绿色，嫩绿，所以把松柏们比得发黑了一些。谷中不但填满了绿色，而且颇有些野花，有一种似紫荆而色儿略略发蓝的，折来很好插瓶。

青岛的人怎能忘下海呢。不过，说也奇怪，五月的海就彷彿特别的绿，特别的可爱；也许是因为人们心里痛快吧？看一眼路旁的绿叶，再看一眼海，真的，这才明白了什么叫作“春深似海”。绿，鲜绿，浅绿，深绿，黄绿，灰绿，各种的绿色，联接着，交错着，变化着，波动着，一直绿到天边，绿到山脚，绿到渔帆的外边去。风不凉，浪不高，船缓缓的走，燕低低的飞，街上的花香与海上的咸味混到一处，浪漾在空中，水在面前，而绿意无限，可不是，春深似海！欢喜，要狂歌，要跳入水中去，可是只能默默无言，心好像飞到天边上那将将能看到的小岛[3]上去，一闭眼彷彿还看见一些桃花。人面桃花相映红，必定是在那小岛上。

这时候，遇上风与雾便还须穿上棉衣，可是有一天忽然响晴，夹衣就正合适。但无论怎说吧，人们反正都放了心——不会大冷了，不会。妇女们最先知道这个，早早的就穿出利落的新装，而且决定不再脱下去。海岸上，微风吹动少女们的发与衣，何必再去到电影园中找那有画意的景儿呢！这里是初春浅夏的合响，风里带着春寒，而花草山水又似初夏，意在春而景如夏，姑娘们总先走一步，迎上前去，跟花们竞争一下，女性的伟大几乎不是颓废诗人所能明白的。

人似乎随着花草都复活了，学生们特别的忙：换制服，开运动会，到崂山丹山[4]

旅行，服劳役。本地的学生忙，别处的学生也来参观，几个，几十，几百，打着旗子来了，又成着队走开，男的，女的，先生，学生，都累得满头是汗，而仍不住的向那大海丢眼。学生以外，该数小孩最快活，笨重的衣服脱去，可以到公园跑跑了；一冬天不见猴子了，现在又带着花生去喂猴子，看鹿。拾花瓣，在草地上打滚；妈妈说了，过几天还有大红樱桃吃呢！

马车[5]都新油饰过，马虽依然清瘦，而车辆体面了许多，好作一夏天的买卖呀。新油过的马车穿过街心，那专作夏天的生意的咖啡馆[6]，酒馆，旅社，饮冰室[7]，也找来油漆匠，扫去灰尘，油饰一新。油漆匠在交手上忙，路旁也增多了由各处来的舞女。预备呀，忙碌呀，都红着眼等着那避暑的外国战舰[8]与各处的阔人。多嗜浴场[9]上有了人影与小艇，生意便比花草还茂盛呀。到那时候，青岛几乎不属于青岛的人了，谁的钱多谁更威风，汽车的眼是不会看山水的。

那么，且让我们自己尽量的欣赏五月的青岛吧！

---

[1] 此处写出青岛的气候特点和樱花周期。青岛大规模种植樱花的历史始于19世纪初，于当时的森林公园（即现在的中山公园）中试种，后来普遍种植于各处，无论是在公园里还是在街巷中，多见其姿影摇曳。樱花分单樱和双樱，前者为单瓣，后者为复瓣。单樱先开花后长叶，在青岛多于4月下旬盛开；双樱花期更晚一些，多于5月初盛开。直到现在，赏樱依然是青岛春天的花事经典。老舍多次写到樱花，在小说《听来的故事》中更是以樱花之美丽来反衬人世之荒诞（见本书第2卷）。

[2] 公园，指中山公园，位于太平山西南麓，汇泉湾北岸，为青岛老城区最大的城市公园。其地的人文脉络可追溯至明朝初年，会前村在此立村，与青岛村、鲍岛村同为青岛西部老城区的三大古村落之一，见证了城市的前世因缘与历史沧桑，今公园内尚有会前村遗址。1897年德占胶澳，翌年强迁会前村，原址建起了植物试验场，后取名森林公园，专门引种奇花异木，集汇世界各地植物170多种共23万株，其中包括从日本引进的2万株樱花。1914年日本占领青岛之后，改森林公园为旭公园，扩大了樱花等花木的种植。1922年12月北洋政府收回青岛以后，将这座公园更名为第一公园。1929年4月南京国民政府接管青岛以后，为了纪念孙中山先生，于当年5月22日将公园正式命名为中山公园，沿用至今。1934年至1937年，老舍在青岛生活期间，中山公园是他喜欢游玩的地方，写作闲暇会来这里赏花、品茗、漫步。1936年5月初某日，老舍来到中山公园，在一株樱花树下留影，身着西装，神色安适，这是迄今为止可见的唯一的一张老舍在青岛拍摄的户外照片。

[3] 老舍曾多次写到海中或者海对面的小岛，从青岛湾和汇泉湾皆可望见薛家岛（凤凰岛），一道绿色山岭静卧碧蓝海面，看上去犹如海上仙境一般。

《五月的青岛》原发表页
1937年6月16日《宇宙风》第43期

五月的青島

老舍

因爲青島的節氣晚，所以櫻花照例是在四月下旬纔能盛開。櫻花一開，青島的風霧也擋不住草木的生長了。海棠，丁香，桃，梨，蘋果，藤蘿，杜鵑，都爭着開放，牆角路旁也都有了嫩綠的葉兒。五月的島上，到處花香，一清早便聽見賣花聲。公園裏自然無須說了，小蝴蝶花與桂竹香們都在綠草地上用牠們的嬌艷的顏色結成十字，或繡成幾團；那短短的綠樹籬上也開着一層白花，似綠枝上掛了一層春雪。就是路上兩旁的人家也少不得有些花草：圍牆既矮，藤蘿往往順着牆把花穗兒懸在院外，散出一街的香氣：那雙櫻，丁香，都能在牆外看到，雙櫻的明艷與丁香的素麗，眞是足以使人眼明神爽。

山上有了綠色，嫩綠，所以把松柏們比得發黑了一些。谷中不但填滿了綠色，而且頗有些野花，有一種似紫荊而色兒略略發藍的，折來很好插瓶。

青島的人怎能忘下海呢。不過，說也奇怪，五月的海就彷彿特別的綠，特別的可愛；也許是因爲人們心裏痛快吧？看一眼路旁的綠葉，再看一眼海，眞的，這纔明白了什麼叫作「春深似海」。綠，鮮綠，淺綠，深綠，黃綠，灰綠，各種的綠色，聯接着，交錯着，變化着，波動着，一直綠到天邊，綠到山腳，綠到漁帆的外邊去。風不涼，浪不高，船緩緩的走，燕低低的飛，街上的花香與海上的鹹味混到一處，浪漾在空中，水在面前，而綠意無限，可不是，春深似海！歡喜，要狂歌，要跳入水中去，可是只能默默無言，心好像飛到天邊上那將將能看到的小島上去，一閉眼彷彿還看見一些桃花。人面桃花相映紅，必定是在那小島上。

這時候，遇上風與霧便還須穿上棉衣，可是有一天忽然響晴，袷衣就正合適。但無論怎說吧，人們反正都放了心——不會大冷了，不會。婦女們最先知道這個，早早的就穿出利落的新裝，而且決定不再脫下去。海岸上，微風吹動少女們的髮與衣，何必再去到電影園中找那有畫意的景兒呢！這裏是初春淺夏的合響，風裏帶着春寒，而花草山水又似初夏，意在春而景如夏，姑娘們總先走一步，迎上前去，跟花們競爭一下，女性的偉大幾乎不是頹廢詩人所能明白的。

人們似乎隨着花草都復活了，學生們特別的忙：換制服，開運動

宇宙風　第四十三期　老舍：五月的青島

三一七

[4] 丹山，位于崂山（见《暑避》注2）之西北部，为其支脉，盛产花果。

[5] 马车，20世纪二三十年代在青岛与人力车和汽车并存的交通工具，车篷内可对坐四人。1934年3月，王统照在散文《青岛素描》中就曾写到他与朋友坐马车观瞻青岛街景之事。1935年夏，女作家苏雪林漫游青岛之后写下《岛居漫兴》，其中说道这样一件事，某日她与丈夫乘马车到太平角野餐，陪同游览的山东大学“周教授”特别介绍了青岛的道路与马车，说：“青岛本是由一座荒山开辟出来的，全城的地势坡陡起伏，虽说处处筑有光滑坚实的柏油马路，车辆通行仍然感觉困难。因此这里马车的制度也别出心裁，一骡一马相配。骡取其耐运负重，马则取其力大能爬山坡。”

[6] 此处例举的几种场所凸显了青岛的夏日风情与时尚生活元素。咖啡馆在青岛久有存在，1902年德国面包师奥托（Otho）在弗里德里希大街（今中山路南段）与王储大街（今湖北路）拐角处开设面包房，后来长期用作咖啡馆和西餐厅，20世纪30年代在国立青岛大学任教的梁实秋常光顾此处，咖啡之外，认为这里的牛排为国内第一。1932年，希腊人司徒凡尼狄司和俄国人瓦克撒联手在中山路与曲阜路路口开设了咖啡饭店，此即青岛饭店的前身。老舍本人对咖啡也很熟悉，早在1925年旅居英伦期间，就与咖啡有了亲密接触，不过兴趣一般，他更喜欢饮茶。

[7] 饮冰室，此指冷饮屋以及销售冰激凌的西式糕点铺。

[8] 青岛为中国重要军港，常有各国海军战舰前来访问。在意识流小说《丁》中，老舍亦曾写到海面上的军舰，作为青岛的一个历史反思符号而存在于其话语体系之中。

[9] 关于青岛的海水浴场，见《青岛与我》注1。

国立山东大学图书馆及其周边花树

20世纪二三十年代的中山公园

四季流转之间，漫步岛上，亲近自然，而且以自然来沉思文化。老舍视青岛为家园，深爱着这座充满自然关怀力的城市，写下了不少记录岛上花事与海事的文字，情深意长，实现了对地域精神的审美提炼。值樱花盛开时节，今所见他在青岛的唯一一张户外照就是在中山公园樱花树下拍的，而且就是在抒写《五月的青岛》的时节。时光继续弥漫着，春秋代序，循环不息，有时会以一个模糊的笑容来表达忧伤。他说过：“我可必得为青岛辩护，把六七月间的光景如诗一般的述说，仿佛青岛是我家里的。”（《等暑》）这是1935年8月26日在《避暑录话》第7期上作的一次表白，虽说是在一篇闲话表述的，却也不失真意。可以析出这样一层意思：如果有人意识不到青岛魅力的话，他就会“为青岛辩护”。因此，你未尝不可以将《五月的青岛》以及其他写花事与海事的文字当作一部自然辩护书来读。结合两年后写下的那部城市苦难备忘录（《南来以前》），基本上可以看到一个为城市立心的过程。

《西风》周岁纪念

这两种好处使我一拿起它来，便觉得我是拿起一本月刊。我心里并没有打算好什么是理想的月刊，不过仿佛以为月刊就和花草一样，一见到总能有些清新之感，使我爱那些颜色与香气，和叶儿上的那些露珠。《西风》，因为它是杂而新，就好像是刚买来的一些鲜花；拿起它来，我决不会想我这是要读一本什么圣经贤传，而必须焚香净虑的，摇头晃脑的，摆起酸腔臭架。不，我无须这样；我仿佛是得到一些鲜花，看它们，喜爱它们，而可以不必装蒜。在不装蒜之中，我可是得到许多好处，多知道了许多的事。所以，我觉得《西风》真是一本月刊；它决不会子曰然而的让我看些洋八股，决不会字里行间有些酸溜溜的味儿，使我怀疑莫非又上了什么洋当。

本篇 原载1937年9月1日《西风》第13期。

从文章写作和发表的时间来看，应是今所见老舍离开青岛前写的最后一篇发表于文学期刊上的散文，仍然保持着老舍一贯的幽默风趣的文风。《西风》为现代文化杂志，由黄嘉德、黄嘉音兄弟于1936年创办于上海，林语堂为顾问，老舍曾多次为该刊撰稿。创刊一周年之际，《西风》杂志社专函邀请老舍为之作此纪念之文。

《西风》周岁纪念

《西风》是我所爱读的月刊之一。每逢接到，我总要晚睡一两点钟，好把它读完；一向是爱早睡的，为心爱的东西也只好破例而不悔。

《西风》的好处是，据我看，杂而新。它上自世界大事，下至猫狗的寿数，都来介绍，故杂；杂仍有趣。它所介绍的这些东西，又是采译自最新的洋刊物与洋书，比起尊孔崇经那一套就显着另有天地，读了使人有赶上前去之感，而不盼望再兴科举[1]，好中个秀才；故新。新者摩登，使人精神不腐。

这两种好处使我一拿起它来，便觉得我是拿起一本月刊。我心里并没有打算好什么是理想的月刊，不过仿佛以为月刊就和花草一样，一见到总能有些清新之感，使我爱那些颜色与香气，和叶儿上的那些露珠。《西风》，因为它是杂而新，就好像是刚买来的一些鲜花；拿起它来，我决不会想我这是要读一本什么圣经贤传，而必须焚香净虑的，摇头晃脑的，摆起酸腔臭架。不，我无须这样；我彷佛是得到一些鲜花，看它们，喜爱它们，而可以不必装蒜。在不装蒜之中，我可是得到许多好处，多知道了许多的事。所以，我觉得《西风》真是一本月刊；它决不会子曰然而的让我看些洋八股，决不会字里行间有些酸溜溜的味儿，使我怀疑莫非又上了什么洋当。

因为我爱它，所以希望它更好一点。我盼望它以后每期也介绍一两篇硬性的文章，如新出版的重要书籍的评判，如世界大事的——像西班牙的内战[2]，苏联的清党[3]——说明与预测，如哲学与艺术的新趋向——分量加重一些，或者可以免得公子哥儿们老想到这儿来找怎么系领带与吃西餐，小姐们老想到这儿来找西洋婚礼的装束打扮与去雀斑的办法。

近代文艺名著每年能介绍几篇也好，但长篇连载的东西不必限于文艺，自然科学与社会科学的名著也应当硬来一下——若是别的部分编得还是那么好，或者这硬来一下也不至于影响到销路。

更希望多加些照片。

《西风》万岁！

[1] 科举，是中国古代选拔官吏的一种考试方式，历经1300多年的历史。由于是分科取士的办法，所以叫科举，以八股文和试贴诗为主要考试内容，分为院试、乡试、会试、殿试等。中者分别为秀才、举人、进士、状元。

[2] 西班牙的内战，是指1936年7月18日到1939年4月1日在西班牙第二共和国发生的一场内战，参战双方主要是以共和国总统曼努埃尔·阿扎尼亚为首的共和政府军与与人民阵线左翼联盟、以弗朗西斯科·佛朗哥为中心的西班牙国民军和长枪党等，被认为是第二次世界大战发生的前奏。

[3] 苏联的清党，苏俄清党是党内运动和组织形式，曾开展过多次。第一次是在1921年，后几次分别是在1927年、1933年和1935年，清除党内异己分子、投机分子、蜕化变质分子、腐败分子。1936年联共（布）中央经过专门研究，决定对已经清除的党员重新审查，纠正清党运动中出现的错误，并决定废除定期开展的清党运动。

小型的复活

（自传之一章）

放下大学生不提，一般的来说，过了二十一岁，自然要开始收起小孩子气而想变成个大人了；有好些二十二三岁的小伙子留下小胡子玩玩，过一两星期再剃了去，即是一证。在这期间，事情得意呢，便免不得要尝尝一向认为是禁果的那些玩艺儿；既不再自居为小孩子，就该老声老气的干些老人们所玩的风流事儿了。钱是自己挣的，不花出去岂不心中闹得慌。吃烟喝酒，与穿上绸子裤褂，还都是小事；嫖嫖赌赌，才真够得上大人味儿。要是事情不得意呢，抑郁牢骚，此其时也，亦能损及健康。老实一点的人儿，即使事情得意，而又不肯瞎闹，也总会想到找个女郎，过过恋爱生活，虽然老实，到底年轻沉不住气，遇上以恋爱为游戏的女子，结婚是一堆痛苦，失恋便许自杀。反之，天下有欠太平，顾不及来想自己，杀身成仁不甘落后，战场上的血多是这般人身上的。

本篇原载1938年2月1日《宇宙风》第60期。

这是老舍离开青岛将近半年才公之于世的一篇作品，看似与青岛无甚关系，写的也不是青岛的事，不过确是在青岛写的。根据文后所附“著者略历”提供的信息及行文语气来判断，这是作者于1937年8月中旬离开青岛之前已写好的一篇作品，而且应是“七七”事变发生以前的作品。作者明言“今已有一女一男”，即说明本篇写于次女舒雨出生以前。这是老舍对人生旅程中一个重要关坎的回顾，从“二十三，罗成关”的生命拷问开始，提及毕业与失业、失恋与自杀等现象，谈及工作、薪水、习惯、订婚、退婚诸事，由此追思了17年以前自己一场大病的真实经历，对当时的生活态度和行为方式进行了一次反思，也从生理和心理上对生命意义进行了一次校验，体征着生命的柔弱与坚韧，在无常与有恒之间，在某种宿命感中升华着自我意识，舒缓的语气中隐含着焦虑与警示之意，而度过这道关坎之后，岁月开始敞亮，而且不仅仅是肉体上的康泰，也必将是精神上的解放，或者说是生命整体的回归。缘此，觉醒与复活之意也就不露痕迹地显示了出来。于是，老舍不以理论而以事实呈现的人生哲学之门开启，全部岁月都和一次生死考验结合在了一起。面对自我和世界，他接受并发出了生命需要认真呵护，灵魂需要认真滋养的告诫，带来了一次深刻而具体的关于死亡与复活的见证，寄托着关于生命存在依据及其终极意义的思考。在老舍青岛时期的作品之中，这是不同寻常的一篇，无论内容还是风格上都与其他作品有明显不同，既无幽默之趣，亦非抒情之美，却分明是有着更本质化的生命诉说，在舒缓的语气中实现了对自我，对众生的生命观照。看似平常，却有珍奇之旨凝含于中，生命沉思与精神流变轨迹已有所见。你看，很简单，珍惜生命，守护灵魂，这就是老舍要说的事。

小型的复活

（自传之一章）

“二十三[1]，罗成关[2]。”

二十三岁那一年的确是我的一关，几乎没有闯过去。

从生理上，心理上，和什么什么理上看，这句俗话确是个值得注意的警告。据一位学病理学的朋友告诉我：从十八到二十五岁这一段，最应当注意抵抗肺痨。事实上，不少人在二十三岁左右忙着大学毕业考试，同时眼睛溜着毕业即失业那个鬼影儿；两气夹攻，身体上精神上都难悠悠自得，肺病自不会不乘虚而入。

放下大学生不提，一般的来说，过了二十一岁，自然要开始收起小孩子气而想变成个大人了；有好些二十二三岁的小伙子留下小胡子玩玩，过一两星期再剃了去，即是一证。在这期间，事情得意呢，便免不得要尝尝一向认为是禁果的那些玩艺儿；既不再自居为小孩子，就该老声老气的干些老人们所玩的风流事儿了。钱是自己挣的，不花出去岂不心中闹得慌。吃烟喝酒，与穿上绸子裤褂，还都是小事；嫖嫖赌赌，才真够得上大人味儿。要是事情不得意呢，抑郁牢骚，此其时也，亦能损及健康。老实一点的人儿，即使事情得意，而又不肯瞎闹，也总会想到找个女郎，过过恋爱生活，虽然老实，到底年轻沉不住气，遇上以恋爱为游戏的女子，结婚是一堆痛苦，失恋便许自杀。反之，天下有欠太平，顾不及来想自己，杀身成仁不甘落后，战场上的血多是这般人身上的。

可惜没有一套统计表来帮忙，我只好说就我个人的观察，这个“罗成关论”是可以立得住的。就近取譬，我至少可以抬出自己作证，虽说不上什么“科学的”，但到底也不失“有这么一回”的价值。

二十三岁那年，我自己的事情，以报酬来讲，不算十分的坏。每月我可以拿到一百多块钱[3]。十六七年前的一百块是可以当现在二百块用的；那时候还能花十二个小铜子就吃顿饱饭，我记得：一份肉丝炒三个油撕火烧，一碗馄饨带沃两个鸡子，不过是十一二个铜子就可以开付；要是预备好十五枚作饭费，那就颇可以弄一壶白干儿喝喝了。

自然那时候的中交钞票是一块当作几角用的，而月月的薪水永远不能一次拿到，于是化整为零与化圆为角的办法使我往往须当一两票当才能过得去。若是痛痛快快的发钱，而钱又是一律现洋，我想我或者早已成个“阔佬”了。

无论怎么说吧，一百多圆的薪水总没教我遇到极大的困难；当了当再赎出来，正合“裕民富国”之道，我也就不悦不怨。每逢拿到几成薪水，我便回家给母亲送一点钱去。由家里出来，我总感到世界上非常的空寂，非掏出点钱去不能把自己快乐的与世界上的某个角落发生关系。于是我去看戏，逛公园，喝酒，买“大喜”烟吃。因为看戏有了瘾，我更进一步去和友人们学几句，赶到酒酣耳热的时节，我也能喊两嗓子；好歹不管，喊喊总是痛快的。酒量不大，而颇好喝，凑上二三知己，便要上几斤；喝到大家都舌短的时候，才正爱说话，说得爽快亲热，真露出点燕赵多慷慨悲歌之士[4]的气概来。这的确值得记住的。喝醉归来，有时候把钱包手绢一齐交给洋车夫给保存着，第二日醒过来，于伤心中仍略有豪放不羁之感。

也学会了打牌。到如今我醒悟过来，我永远成不了牌油子。我不肯费心去算计，而完全浪漫的把胜负交与运气，我不看“地”上的牌，也不看上下家放的张儿，我只想象的希望来了好张子便成了清一色或是大三元。结果是回回一败涂地。认识了这一个缺欠以后，对牌便没有多大瘾了，打不打都可以；可是，在那时候我决不承认自己的牌臭，只要有人张罗，我便坐下了。

我想不起一件事比打牌更有害处的。喝多了酒可以受伤，但是刚醉过了，谁也不会马上再去饮，除非是借酒自杀的。打牌可就不然了，明知有害，还要往下干，有一个人说“再接着来”，谁便也舍不得走。在这时候，人好像已被那些小块块们给迷住，冷热饥饱都不去管，把一切卫生常识全抛在一边。越打越多吃烟喝茶，越输越往上撞火。鸡鸣了，手心发热，脑子发晕，可是谁也不肯不舍命陪君子，打一通夜的麻雀，我深信，比害一场小病的损失还要大得多。但是，年轻气盛，谁管这一套呢！

我只是不嫖。无论是多么好的朋友拉我去，我没有答应过一回。我好像是保留着这么一点，以便自解自慰；什么我都可以点头，就是不能再往“那里”去；只有这样，当清夜扪心自问的时候才不至于把自己整个的放在荒唐鬼之群里边去。

可是，烟，酒，麻雀，已足使我瘦弱，痰中往往带着点血！

那时候，婚姻自由的理论刚刚被青年们认为是救世的福音，而母亲暗中给我定了亲事[5]。为退婚，我着了很大的急。既要非作个新人物[6]不可，又恐大伤了母亲的心，左右为难，心就绕成了一个小疙疸。婚约到底是废除了，可是我得到了很重的病。

病的初起，我只觉得浑身发僵。洗澡，不出汗；满街去跑，不出汗。我知道要不妙。两三天下去，我服了一些成药，无效。夜间，我做了个怪梦[7]，梦见我仿佛是已死去，可是清清楚楚的听见大家的哭声。第二天清晨，我回了家，到家便起不来了。

“先生”是位太医院的，给我下的什么药，我不晓得，我已昏迷不醒，不晓得要药方来看。等我又能下了地，我的头发已全体与我脱离关系，头光得像个磁球。半年以后，我还不敢对人脱帽，帽下空空如也。

经过这一场病，我开始检讨自己：那些嗜好必须戒除，从此要格外小心，这不是玩的！

可是，到底为什么要学这些恶嗜好呢？啊，原来是因为月间有百十块的进项，而工作又十分清闲。那么，打算要不去胡闹，必定先有些正经事做；清闲而报酬优的事情只能毁了自己。

恰巧，这时候我的上司申斥了我一顿。我便辞了差。有的人说我太负气，有的人说我被迫不能不辞职，我都不去管。我去找了个教书的地方，一月挣五十块钱。在金钱上，不用说，我受了很大的损失；在劳力上自然也要多受好多的累。可是，我很快活：我又摸着了书本，一天到晚接触的都是可爱的学生们。除了还吸烟，我把别的嗜好全自自然然的放下了。挣的钱少，作的事多，不肯花钱，也没闲工夫去花。一气便是半年，我没吃醉过一回，没摸过一次牌。累了，在校园转了转，或到运动场外看学生们打球，我的活动完全在学校里，心整，生活有规律；设若再能把烟卷扔下，而多上几次礼拜堂，我颇可以成个清教徒了。

想起来，我能活到现在，而且生活老多少有些规律，差不多全是那一“关”的劳；自然，那回要是没能走过来，可就似乎有些不妥了。“二十三，罗成关”是个值得注意的警告！

著者略历

舒舍予，字老舍，现年四十岁[8]，面黄无须。生于北平，三岁失怙[9]，可谓无父。志学之年，帝王不存，可谓无君。无父无君，特别孝爱老母，布尔乔亚之仁[10]未能一扫空也。幼读三百千[11]，不求甚解。继学师范，遂奠教书匠之基。及壮，糊口四方，教书为业，甚难发财；每购奖券，以得末彩为荣，示甘于寒贱也。二十七岁，发愤著书，科学哲学无所懂，故写小说，博大家一笑，没什么了不得。三十四岁结婚，今已有一女一男[12]，均狡猾可喜，闲时喜养花，不得其法，每每有叶无花，亦不忍弃。书无所不读，全无所获，并不着急。教书作事，均甚认真，往往吃亏，亦不后悔。如是而已，再活四十年也许能有点出息！

著有：《老张的哲学》《赵子曰》《二马》《小坡的生日》《猫城记》《离婚》《赶集》《牛天赐传》《樱海集》《蛤藻集》《骆驼祥子》《火车集》，皆小说也。当继续再写八本，凑成二十本，可以搁笔矣。散碎文字，随写随扔；偶搜汇成集，如《老舍幽默诗文集》及《老牛破车》，亦不重视之。

---

[1] 二十三，指虚岁，老舍虚两岁（参见《我的理想家庭》注1）。

[2] “罗成关”，犹言鬼门关。渊源所自，系出古代演义小说《说唐全传》。隋唐之交的历史云烟中，李家内部发生了惊心动魄的权力内乱，秦王李世民与齐王李元吉两兄弟激烈争斗，李世民被诬下狱，为了进一步剪除李世民势力，李元吉在奉命征讨苏烈（苏定方）的过程中，假意保荐李世民部将罗成为先锋，欲借刀杀人，暗害罗成。罗成两度出战得胜后，李元吉继续设法为难他，闭城不纳，迫使罗成只身赴敌，最后马陷泥河，被乱箭射死。战死时，罗成年仅二十三虚岁。据此改编成的一部京剧传统剧目名《罗成叫关》，表现得就是这样一个故事，广为人知。故而，民间对男子的二十三虚岁形成了忌讳，认为它是人生的第一个关坎。

[3] 1920年9月30日，老舍被京师学务局任命为京师郊外北区劝学员。关于当时的具体情况，舒乙介绍说：“前清督学局原设有京师劝学所，民国后改为京师劝学办公室（类似教育局），设劝学员长一人和劝学员四人，劝学员长掌握京师内外城，劝学员分管郊外四区，一区一人，其职权是掌握地方设学事务，凡地方设立学校及私人学校，均归其视察，转呈学务局注册。经费由学务局就京师教育费项下拨给。京师劝学办公室在东铁匠胡同。郊外北区（北郊）劝学事务所在德胜门外关厢路东华严寺内。后来，迁至路西。（北郊）劝学员管辖区域包括西直门外、德胜门外、安定门外、东直门外的大片区域。劝学员当时月薪一百多元。这是一个事情不多而待遇优厚的职务。老舍的同学们和朋友们都非常羡慕他，因为，当时小学校长的月薪是四十元，小学教员的月薪是二十五元，工役的月薪是六元，相比之下，劝学员是个‘肥差’。”（舒乙：《老舍的关坎和爱好》，中国建设出版社，1988年）

[4] “燕赵多慷慨悲歌之士”，语出韩愈《送董邵南序》：“燕赵古称多感慨悲歌之士。”

[5] 关于母亲为老舍定亲以及退婚的事，舒乙介绍说：“母亲替老舍物色了一位姑娘，是母亲结拜姊妹的闺女，长得相当好看，虽说是位文盲，母亲认为十分合适。对方的父母也是一说就成，于是，母亲毫不犹豫地放了定礼，决定娶这位美人儿过门。”（舒乙：《老舍的关坎和爱好》）“老舍请大姐、三姐帮忙把婚事退掉。两位尴尬的使者说了一车的好话，赔了不知道多少不是，还下了跪，磕了头，总算推翻了婚事。”（同上）“为了退婚，老舍伤了母亲的心。他许久不敢回家，无脸去见母亲，整天丢了魂似的满街乱转。他不知怎么走回家的，进了门，一头栽倒在炕上。他大病了一场。病，使母亲原谅了儿子。面对不省人事的儿子，她又不知道落了多少慈母泪。（同上）。

[6] 新人物，即奉行婚姻自由的新式人物。

[7] 1934年春在济南，老舍也做了一个怪梦，并写下诗篇《鬼曲》。

[8] 四十岁，指虚岁。参见《我的理想家庭》注1。

[9] 失怙，意即丧父。1900年，老舍父亲舒永寿在抵抗八国联军的战斗中牺牲。

[10] “布尔乔亚之仁”，即“兼爱”。布尔乔亚，法语Bourgeoisie的音译，意即资产阶级。

[11] 三百千，《三字经》《百家姓》和《千字文》是古代流传最广的三部启蒙读物，合称“三百千”。

[12] “今已有一女一男”，此句成为判断本文写作时间的关键。“一女”指长女舒济，“一子”指长子舒乙。由此可推定，本篇写于老舍的第二个女儿舒雨出生之前，她于1937年8月1日生于青岛。

这一年的笔

青岛的民气不算坏，四乡壮丁早有训练，码头工人绝对可靠，不会被浪人利用，而且据说已有不少正规军队开到。公务人员送走妇孺，是遵奉命令；男人们照常作事，并不很慌。市民去几里外去找『号外』，等至半夜去听广播的，并不止我一个人。虽然谁也看出，胶济铁路一毁，敌人海军封锁海口，则青岛成为罐子，可是大家真愿意『打日本鬼子』！抗战的情绪平衡了身家危险的惊惧，大家不走。在这种空气中，我开始给本地报纸写抗战短文。

本篇原载1938年7月7日汉口《大公报》副刊《战线》第159号“七七周年纪念特刊”。

这是老舍关于过去一年的回忆录和沉思录，对于理解当时作者的精神世界具有重要意义。抗战一周年，无论对于作家自己还是对于整个中华民族来说，都是极具考验的一年。这一年，老舍经历了人生的重大转折，告别了青岛，也告别了山东，舍家南下，从武汉开始了抗日救亡的“八年风雨”历程。从“七七”事变发生的那一刻开始，他就意识到了今后人生与文学创作都将有所不同了，作为单纯的“职业写家”的生活结束了，他不得不放下先前预约好的小说创作，而转写与抗战相关的文章，知识分子的良心与文化责任感使然，因为“抗战第一”，这是与民族共存亡的岁月，所以无论如何，“这一年来的流亡，别离，苦痛，都可以忍受，因为笔还在我手中。”这一年，他投入到了文艺界抗日救亡的洪流之中，担任了“文协”（中华全国文艺界抗敌协会）的负责人，承担起历史使命。他的执毅与坚韧体现了一代作家与民族命运的深刻联结，生命与文学的意义都放大了，于是在文章结尾，他倾注了这样的心声：“这一年的笔是沾着这一年民族的血来写画的，希望她能尽情的挥动，写出最后胜利的欢呼与狂舞。”本篇可与《南来以前》及《乱离通信》比较阅读，它们有着主题、风格与精神上的一致性，构成了当时关于个人与城市命运的实录，不仅以其凝练的笔触和深沉的基调显示了文学价值，而且因其稀有的纪实性而具有了特殊的历史文献价值，某种意义上，可将这些作品视为老舍留给青岛的一部城市备忘录。

这一年的笔

去年七七[1]，我还在青岛[2]，正赶写两部长篇小说[3]。这两部东西都定好在九月中登载出，作为“长篇连载”，足一年之用。七月底，平津失陷，两篇共得十万字，一篇三万，一篇七万。再有十几万字，两篇就都完成了，我停了笔。一个刊物[4]，随平津失陷而停刊，自然用不着供给稿子；另一个[5]却还在上海继续刊行，而且还直催预定货件。可是，我不愿写下去。初一下笔的时候，还没有战争的影子，作品内容也就没往这方面想。及至战争已在眼前，心中的悲愤万难允许再编制“太平歌词”了。青岛的民气不算坏，四乡壮丁早有训练，码头工人绝对可靠，不会被浪人[6]利用，而且据说已有不少正规军队开到。公务人员送走妇孺，是遵奉命令；男人们照常作事，并不很慌。市民去几里外去找“号外”[7]，等至半夜去听广播[8]的，并不止我一个人。虽然谁也看出，胶济铁路一毁，敌人海军封锁海口[9]，则青岛成为罐子，可是大家真愿意“打日本鬼子”！抗战的情绪平衡了身家危险的惊惧，大家不走。在这种空气中，我开始给本地报纸写抗战短文[10]。信用——未能交出预约的稿子——报酬，艺术，都不算一回事了；抗战第一。一个医生因报酬薄而拒绝去医治伤兵，设若被视为可耻，我想我该放下长篇，而写些有关抗战的短文。

八月中旬因应齐大之约，搬往济南[11]。济南还不如青岛。民气沉寂，而敌军已陷沧州。我不悲观，也不乐观，我写我的，还是供给各报纸。

直到十一月中旬，黄河铁桥炸毁[12]，我始终活动着我的笔，不管有多大用处。铁桥炸毁，敌军眼看攻到，而当地长官[13]还没有抗战的决心，我只好走出来[14]。不能教我与我的笔一齐锈在家中。

到汉口，我的笔更忙起来。人家要什么，我写什么。我只求尽力，而不考虑自己应当写什么，假若写大鼓书词[15]有用，好，就写大鼓书词。艺术么？自己的文名么？都在其次。抗战第一。我的力量都在一枝笔上，这枝笔须服从抗战的命令。有一天，见到一位伤兵，他念过我的鼓词。他已割下一条腿。他是谁？没人知道。他死，入无名英雄墓。他活，一个无名的跛子。他读过我的书词，而且还读给别的兄弟们听，这就够了。只求多有些无名英雄们能读到我的作品，能给他们一些安慰，好；一些激动，也好。我设若因此而被关在艺术之神的寺外，而老去伺候无名英雄们，我就满意，因为我的笔并未落空。

这一年来的流亡，别离，苦痛，都可以忍受，因为笔还在我手中。想想看，那该是怎样惨酷的事呢，设若我的手终日闲着，笔尖长了锈！再退一步讲，我依然继续写我的长篇小说，而没有一个无名英雄来取读，我与抗战恐怕就没有多大关系了吧？在今日，我以为一篇足以使文人淑女满意的巨制，还不及使一位伤兵能减少一些苦痛寂寞的小曲；正如争得百米第一的奖牌，在今日，远不及一位士兵挂彩那么光荣。在这时代，才力的伟大与否，艺术的成就如何，倒似乎都在其次，最要紧的还是以个人的才力——不管多么小——与艺术——不管成就怎样——配合着抗战的一切，作成今天管今天的，敌人来到便拿枪的事实。

我是在这里称赞自己么？一定不是！我是来说这一年我的笔没有闲着，和为什么事没有闲着。我尽了我的力，该当的；只觉得不够，羞愧；还敢自谀？因为我自己如是，我便可以切实的说明，文艺界的朋友们多数的是加紧工作，不肯闲起笔来。大家所写的不同，可是文艺始终未曾被敌人的炮火吓得闭口无言。自然，因印刷的，交通的，分配的，种种不便与疏忽，文艺还未曾深入民间与军队中。可是，这不足证明文艺者的懒怠，而是许多许多实际的困难未能克服，不能归咎于作家。第三期抗战已到，精神食粮必须与武器兵力一齐马上充实起来，不可稍缓。文艺者，我相信，是愿意把笔作为枪[16]的。那么，政府社会在实际上能予以便利及与协助，实在是必要的。文艺者只有笔，他并没"一应俱全"的带着印刷与交通工具。等到文艺者的笔因客观的条件而不得不锈起来，那个损失将非仅后悔所能弥补的。

这一年的笔是沾着这一年民族的血来写画的，希望她能尽情的挥动，写出最后胜利的欢呼与狂舞。有笔的人确是有这个信仰。希望政府与社会帮助。横扫倭寇，还我山河！

---

[1] 卢沟桥位于北平西南永定河上。1937年7月7日夜，侵华日军在附近举行演习，假借一名士兵"失踪"而向中方提出了要进入宛平县城搜查的无理要求，遭到中国守军第29军的严辞拒绝。日军向中国守军开枪射击并炮轰宛平城，第29军奋起抗战。这就是震惊中外的"卢沟桥事变"，亦称"七七"事变，是日本全面侵华战争的开始，也是中华民族进行全面抗战的历史起点。

[2] 关于当时老舍与青岛的具体情况，在书信《南来以前》当中有着更为具体的记载。

[3] 两部正在赶写的长篇小说是《病夫》和《小人物自述》。

[4] 一个刊物，指的是《方舟》（见《文艺副产品——孩子们的事情》注12），1937年7月因战争而停刊。

[5] 当时仍在发表老舍小说的刊物是指《宇宙风》。当年8月16日《宇宙风》第47期刊载广告：从第49期开始将陆续登载老舍先生的新作——长篇小说《病夫》。

[6] 浪人，此指当时受日本政府或军方指派在青岛闹事的日本武士。

[7] "号外"，指当时青岛各种报纸专门刊发抗战消息的号外。当时青岛的国人报纸有《青岛民报》《正报》《民众日报》《时报》《晨报》等近二十家，其中《青岛民报》为国民党青岛市党部机关报，创刊于1930年2月，1937年7月24日停刊。

[8] 为获知战争与时局消息，老舍常在半夜到友人家中收听无线电广播。参见《南来以前》。

[9] 封锁海口，指日本海军封锁胶州湾及附近海面。参见《南来以前》。

[10] 据本文和书信《南来以前》的记载，当时老舍为《民众日报》或其他报纸写过抗日文章，遗憾的是这些文章至今尚未查到。

[11] 1937年8月12日，老舍离青赴济，再任齐鲁大学教职。相关情况参见《南来以前》及《乱离通信》。

[12] 黄河铁桥是指津浦铁路在济南跨黄河的铁路大桥，建于1909年至1912年。1937年11月8日，日军飞机轰炸济南，当月15日，时任山东省政府主席、第五战区副司令兼第三集团军总司令韩复榘退守黄河南岸，下令炸毁黄河铁桥，以阻止日军南进。

[13] 当地长官，指韩复榘。见注12。

[14] 关于当时情况，在《八方风雨》一文中，老舍写道："一个读书人最珍贵的就是他的一点气节。我不能等待敌人进来，把我的那点珍宝劫夺了去。我必须赶紧出走。"1937年11月15日晚，老舍痛别妻儿，挤上南去的最后一班火车，于11月18日抵达汉口，先在中学同学白君家中安顿下来。半月后移居武昌，寄寓山大故交、华中大学教授游国恩的云架桥寓所。再后来，经冯玉祥将军的安排，移至千户街福音堂居住。武汉是当时全国抗日救亡的中心，集结了大批文化艺术界的知名人士。1938年3月27日，在周恩来的支持下，老舍负责组织的"中华全国文艺界抗敌协会"（简称"文协"）在汉口成立，他本人被推举为常务理事兼总务部主任，是实际上的总负责人，大力推进抗战文艺活动的开展。

[15] 大鼓书词，简称鼓词，用于民间曲艺——大鼓书表演的唱词，通俗易懂，是抗战时期广泛使用的一种文化艺术传播形式。老舍写有《游击战》《二期抗战》《新拴娃娃》及《陪都赞》等鼓词作品。

[16] 关于以笔为枪投身抗日的情况，在《八方风雨》一文中，老舍写道："我只有一枝笔。这枝笔是我的本钱，也是我的抗敌的武器。我不肯，也不应该，放弃了它，而去另找出路。于是，我由青岛跑到济南，由济南跑到武汉，而后跑到重庆。由重庆，我曾到洛阳，西安，兰州，青海，绥远去游荡，到川东川西和昆明大理去观光。到处，我老拿着我的笔。风把我的破帽子吹落在沙漠上，雨打湿了我的瘦小的铺盖卷儿；比风雨更厉害的是多少次敌人的炸弹落在我的附近，用沙土把我埋了半截。这，是流亡，是酸苦，是贫寒，是兴奋，是抗敌，也就是'八方风雨'。"

1938年在武汉的老舍

1937年11月18日，老舍乘火车抵达了汉口。先在一位同学的家中安顿下来，半月后移居武昌，寄寓山大故交、华中大学教授游国恩的云架桥寓所。又半月，由冯玉祥将军安排到了千户街福音堂居住。武汉是当时全国抗日救亡的中心，集结着大批文艺界的爱国人士。自青岛时期最后一个月已开始的由书斋文人到抗日战士的转变，到武汉时期正式实现了。1938年3月27日，在周恩来的支持下，老舍负责组织的“中华全国文艺界抗敌协会”（简称文协）在汉口成立，他被推举为常务理事兼总务部主任，是实际上的总负责人，致力于团结文化界名流推进抗战文艺活动的开展。

1937年，老舍（左）在武汉与爱国将领黄琪翔夫妇在一起

怀友

在青岛，和洪深，孟超，王余杞，臧克家，杜宇，刘西蒙，王统照诸先生常在一处，而且还合编过一个暑期的小刊物。洪深先生在春天就离开青岛，孟超与杜宇先生是和我前后脚在七七以后走开的。多么可爱的统照啊，每次他由上海回家——家就在青岛——必和我喝几杯苦露酒。苦露，难道这酒名的不祥遂使我们有这长别离么？不，不是！那每到夏天必来示威的日本舰队——七十几艘，黑乎乎的把前海完全遮住，看不见了那青青的星岛——才是不祥之物呀！日本军阀不被打倒，我们的命都难全，还说什么朋友与苦露酒呢？

本篇原载1939年4月《抗战文艺》第4卷第1期

写此文时，老舍人在重庆，是“文协”（中华全国文艺界抗敌协会）的负责人，致力于全国文艺界的抗战力量的团结以共同担负历史使命。老舍重友情，在青岛曾写下了《记涤洲》《礼物》《诗三律》等赞美友谊和真情的作品。如今置身于“八方风雨”之中，他回忆往事，追叙了先前在北平、上海、济南和青岛等地相识相知的那些朋友们，内心感念有加，渴望着抗战胜利后的重新聚首。文章的后半部，他深情表达了对王统照等青岛故人的怀念，特别提及了畅饮苦露的时光，同人之谊跃然纸上，让人为之动容。

怀友

虽然家在北平，可是已有十六七年没在北平住过一季以上了。因此，对于北平的文艺界朋友就多不相识。

不喜上海，当然不常去，去了也马上就走开，所以对上海的文艺工作者认识的也很少。

有三次聚会是终生忘不掉的：一次是在北平，杨今甫[1]与沈从文[2]两先生请吃饭，客有两桌，酒是满坛；多么快活的日子啊！今甫先生拳高量雅，喊起来大有威风。从文先生的拳也不弱，杀得我只有招架之功，并无还手之力。那快乐的日子，我被写家们困在酒阵里！最勇敢的是叶公超[3]先生，声高手快，连连挑战。朱光潜[4]先生拳如其文，结结实实，一字不苟。朱自清[5]先生不慌不忙，和蔼可爱。林徽音[6]女士不动酒，可是很会讲话。几位不吃酒的，谈古道今，亦不寂寞，有罗膺中[7]先生，黎锦明[8]先生，罗莘田[9]先生，魏建功[10]先生……其中，莘田是我自幼的同学，我俩曾对揪小辫打架，也一同逃学去听《施公案》[11]。他的酒量不大，那天也陪了我几杯，多么快乐的日子！这次遇到的朋友，现在大多数是在昆明，每个人都跑了几千里路。他们都最爱北平，而含泪逃出北平；什么京派不京派，他们的气节不比别人低一点呀！那次还有周作人先生，头一回见面，他现在可是还在北平，多么伤心的事！

第二次是在上海，林语堂[12]与邵询美[13]先生请客，我会到沈有乾[14]、简又文[15]，诸先生。第三次是郑振铎[16]先生请吃饭，我遇到茅盾[17]，巴金[18]，黎烈文[19]，徐调孚[20]，叶圣陶[21]诸位先生。这些位写家们，在抗战中，我只会到了三位：简又文、圣陶与茅盾。在上海的，连信也不便多写，在别处的，又去来无定，无从通信。不过，可以放心的，他们都没有逃避，都没有偷闲，由友人们的报告，知道他们都勤苦的操作，比战前更努力。那可纪念的酒宴，等咱们打退了敌人是要再来一次呀！今日，我们不教酒杯碰着手，胜利是须“争”取来的啊！我们须紧握着我们的武器！

在山东住了整七年。在济南，认识了马彦祥[22]与顾绶昌[23]先生。在青岛，和洪深[24]，孟超[25]，王余杞[26]，臧克家[27]，杜宇[28]，刘西蒙[29]，王统照[30]诸先生常在一处，而且还合编过一个暑期的小刊物[31]。洪深先生在春天就离开青岛，孟超与杜宇先生是和我前后脚在七七以后走开的。多么可爱的统照啊，每次他由上海回家——家就在青岛——必和我喝几杯苦露酒[32]。苦露，难道这酒名的不祥遂使我们有这长别离么？不，不是！那每到夏天必来示威的日本舰队——七十几艘，黑乎乎的把前海完全遮住，看不见了那青青的星岛——才是不祥之物呀！日本军阀不被打倒，我们的命都难全，还说什么朋友与苦露酒呢？

朋友们，我常常想念你们！在想念你们的时候，我就也想告诉你们：我在武汉，在重庆，又认识了许多许多文艺界的朋友，都贫苦，可是都快活，因为他们都团结起来，组织了文艺协会[33]，携着手在一处工作。我也得说，他们都时时关切着你们，不但不因为山水相隔而彼此冷淡，反倒是因为隔离而更亲密。到胜利那一天啊，我们必会开一次庆祝大会，山南海北的都来赴会，用酒洗一洗我们的笔，把泪都滴在手背上，当我们握手的时候。那才是我们最快乐的日子啊！胜利不是梦想，快乐来自艰苦，让我们今日受尽了苦处，卖尽了力气，去取得胜利与快乐吧！

---

[1] 杨今甫，即杨振声（1890～1956），山东蓬莱人，著名作家和教育家。1930年至1932年任国立青岛大学校长，其间居龙江路11号。作为创校校长，他博采众长，独树一帜，实施先进的教育思想和办学理念，尊奉蔡元培在任北大实行的“思想自由，兼容并包”的办学方针，广纳八方名师，构建学术高地，开创了大学的黄金时代，在现代高等教育史上创造了一个奇迹。

[2] 沈从文（1902～1988），原名沈岳焕，湖南凤凰人，著名作家和博物学家。1931年8月至1933年8月在国立青岛大学任教，开设《小说史》和《散文写作》等课程。其间，居福山路3号青岛大学教师宿舍，沿袭北京寓所之斋号，称居室为“窄而霉斋”。两年间，写出《八骏图》《月下小景》《都市一妇人》《如蕤》及《从文自传》等作品，并开始酝酿长篇小说《边城》。

[3] 叶公超（1904～1981），江西九江人，作家、学者和外交家。他是新月派的重要成员，参与创办新月书店并主编《新月》杂志。1932年曾来青岛，为沈从文拍摄了一张照片。“良友公司印的《记丁玲》一书封面上那个半身像，便是那年在宿舍门口叶公超先生为我拍照的。”（沈从文：《小记青岛》）

[4] 朱光潜（1897～1986），安徽桐城人，著名美学家、文艺理论家和翻译家，有《文艺心理学》《悲剧心理学》《谈美》《西方美学史》等著作。

[5] 朱自清（1898～1948），江苏东海人，著名作家和学者，有《背影》《欧游杂记》等作品。20世纪30年代，两度过青岛并登临游览。“我来去两次经过青岛。船停的时间虽不算少却也不算多，所以只看到青岛的一角；而我们上岸又都在白天，不曾看到青岛的夜——听说青岛夏夜的跳舞很可看，有些人是特地从上海赶来跳舞的。青岛之所以好，在海和海上的山。青岛的好在夏天，在夏天的海滨生活；凡是在那一条大胳膊似的海滨上的，多少都有点意思。而在那手腕上，有一间‘青岛咖啡’。这是一间长方的平屋，半点不稀奇，但和海水隔不几步，让你坐着有一种喜悦。”（朱自清：《南行杂记》）

[6] 林徽音（1904～1955），祖籍福建闽侯，生于浙江杭州，女诗人，著名建筑学家。20世纪30年代从事诗歌创作，为新月派成员之一，主要作品有《你是人间四月天》《深夜里听乐声》《九十九度中》等。新中国成立后，任清华大学建筑系教授，是中华人民共和国国徽和人民英雄纪念碑的设计者之一。

[7] 罗膺中（1900～1950），即罗庸，蒙古族作家和学者。1938年，他与冯友兰共同填写一阙《满江红》，被定为西南联大校歌。主要著作有《中国文学史导论》《魏晋思想史稿》等。

[8] 黎锦明（1905～1999），湖南湘潭人，作家和教育家，有《烈火》《战烟》《失去的风情》等作品。

[9] 罗莘田，即罗常培。见《记涤洲》及《哭白涤洲》注4。写此文时，罗常培任西南联合大学中文系教授

兼主任。1941年8月至10月，他曾邀请老舍到昆明近郊的龙泉村疗养，在此，老舍写下了话剧与歌舞混合剧《大地龙蛇》。

[10] 魏建功（1901～1980），江苏海安县人，著名语言学家和教育家，主要著作收入《魏建功文集》。

[11] 《施公案》，亦名《五女七贞》，晚清通俗小说。写康熙年间施仕纶（人称施公）在江都县知县任内，在黄天霸等人辅佐下办案捕盗故事。作品情节曲折离奇，通俗易懂。

[12] 林语堂（1895～1976），著名作家、学者、翻译家和出版家。见《代语堂先生拟赴美宣传大纲》注1。

[13] 邵洵美（1906～1968），祖籍浙江余姚，出生于上海，新月派诗人、出版家和翻译家。1936年3月至1937年8月主编《论语》期刊。有诗集《天堂与五月》《花一般的罪恶》等作品。

[14] 沈有乾（1899～？），江苏吴县人，心理学家、逻辑学家和统计学家。20世纪30年代致力于学术小品和随笔的写作，作品散见于《新月》《论语》等刊物。主要著作有《心理学》《教育心理学》等。

[15] 简又文（1896～1978），广东新会人，历史学家，以太平天国史研究著称。

[16] 郑振铎（1898～1958），字西谛，祖籍福建长乐，生于浙江温州，著名作家、学者和社会活动家。1920年与沈雁冰等人发起成立文学研究会，创办《文学周刊》和《小说月报》。主要著作有《插图本中国文学史》《中国俗文学史》等。1930年4月，老舍自海外归国，登陆上海后曾在郑振铎家中小住半月，写完了始于新加坡的长篇童话小说《小坡的生日》。

[17] 茅盾（1896～1981），原名沈德鸿，字雁冰，笔名茅盾，著名作家、文学批评家和文化活动家，新文化运动的先驱者，文学研究会主要发起人之一。1938年，与老舍等人共同创立文协（中华全国文艺界抗敌协会）。主要作品有《蚀》三部曲、《子夜》《林家铺子》及《腐蚀》等。

[18] 巴金（1904～2005），原名李尧棠，祖籍浙江嘉兴，出生于四川成都，著名作家、翻译家和文化活动家。1932年9月曾来青岛度假，住福山路3号沈从文寓所，在此写出小说《爱》并为小说《砂丁》作序。

[19] 黎烈文（1904～1972），湖南湘潭人，作家、编辑家和翻译家。1932年任《申报·自由谈》主编，1936年主编《中流》杂志，1946年后赴台湾任《民生报》副社长兼总主笔。

[20] 徐调孚（1901～1982），浙江平湖人，编辑家和翻译家。曾任《文学周刊》编辑，协助叶圣陶编辑《小说月报》。1932年任开明书店出版部主任，组织出版了老舍等人的大批名作。

[21] 叶圣陶（1894～1988），江苏苏州人，著名作家、教育家、编辑家和文化活动家。1920年与沈雁冰、郑振铎等共同发起文学研究会，后曾主编《小说月报》等刊物。主要作品有小说《倪焕之》等。

[22] 马彦祥（1907～1988），浙江鄞县人，作家和戏剧导演。1934年接替老舍在齐鲁大学的教职。“一天，齐鲁大学的中文系主任郝晒蘅来看我，说下学期老舍先生将离开齐大，不接受聘书了，想邀我去接替他的教职。……那时老舍先生已接了山东大学的聘书，但还没有离开济南，我专程去拜望了他。我们因已有了几次通信，互相有初步了解，所以一见如故。从他的坦率谈话里，我才知道他之所以离开齐鲁的原因，是因为这个教会大学，除了文、理学院之外，还有神学院，校风十分保守。教员们大都是洁身自好，不问外事，除了教书之外，别无其他活动。整个学校，死气沉沉，连一点学术空气也没有，真闷死人！……不久，老舍先生便去青岛（山大）了。”（《马彦祥谈老舍》，载《剧坛》1984年第4期）

[23] 顾绶昌（1904～2002），江苏江阴人，学者和翻译家，毕生从事莎学和戏剧研究。老舍在齐鲁大学任教期间，他也在济南教书，遂相识。

[24] 洪深（1894～1955），学名洪达，字伯骏，号潜斋，别号浅哉，江苏武进（今常州）人，著名作家、导演、戏剧理论家和教育家，中国电影与话剧事业的开山者之一。1913年，洪深之父洪述祖因“宋教仁事件”而避难于青岛，洪深随往居住。1934年，应赵太侔校长之聘，出任国立山东大学外文系主任。在此期间，写出中国第一部规范的电影文学剧本《劫后桃花》。

[25] 孟超。见《诗三律》注4。

[26] 王余杞（1905～1989），笔名隅棨、曼因等，四川自贡人，作家。1935年夏来青岛度假，与老舍、洪深、王统照等共创《避暑录话》，为十二同人之一。

[27] 臧克家。见《诗三律》注2。

周艺绘老舍素描像

[28] 杜宇。见《五天的日记》注3。

[29] 刘西蒙，即刘芳松（1910～1994），山东蓬莱人，作家。1928年在青岛开始文学创作，1933年任青岛《民报》编辑，1935年与老舍、洪深、王统照等共创《避暑录话》。

[30] 王统照。见《诗三律》注1。

[31] 小刊物，指《避暑录话》。1935年夏，老舍与洪深、王统照、赵少侯等十二同人利用《青岛民报》创办的文学副刊，自当年7月14日至9月15日，共出10期，发表各种作品67篇。

[32] 苦露。见《五天的日记》注6。

[33] 文协，全称“中华全国文艺界抗敌协会”，1938年3月，在周恩来的支持下成立于武汉，老舍被推举为常务理事兼总务部主任，是实际上的总负责人。

四大皆空

『住』的梦

从收入上说，我的黄金时代是当我在青岛教书的时候。那时节，有月薪好拿，还有稿费与版税作为『外找』，所以我每月能余出一点钱来放在银行里，给小孩们预备下教育费。我自己还保了寿险，以便一口气接不上来，子女们不致马上挨饿。此外，每月我还能买几十元的书籍与杂志。这点点未能免俗的办法，使我在妻小面前显出得意，因为人家往往爱说文人们都吊儿郎当，有了钱不干正经事；我这样为子女储金，自己还保寿险，大概可以堵住他们的嘴吧？

这里两篇文章都包含着对抗战胜利后诗意安居的想象，以回忆和梦想的方式表达了老舍对青岛以及别处乐园的情感，俱为他离开青岛之后所写，其中有明确的青岛元素，故收录于此。

《四大皆空》原载1943年4月30日《文坛》第2卷第1期。这是老舍离别青岛6年之后写下的一篇散文，渗透着对青岛、对山东的怀念之意。开篇即言：“从收入上说，我的黄金时代是当我在青岛教书的时候。”其实，何止从收入上，即便是从文学创作上看，青岛岁月又何尝不是一个硕果累累的“黄金时代”？在青岛，老舍创作了大量作品，长篇小说、中篇小说、短篇小说、散文、杂文、旧体诗、新体诗、书信、讲演、创作经验谈等各体代表作皆有所见，而且家庭生活愈加美满，精神世界更为丰盛，与自然的对话形神俱在。可以说，青岛时期是一个建立在物质与精神平衡性基础上的黄金时代。作者追叙了离别青岛以及离别济南的经历，说当时损失了许多东西，特别是珍藏多年的字画，那是文化与友情的载体，而今除了一家人深陷战乱而不确定的生命之外，可谓“四大皆空”了，惟有“气节”不可失。最后他写道：“且莫伤心图书的遗失吧，要保存文化呀，必须打倒日本军阀！”抗日主题再度出现了，这是告别青岛以后所写多篇与青岛相关的作品中的一个普遍要素。也正是在颠沛流离的战乱年代，青岛岁月更显可贵。

《“住”的梦》原载1944年5月20日《民主世界》第1卷第2期。时值抗战时期，老舍畅想着战后的安家之处，遂写下本文，表达了对理想居住地的想往，回忆了在青岛居住三年的情况，谈及不同节令的感受。经历了广阔世界和抗战的非常岁月之后，他想到了家。于是，翌年抗战胜利之后，他就真的采取了行动，写信给故交王统照，想让他代为物色一片小房，以期重归青岛。而青岛的朋友们也想着她，山东大学复校后，也曾向老舍发出了召唤。可是，由于赴美讲学的原因，再续前缘的念想未得实现。

四大皆空

从收入上说，我的黄金时代是当我在青岛教书的时候。那时节，有月薪[1]好拿，还有稿费与版税作为“外找”，所以我每月能余出一点钱来放在银行里，给小孩们预备下教育费。我自己还保了寿险，以便一口气接不上来，子女们不致马上挨饿。此外，每月我还能买几十元的书籍与杂志。这点点未能免俗的办法，使我在妻小面前显出得意，因为人家往往爱说文人们都吊儿郎当，有了钱不干正经事；我这样为子女储金，自己还保寿险，大概可以堵住他们的嘴吧？

七七事变以后，我由青岛迁往济南齐鲁大学[2]。书籍，我舍不得扔，故只把四大筐杂志卖掉，以减轻累赘。四大筐啊，卖了四十个铜板！书籍、火炉、小孩子的卧车和我的全份的刀枪剑戟，全部扔掉。幸而铁路中有我的朋友，算是把主要的家具与书籍全由青岛运了出来。

当我由济南逃出来的时候，我的家小依然在齐大。在我起身之前，我把书籍、字画，全打了箱，存在齐大图书馆里。后来，妻子离开济南，又将全部家具寄存在齐大，只带走一些随时穿用的衣服。[3]

据内人来信说，儿女们的教育储金已全数等于零，因为她不屑于把它换成伪币。我的寿险，因为公司是美国人开的，在美日宣战后停业，只退还九百元法币。

这次我到成都，见到齐大的老友们。他们说：齐大在济南的校舍已完全被敌人占据，大家的一切东西都被劫一空，连校园内的青草也被敌马啃光了。

好，除了我、妻、儿女，五条命以外，什么也没有了！而这五条命能否有足够维持的衣食，不至于饿死，还不敢肯定的说。她们的命短呢，她们死；我该归阴呢，我死。反正不能因为穷困死亡而失了气节！因爱国，因爱气节，而稍微狠点心，恐怕是有可原谅的吧？

器物现金算得了什么呢？将来再买再挣就是了！噢，恐怕经了这次教训，就永不购置像样儿的东西，以免患得患失，也不会再攒钱，即使是子女的教育费。我想，在抗战胜利以后，有了钱便去旅行，多认识认识国内名山大川，或者比买了东西更有意义。至于书籍，虽然是最喜爱的东西，也不应再自己收藏，而是理应放在公众图书馆里的。

这次损失中，说来颇觉可笑，使我连日感到不快者，倒是历年所积藏的一些字画。我喜爱字画，但是没有花到一个钱去买过。在我的“收藏”里，没有苏东坡[4]或王石谷[5]。我是重感情的人，我所保存的字画都是师友们的手迹。其中，有的是字不高明，画不成样，但是写字作画的人是我的朋友，所以我就珍藏着它们。在字画本身而外，它们都有些人的关系与历史在里边，使我看见字画也就想起人来，而另有一番滋味。有的呢，是字好画好，而且又出于师友之手，就分外觉得可贵。这些，唉，也都丢失了！其中最使我念念不忘的是方唯一[6]先生给我们写的一副对。方先生的字与文造诣都极深，我十六七岁练习古文旧诗受益于他老先生者最大。这一副对子是他临死以前给我写的，用笔运墨之妙，可以算他老人家的杰作。在抗战前，无论我在哪里住家，我总把它悬在最显眼的地方。我还记得它的文字：“四世传经是谓通德，一门训善惟以永年”。方先生死去已经十年左右了，我再到哪里去求他的字呢！？其次，是松小梦[7]的一张山水。松小梦是清末北方的一位小名家，在山东作过知县。这张画是用稿纸画的，画的非常的雄浑。济南有位关松坪[8]先生，是我的好友，也是松小梦的再传弟子。关先生在抗战的第二年去了世，这张画也是由他配好了镜框赠给我的！松小梦的字画，在山东很容易得到；我伤心的倒是关先生的死去，我未能去吊祭，而他给我的纪念品又是这么马里马虎的丢掉，实在是太对不起朋友了。此外，如颜伯龙[9]——我最好的同学的《牧豕图》，桑子中[10]的油画《大明湖》，都是精美的作品，而是结婚时他们送给的礼物，大概现在也都在济南的破货摊上堆着去了！

且莫伤心图书的遗失吧，要保存文化呀，必须打倒日本军阀！

---

[1] 老舍在山东大学任教时的月薪约为300大洋。

[2] 关于“我由青岛迁往济南齐鲁大学”的相关情况，参见老舍《南来以前》及《乱离通信》两文。

[3] 胡絜青撰文介绍了当时的相关情况，她说：“老舍的全部书籍、讲义文稿，装在一个大木箱内，留在长柏路2号的楼上，我一再拜托学校帮忙照看。后来我托人去济南查问，据说已不知下落。那是老舍几十年的心血，但愿它们不至于全部毁于战火！”（胡絜青：《重访老舍在山东的旧居》）

[4] 苏东坡（1037～1101），原名苏轼，四川眉山人，宋代杰出作家和书法家，豪放词派代表人物。

[5] 王石谷（1632～1717），原名王翚，江苏常熟人，清代著名画家。

[6] 方唯一（1914～1917），名还，北京人，教育家。1914年11月起任北京师范学校校长，有很深的国学造诣，对当时正在校读书的老舍予以的热情关照和指导，帮助他打下了坚实的古文功底。

[7] 松小梦（1837～1906），原名松年，字小梦，晚清画家。光绪年间流寓济南，创办“枕流画社”。

[8] 关松坪（1895～1938），原名际泰，山东济南人，画家，松小梦的再传弟子，关友声之兄。1933年，老舍写《介绍两位画家》一文，对关松坪、关友声兄弟的画作和艺术精神予以好评。

[9] 颜伯龙（1898～1955），北京人，民国时期京津画派著名画家，早年在北京师范读书，与老舍同窗。

[10] 桑子中，见《大明湖之春》注7。

“住”的梦

在北平与青岛住家的时候，我永远没想到过：将来我要住在什么地方去。在乐园里的人或者不会梦想另辟乐园吧。在抗战中，在重庆与它的郊区[1]住了六年。这六年的酷暑重雾，和房屋的不象房屋，使我会作梦了。我梦想着抗战胜利后我应去住的地方。

不管我的梦想能否成为事实，说出来总是好玩的：

春天，我将要住在杭州。二十年前，我到过杭州，只住了两天。那是旧历的二月初，在西湖[2]上我看见了嫩柳与菜花，碧浪与翠竹。山上的光景如何？没有看到。三四月的莺花山水如何，也无从晓得。但是，由我看到的那点春光，已经可以断定杭州的春天必定会教人整天生活在诗与图画中的。所以，春天我的家应当是在杭州。

夏天，我想青城山[3]应当算作最理想的地方。在那里，我虽然只住过十天，可是它的幽静已拴住了我的心灵。在我所看见过的山水中，只有这里没有使我失望。它并没有什么奇峰或巨瀑，也没有多少古寺与胜迹，可是，它的那一片绿色已足使我感到这是仙人所应住的地方了。到处都是绿，而且都是像嫩柳那么淡，竹叶那么亮，蕉叶那么润，目之所及，那片淡而光润的绿色都在轻轻的颤动，仿佛要流入空中与心中去似的。这个绿色会象音乐似的，涤清了心中的万虑，山中有水，有茶，还有酒。早晚，即使在暑天，也须穿起毛衣。我想，在这里住一夏天，必能写出一部十万到二十万的小说。

假若青城去不成，求其次者才提到青岛。我在青岛住过三年，很喜爱它。不过，春夏之交，它有雾，虽然不很热，可是相当的湿闷。再说，一到夏天，游人来的很多，失去了海滨上的清静。美而不静便至少失去一半的美。最使我看不惯的是那些喝醉的外国水兵与差不多是裸体的，而没有曲线美的妓女。秋天，游人都走开，这地方反倒更可爱些。

不过，秋天一定要住北平。天堂是什么样子，我不晓得，但是从我的生活经验去判断，北平之秋便是天堂。论天气，不冷不热。论吃食，苹果，梨，柿，枣，葡萄，都每样有若干种。至于北平特产的小白梨与大白海棠，恐怕就是乐园中的禁果[4]吧，连亚当与夏娃[5]见了，也必滴下口水来！果子而外，羊肉正肥，高粱红的螃蟹刚好下市，而良乡的栗子也香闻十里。论花草，菊花种类之多，花式之奇，可以甲天下。西山有红叶可见，北海可以划船——虽然荷花已残，荷叶可还有一片清香。衣食住行，在北平的秋天，是没有一项不使人满意的。即使没有余钱买菊吃蟹，一两毛钱还可以爆二两羊肉，弄一小壶佛手露[6]啊！

冬天，我还没有打好主意，香港很暖和，适于我这贫血怕冷的人去住，但是“洋味”太重，我不高兴去。广州，我没有到过，无从判断。成都或者相当的合适，虽然并不怎样和暖，可是为了水仙，素心腊梅，各色的茶花，与红梅绿梅，仿佛就受一点寒冷，也颇值得去了。昆明的花也多，而且天气比成都好，可是旧书铺与精美而便宜的小吃食远不及成都的那么多，专看花而没有书读似乎也差点事。好吧，就暂时这么规定：冬天不住成都便住昆明吧。

在抗战中，我没能发了国难财。我想，抗战结束以后，我必能阔起来，唯一的原因是我是在这里说梦。既然阔起来，我就能在杭州，青城山，北山，成都，都盖起一所中式的小三合房，自己住三间，其余的留给友人们住。房后都有起码是二亩大的一个花园，种满了花草；住客有随便折花的，便毫不客气的赶出去。青岛与昆明也各建小房一所，作为候补住宅。各处的小宅，不管是什么材料盖成的，一律叫作“不会草堂”——在抗战中，开会开够了，所以永远“不会”。

那时候，飞机一定很方便，我想四季搬家也许不至于受多大苦处的。假若那时候飞机减价，一二百元就能买一架的话，我就自备一架，择黄道吉日慢慢的飞行。

---

[1] 郊区，指的是北碚。1943年6月至1946年2月，老舍在此居住并创作长篇小说《四世同堂》。2010年11月25日，北碚老舍故居（位于今北碚天生新村61号）设为“四世同堂纪念馆”，成为继青岛“骆驼祥子博物馆”之后我国第二家以现代文学名著命名的博物馆。

[2] 西湖，位于杭州市区西面，自然风光优美，文化积淀深厚，有着千年以上的历史美誉。老舍文章中亦多次提到这地方，视之为春天的乐园。

[3] 青城山，位于成都市都江堰市西南，中国四大道教名山之一，素享“青城天下幽”的美誉。

[4] 禁果，在《圣经》中指的是伊甸园中一棵“知善恶树”上结的果实，上帝禁止亚当及其妻子夏娃采食之。参见《落花生》注4。

[5] 亚当与夏娃，《圣经·创世纪》记载，亚当（Adam）是上帝耶和华（Jehovah，the Lord）照自己形象用尘土创造出的第一个人，是有灵的人类始祖。接着，上帝又用亚当的肋骨造出女人夏娃（Eve），并许他们为夫妻，生活在乐园——伊甸园中。后来，因偷食禁果而被逐出伊甸园。参见《落花生》注4。

[6] 佛手露，利用芸香科植物佛手的果实制作的蒸馏液，甘甜爽口且有药用价值。

老舍一家在重庆北碚寓所

1945年冬，老舍一家在重庆北碚寓所留下了这张全家福，老舍身前是1937年8月1日生于青岛的次女舒雨，胡絜青抱着的是1945年2月4日生于重庆的幼女舒立，1933年9月5日生于济南的长女舒济和1935年8月16日生于青岛的长子舒乙站在他们身后。

20世纪30年代的青岛湾

20世纪30年代的汇泉湾

日记与书信

老舍青岛文集◎第一卷

五天的日记

雨后天晴，庭中草怒发，早到公园转一圈，玉兰正好，樱花尚须三四日；已有茶棚。函慰恢仁。下午写千余字。接絜青函：小济小乙都好了。晚看电影，没大意思。明天该正经干活了！买鸡蛋四十，八角。

本篇原载1937年6月《青年界》第12卷1号，题为《五天的日记》。

这是老舍首度公开发表的日记，也是今所见其现存日记中写作时间最早的一部分。这是1937年4月10日至14日的日记，记录了当时的生活、通信、讲演、会饮及交游等方面的情况。寥寥数语之间洋溢真情，萧索心绪、放旷情怀与坚定精神俱含其中。当时，老舍辞去山东大学教职已经十个月，写完了长篇小说《骆驼祥子》，出版了文论《老牛破车》，过着清贫而执毅的“职业写家”生活，依旧是贯通大学校园内外的人物，与岛上作家和校内学者友好来往，保持和加深着文人之谊。写日记时，夫人胡絜青回了北平，所以多次提及“接絜青函”或复函之事。

五天的日记

（1937年4月10日～14日）

4月10日　晴 稍暖

写千余字。买邮票一元。孔觉民君函约面谈，函到过迟。致函莘田[1]。接絜青[2]函。晚饭请杜宇[3]，杨枫，孟超[4]，式民吃“朝天馆”[5]，大饼卷肥肠，葱白咸菜段长三寸，饮即墨苦头老酒[6]，侉子气十足。

4月11日　晴

写完给《西风》[7]的稿子。在耕春处吃晚饭。

4月12日　风 冷

接剑三[8]函。接《老牛破车》[9]十本。早在市中[10]讲演。寄走《西风》稿。午后风大，又穿上棉裤棉袍！

4月13日　早阴 过午下雨

早到山大，给静农[11]，石荪[12]，太侔[13]，实甫[14]送去《老牛破车》各一本。午后落雨，不能出门。接恢仁[15]函——大哥十八开吊。函絜青及剑三。

4月14日　晴 暖

雨后天晴，庭中[16]草怒发，早到公园[17]转一圈，玉兰正好，樱花尚须三四日；已有茶棚。函慰恢仁。下午写千余字。接絜青函：小济小乙都好了。晚看电影，没大意思。明天该正经干活了！买鸡蛋四十，八角。

---

[1] 即罗常培（1899～1958），字莘田，号恬庵，北京人，著名语言学家。他与老舍同族、同庚、同窗，少时共读北京师范学校，交情深厚。当时，罗常培任北京大学中文系教授。

[2] 即老舍夫人胡絜青。见《有了小孩以后》注7。当时胡絜青不在青岛，带着两个孩子回北平探亲去了。

[3] 杜宇，山东黄县（今龙口）人，作家和翻译家。1927年拜王统照为师，1929年9月参与创办青岛第一份文学月刊《青潮》。1928年春与王玫、王卓等创办青岛第一个话剧团体光明剧社。1930年2月任《青岛

20世纪30年代的北平路（今北京路）

民报》总编。1935年夏，与老舍等同人共创文学副刊《避暑录话》，提供了《果戈里与〈巡抚〉》《奥史特洛夫斯基论》《葛莱格里夫人的喜剧》等作品。1948年在青岛去世。

[4] 孟超，《避暑录话》十二同人之一。见《诗三律》注4。

[5] 朝天馆，当时经营“朝天锅”的一家饭馆。“朝天锅”原为潍县（今潍坊）的风味名吃，郑板桥任知县时，尤喜之。当时老舍与朋友们去的朝天馆，位于劈柴院内靠近北平路（今北京路）一侧，是老青岛人记忆中极具地方风味的一家，空地上露天砌灶，上置14印大锅，用老汤炖煮猪肉、猪头及各种下货，食客围坐四周，用烙饼卷肉，配以面酱、葱白、咸菜等去腻，锅无盖，故谓之“朝天锅”。

[6] 苦头老酒是青岛本地特有的一种黄酒，亦称苦露或苦老酒，出自即墨，有齐国遗韵，今称即墨老酒。以黍米和陈伏麦曲为主要原料，古遗十法酿制。台静农记载了当时的一个说法：“原来青岛有一种叫作老酒的。颜色深黄，略似绍兴花雕。某年一家大酒坊，年终因酿酒的高粱预备少了，不足供应平日的主顾，仓卒中拿已经酿过了的高粱，锅上重炒，再行酿出，结果，大家都以为比平常的酒还好，因其焦苦和黑色，故叫作苦老酒。”（台静农：《谈酒》）“苦露”成为当时岛上文人生活中一个可诱发精神奥秘的元素，许多人对此都有着深沉的记忆。“饮苦露，走沙滩，豁快拳。”这是王统照为吴伯箫《羽书》所作序中的一句话。“从此，我们便厮熟了，常常同几个朋友吃馆子，喝着老酒，黄色，像绍兴的竹叶青，又有一种泛紫黑色的，味苦而微甜。据说同老酒一样的原料，故叫作苦老酒，味道是很好的，不在绍兴酒之下。直到现在，我想到老舍兄时，便会想到苦老酒。”（台静农：《我与老舍与酒》）1947年秋，台静农身在台湾，某日忽然得到朋友带来的一瓶苦老酒，饮之，恍若隔世，为其地道的“乡土味”出神，说：“我仅能藉此怀想昔年在青岛作客时的光景：不见汽车的街上，已经开设了不止一代的小酒楼，虽然一切设备简陋，却不是一点名气都没有，楼上灯火明蒙，水气昏然，照着各人面前酒碗里浓黑的酒，虽然外面的东北风带了哨子，我们却是酒酣耳热的。”（台静农：《谈酒》）

[7] 《西风》为“论语派”后期杂志。见《文艺副产品——孩子们的事情》注10。

[8] 剑三，即王统照。当时，王统照在上海任《文学》月刊主编。参见《诗三律》注1。

[9] 《老牛破车》为老舍的第一部谈创作经验的文集，1937年4月由人间书屋首版首印。收本书第5卷。

[10] 市中，全称青岛市市立中学。1924年2月，国民党人丁惟汾、王乐平等创设私立胶澳中学，初设于登州

20世纪30年代的青岛市立中学

本篇有“早在市中讲演”一语，市立中学的文学荣光再获见证。20世纪二三十年代，这里一度荟萃了许多著名学者、作家和艺术家。1924年7月至1926年夏，顾随在校（时称私立胶澳中学）任教，暑假间还将浅草社成员冯至、陈翔鹏及陈炜漠等约来青岛游历和写作，实现了新文学力量在青岛的第一次集结。1927年，王统照曾来校任教。20世纪30年代，诗人汪静之、作家吴伯箫和陈翔鹏、音韵学家王云瞿、翻译家张友松和章铁民、画家于希宁及音乐家王玫等均曾在校任教。

路上的毛奇兵营旧址，当年7月迁至太平山南麓的伊尔梯斯兵营旧址。1926年改为胶澳公立中学。1929年改称青岛市立中学校。1934年10月8日，老舍曾在此发表过题为《我的创作经验》（见本书第5卷）的讲演，1935年夏还曾来此参观铁展会（见《暑避》注5）。本次讲演稿未见。

[11] 台静农（1903～1990），安徽霍邱人，著名作家、学者和书法家，被誉为“新文学的燃灯者”。1925年与鲁迅、韦素园、韦丛芜、李霁野等组织未名社。1927年自北京大学研究所国学门肄业，后任教于中法大学、辅仁大学、厦门大学等院校。1936年秋来青岛任教于山东大学，住黄县路与恒山路路口的一幢小楼（今黄县路19号），与老舍住所相近。1937年夏离开青岛。1946年去台湾，长期担任台湾大学教授。有《建塔者》《龙坡杂文》《两汉简书史徵》等著作。

[12] 叶石荪（1893～1977），四川兴文人，著名心理学家、作家。1936年8月自清华大学来山东大学外文系任教，主讲文艺心理学。

[13] 赵太侔（1889～1968），名畸，字太侔，山东益都人，著名教育家和戏剧家。1930年为国立青岛大学筹委会九委员之一，当年任青岛大学文学院教授，翌年任教务长，1932年改国立青岛大学为国立山东大学后出任校长，1946年山大在青岛复校后再任校长。1934年，延聘老舍来校任教。1947年，他再度向身在美国的老舍发出邀请并寄上文学院院长聘书（事见《致赵太侔》）。其间，曾居龙江路11号寓所、荣成路19号山大校长公舍、包头路18号山大校长官邸和龙江路7号寓所。

[14] 颜实甫（1898～1974），重庆人，著名哲学家和翻译家。1936年8月至1938年3月任山东大学中文系教授，主讲《哲学概论》和《西洋哲学史》等课程。

[15] 恢仁，即程恢仁，老舍早年在北京师范学校读书时的同学。1919年，老舍任京师公立第十七高等小学校兼国民学校（今北京市东城区方家胡同小学）校长，带去5名同学一同任教，其中就有程恢仁。

[16] 庭中，指黄县路寓所。

[17] 中山公园。见《五月的青岛》注2。

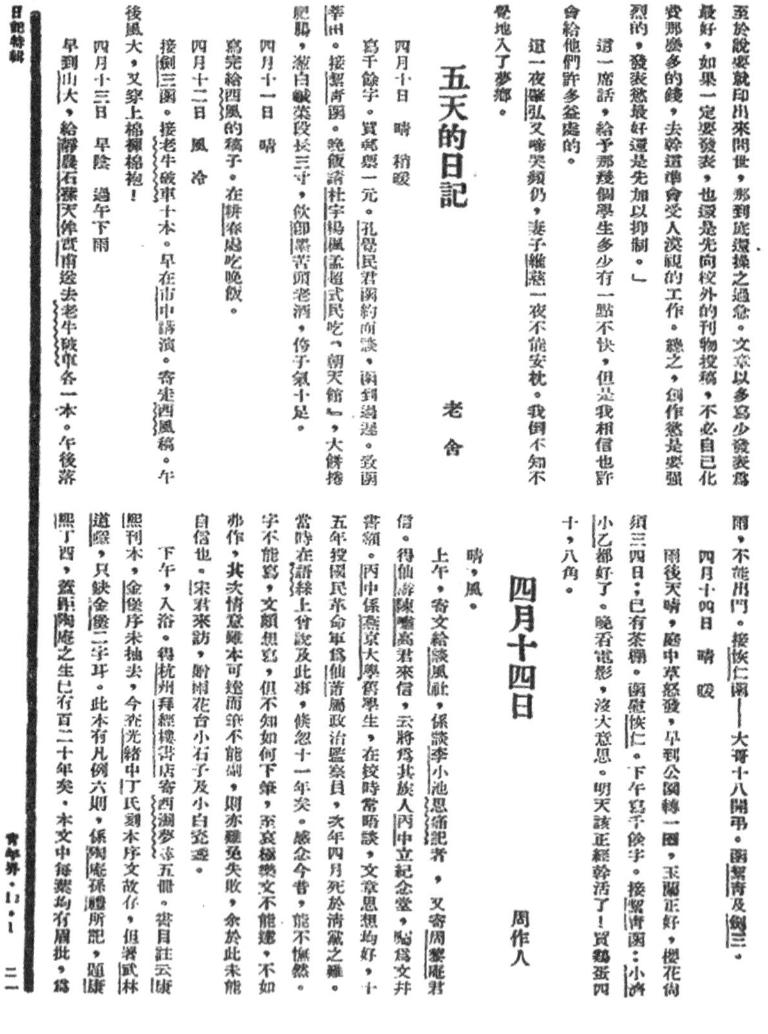

至於說要就印出來問世，那到底還操之過急。文章以多寫少發表爲最好，如果一定要發表，也還是先向校外的刊物投稿，不必自己化費那麼多的錢，去幹這準會受人漠視的工作。總之，創作慾是要強烈的，發表慾最好還是先加以抑制。」

這一席話，給予那幾個學生多少有一點不快，但是我相信也許會給他們許多益處的。

這一夜噝弘又啼哭頻仍，妻子維慈一夜不能安枕。我倒不知不覺地入了夢鄉。

五天的日記

老舍

四月十日　晴　稍暖

寫千餘字。買郵票一元。孔學民君函約面談，函到過遲。致函莘田。接絜青函。晚飯請杜宇楊楓孟超式民吃「朝天館」，大餅捲肥腸，蔥白鹹菜段長三寸，飲即墨苦頭老酒，侉子氣十足。

四月十一日　晴

寫完給西風的稿子。在耕莘處吃晚飯。

四月十二日　風　冷

接劍三函。接老牛破車十本。早在市中講演。寄走西風稿。午後風大，又穿上棉襖棉袍！

四月十三日　早陰　過午下雨

早到山大，給瀞農石蘩天倖贊甫送去老牛破車各一本。午後落雨，不能出門。接恢仁函——大哥十八開弔。函絜青及劍三。

四月十四日　晴　暖

雨後天晴，園中草怒發，早到公園轉一圈，玉蘭正好，櫻花尚須三四日；已有茶棚。函慰恢仁。下午寫千餘字。接絜青函：小濟小乙都好了。晚看電影，沒大意思。明天該正經幹活了！買雞蛋四十，八角。

四月十四日

周作人

晴，風。

上午，寄文給談風社，係談李小池思痛記者，又寄周黎庵君信。得仙游陳嘯高君來信，云將爲其族人丙中立紀念堂，囑爲文并書額。丙中係燕京大學舊學生，在校時常晤談，文章思想均好，十五年投國民革命軍爲仙莆屬政治監察員，次年四月死於清黨之難。當時在語絲上曾說及此事，倏忽十一年矣。感念今昔，能不憮然。字不能寫，文頗想寫，但不知如何下筆，至哀極樂文不能嫌，不如弗作，其次情意雖本可達而筆不能副，則亦難免失敗，余於此未能自信也。宋君來訪，贈雨花台小石子及小白瓷盞。

下午，入浴。得杭州拜經樓書店寄西湖夢尋五冊。書目註云康熙刊本，金堡序未抽去，今查光緒中丁氏刻本序文故存，但署武林道隱，只缺金堡二字耳。此本有凡例六則，係陶庵孫禮所記，題康熙丁酉，蓋距陶庵之生已有百二十年矣。本文中每葉均有眉批，爲

日記特輯

青年界・12・1　二一

《五天的日记》原发表页

1937年6月《青年界》第12卷1号

致赵景深（其一，其二）

以前所写的长篇，都是利用年假与暑假的工夫，因此，已有两三年没休息过。今年年假与明年暑假决定休息，所以不敢答应『长』买卖；虽然对您与小峰先生的赏脸是十二分感激的。我写长篇还是非一气写全不可，叫我随写随在杂志上发表，我便不定写到什么地方去，本来我就是信口开河，结构向来不精好，这么一来便更漫无限制了。早有人提议叫我写点发表点，而后成书，可是我不敢。有这点限制，又加上暑假决定休息，恐怕明年一年不会写长篇了。看吧，假如明年秋间能离开学校，那便好办了。我很希望不再教书。自然从经济上看，我现在还不敢说我能专靠写文章吃饭，除非得了五十万的头彩。

这里收录的是老舍写给时任上海《文学周报》主编的赵景深的两封信，其一写于1934年12月19日，其二写于1936年5月间，均引自赵景深写于1979年10月3日的《我所认识的老舍》一文，原载《艺术世界》1980年第1期。两封信时间跨度较大，然出于主题一致性及阅读方便之考虑，在此相续编排。

关于这里收录的第一封信的相关事由，赵景深介绍说："我又想，倘若向老舍讨一个长篇小说，让他边写边登，爱读老舍小说的人多，对于《青年界》的销路，必然会更扩大得多，我便向他提出这个建议。当时我看到苏联英文本《国际文学》，每期的目次很别致，我就照这样子做了。起初出的是二十五开本，销路并不怎么好。可能这是小峰的建议，除每期刊登给稿费外，还请求这长篇小说由我们出版。大约他这时已经为《青年界》写了第二个短篇小说，他信中才有：'谢谢，收据一纸奉上，祈纳'，最后又有'附收据一'的话。"（赵景深：《我所认识的老舍》）关于这里收录的第二封信的相关事由，赵景深介绍说："我想到得再向他讨一篇短篇小说，但他一面要教书，一面要写作，实在忙不过来，只好辞谢我了。"（同上）

从写作缘起上看，两封信都是谈写稿与约稿之事，涉及当时的多家文学期刊。第一封信中，老舍已流露了辞去教职而专事写作的想法，其时距离到山东大学任教仅数月而已，约稿应接不暇。作一名"职业写家"的想法在老舍这里由来已久，他太需要有更多时间来写作了，而无论教书还是写作他又极其认真，时间上委实难以调和。写第二封信时，他正在黄县路寓所构思长篇小说《骆驼祥子》，并已做好了辞职准备。

致赵景深[1]

其一

一九三四年十二月十九日

景深兄：

谢谢信！收据一纸奉上，祈纳。

以前所写的长篇，都是利用年假与暑假的工夫，因此，已有两三年没休息过。今年年假与明年暑假决定休息，所以不敢答应“长”买卖；虽然对您与小峰先生[2]的赏脸是十二分感激的。我写长篇还是非一气写全不可，叫我随写随在杂志上发表，我便不定写到什么地方去，本来我就是信口开河，结构向来不精好，这么一来便更漫无限制了。早有人提议叫我写点发表点，而后成书，可是我不敢。有这点限制，又加上暑假决定休息，恐怕明年一年不会写长篇了[3]。看吧，假如明年秋间能离开学校，那便好办了。我很希望不再教书[4]。自然从经济上看，我现在还不敢说我能专靠写文章吃饭，除非得了五十万的头彩。

关于条件，就暂不必提吧；等多咱我有工夫写再说。只要能写，条件是好说的，因为我的天性随和，不会瞪眼要大价。

我想了好久，确是非休息一个暑假不可了。我一想：不休息则会累死；累死则不能吃饭；不能吃饭则损失甚大。决定休息，甚合逻辑。

东华[5]，《文艺月刊》[6]，早就要长篇，也都谢绝，因为要休息哟。平日一面教书，一面写，只能写短文。那么，决定歇夏[7]，则长篇吹矣。匆复，祝

吉∽[8]

弟舍予躬

十九

附收据一。

[1] 赵景深（1902～1985），祖籍四川宜宾，生于浙江丽水，著名戏曲研究家、编辑家和出版家，1927年任开明书店编辑，主编《文学周报》。1930年任北新书局总编辑，当年初识老舍。“我早就在《小说月报》上看过老舍的长篇小说《老张的哲学》和《二马》了。但我初次见到老舍，却是在郑振铎的家里。老舍刚从英国回国，振铎请他吃饭，当时在振铎的书房里幽绿的灯光下，看到一位精神饱满、面容活泼，略带黝黑的穿西装的人。……他把‘舒’字拆开，字舍予，又把舒字去掉一半，笔名就叫老舍。”（赵景深：《我所认识的老舍》，《艺术世界》1980年第1期）

[2] 小峰先生，即李小峰（1897～1971），江苏江阴人，文学翻译家、出版家。在北京大学读书期间参加了《新潮》杂志的编辑工作，1920年开始为报刊翻译外国学术著作和文学作品。1925年创办北新书局，主持编辑和出版工作。

[3] 1935年，老舍确实没有写长篇小说，在青岛写了不少短篇小说及中篇小说《月牙儿》，辑成《樱海集》出版。1936年春，从山大友人那里听闻两个车夫的故事，遂开始构思新篇，重启长篇小说之门。

[4] 老舍一直想放下教职，以专心写作。这一愿望在1936年夏实现，他辞去了国立山东大学的教职，成为一名“职业写家”，开始写构思已久的新小说《骆驼祥子》。

[5] 东华，即傅东华（1893～1971），浙江金华人，著名编辑家和翻译家。1933年7月，开始与郑振铎联合主编大型月刊《文学》，任执行编委，此后多次向老舍约稿。

[6] 《文艺月刊》，应为《文学月刊》笔误，此即前文所提“东华”主编的刊物。

[7] 参见老舍：《歇夏（也可以叫作“放青”）》。

[8] “信写完了，他总是画一条∽。”（赵景深：《我所认识的老舍》）

其二

景深兄：　　一九三六年五月

谢谢信！

稿子手下没有，短篇新近才交开明[1]出集子[2]，长篇又都有了主儿，如何是好？

《青年界》[3]的稿子，得到明年再说了。你看，老景，我的预定工作已经定到明年夏天；天天干，恐怕还交不上活，怎敢乱应新买卖？看吧，明年暑中有暇必给您一篇。请您原谅吧！干咱们这行的，闲着不好，忙也不好，怎办？匆复，祝

吉∽

弟舍予躹[4]

五．

[1] 开明，指开明书店，1926年由章锡琛创办于上海，出版过许多文学名著，包括茅盾的《子夜》、巴金的《家》《春》《秋》等。

[2] 这里所说交开明书店出版的集子是指1935年至1936年在青岛写的短篇小说集《蛤藻集》，1936年11月出版。根据《蛤藻集》的出版时间和信尾落款“五”判断，这封信写于1936年5月。

[3] 《青年界》，现代文学期刊，1936年10月创刊，编辑石民、赵景深、袁嘉华、李小峰，以发表小说、诗歌、小品、随笔、书评、文坛消息等内容为主，1948年12月停刊。

[4] 躹，“他在给我的第二、三次的信，‘鞠躬’又简写为“躬”和“躹”。（赵景深：《我所认识到老舍》）

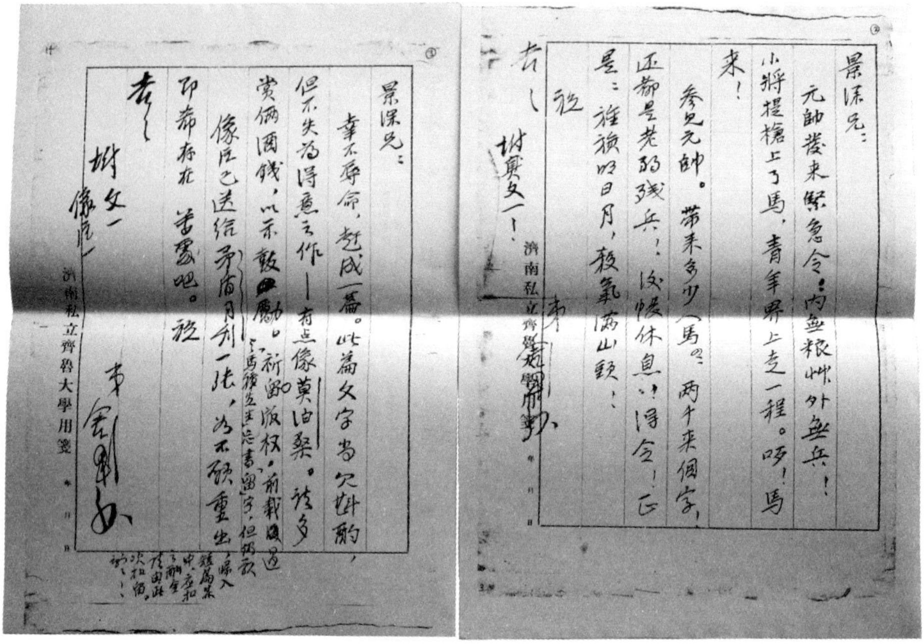

老舍致赵景深函手迹

据赵景深《我所认识的老舍》一文介绍，老舍先后六次致函赵景深，图为其中两次的手迹，由赵景深提供原件舒乙复印。两信均使用“私立齐鲁大学用签”书写。右一封信写于1933年4月，是对赵景深约稿信的复函，写得诙谐生动，内容是：“景深兄：／元帅发来紧急令：内无粮草外无兵！小将提枪上了马，《青年界》上走一程。口歹！马来！／参见元帅。带来多少人马？两千来个字！还都是老弱残兵！后帐休息！得令！正是：旌旗明日月，杀气满山头！附臭文一篇／祝／吉∽／舍予躬”左一封信写于1933年12月，是对赵景深来信约稿并索求照片的复函，内容是：“景深兄：／幸不辱命，赶成一篇。此篇文字尚欠斟酌，但不失为得意之作——有点象莫泊桑。请多赏两个酒钱，以示鼓励。祈留版权。前载过之‘马裤先生’忘书‘留’字，但仍欲归入短篇集中，应扣之酬金请由此次扣留。谢谢！／像片已送给矛盾月刊一张；如不愿重出，即希存在尊处吧。祝／吉∽ 附文一／像片一／弟舍予躬”

致李同愈

致王统照

我知道，有许多文人因为困苦而早死；死后，大家说他们可钦佩，为艺术而牺牲。可是，假如他们不那么困苦，而多活几年，成就岂不更大吗？饿死谁也是不应当的，为什么文人偏偏应当饿死呢？

这里收录的两封信，一是写给李同愈的，一是写给王统照的，他们均是老舍在青岛结交的好友，1935年夏共创《避暑录话》。

《致李同愈》原载1935年8月17日南京《中央日报》副刊《文学》第21期，原标题为《文人——致李同愈先生》。李同愈是当时由北平来青岛做事的一位青年作家，曾长期以“拜金”为笔名向天津《益世报》副刊《语林》投稿，因而于1935年3月间被该报委托为特约编辑，负责在青岛组织稿件，向老舍、洪深等著名作家约稿，以用于《益世报》的新设副刊《益世小品》。（参见吴云心：《抗战前天津文艺界杂忆》，载《吴云心文集》，天津古籍出版社，1990年）当年5月，他来到南京，又接受了《中央日报》副刊《文学》的委托，当即向老舍等人寄出了约稿信。这封信就是老舍的回信，见证了文学大师与文学青年的交谊。信中谈及写作速度、稿费、作家生活及大众接受能力等种种问题，对时下作家处境深表关注。刊载时，文前加有副刊主编储安平的如下一段按语：“本社社长叫我恢复这个文学周刊，差不多前后已有半年。我的职务本来就很忙，加之自知才力太薄，所以一直未敢承担下来。五月间，李同愈先生在南京，我们曾经说起这事，他表示很愿意帮忙合作。大概他当时曾发了几信出去。今天所刊出老舍先生这篇文字，就是他当时发信的收获之一。其后不久，同愈仍然回到了青岛去，本刊恢复之后，也暂时搁起。最近因为本社社长几次的督促，本刊终于在匆忙中宣告复刊。老舍先生这篇文字，虽是寄李同愈先生的，然而同愈却是为本刊拉的，所以仍在本刊刊出。我在这儿写下这几个字，将这篇文字的来历说明了一下。至于题目，则却是我私下给加上去的。”后有“安平识”三字，应是储安平的按语落款。

《致王统照》原稿散佚，仅见王统照在答复日本诗人、学者五城康雄信中引用的一个片段，提出了对自己作品的看法。文前有“据老舍先生来函谓”一语，后加“云”字缀。（王统照：《编者复信》，载1936年4月1日《文学》第8卷第4期）1927年，王统照举家移居青岛，成为本埠新文学的拓荒者，居观海二路49号，创办岛上第一份新文学刊物《青潮》并写出长篇小说《山雨》。1935年春旅欧回国后，王统照到上海出任《文学》月刊主编，夏日回青岛避暑，与老舍相识，交情深厚，在20世纪30年代中期的青岛演绎着共同的人文精神，协进《避暑录话》，代表了大学内外的文学荣光。他们都喜欢喝一种叫作“苦露”的苦头老酒，彼此为座上客。在为吴伯箫《羽书》所作序中，王统照以“饮苦露，走沙滩，豁快拳”一语回忆岛上旧事，亮出了文人雅会的豪气与风采。

致李同愈[1]

一九三五年八月十七日

按平时[2]你叫我写文章，这是我愿意干的事儿，假若我有工夫。可是我真没工夫，怎办呢？再来一个，怎办呢？

你说："有人说，你一天能写两万字"，不可能的事！即使我真的下笔万言，而万言都是废话，至好我不过是个废人罢了，有何好处？说真的，我们所以写不出好东西，贪多也是原因之一。以我自己说，我每天至多写不过两千字，一星期里也就有三四天能顺顺当当的写到这个数儿。这么着，算起来每月可以写一万到三万字。可是，这两三万字，设若细细的看一下，哼！大概连一半像话的也没有！有时候，我随写随扯，因为写得太要不得了。幸而能成篇了，好不好？不敢再问。哈，各处都有了我的稿子，似乎我是个"红"人；我敢再读自己的作品吗？！虽然只是两三万字哪，一个月，不是一天，我已经觉得既对不起读者，又对不起自己！

可是，我还是得写；虽明知这不是办法。这就来到实际的问题了：第一是朋友们要稿子要的紧，不给谁也不好。比如我一月只写五千字，用三四天的工夫写完，而后便去慢慢的，详细的，修改。这五千字必定能像个样儿。可是我交给谁去发表呢？交给一位朋友，便得罪其余的朋友。我这并不是要把罪过都推在编辑者的身上，我是述说事实，而希望大家想个办法。作编辑的以能拉到稿子为本事，他是为别人作事，不能不这样。在作者明知把写五千字的力量用在五万字上必定失败，在编辑者也明知大家拉一个人写是不妥当的，可是大家都是朋友，被拉的不好意思不写，拉者不好意思只看别人拉。这样，好了，大家吃了亏，而读者最吃亏。大家应当想想办法，这不是玩的。

再说呢，即使我肯得罪朋友，少写而要精到，我在收入上可就吃了亏——还不仅是吃亏，简直不能维持生活！这算是第二方面。一篇稿子不定得几个大钱，可是不写便连几个大钱也玩完了。我没有财产，不能玩票[3]；又没有喝西北风而能饱了肚子的本事。我得吃，我的母亲得吃，我的家小得吃，先不提别的。一月只写五千字，只进十五块大洋，我和家里的人都吃什么呢？稿费并不因为我那五千字写得好而增加呀。

有人可就说了哇，写好东西，抽版税，一卖卖廿万本，还不能足吃足喝吗？对，廿万本！谁的作品能在中国卖到廿万本呢？翻译过的世界名著能卖到多少本呢？《三侠五义》[4]或者倒能卖这个数儿，我不能写《三侠五义》；我的作品已经够丢人的了！书既卖不动，而要五年写一本，这只有一个办法，写完了——或还没写完——去跳河吧。这个问题复杂了。在一开首，我说作者应该努力；说到这儿，作者几乎没法努力了。我知道我自己是饿着肚皮写不了字的。这不是作者个人能解决的了。我很知道：三年不动笔，专去读名著，和观察我所需要的人与事，而后用十年八年的工夫写一本东西，这多么好！好是好哇，这些年怎么活着呢？穷而后工，我知道；死而后工，工也没用了！文艺作品，无论如何大众化，大众若不识字，大众若买不起书，还是没用。这问题越说越远了，也就越不好解决。

呕，有人笑了，原来阁下写东西是为钱哪！为钱，为钱，就是为钱，因为我穷，我要是不为肚子，谁注意稿费，谁不是人！良心胜不过肚子去！

多要稿费呀。少要还欠债呢，敢多要？没看见书局今天开了明天关吗？我敢说，现今天字第一号的作家作出一本东西，钱货两清，要一千块钱，就不会卖出去，除非他自己是书局老板，而愿捣这个乱玩。

我太泄气了，是的，我泄气；我不愿把泄气的话藏起来，而只说好听的。作家的生活问题，大众购书能力与识字能力问题，编辑拉稿问题，书业与……问题，种种问题，都泄气，我没法不泄气，虽然我不是不懂得要强。我们为何没有伟大的作品？原因很多，可是这些泄气的地方似乎也是不可放过的。

对于作家生活问题，我还得说两句，以免误会。我不是说文人的生活应当怎样舒服，我是说文人在舒服的生活中也比别人要多花点钱。他得读书吧？书从哪儿来？我在大学里混了五六年了，我知道大学里的书怎样不够用；我所要看的书，十之七八得自己去买。书，特别是洋书，多么贵呢！读书而外，他得旅行吧，到处去观察吧？以我自己说，我没地方去弄免票，或半价票去，而且也不屑于去弄？我出门，我自己掏钱。这些必须花的钱从哪儿来呢？

先不必说这个吧，不买书，不旅行，给它个整天的瞎混；可是瞎混也不能缺乏衣食住行这四项花费不是？卫生总得讲吧？在日常生活上，文人与普通人所需要的一样，而多着一些特别的开销。这个困难不解决，而想叫马儿好，又叫马儿不吃草，据我看是办不到的。

我知道，有许多文人因为困苦而早死；死后，大家说他们可钦佩，为艺术而牺牲。可是，假如他们不那么困苦，而多活几年，成就岂不更大吗？饿死谁也是不应当的，为什么文人偏偏应当饿死呢？

作家们努力呀！作家的困难可也应当大家来帮助解决呀！

[1] 李同愈（1902~1942），山东人，作家，1934年出小说集《忘情草》。1935年由北平来青岛工作，供职于青岛邮政局。当年夏，与老舍、洪深、王统照、赵少侯等人一起参与青岛《民报》副刊“避暑录话”的创办，为“避暑录话”十二同人之一。他热衷于承担文学协调人的角色，曾接受天津《益世报》副刊《益世小品》及南京《中央日报》副刊《文学》的委托，负责向时居青岛的一批著名作家约稿。

[2] “按平时”三字置于信的开头有些令人费解，有可能是“按平时来说”之意。赵曰茂在《〈忘情草〉的作者李同愈》一文中认为，这是转录者抄写时的疏忽，只略去了初刊时《中央日报》“文学”副刊主编储安平加上的那段按语，却忘记删掉“安平识”三字落款，后又衍化成了“按平时”，与正文连接就成了“按平时你叫……”此说备考。

[3] 玩票，原指戏剧表演方面的业余爱好者，泛称那些非专业性质的个人爱好行为。

[4] 《三侠五义》，清石玉昆作，中国第一部真正意义上的武侠小说。

致王统照[1]

平生作品略称满意者，长篇以《离婚》（幽默的）与尚未刊完之《骆驼祥子》（严肃的），短篇以《蛤藻集》为较佳。

[1] 王统照。见《诗三律》注 1 。

致陶亢德（其一，其二）

致《论语》编辑

这是我的重头戏，好比谭叫天唱《定军山》……是给行家看的。

这里收录老舍写于1936年夏至1937年春的三封信，均寄往上海，前两封寄往《宇宙风》杂志社，第三封寄往《论语》杂志社，两家杂志与《人间世》一起构成“论语派”系列刊物。三封信均涉及辞去教职后的写作之事，着眼于其主题关联性，在此一并录入。

第一封是写给《宇宙风》编辑陶亢德的，所言“我供给《宇宙风》个长篇”指的是正在创作中的小说《骆驼祥子》，这部长篇巨制于1936年9月16日起开始在《宇宙风》第25期连载。信中出“上海非我所喜，不想去”一语，谢绝了陶亢德邀请他到沪共事的想法，从中不难看出老舍对青岛的拳拳依恋。其实，早在1934年夏辞去齐鲁大学教职之后，他已南下上海考察了那里的生活与创作环境，认为不适宜于自己，遂决定东行青岛。此信未注明日期，据信中“由八月一日起”一语判断，应写于1936年8月以前，很可能是在七月间，其时老舍已辞去山东大学教职，成为“职业写家”，在黄县路家中过着勤奋而清贫的写作生活，《骆驼祥子》业已完成了长时间的构思准备，开始落在了纸上。

第二封信亦应是给陶亢德的，未见全文，仅存片段，出自陶亢德撰《本刊一年》，原载1936年9月16日《宇宙风》第25期。虽只一句话，却有黄钟大吕之效，首度对新诞生之作品的重要性做出了自我界定，正式向文坛宣告《骆驼祥子》来了，以此为标志，老舍实现了从优秀作家向伟大作家的跨越。1939年4月1日《宇宙风乙刊》第3期刊登广告，发布了《骆驼祥子》单行本出版消息，再度引用了老舍的自得之言，以验证其自信。“《骆驼祥子》是近年来中国长篇小说中的名篇.是名小说家老舍先生的巨着，作者自云这部小说是重头戏，好比谭叫天之唱定军山，是给行家看的。”

第三封信是写给《论语》杂志编辑的，亦未存全文，仅见1937年5月16日《论语》第112期所载《编读随笔》中的一句话。辞去教职之后，老舍终于实现了做“职业写家”的愿望，然八个月之后再度发现“此路不通”，遂发出“饿死事大，文章事小”的感慨，苍凉之心境令人浩叹。语前，有《论语》编辑林达祖关于此信的一段说明文字。

致陶亢德

其一

约一九三六年七月

亢德[1]兄：

谢谢信！先决定一件事：由八月起，我供给《宇宙风》个长篇[2]。由八月一日起，每月月首您给我汇80元；我给您一万至一万二千字。全篇登完，不一定交人间书屋出单行本，因为有人屡向我索书，不好意思太那个了。

《逸经》[3]答应我的条件，我就写；不然，我就先写，而后找地方出书；零售与整卖，不过时间上有差别而已。

上海非我所喜，不想去。编辑，如需要我顶名，请即利用之；不要钱，钱不管事。

“樱海”[4]与“天赐”[5]近来还能卖否?

匆匆，祝

吉！

要是决定这么办我就开始写了。[6]

弟　舍予躬

[1] 亢德，即陶亢德（1908～1983），字哲庵，浙江绍兴人，作家、编辑家和出版人，时为《宇宙风》编辑。1933年10月，陶亢德接替林语堂成为《论语》主编，自第27期至84期，历时近两年。1934年兼任林语堂所办《人间世》的编辑。1935年9月，与林语堂共同出资创办《宇宙风》半月刊并任编辑，同时他还创立了当时著名的图书出版发行机构人间书屋。

[2] 指长篇小说《骆驼祥子》。

[3] 《逸经》，现代期刊，1936年创刊于上海，简又文任社长。刊物内容包括学术、文学创作、历史典籍、考古、逸闻趣事等，经常为其撰稿的有周作人、俞平伯、老舍等。

[4] 樱海，即老舍的小说集《樱海集》，1935年8月由人间书屋出版。

[5] 天赐，即老舍的长篇小说《牛天赐传》，1936年3月由人间书屋出版。

[6] 此句原写在信的右上方。老舍将要开始写的，是《骆驼祥子》。

其二

约一九三六年七月

这是我的重头戏[1]，好比谭叫天唱《定军山》[2]……是给行家看的。

[1] 重头戏，即指长篇小说《骆驼祥子》。

[2] 谭叫天，即谭鑫培，京剧老生大家，艺名小叫天，《定军山》为其代表作之一，也是老舍特别喜欢的一出传统剧目。1905年，谭鑫培本人主演的同名戏曲电影问世，是有史可稽的中国人自己拍摄的第一部电影，标志着中国电影的诞生。在青岛，老舍曾看过这部电影。而文友宴饮之际，他时常也会来上一段老生清唱，在赵少侯、洪深、王统照、黄际遇、臧克家等人的记忆中，都有老舍唱戏的生动一幕。

汪子美绘《新八仙过海图》
《上海漫画》1937年第5期

汪子美漫画中，将当时文坛上的八位著名作家比作八仙，号称“新八仙”，依次为：吕洞宾——林语堂；张果老——周作人；曹国舅——简又文；李铁拐——老舍；汉锺离——丰子恺；何仙姑——姚颖；韩湘子——郁达夫；蓝采和——俞平伯，他们或者是是《宇宙风》杂志的创办者，或者是它的撰稿人。特配有《新八仙过海》一文，曰：“一九三×年，文坛八仙泛舟于惊涛怒浪中，欲飘然远引，离开那失望的‘人间世’，另觅仙境息适，时蓬岛火山爆发，吐出帝国主义的火焰，一时两岸救亡呼不住，轻舟难过万重山。八仙相顾失色，吕纯阳喟然叹曰：‘呜呼！文坛动乱，鸡犬不宁，人间世变为魔鬼场。宇宙风吹向北冰洋。苍蝇不肯入诗。麻雀飞到普罗。象牙塔中不闻吹玉笛，十字街头但见打花鼓。龟言此地之旱，鹤讶今年之灾。一寸二寸之骨，袁中郎之残坟已掘尽，三根两根烟，幽默堂之清谈尚未完。我们岂甘将清风明月，葬送于大饼油条耶？’于是众仙喋喋，议论纷然，清谈雅话，堕地铿然。韩湘子吹笛和之，其声呜咽，如怨如慕，如泣如诉，泣海低之鲛人，舞中郎之幽魂。张果老曰：‘我有一壶苦茶，黄昏到寺蝙蝠飞，我岂能不喝一杯？’李铁拐曰：‘篮里猫球盆里鱼，大明湖上的名士怎可埋没？’曹国舅曰‘我初创逸经，方兴未艾，正愿东南西北风吹遍人间世，吹得人人面带幽默的笑容。韩湘子曰：‘但看花开落，不言人是非，天涯芳草我尚未踏遍。’何仙姑曰：‘我京话不能不写。’汉钟离曰：‘我漫画不能不画。’蓝采和曰：‘总之，我们得想办法！’七仙环请吕道人求善策，道人频摇首，叹曰：“非其时矣！吟风弄月之嘤嘤，已不敌奔走救亡之咤咤。国防文学将持大刀阔斧来砍小品艺术之玲枝珑叶。如今贫道顾不得诸位仙兄道妹，吾将携古骨一二套，走往西洋极乐世界另求出路去矣！”言毕，招下黄鹤，嘎然一声，乘风羽化而去。七仙怅然，相顾无语。正是：道人已乘黄鹤去，海上空留‘宇宙风’。黄鹤一去不复还，‘宇宙风’变‘宇宙疯’。”文中李铁拐之言，系化用老舍旧体诗《题“全家福”》。原诗云：“爸笑妈随女扯书，一家三口乐安居。济南山水充名士，篮里猫球盆里鱼。”

致《论语》编辑

一九三七年五月十六日

《论语》编辑林达祖的说明：

老舍先生上星期有一封信来，说起他辞去教职，从事著述以后的生活状况及写作态度。靠写文章吃饭，结果时常是饭吃不饱，文章也写不出。他说：

八个月[1]来的写家生活经验给我证明，卖文章吃饭，根本此路不通[2]；此后仍当去另找饭碗，放弃写作，饿死事大，文章事小也[3]。

[1] 老舍是在1936年暑假期间辞去山东大学教职的，时距写此信时间已过去了八个月。至于辞职的原因，既有争取更多时间来写作的考虑，亦另有其因，事关山东大学一场持续时间长、波及范围广的学潮，发端于1935年12月，一直延续到1936年三四月间。因不满校方处理进步学生的方式，洪深与赵少侯已于春季辞职，后来校长赵太侔也被迫去职，老舍与诸友共进退，于当年夏天辞职。新任校长林济青虽再三挽留，但老舍去意已决，不为所动。关于辞职之事，老舍在多篇文章中均有提及，如《归自北平》《这几个月的生活》《文艺副产品——孩子们的事情》等，可互为参照。

[2] 这是老舍第二次发出“此路不通”的感慨。1934年夏辞去齐鲁大学教职之后，他专门去上海考察那里的写作环境，看看是否有做“职业写家”的可能，亦曾得出类似的结论。

[3] 本句发表时为“饿死事小，文章事大也。”与上文脉络不符，应是编者误会作者本意而误排造成的。

乱离通信

弟以十三日到济，携物不多，预料内人能届满月，再回去接眷运物也。乃十四日即有事变，急电友促妻来；她产后亦恰十四日，无力操作收拾，除衣被外尽放弃，损失特重。到济，她入医院静养，我住学校，小济等住友家；旋小济亦病，入院，一家数地，杯碗兼无；大雨时行，不得出屋，真急杀人也！北平复无信，老亲至友，生死不明，寝寐不安！稍晴，乃入市置买零物，略略成家；青岛虽仍僵持，亦不敢冒险回去取物，不知何时即开火也。

本篇原载1937年9月10日《宇宙风·逸经·西风非常时期联合旬刊》第2期，标题为《乱离通信（一）》，因在老舍的现存书信中，未见其他同题及同题异号作品，故在此以《乱离通信》为题收入本卷。

1937年8月12日，老舍只身一人乘火车离开青岛，接受齐鲁大学的聘任，赴济南。当时，夫人胡絜青正在坐月子期间，行动不便，只好暂时留在了青岛，等济南那边安顿好了之后再接来。然未想两日后时局骤变，日本浪人开始在青岛闹事，战争的危险迫近，故而老舍匆忙托友人帮忙送站，妻儿遂于8月14日离青，翌日到济南。此为老舍在济南写给沪上好友、《宇宙风》杂志编辑陶亢德的一封信，主要叙述近期自己与家庭的情况，表达了对时局的看法以及由于战乱而不能安心写作的忧愤之情，字里行间烙刻着那段特殊的艰难岁月的内心伤痛，当然也是不屈精神与赤诚灵魂的见证。可与发表于1938年的《南来以前》及《这一年的笔》等作品相互印证和补充，它们一起构成了一部苦难岁月备忘录，不仅是文学作品，而且具有历史文献价值。

乱离通信

约一九三七年八月

亢德[1]兄：

示，谢！

弟以十三日到济[2]，携物不多，预料内人能届满月[3]，再回去接眷运物也。乃十四日即有事变[4]，急电友[5]促妻来；她产后亦恰十四日，无力操作收拾，除衣被外尽放弃，损失特重[6]。到济，她入医院静养[7]，我住学校[8]，小济等住友家[9]；旋小济亦病，入院，一家数地，杯碗兼无；大雨时行，不得出屋，真急杀人也！北平复无信[10]，老亲至友，生死不明，寝寐不安！稍晴，乃入市置买零物，略略成家；青岛虽仍僵持，亦不敢冒险回去取物，不知何时即开火也。

济南尚平静，一时亦不至有兵灾，唯郊外水漫及城，青菜稻田皆没，而一旦东线有事，难逃空袭也。

日来，冒雨奔走，视妻小，购物件，觅房所，碌碌终日，疲惫不堪，无从为文。《宇宙风》暂停[11]，出不得已，慎勿愤愤也！

…………

日侨在济者已全退出，在青者渐亦退清[12]，可以战矣。青市[13]……据人言——已成空市，铺户皆闭，即使沉着气住下，亦无法生活也。

匆复，祝

吉！

弟　舍

有何迁动，丁祈示知！

亢德案：

老舍先生本拟在“八一三”离青来沪，“八一二”闻沪局有破裂讯，急电告“沪紧缓来”。嗣得信，赶往济。顷得详信，读之叹气。谁为为之，孰令致之？不共戴天，中国与日本之谓也。

[1] 亢德，即陶亢德。详见《致〈陶亢德〉》注1。

[2] 老舍于1937年8月12日乘胶济线火车离开青岛，第二天抵达济南。

[3] 1937年8月1日，老舍夫人胡絜青生下了他们的第三个孩子，也就是次女舒雨，时值大旱之后天降大雨，故以“雨”为名。（详见《南来以前》）

[4] 此处“事变”指的是“德县路事件”。1937年8月14日下午，停泊青岛的日本海军陆战队的小队士兵下舰，进入市区。行至德县路圣功女子中学门前时，两名身穿便衣，骑自行车的男子突然向两名日本水兵开枪，致一死一伤，这就是所谓的“德县路事件”。日本驻青岛总领事大鹰正次郎向青岛市长沈鸿烈提出“严重抗议”，日本海军进入临战状态，将炮口直接对准青岛市区。

[5] 此处所说的“友”为青岛市立一小校长朱印堂，他受老舍委托，于老舍离开青岛后两天（1937年8月14日）将胡絜青和三个孩子送上了开往济南的火车。

[6] 尤指大量文学期刊被卖掉，大量藏书及练武兵器未及带走。后来请朋友帮忙，将家具和书籍运往济南。“七七事变以后，我由青岛迁往济南齐鲁大学。书籍，我舍不得扔，故只把四大筐杂志卖掉，以减轻累赘。四大筐啊，卖了四十个铜板！书籍、火炉、小孩子的卧车和我的全份的刀枪剑戟，全部扔掉。幸而铁路中有我的朋友，算是把主要的家具与书籍全由青岛运了出来。”（老舍：《四大皆空》）

[7] 1937年8月15日，胡絜青携子女抵达济南，因身体十分虚弱而住进医院。

[8] 初到济南几日，老舍先住在齐鲁大学办公楼内，随后觅得齐大校园内老东村4号的一座平房暂得安家，再后来搬到常柏路2号（今长柏路11号）一座小楼内居住。

[9] “小济”即长女舒济，老舍将她暂时寄养在济南友人敬环的家中。

[10] 参见《南来以前》：“老母尚在北平，久无信示。”

[11] 这一句是老舍劝勉陶亢德的话。由于上海战事紧张，《宇宙风》被迫停刊，1938年杂志社南迁广州，后迁香港。1939年，陶亢德在上海创设《宇宙风乙刊》。

[12] 1937年9月2日日驻青总领事大鹰函告沈鸿烈：“奉帝国政府训令，本总领事及领馆各员全部暂时撤退归国。”日本侨民3147人于9月4日全部撤离青岛回国。

[13] 青市，即青岛市。

南来以前

八月一日得小女，大小俱平安。久旱，饮水每断，忽得大雨，即以『雨』名女——原拟名『乱』，妻嫌过于现实。电平报告老人；复访友人，告以妻小无恙；夜间又写千字。次日，携儿女往视妈妈与小妹，路过旅行社，购车票者列阵，约数百人。四日，李白入京，良乡有战事；此地大风，海水激卷，马路成河。乘帆船逃难者，多沉溺。每午，待儿女睡去，即往医院探视；街上卖布小贩已绝，车马群趋码头与车站；偶遇迁逃友人，匆匆数语即别，至为难堪。九日，民众日报停刊，末一号仍载有我的小文一篇。

本篇原载1938年2月15日《创导》第2卷第7期“战争专刊”第10号。

这是一篇日记体书信，也是一边纪实文献，在老舍作品中独树一帜。对于习惯了领略老舍或优雅、或幽默的散文与杂文风采的读者来说，面对这样一封信，自会有所沉思。1937年8月12日，老舍万般无奈告别了青岛，两日后夫人胡絜青带着三个孩子也踏上了西去济南的道路。至此，老舍充满理想色彩的青岛岁月结束了。当年11月15日，随着黄河铁桥被炸毁的巨响，他忍痛告别家小，告别山东，南下汉口，开始抗日救亡的“八年风雨”历程。翌年春天，胡絜青也带着三个孩子返回了北平。在《八方风雨》一文中，老舍说：“我在济南，没有财产，没有银钱；敌人进来，我也许受不了多大的损失。但是，一个读书人最珍贵的东西是他的气节。我不能等待敌人进来，把我的那点珍宝劫夺了去。我必须赶紧出走。”本文写的就是南下以前的生活、写作及心路历程，记录了“七七”事变以后数月间在青岛和济南两地的经历和相关历史状态，文字洗练，纪事简约，内容深刻，具有启示录般的魅力，形成作家与城市、与历史的共同见证。将其放在老舍青岛时期文学创作的整体背景上考察，更应当对其深刻的历史感和非凡的纪念意义有所领悟。1937年夏天是老舍的艰难岁月，面对历史巨变和生活重力，其人生状态与写作方式都发生了重要转变。对于青岛来说，这就是一部特殊历史时期的城市备忘录，精神价值远远大于那些写景与抒情之作。在青岛，老舍建起了一座文学之塔，而这封信是完全可以被当作一部历史文献来阅读的，不仅是一个人的记忆，而且是一座城市和一个国家的苦难心史。作者隐去了收信人的姓名，也不谈别的，只作回忆和纪实。某种意义上可以说，这是写给历史的一封信，有认知价值和启示色彩，内在的光辉令人震撼。

南来以前

一九三八年二月十五日

××兄：

大示收到，慨极！邮递迟滞，虽相隔仅千里，如居异国；计自发函至收读，已一月另三日矣！一向不暇作长函[1]，这遭却须破些工夫；信既蜗行，再不多写一点，则我似不诚，兄必失望。

卢沟桥事变[2]初起，我们仍在青岛，正赶写《病夫》[3]——《宇宙风》特约长篇，议定于九月中刊露。街巷中喊卖号外[4]，自午及夜半，而所载电讯，仅三言两语，至为恼人！一闻呼唤，小儿女争来扯手："爸！号外！"平均每日写两千字[5]，每因买号外打断思路。至七月十五日，号外不可再见，往往步行七八里[6]，遍索卖报童子而无所得；日侨尚在青，疑市府已禁号外，免生是非。日人报纸[7]则号外频发，且于铺户外揭贴，加以硃圈；消息均不利于我方。我弱彼强，处处惭忍，有如是者！

老母[8]尚在北平，久无信示；内人又病[9]，心绪极劣。时在青朋友纷纷送眷属至远方，每来辞行，必嘱早作离青之计；盖一旦有事，则敌舰定封锁海口[10]，我方必拆毁胶济路，青岛成死地矣。家在故乡，已无可归，内人身重，又难行旅，乃力自镇定，以写作摈忧，文字之劣，在意料中。自十五至廿五，天热，消息沉闷，每深夜至友家听广播[11]，全无所获。归来，海寂天空，但闻远处犬吠，辄不成寐[12]。

廿六日又有号外，廊坊有战事，友朋来辞行者倍于前。写文过苦，乃强读杂书。廿八号外，收复廊坊与丰台，不敢深信，但当随众欢笑。廿九日消息恶转，号外又停。卅一日送内人入医院[13]。在家看管儿女；客来数起，均谓大难将临。是日仍勉强写二千字给民众日报[14]。

八月一日得小女[15]，大小俱平安。久旱，饮水每断，忽得大雨，即以"雨"名女——原拟名"乱"，妻嫌过于现实。电平报告老人；复访友人，告以妻小无恙；夜间又写千字。次日，携儿女往视妈妈与小妹，路过旅行社，购车票者列阵，约数百人。四日，李白入京，良乡有战事；此地大风，海水激卷，马路成河[16]。乘帆船逃难者，多沉溺。每午，待儿女睡去，即往医院探视；街上卖布小贩已绝，车马群趋码头与车站；偶遇迁逃友人，匆匆数语即别，至为难堪。九日，民众日报停刊，末一号仍载有我的小文一篇[17]。王剑三[18]以七号携眷去沪，臧克家，杨枫，孟超诸友[19]，亦均有南下之意。我无法走。十一日，妻出院。实之[20]自沪来电，促南下。商之内人，她决定不动。以常识判断，青岛日人产业值数万万，必不敢立时暴动，我方军队虽少，破坏计划则早已筹妥。是家小尚可暂留，俟雨满月后再定去向，至于我自己，市中报纸既已停刊，我无用武之地，救亡工作复无详妥计划，亦无从参加，不如南下，或能有些用处。遂收拾书籍，藏于他处，即电亢德[21]，准备南行。十二日，已去托友买船票，得亢德复电："沪紧缓来"[22]，南去之计既不能行，乃决去济南。前月已与齐大[23]约定，秋初开学，任国文系课两门，故决先去，以便在校内找房，再接家小。别时，小女啼泣甚悲，妻亦落泪。十三早到济，沪战[24]发。心极不安：沪战突然爆发，青岛或亦难免风波，家中无男人，若遭遇事变……

果然，十四日敌陆战队上岸[25]。急电至友[26]，送眷来济。妻小以十五日晨来，车上至为拥挤。下车后，大雨；妻疲极，急送入医院。复冒雨送儿女至敬环处暂住。小儿频呼"回家"[27]，甚惨。大雨连日，小女受凉亦病，送入小儿科。自此，每日赴医院分看妻女，而后到友宅看小儿，焦急万状。《病夫》已有七万字，无法续写，复以题旨距目前情形过远[28]，即决放弃。

十日间，雨愈下愈大。行李未到，家具全无，日行泥水中，买置应用物品。自青来济者日多，友朋相见，只有惨笑。留济者找房甚难，迁逃者匆匆上路，忙乱中无一是处，真如恶梦。

廿八日，妻女出院，觅小房[29]，暂成家。复电在青至友，托送器物。七月事变，济南居民迁走甚多，至此又渐热闹，物价亦涨。家小既团圆，我始得匀出工夫，看访故人；多数友人已将妻女送往乡间，家家有男无女，颇有谈笑，但欠自然。沪战激烈，我的稿费停止，搬家买物看病雇车等又费去三百元，遂决定不再迁动。深盼学校能开课，有些事作，免生闲愁，果能如此，还足以傲友辈也。

学校于九月十五日开课，学生到及半数。十六日大同失陷；十九日中秋节，街上生意不多，几不见提筐肩盒送礼者。小实报[30]在济复刊，约写稿。平津流亡员生渐多来此，或办刊物，或筹救亡工作，我又忙起来[31]。廿一日，敌机过市空，投一弹，伤数人，群感不安。此后时有警报。廿五六日，伤兵过济者极多，无衣无食无药物，省政府似不甚热心照料：到站慰劳与看护者均是学界中人。卅日，敌军入鲁境[32]，学生有请假回家者。时中央派大员来指挥，军事应有好转，但本省军事长官[33]嫌客军在鲁，设法避战，战事遂告失利。德州危，学校停课。师生相继迁逃，市民亦多东去，来自胶东者又复搬回，车上拥挤，全无秩序。我决不走：远行无力，近迁无益，不如死守济南，几每日有空袭警报，仍不断写作：笔为我唯一武器，不忍藏起。

入十月，我方不反攻，敌军不再进，至为沉闷。校内寂无人，猫狗被弃，群来啼饥。秋高气爽，树渐有红叶，正是读书时候，而校园中全无青年笑语声矣。每日小女助母折纱布揉棉球，备救护伤兵之用，小儿高呼到街上买木枪，好打飞机，我低首构思全室有紧张之象。流亡者日增，时来贷金求衣，量力购助，不忍拒绝。写文之外，多读传记及小说，并录佳句于册。十四日，市保安队枪械被收缴，市面不安，但无暴动。青年学子，爱国心切，时约赴会讨论工作计划。但政府多虑，不准活动，相对悲叹。下半月，各线失利，而济市沉寂如常，虽仍未停写作，亦难自信果有何用处矣。

十一月中，敌南侵，我方退守黄河[34]。友人力劝出走，以免白白牺牲，故南来。到汉口[35]已两月余，还是日日拿笔。对政治军事，毫无所知，勉强写些文字，自觉空洞无物。可是舍此别无可为，闲着当更难堪。无力无钱，只好有笔的出笔，聊以自慰。

家小尚在济，城陷后无音信。所以不能同来者：

一、车极难上，沿途且有轰炸之险。

二、儿女辈俱幼弱，天气复渐寒，遇险或受病，同是危难。

三、存款无多，仅足略购柴米。用之行旅，则成难民。版税稿费俱绝，找事非易，有出无入，何以支持？独逃可仅顾三餐，同来则无法尽避饥寒。

有此数因，故妻决留守，在济多友，亦愿为照料。不过，说着容易，实行则难，于心有所不忍，遂迟迟不敢行。及至事急，妻劝速行，盖我在家非但无益，且或累及家小。匆匆收拾衣物，儿女辈频牵衣问父何去何归，妻极勇敢，代答以父明日即来。时已入夜，天有薄云，灯下作别，难道一语！前得短诗，略记此景：

弱女痴儿不解哀，牵衣问父去何来。

话因伤别潜成泪，血若停流定是灰！

已见乡关沦水火，更堪江海逐风雷？

徘徊未忍道珍重，暮雁声低切切催！[36]

信已太长，犹未尽意，一俟家信到此，当再叙陈。

祝吉！

---

[1] 老舍的书信一向简短，这封信是个例外，长达两千余字。

[2] 卢沟桥事变，见《这一年的笔》注1。

[3] 《病夫》为老舍在青岛写的最后两部长篇小说之一，未完成，因战事迫近而中辍。

[4] 号外，见《这一年的笔》注7。

[5] 当时老舍应约写作的小说除了给《宇宙风》的《病夫》之外，还有给《方舟》的《小人物自述》。前者未及刊载而遗失于战乱，后者也只发表了前4章即因战乱而中辍，手稿遗失于济南。

[6] 当时老舍很可能是从黄县路寓所向西到中山路及火车站一带索寻报纸。

[7] 在青岛发行的日人报纸主要有《青岛新报》《山东每日新闻》及创刊于济南的《胶济时事新报》等。

[8] 1936年10月下旬，老舍回北平一周，为母亲作八十大寿，此后再也没有见到母亲。在1943年所写《我的母亲》一文中，他说：“七七抗战后，我由济南逃出来。北平又像庚子那年似的被鬼子占据了。可是母亲日夜惦念的幼子却跑西南来。母亲怎样想念我，我可以想象得到，可是我不能回去。每逢接到家信，我总不敢马上拆看，我怕，怕，怕，怕有那不详的消息。人，即使活到八九十岁，有母亲便可以多少还有点孩子气。失了慈母便像花插在瓶子里，虽然还有色有香，却失去了根。有母亲的人，心里是安定的。我怕，怕，怕家信中带来不好的消息，告诉我已是失了根的花草。”

[9] 当时老舍夫人胡絜青有怀身孕，即将分娩。

[10] 对于当时形势，老舍有预见。1937年8月以后，青岛的形势趋紧。当年12月26日，日舰集结胶州湾附近，封锁了青岛海面。遵照蒋介石的“焦土抗战”电令，青岛市市长沈鸿烈于12月28日24时下令炸毁了20多家日资工厂。

[11] 在青岛，老舍奉持一种素朴而传统的生活方式，是不装无线电的。《我的理想家庭》中有言：“家中不要电话，不要播音机……”现在为探知战事消息而到朋友家中收听无线电，足见其忧心之重。

[12] 此句笔法甚为凝练，万千思虑尽在其中，其心事之浩茫，诚可思也！

[13] 据舒雨说，母亲胡絜青曾提起，舒雨生在德国医院，当时德国医生详细讲解了相关的生育知识和母婴保健要领。这家医院就是湖南路上的德国医院（German Hospital），距黄县路寓所约数百米。

[14] 《民众日报》，青岛当地的一家小报，1936年12月1日创刊，1938年1月9日停刊，1945年5月27日复刊。

[15] 八月一日得小女，即此女舒雨出生于德国医院。

[16] 此句可与前面“归来，海寂天空，但闻远处犬吠，辄不成寐”一语对读，甚为凝练。如不受历史制约，可将其视为一幅自然画面，而置身于“惊涛拍岸，卷起千堆雪”的审美之境，恍若某次天文大潮的情形，在青岛这情形并不少见。然而，这不是平时，而是1937年8月的青岛，是历史的危难关口。下文接着是“乘帆船逃难者，多沉溺”一语，就此给出一幅海上受难图。岂止是一个城市的哀伤，让人想见《启示录》中的情景。比之于拜伦《哀希腊》中“可是除了太阳，一切已经消沉”的气氛，这景象分明更为惊心。在拜伦那里尚有一道伟大古典光辉带来缅想，而此刻却尽是悲怆，只有狂风中哀号的难民。这景象，也比23年前卫礼贤因日德战争而写“所有花季一样的生活结束了”那等伤感之言更为深刻，更为接近于历史本身的申诉。

[17] 憾未查到此文。参见《这一年的笔》注10。

[18] 王剑三，即王统照。见《诗三律》注1。

[19] 臧克家与孟超均为《避暑录话》十二同人（见《诗三律》注2、注4），杨枫身份不详。

[20] 实之，即关实之（1899～？），原名关桐华，北京人，老舍在北京师范学校读书时的同窗好友。他是著名化学家，新中国成立后任吉林大学教授。

[21] 亢德，《宇宙风》杂志编辑陶亢德。详见《致〈陶亢德〉》注1。

[22] 此前，陶亢德曾力劝老舍尽速南下赴沪。然日军已有侵略动向，上海局势吃紧，故有“沪紧缓来”之复电。翌日，“八·一三”事变爆发。参见《乱离通信》“亢德案”。

20世纪三四十年代的青岛

[23] 齐大，即济南的齐鲁大学。1930年7月至1934年夏，老舍曾在此任教。此次再归齐大，历时三月。

[24] 沪战，即“八·一三”事变。1937年8月13日，日军进犯上海，中国军民奋起抗战，揭开淞沪会战序幕。

[25] 此指“德县路事件”。详见《乱离通信》注11。

[26] 所称“至友”即青岛市立一小校长朱印堂。参见《乱离通信》注5。

[27] 频呼“回家”，所指为青岛黄县路寓所，当时在年幼舒乙的心目中，只有这一个家，可是已回不去了。

[28] 参见老舍《这一年的笔》：“我不愿写下去。初一下笔的时候，还没有战争的影子，作品内容也就没往这方面想。及至战争已在眼前，心中的悲愤万难允许再编制‘太平歌词’了。”

[29] 初厝齐大校园内老东村4号一座平房，后搬入常柏路2号（今长柏路11号）一座小楼内居住。秋，臧克家曾前来探望。“10月间，我到了济南，在警报的空隙里，我去看望老舍。这时他在齐鲁大学任教，离乱中更觉到友情的可贵。”（臧克家：《我尊敬的长者与朋友》）

[30] 关于济南《小实报》，可参见国民革命军第二十九军宣传处中校洪大中的相关回忆：“我们在泊头镇小住数日后即移节桑园，旋奉命至济南办《小实报》，以解释撤出平津经过和为张自忠将军洗雪社会误解的不白之冤。宋将军批给了三千元河北票，我就在济南普利门大街开办了《小实报》编辑部和发行部。”（《江苏文史资料选辑》第22辑。文中“宋将军”指国民革命军第29军军长宋哲元。）

[31] 在济南，老舍参加了一系列抗日救亡活动，并坚持写作。

[32] 1937年8月中旬，日军中将矶谷廉介率第十师团在大沽登陆，沿津浦线南下，当月30日侵入山东境内。

[33] 本省军事长官，指韩复榘。参见《这一年的笔》注12。

[34] 关于当时中国军队退守黄河的情况，见《这一年的笔》注12。

[35] 1937年11月18日抵达汉口。关于老舍在武汉的情况，参见《这一年的笔》注14。

[36] 关于当时老舍与妻小离别的情形，胡絜青回忆说：“我倒在床上，瞅着身边象个小猫似的舒雨，感到万箭钻心，枕头上的泪水湿了干，干了又湿。我把他的为难之处一一都设想到了：当然最好还是一家大小一起出走，我们生为中国人，死作中国鬼，决不能落到侵略者的魔掌里等死；可是，我们的身体都这么瘦弱，三个孩子大的不过四岁，小的刚刚生下来，我们娘儿四个要是跟在他身边，不正象四根绳子一样捆得他什么事情也做不成吗？而且，他事母至孝，我们全家要是跑到江南，他那留在北京的老母亲断了经济来源，让这位八十多了的老太太怎么办？思来想去，我也下了决心，成全他的报国壮志，把千斤的担子我一个人挑起来。尽管我是多么舍不得和他分开。”（王行之：《老舍夫人谈老舍》）

33　創導半月刊

南來以前(一封信)

老舍

××兄：

大示收到，慨極！郵遞遲滯，雖相隔僅千里，如居異國；計自發函至收讀，已一月另三日矣！一向不暇作長函，這遭却須破些工夫；信既蝸行，再不多寫一點，則我似不誠，兄必失望。

蘆溝橋事變初起，我仍在青島，正趕寫病夫——宇宙風特約長篇，議定于九月中刊露。街巷中喊賣號外，自午及夜半，而所載電訊，僅三言兩語，至爲惱人！一聞呼喚，小兒女爭來扯手：『爸！號外！』平均每日寫兩千字，每因買號外打斷思路。至七月十五日，號外不可再見，往往步行七八里，遍索賣報童子而無所得；日僑尚在青，疑市府已禁號外，免生是非。日人報紙則號外頻發，且於舖戶外揭貼，加以硃圈；消息均不利於我方。我弱彼強，處處慚忍，有如是者！

老母尚在北平，久無信示；內人又病，心緒極劣。時在青朋友紛紛送眷屬至遠方，每來辭行，必囑早作離青之計；蓋一旦有事，則敵艦定封鎖海口，我方必拆毀膠濟路，青島成死地矣。家在故鄉，已無可歸，內人身重，又難行旅，乃力自鎮定，以寫作擯憂，文字之劣，在意料中。自十五至廿五，天熱，消息沉悶，每深夜至友家聽廣播，全無所獲。歸來，海寂天空，但聞遠處犬吠，輒不成寐。

廿六日又有號外，廊坊有戰事，友朋來辭行者倍於前。寫文過苦，乃強讀雜書。廿八號外，收復廊坊與豐台，不敢深信，但當隨衆歡笑。廿九日消息惡轉，號外又停。卅一日送內人入醫院。在家看管兒女；客來數起，均謂大難將臨。是日仍勉強寫二千字給民衆日報。

八月一日得小女，大小俱平安。久旱，飲水每斷，忽得大雨，即以『雨』名女——原擬名『亂』，妻嫌過於現實。電平報告老人；復訪友人，告以妻小無恙；夜間又寫千字。次日，攜兒女往視媽媽與小妹，路過旅行社，購車票者列陣，約數百人。四日，李白入京，良鄉有戰事；此地大風，海水激捲，馬路成河。乘帆船逃難者，多沉溺。每午，待兒女睡去，即往醫院探視；街上賣布小販已絕，車馬羣趨碼頭與車站；偶遇遷逃友人，匆匆數語即別，至爲難堪。九日，民衆日報停刊，末

新中國的鐵流

沙坪

——由丫山到漢口

別矣丫山(八日)

丫山，這個堅定了我們意志，煥發了我們神情的山莊，在蒼鬱的古松下，榛莽作成我們的軟床，每當朶在山坡的草蓬前，或者山峯的步哨放出嘹澈的鑼聲，我擎起那一隻輕快的步槍，在四處瀰漫了雄奇的歌聲，六百個青年男女匯成熱情的海里，我興奮的流出眼淚：

「祖國啊！祖國的原野是多末廣大而和善，我們應當用眞摯的愛去擁抱她。」

我枕在石上，細數着淙淙的流泉，天幕的星斗像結串的銀鈴，我愛遠山，我愛流雲，我愛丫山的月夜，我時常這樣的沈思着。

但是，別矣！我默念起這是戰士同時又是詩人的丫山，我沒有留戀，像踏過祖國每個都市和鄉村的角落一樣，雖然這里有許多悲壯的故事生長着。

我參加在二十餘人組成的宣傳隊里，這輕快的隊伍成爲開路的先鋒，太陽溫和的照着，清流橫在脚下，繞

《南来以前》原发表页
1938年2月15日《创导》第2卷

致赵太侔

来信若能回国，且能全家赴青，弟至多只愿教课数小时；文学院长责任过重，非弟所敢担任。聘书璧还，一切俟见面妥为商议。院务未便久弛，祈及早于故人中选聘，为祷！

本篇是老舍在美国纽约给国立山东大学校长赵太侔的回信，据原信抄件录入。

1946年初春，经汉学家费正清的介绍，老舍和曹禺获邀参加美国国务院组织的美中文化合作计划，赴美访问讲学。当年3月4日自上海起航，半月后船抵西雅图，后经芝加哥、华盛顿到达纽约。在此，他意外得知自己的作品《骆驼祥子》亦被译成英文面世并获得了很好的反响，这是《骆驼祥子》的第一个外文译本，美国人埃文·金（Evan King）译，取名“Rickshaw Boy”（洋车夫）。在美国，老舍续写《四世同堂》，还将1935年作于青岛的短篇小说《断魂枪》改编成三幕四场的英文话剧，名《五虎断魂枪》。旅美岁月历时三年半，至1949年10月方启程返国。这期间，他接到了复校后回任国立山东大学校长的老友赵太侔的来信，敦请老舍出任山东大学文学院院长，并寄上聘书。其实，来美国之前，老舍就曾致信王统照，请他代为物色一幢小楼，以期在青岛长期居住。于是，得赵太侔之信，阅之甚喜，再度唤醒了对青岛的怀想。可当时因作品翻译诸事尚无法立即回国，重归青岛的愿望也就暂时放下了。他给赵太侔回了这封信，透露了再续前缘的心思，然一切尚待归国后再行商议。这封信写于1947年9月5日，是在纽约24大道83大街西街118号的寓所中写的，用的是塔夫脱饭店（Taft Hotel）的信笺。

接到老舍回信后，赵太侔于信笺上方空白处题下数行字：“改中文系教授，两年后来待□□　太侔□□。”抄件部分字迹已模糊不可辨识，录此备考。

致赵太侔

一九四七年九月五日

太侔校长：

谢谢信！

莘田[1]每于周末来此，俟再来时，当代达遵旨[2]。唯他之北大职务并未辞去，关系所在，恐　时不易离职他就。

关于英文教师，当为莘田随时留意，代为介绍。

弟明春能否回国，尚未可知。拙著“四世同堂”[3]若有被选译可能，则须再留一年；此书甚长，非短期间可能译毕者。即使来春可以回国，家小尚在北碚[4]，弟亦不知如何处理。全家赴沪转青，路费大有可观，必感困难；独身赴青，家小仍留北碚，亦欠妥善。

来信若能回国，且能全家赴青，弟至多只愿教课数小时；文学院长责任过重，非弟所敢担任。聘书璧还，一切俟见面妥为商议。院务未便久弛，祈及早于故人中选聘，为祷！

闻仲纯兄[5]亦在青，祈代问好！

敬祝　时祺！

弟　舒舍予拜

1947年9月5日纽约

118 W.83 Street[6]

New York City U.S.A.

5 Sept.1947[7]

1946年，老舍与罗常培（莘田）在耶鲁大学

[1] 莘田，即罗常培，著名语言学家。（参见《五天的日记》注1）1944年，他以西南联合大学中文系主任身份赴美讲学，与老舍重聚于纽约，故而下文有“莘田每于周末来此”一语。抗战胜利后，罗常培复任北京大学教授，故而老舍信中“唯他之北大职务并未辞去”，言其人尚在美国，于1948年归国。

[2] 赵太侔来信中提出通过老舍邀请罗常培来山东大学任教的想法，并有意请罗常培代为物色英文教师，故而老舍回信中有“代达遵旨”一语及下文“关于英文教师，当为莘田随时留意，代为介绍”之语。

[3] 写作此信时，老舍正在协调《四世同堂》的译介之事。翌年，他与出生于中国的美国学者艾达·普鲁伊特（Ada Pruiit）合作，以口述翻译的方式将作品译成了英文。1951年，译本由美国哈科特和布雷斯公司出版，取名《黄色风暴》。后来，由于《饥荒》汉语原稿的最后几章遗失，因此英译本在结构的完整性上就具有了特殊价值，也成为今天人们了解遗失部分的唯一媒介。

[4] 北碚为老舍一家在重庆的居住地。1937年11月，老舍南下武汉之后不久，夫人胡絜青携子女返回了北

老舍在美国写作，1947年

半，照顾老人，以教书为生。1942年夏，老舍的母亲辞世。翌年秋，胡絜青带着三个孩子从北京辗转来到重庆，一家人团圆，居北碚。1945年2月4日，小女舒立出生。

[5] 邓仲纯，原名邓初（1888～1956），安徽怀宁（今安庆）人。1930年8月到青岛，为国立青岛大学校医，有古典文学素养，间或在中文系授课。1934年至1937年老舍在山大任教时，常相晤谈会饮。1946年，邓仲纯重返青岛，出任青岛市卫生局技士，兼市民医院院长。

[6] 注明写信地址：83大街西街118号。1946年春抵达纽约之后，老舍先住史丹霍饭店（Stanhope Hotel），后住塔夫脱饭店（Taft Hotel），一年后租住了纽约第24大道83西街118号公寓的两间小房，在此着手写作《四世同堂》第三部《饥荒》。其间，还曾到以专门接待艺术家著成的雅斗（Yaddo）创作中心小栖一月，续写《饥荒》。

[7] 注明写信日期：1947年9月5日。以上四行英文原书于信之右上角。